# Dans les archives secrètes de la police

QUATRE SIÈCLES D'HISTOIRE,
DE CRIMES ET DE FAITS DIVERS

Sous la direction de
Bruno Fuligni

*Avec le soutien
de la Fondation d'entreprise
La Poste*

Gallimard

Cet ouvrage a bénéficié, comme les précédents titres de la collection « Mémoires » aux Éditions de l'Iconoclaste, du soutien de la Fondation d'entreprise La Poste qui a pour objectif de promouvoir l'expression écrite en aidant l'édition de correspondances, en favorisant les manifestations artistiques qui rendent plus vivantes la lettre et l'écriture, en encourageant les jeunes talents qui associent texte et musique et en s'engageant en faveur des exclus de l'écriture.

L'administration a souvent intérêt à savoir ce qui a été dit ou écrit sur le compte de la personne qui a éveillé son attention. Le dossier répond à cet intérêt. Il n'a pas seulement pour but de faire connaître qui vous êtes, mais surtout ce qu'on a dit de vous. L'imputation la plus mensongère peut être une lueur, éclairer une trace, avoir par conséquent un intérêt de police.

Aussi mettra-t-on dans votre dossier, pêle-mêle, sans distinguer entre le vrai et le faux, tout rapport dont vous aurez été l'objet, toute dénonciation vous concernant, tout article de journal, tout fait divers où vous serez nommé.

LOUIS ANDRIEUX
*Souvenirs d'un Préfet de police, 1885*

# PRÉFACES
# ET INTRODUCTIONS

# Un patrimoine vivant

Michel Gaudin

Préfet de police

Née de la volonté impériale, à l'issue de la période révolutionnaire, l'institution que j'ai l'honneur de diriger est l'héritière, en ligne directe, de la Lieutenance générale de police de Louis XIV et de la Prévôté de Paris qui l'avait précédée, dès le XIᵉ siècle. Inscrite dans la continuité de la puissance publique, dès l'aube de la structuration des États modernes, elle est l'une des plus anciennes administrations françaises.

Acteur constant de l'Histoire, la Préfecture de Police détient des archives particulièrement riches, tenant à ses compétences évidentes de sécurité des personnes et de protection des institutions politiques, mais également à sa mission de service aux citoyens, plus rarement mise en lumière.

Cette diversité est abondamment illustrée dans le patrimoine que lui a légué son histoire, jalonnée d'événements politiques, de grandes affaires criminelles ou d'agitations sociales.

Les plus anciennes archives de la Préfecture de Police sont librement consultables. D'autres touchant aux périodes sensibles de notre Histoire bénéficient de mesures générales d'ouverture ; tel est le cas notamment des documents relatifs à l'Occupation, à la Libération ou à la guerre d'Algérie, que des instructions spécifiques, sous la signature du Premier ministre, ont rendus largement accessibles. S'agissant enfin des collections encore protégées en vertu des lois, de nombreuses dérogations ponctuelles sont accordées annuellement aux chercheurs et universitaires du monde entier, afin de servir utilement l'analyse historique.

Le beau livre illustré *Dans les secrets de la Police* a fait connaître au grand public les traces d'un riche passé et la culture professionnelle d'une administration à la fois étatique et municipale. Le vif succès rencontré par cet ouvrage témoigne de l'attrait particulier des lecteurs pour des documents inattendus, des événements oubliés ou des personnages hors du commun.

Fenêtre ouverte sur un patrimoine précieux, cette première publication a constitué un événement sans précédent, la Préfecture de Police ayant rarement apporté sa contribution à un ouvrage d'un tel prestige.

Dans un même esprit d'ouverture elle a laissé libre cours aux auteurs qui partagent le texte de ce second ouvrage, venus d'horizons de pensée très divers.

Désormais au format de poche, *Dans les archives secrètes de la Police* est appelé à devenir une référence historique et politique.

# La Poste et la police

Jean-Paul Bailly
Président du groupe La Poste
et de la Fondation d'entreprise La Poste

La Fondation d'entreprise La Poste soutient la
publication et l'étude des lettres : certaines d'entre
elles figurent en bonne place dans les archives de la
police, notamment des lettres de dénonciation — un
genre littéraire très particulier — mais aussi des correspondances envoyées à d'autres destinataires et qui
ont été saisies, prélevées ou copiées. Le déroutement
de ces documents s'inscrit dans une histoire.

## Contrôler la correspondance

Quand, au XVII$^e$ siècle, on ouvrit officiellement les
postes — naguère réservées au service du roi — aux
envois des particuliers, l'usage de les contrôler
s'imposa ; il y eut plus de lettres qu'on s'appliqua à
espionner. Louvois, efficace surintendant des Postes,
organisa cette surveillance comme une mission de ce
service : Louis XIV, grâce aux copies qui lui étaient
portées, était averti des projets des puissances étrangères et connaissait les pensées et la loyauté de ses

sujets. Comme le Diable boîteux, il était informé d'une foule de secrets intimes qui pouvaient guider ses décisions, conforter sa supériorité, voire le distraire, comme on le reprocha surtout à Louis XV.

Le Cabinet noir disposait alors de spécialistes reconnus qui savaient reconstituer discrètement les cachets. Saint-Simon rapporte qu'on ouvrait presque toutes les lettres et Mme de Sévigné s'indignait : « Ce n'est jamais pour d'autres que j'écris. » Le médecin de Mme de Pompadour clamait qu'il ne dînerait pas plus volontiers avec le bourreau qu'avec l'intendant des Postes : les secrets révélés étaient communiqués à des ministres, au Lieutenant général de police, à des puissants et entraient dans le jeu des intrigues et des manipulations.

## Une revendication impossible

Répondant à la revendication unanime des cahiers de doléances, l'Assemblée constituante abolit, comme d'autres pratiques despotiques, le contrôle des lettres, déclara inviolable le secret de la correspondance, exigea des agents des postes qu'ils jurent de l'observer et de dénoncer les infractions ; elle renvoya à leur destinataire, sans en prendre connaissance, les pièces qui provenaient de tels détournements.

Toutefois, l'invasion et la proclamation de la Patrie en danger incitèrent les élus des communes et des départements à ouvrir les « lettres de l'étranger » et celles des suspects.

Le Comité de salut public, qui avait institué partout

des comités de surveillance, proclama, le 25 avril 1793, que « le secret de la correspondance est un moyen funeste de perdre la patrie ». Les viols de correspondances se multiplièrent et se prolongèrent. Le Code du 3 brumaire an IV (25 octobre 1795) réaffirma les règles républicaines — mais il en excepta le courrier étranger.

Le Cabinet noir fut ainsi reconstitué, noua des relations plus étroites avec la police, avant que Bonaparte, peu désireux d'en partager le contrôle avec Fouché, le maintienne aux Postes que dirigeait un de ses fidèles.

Cet organisme de surveillance, secret mais dénoncé, subsista donc (à l'exception de courtes interruptions, lors des Cent-Jours et sous la IIe République), en dépit des règles légales et des dénégations des gouvernants. À ce contrôle s'ajoutèrent les interventions des préfets, particulièrement pressantes sous la Restauration. Sous le Second Empire, dans un endroit reculé de l'hôtel des Postes, un responsable remettait les copies des lettres qu'il avait fait prélever à un policier discrètement hébergé à ses côtés : l'exploitation du renseignement était l'affaire de la police et des Affaires étrangères.

## La fin du Cabinet noir

La diminution du budget du Cabinet noir sous la monarchie de Juillet découlait d'un choix politique. Mais les années qui l'avaient précédée avaient vu le début d'une évolution : l'augmentation du trafic et la maîtrise par la police de méthodes adaptables à de multiples situations encourageaient le prélèvement par ses agents auprès du destinataire ou de l'expéditeur désigné. Ils savaient s'assurer des concours du porteur ou de l'entourage pour capter et pour rendre ; les copies des lettres étaient entre-temps transmises à la Sûreté ; le savoir-faire des postiers n'était plus indispensable, y compris pour recacheter les enveloppes. Inversement, dès 1822, un député avait attribué un tassement des revenus postaux à la perte de confiance engendrée par le contrôle des lettres et une plus grande attention finit par être portée au respect des correspondances. En 1834, la loi aggrava les sanctions ; le gouvernement de Louis-Philippe avait même désavoué un préfet qui avait exigé qu'on lui remette du courrier. Mais ce n'est que plus tard que la loi et une plus grande précision des instructions devaient permettre aux agents, déjà motivés par une conception exigeante de leur métier, de résister à ce genre de pressions. Le Cabinet noir retrouva une intense activité au sein du système de surveillance politique du Second Empire — mais ne lui survécut pas.

Victoire républicaine de l'État de droit et du secret de la correspondance qui ne peut plus être levé que par un juge dans le cadre d'une procédure judiciaire ? Certes, et c'est une des missions actuelles de La Poste et des postiers de les garantir : l'écriture de la lettre peut s'épanouir dans l'intimité de l'échange. Toutefois, ils n'ont pas oublié que la raison d'État, la guerre, des circonstances particulières ont parfois imposé d'autres logiques : les commissions de contrôle pos-

tal, instituées en décembre 1939, ne tardèrent pas à
alimenter la répression de Vichy et de l'occupant,
mais des postiers repéraient et ouvraient alors les lettres de dénonciation et prévenaient les personnes
visées au péril de leur vie.

# Dans le secret des archives

C'est la police, d'habitude, qui a le pouvoir de perquisitionner chez les particuliers. Deux années durant, la Préfecture de police a accepté un étonnant renversement de situation : une équipe de quarante-cinq historiens, chercheurs et experts s'est lancée à l'assaut de ses richesses, ouvrant les armoires aux secrets, les dossiers compromettants, les vieux albums de photos. Vingt-cinq kilomètres linéaires d'archives policières soudain passés au crible, sans compter quelques placards oubliés du Laboratoire central et de la Brigade des sapeurs-pompiers.

De ce vaste coup de filet est né un livre illustré qui, pour la première fois, révélait au grand public les trésors accumulés par une des plus anciennes institutions de France : fondée en 1800, la Préfecture de police n'est-elle pas l'héritière directe de la Lieutenance générale voulue par Louis XIV, elle-même continuatrice de la Prévôté médiévale ?

Il fallait qu'un livre de référence vienne compléter l'album illustré, un livre centré sur les textes et ce qu'ils nous apprennent. Comme toute administration en effet, la police produit des notes et des rapports, mais ces documents ont une force toute particulière : parce qu'ils constituent souvent de véritables récits, parce qu'ils renvoient le lecteur à des épisodes troubles ou violents de notre histoire commune, ils jettent une lueur inattendue sur un passé qu'on se figure ordinairement plus statique.

Certes, les incendies de la Commune nous ont privés de pièces sans doute exceptionnelles, consumées dans l'apocalypse de la Semaine sanglante. Au moins les registres d'écrou des anciennes prisons parisiennes ont-ils survécu, dans un réduit où s'était aussi réfugiée la Vénus de Milo. Une belle collection de lettres de cachet, quelques cartons échappés aux flammes, nous renseignent sur la police de l'Ancien Régime, de la Révolution et du premier XIXe siècle.

Quant aux affaires postérieures à 1871, les dossiers sont si abondants que des choix douloureux ont dû être faits. Dossiers d'affaires traitées mais plus encore dossiers secrets, constitués par les services à l'insu des intéressés et en dehors de toute affaire à juger : dossiers de renseignements accumulés de manière préventive, réunissant pêle-mêle rapports officiels, billets d'informateurs et lettres de dénonciation, pour l'information personnelle et avisée du Préfet de police.

À partir de ces sources, il ne s'agissait pas d'écrire une simple histoire de l'appareil policier, mais plutôt de relire des pages de l'Histoire de France à travers le regard de la police. Longtemps avant que l'informatique leur procure des outils efficaces de tri et de recoupement, les services ont constitué des fichiers, des registres, qui renferment une multitude d'infor-

mations et d'imputations. Du petit peuple des rues
aux élites politiques et littéraires, c'est toute la société
française qui se trouve radiographiée dans les dossiers de la Préfecture.

Nous sommes fiers de publier cette nouvelle édition en poche. On y retrouvera, classées selon les trois
grands mobiles classiques — l'argent, le pouvoir,
l'amour —, les affaires qui ont passionné la France.

BRUNO FULIGNI

# *Mais que fait la police ?*

Le 14 mai 1610, profitant de la cohue, Ravaillac réussit à poignarder le roi. Mais que fait la police ?

Paris au XVII<sup>e</sup> siècle atteint cinq cent mille habitants. Nous sommes dans le « petit âge glaciaire » : les printemps sont pluvieux, les étés pourris, les hivers glaciaux. Après la guerre de Trente Ans qui ravage le nord du royaume, des milliers de pauvres, d'orphelins, de mendiants se concentrent sur la « Grand'Ville ». On s'installe, on devient domestique ou bien on entre dans une bande de malandrins. Dans la Cour des miracles se cachent environ trente mille voyous, voleurs, mendiants et marginaux en tout genre.

## *De la police du roi à la police de la Nation (1610-1800)*

La police, jusqu'en 1667, n'est qu'un parent pauvre de la justice : il n'y a pas de corps de police indépendant. Les juges et leurs auxiliaires n'ont pas le temps matériel d'assurer la sécurité des personnes et des biens, ni de lutter contre les divers fléaux. Il y a vingt commissaires au Châtelet pour les dix-sept quartiers de la ville. Théoriquement, deux cent quarante militaires constituent « le Guet ». En fait, la moitié seulement assure le service... La ville est d'une saleté repoussante, pleine d'ordures, souillée d'une boue puante : Paris est un cloaque parsemé de monuments et de boutiques luxueuses.

Enfin La Reynie vint... En 1667, Louis XIV crée, à la demande de Colbert, une magistrature indépendante : la Lieutenance générale de police, qui doit « assurer le repos du public et des particuliers, purger la ville de ce qui peut causer les désordres, procurer l'abondance et faire vivre chacun selon sa condition ». Comme l'écrit Colbert à son souverain, « il faut que notre Lieutenant de police soit un homme de simarre et d'épée, et si la savante hermine du docteur doit flotter sur ses épaules, il faut aussi qu'à son pied résonne le fort éperon du chevalier, qu'il soit impassible comme magistrat, et comme soldat, intrépide, qu'il ne pâlisse devant les inondations du fleuve et la peste des hôpitaux, non plus que devant les rumeurs populaires et les menaces de vos courtisans ».

Pendant trente ans, jusqu'en 1697, Gabriel Nicolas, seigneur de La Reynie, métamorphose la ville : les quarante-huit commissaires de police, bénéficiant d'un traitement, de primes, d'avantages fiscaux, veillent sur les quartiers. On compte 2 736 lanternes publiques à la fin de 1667. Le Guet est réorganisé. Le Lieutenant a ses observateurs qui scrutent l'opinion publique.

La prévention des risques se développe : contre l'incendie, contre les inondations, contre les épidémies. Trente pompes à eau sont installées dans les quartiers, un corps de « garde-pompes » est créé. Le ramonage est obligatoire. Il est interdit de vider les ordures dans la rue ou dans le fleuve. Chaque maison doit avoir des latrines. La Reynie organise l'approvisionnement de Paris en pain, l'aliment de base. Le Lieutenant empêche la spéculation et fait venir des convois. Finalement, Paris devient une ville plus sûre, plus propre, plus saine, mieux éclairée et mieux approvisionnée.

Jusqu'en 1789, le Lieutenant est un puissant qui s'entretient régulièrement avec le roi et avec les ministres. L'institution est centralisée : tout remonte à lui, mais le commissaire est libre de son action.

Les problèmes de circulation deviennent prépondérants : La Reynie interdit les constructions avançant sur la chaussée et les enseignes saillantes. Ses successeurs réglementent les marchands à la sauvette et les marchés. Les véhicules, carrosses, charrettes et voitures de louage sont immatriculés.

Mais le Parisien est rebelle de nature : alors que sa police sert d'exemple à d'autres pays européens, elle devient la cible des réformateurs et, parce qu'elle exécute les lettres de cachet, le symbole de l'arbitraire royal. C'est pourquoi, sous la Révolution, la police devient une compétence municipale. Le « département de police » de la mairie est chargé de l'ordre public, de l'approvisionnement, de la sécurité des habitants et des questions de propreté. Dans les soixante districts de la ville, les commissaires de police sont élus.

En revanche, leurs nouveaux auxiliaires, les vingt-quatre officiers de paix institués par la loi du 29 septembre 1791, sont désignés par la mairie.

Quand survient la Terreur, chaque faction a sa police. Néanmoins, Paris conserve un « Bureau central de police », logé depuis 1792 dans l'hôtel du Premier président, dans l'ancienne rue de Jérusalem et quai des Orfèvres. La tentative révolutionnaire de confier la police aux municipalités va montrer ses limites : au Bureau central ne pourra succéder qu'un organisme d'État. Ce sera la Préfecture de police.

## De l'État policier à la révolution sociale (1800-1871)

À Paris, « un Préfet de police sera chargé de ce qui concerne la police et aura sous ses ordres des commissaires distribués dans les douze municipalités », dispose l'article 16 de la loi du 17 février 1800 (28 pluviôse an VIII). L'arrêté des Consuls du 1er juillet 1800 (12 messidor an VIII) énumère les compétences de cette Préfecture de police, continuatrice de la Lieutenance générale d'Ancien Régime (voir texte intégral p. 633).

Il y a trois « divisions ». La première traite de la « haute police », c'est-à-dire de la police politique au sens large : complots, attentats, renseignement, délivrance des passeports, mais aussi prostitution, presse et imprimerie. La deuxième est compétente en matière criminelle : assassinats, vols, mendicité, vagabondage, recherche des prévenus ou des évadés. Quant à la troisième, elle s'occupe de la ville, c'est-à-dire de la voirie et des approvisionnements.

Le Préfet a aussi sous ses ordres les quarante-huit commissaires de police, compétents dans les quartiers de la ville. À côté des commissaires siègent, au nombre de deux par arrondissement, des officiers de paix, qui disposent d'inspecteurs en civil. Ils surveillent l'opinion, effectuent des rondes et procèdent aux arrestations. Ce dispositif double, entre une administration centrale — installée quai des Orfèvres et rue de Jérusalem, sur l'île de la Cité — et des agents locaux, va perdurer tout au long du siècle et au-delà.

Bonaparte a repris le modèle de l'Ancien Régime, en le perfectionnant et en lui donnant plus de moyens : en 1815, Paris est mieux tenu, plus propre et mieux approvisionné que sous la Révolution. C'est à la Préfecture qu'a été prise l'ordonnance du 12 février 1806, le premier texte écologiste : l'installation des établissements polluants et dangereux est réglementée. Les complots, comme celui de Cadoudal, sont déjoués. La police judiciaire est efficace, avec Vidocq et sa brigade de Sûreté. Certes, il y a des erreurs judiciaires, mais elles sont dues aux dysfonctionnements de la justice.

Instrument du pouvoir en place, la Préfecture devient cléricale sous la Restauration. Les anciens révolutionnaires, les francs-maçons, les libéraux sont surveillés, quand ils ne sont pas victimes de provocations policières. En 1829, le Préfet Debelleyme crée la première police en uniforme : les sergents de ville. En 1829, ils sont 85 ; leur nombre monte à 292 en 1846. Leur uniforme les désigne au public : représentants de la loi, ils ne peuvent se soustraire à leur devoir et on leur doit obéissance.

Sous Louis-Philippe, la Révolution industrielle remplit Paris d'ouvriers et de pauvres. Le socialisme apparaît, le régime censitaire est contesté par la violence. Jamais les tentatives d'attentats n'ont été si nombreuses. La police arrête les comploteurs, comme Fieschi. On constate une augmentation continue du budget et des effectifs de la « Grande Maison ». De 1836 à 1848, le Préfet Gabriel Delessert mène une politique de salubrité et d'urbanisme, se préoccupant d'améliorer l'hygiène, de créer une police des chemins de fer, de réglementer la navigation sur la Seine... À la même époque, Balzac, Eugène Sue, Alexandre Dumas, inspirés par la figure de Vidocq, font de la police un mythe littéraire. Paraissant en feuilleton dans la presse, le roman populaire ouvre la voie au « roman policier ».

Après la parenthèse agitée de la II$^e$ République, le Second Empire se caractérise par un contrôle accru des groupes minoritaires : la police politique se développe, qui surveille révolutionnaires et socialistes, mais aussi prostituées et homosexuels. Un îlotage serré est mis en place. La loi du 15 juin 1853 a étendu la compétence du Préfet de police au département de la Seine, et les effectifs s'accroissent encore : en 1860, la police municipale compte plus de 5 200 agents.

Le policier, surtout en uniforme, fait désormais

partie du décor parisien. Dans le Paris d'Offenbach,
le « sergot » a sa place : il protège le bourgeois contre
les malfaiteurs et les mendiants, mais aussi contre
« les rouges » qui militent pour la république
sociale...

## De l'Année terrible
## à la Belle Époque (1871-1914)

La vieille Préfecture de la rue de Jérusalem est
incendiée pendant la Semaine sanglante. Jules Ferry
installe le Préfet de police et ses services dans la caserne
de la Cité, où ils demeurent encore aujourd'hui.
La Commune, malgré son échec, laisse planer une
menace : jusqu'en 1914, les « socialistes » restent
une préoccupation constante des policiers.

Après une période d'incertitude, les républicains
s'installent solidement au pouvoir en 1879. Non seulement ils conservent la Préfecture de police, mais ils
augmentent ses effectifs et son budget.

D'abord impopulaire et très mal formée, la police
parisienne se modernise sous l'impulsion de Louis
Lépine, Préfet de police de 1893 à 1897 et de 1899 à
1913. En dix-huit ans de règne, celui qu'un pamphlé-
taire surnomme « Sa Majesté Lépine I$^{er}$ » marque la
période de son empreinte. Chansonné, caricaturé, il
acquiert une grande popularité. Avec les 9 500 policiers de « la Municipale », il met en œuvre une technique de maintien d'ordre qui canalise la foule,
évitant ainsi que les manifestations de tous bords ne

dégénèrent. Or s'il y a une période agitée, c'est bien celle-ci, et Lépine fait preuve d'habileté et de sang-froid. Il crée des écoles de formation pour les policiers, ainsi que des unités spécialisées comme la Brigade cycliste ou la Brigade fluviale. Il définit les premières règles de la circulation automobile, équipe les gardiens de la paix d'un bâton blanc et d'un sifflet, fait installer des avertisseurs téléphoniques d'alerte. Surtout, c'est la Préfecture qui met fin aux exploits de la bande à Bonnot en 1912 : les « bandits en auto » sont éliminés à l'issue de véritables sièges qui mobilisent des centaines de policiers et de militaires.

Jusqu'en 1883, la police ne sait pas reconnaître les récidivistes : même si elle dispose de volumineux fichiers, il n'existe pas de système de classement ni d'identification des personnes. Un simple employé, Alphonse Bertillon, met au point un système fondé sur l'énumération de caractères physiques sur une fiche signalétique. Il invente la photo anthropométrique et le signalement descriptif, c'est-à-dire le portrait-robot. Il ajoute à cette panoplie la « dactyloscopie » : en 1902, pour la première fois en France, un criminel est identifié grâce à ses empreintes digitales.

La Belle Époque, on le sait, n'a été surnommée ainsi que rétrospectivement. En réalité, il s'agit d'une période mouvementée, violente. Dans le Paris 1900, il y a certes des flonflons, des poètes, des chansonniers, des gens qui s'amusent, mais aussi des criminels qui tuent, des anarchistes qui effraient le bourgeois, des enfants et des prostituées qui travaillent comme des esclaves... La Préfecture de police est au centre de la vie parisienne. Elle autorise les miséreux à exercer des petits métiers dans la rue, elle organise les secours pendant la grande inondation de 1910, tout en restant attentive aux secrets d'alcôve de la bonne société. Quand M^me Steinheil, l'ex-égérie de Félix Faure, est soupçonnée de meurtre, quand Colette et Willy se déchirent, qui intervient ? Le Préfet et ses services. « Les agents sont de brav'gens », chante-t-on alors dans les caf'conc'...

## *D'une guerre à l'autre*
## *(1914-1940)*

Le 31 juillet 1914, Jean Jaurès tombe assassiné en plein Paris. Le leader socialiste et pacifiste est le premier mort du conflit, au cours duquel le Préfet de police doit partager ses pouvoirs avec le général Galliéni, Gouverneur militaire de Paris.

La Préfecture organise la défense passive, le couvre-feu, le camouflage des fenêtres, les secours, dans une ville bombardée par les zeppelins. Les chimistes du Laboratoire municipal sont requis sur le front pour analyser une arme nouvelle, le gaz de combat. Les policiers font la chasse aux espions et expulsent les suspects, comme le dénommé Bronstein, dit Trotsky.

Avec la victoire, les clartés reviennent, mais Paris peine à redevenir la « Ville lumière ». Les veuves en noir sont partout, les mutilés manifestent, la France a vieilli. La capitale veut malgré tout s'amuser. Dans les maisons closes à la mode, comme Le Sphinx, on danse, on boit, on s'étourdit frénétiquement. Des avant-gardes artistiques — cubisme, dadaïsme, surréalisme — sèment le trouble dans les esprits, tandis qu'une force politique nouvelle, le communisme, s'installe en force à Paris et dans la « ceinture rouge ». Autre forme de subversion, le féminisme sort des salons pour investir la rue : les « suffragettes » font le siège du Sénat, qui refuse obstinément d'accorder le droit de vote aux femmes.

La Police judiciaire, qu'on appelle familièrement « le Quai des Orfèvres », connaît dans l'entre-deux-guerres une grande popularité. La police scientifique continue de se développer, le service de l'Identité judiciaire perfectionnant la dactyloscopie et utilisant les dernières découvertes des criminologues. Qu'il s'agisse du ténébreux Landru ou de la jeune parricide Violette Nozières, les enquêtes criminelles sont suivies avidement par un public de lecteurs passionnés. Des journalistes et des journaux se spécialisent dans ce secteur de l'information, au point que leurs enquêtes doublent souvent celles des enquêteurs officiels. Surtout, le roman policier connaît un succès mondial. Simenon crée Maigret, qui devient l'archétype du policier.

De 1927 à 1934, le Préfet Jean Chiappe équipe les commissariats de bornes d'appel et met en circulation les véhicules de police-secours. Il installe des feux de signalisation et multiplie les sens uniques, tant le nombre des automobiles a augmenté. Il crée la Maison de santé des gardiens de la paix, toujours en activité.

Sa révocation est à l'origine de la manifestation du

6 février 1934, qui menace la République. Si la Préfecture parvient à contenir la montée en puissance des ligues et de l'extrême droite, elle ne peut rien contre les périls extérieurs. En septembre 1939, elle organise à nouveau la défense passive, mais en juin 1940, c'est au Préfet de police que revient la triste tâche d'accueillir les Allemands dans Paris, déclaré « ville ouverte ».

## Des années noires aux jours nouveaux (depuis 1940)

Occupation, bombardements, guerre civile, rationnement : dans les années noires, la Préfecture de police est mise à la disposition de l'occupant, devenant un des rouages de la machine allemande. C'est ainsi qu'à partir de 1941, mais surtout de juillet 1942, elle met en œuvre les rafles demandées par les Allemands et préparées avec eux. Jusqu'en juillet 1943, elle administre le camp de Drancy, où sont regroupés les internés juifs qui vont être déportés, le plus souvent vers Auschwitz.

Les Brigades spéciales combattent la Résistance communiste et lui portent des coups très durs. Néanmoins, les mouvements de résistance regroupent des policiers qui, malgré les risques, organisent des attentats, fabriquent des faux papiers ou renseignent les réseaux alliés. Le 15 août 1944, c'est par la grève des policiers que commence la libération de Paris. La Préfecture est au centre des combats et, après que

Leclerc et sa 2e division blindée ont atteint Paris, c'est dans ses murs qu'est finalement signée la reddition allemande.

L'heure est venue de rendre des comptes. L'Occupation a permis au monstrueux docteur Petiot de mettre sur pied un « réseau d'évasion hors de France » qui aboutit dans la sinistre cave de la rue Le Sueur... La police fait la chasse à tous les trafiquants qui, tel Joinovici, ont fait fortune en trafiquant avec les Allemands. Mais dans cette période de troubles, le grand banditisme prospère, même si le milieu triomphant se déchire pour conquérir l'hégémonie sur les trafics : prostitution, cigarettes, drogue.

Quand la guerre froide succède aux fièvres de l'épuration, la Préfecture devient un rempart contre les mouvements insurrectionnels orchestrés par le Parti communiste et la CGT. Les agents de la Préfecture doivent affronter les militants du « premier parti de France », qui manifestent violemment.

À partir de 1954, les effets de la guerre d'Algérie se font sentir dans la région parisienne : les attentats contre les policiers se multiplient, les manifestations dégénèrent, la répression policière se durcit, le FLN et l'OAS posent des bombes.

Il faut attendre 1962 pour que la France et sa capitale vivent en paix. Mais la contestation couve, ne serait-ce que sous la forme pittoresque du soutien à Ferdinand Lop... Dans ces années de calme et de prospérité, « la France s'ennuie », comme l'écrit Pierre Viansson-Ponté dans *Le Monde*. En mai 68, elle se réveille. La Sorbonne est occupée, les manifestations se succèdent pendant un mois, les ouvriers finissent par suivre, le pays est paralysé. Barricades, véhicules incendiés, pavés et projectiles : confrontés à cette épreuve exceptionnelle par sa longueur et sa dureté, les policiers, sous les ordres du Préfet Maurice Grimaud, contiennent cette révolution d'un nouveau style sans effusion de sang.

CLAUDE CHARLOT

*Première partie*

# L'ARGENT

L'esprit de lucre et la haine du travail, lorsqu'ils se conjuguent, aboutissent aux formes les plus diverses de la délinquance. Du simple vol à la tire aux escroqueries les plus élaborées, les différentes manières de s'enrichir hors la loi forment un catalogue qu'on pourrait trouver fort pittoresque, s'il ne comportait aussi l'option du meurtre crapuleux.

Pour de l'argent, que ne ferait-on pas ? Cartouche invente la bande organisée, la d'Oliva se fait passer pour la reine de France, Chicago May tapine devant l'agence de l'American Express que dévalise son amant de cœur, les Corses de Marseille mitraillent généreusement leurs cousins de Paname... Les plus résolus sèment la mort avec férocité : la Brinvilliers accélère les héritages par ses « poudres de succession », comme Violette Nozières, trois siècles plus tard, deviendra parricide. Landru vide les comptes de celles qui se sont données à lui, comme Petiot pillera les bagages des malheureux qui se sont fiés à son pseudo-réseau d'exfiltration.

La Préfecture de police conserve dans ses archives

les traces de ces criminels illustres, mais aussi la
mémoire des innombrables apaches, casseurs, balu-
chonneurs et demi-sel de toutes catégories qui composent la tourbe des « droits communs ».

# I. LE VOL

*Grinchir, greffir, goupiner les poivriers, rincer, tiquer, courir le rat, papillonner, faire nonne...* Dans le *Dictionnaire d'argot* que publie Vidocq en 1836, les traductions du verbe « voler » sont aussi nombreuses que précises. Selon qu'il fait les poches, entre par les fenêtres ou crochette les serrures des portes, celui que la société nomme indifféremment « voleur » sera un *tire-laine*, un *venternier*, un *caroubleur*, sans oublier le *doubleux de sorgue* qui opère la nuit ou le *mion de boule* qui coupe les cordons de la bourse au passant distrait.

Par violence ou par ruse, il existe cent moyens plus ou moins astucieux de s'approprier le bien d'autrui. Alors que les besogneux et les gagne-petit de la confrérie s'en tiennent au savoir immémorial hérité de la Cour des miracles, des chefs ambitieux préparent des coups fumeux qui entreront dans la légende. Les uns et les autres déploient des trésors d'adresse pour échapper aux forces de l'ordre, qui s'efforcent quant à elles de moderniser leurs prisons et leurs méthodes d'investigation. Comme le déclare emphatiquement le Préfet de police Louis Andrieux à ses troupes, le 10 mars 1879, pour sa prise de fonctions : « Notre bataille à nous, elle est de tous les jours, car il n'y a pas d'armistice avec les criminels. »

# Le héros des humbles

Gilles Henry

À la mort de Louis XIV, en 1715, chacun veut s'affranchir des pesanteurs passées, du souvenir des guerres et des impôts écrasants. Trois ans plus tard, l'envol des actions du Mississippi, gagées sur le commerce avec la Louisiane, permet de s'enrichir rapidement. Dans ce Paris bouillonnant, défiant la morgue des puissants, émerge le héros des humbles : Louis Dominique Cartouche.

Ce nom d'origine allemande — Garthausen devenu Gartouse puis Cartouche — claque comme une balle. Cartouche et ses complices, en volant les riches, redistribuent les gains et s'attirent la faveur populaire.

Les « Cartouchiens » sont organisés en deux équipes étanches, l'une dirigée par Cartouche lui-même, sous les pseudonymes de Bourguignon ou de Lamarre, l'autre par Gruthus du Châtelet. Le premier a pour lieutenants d'Entragues, Messié, Magdelaine et Rozy ; l'autre, Pellissier, Marcant et Balagny, neveu du premier valet de chambre du Régent. On trouve encore dans cette bande organisée les deux frères François et Louison Cartouche, Marie-Antoinette Néron, la

Masque mortuaire de Cartouche, 1721.

« promise » du chef, Jeanne Roger dite « La Grande Jeanneton », le cousin Jacques Tanton et de nombreux affidés, venus de tous les horizons sociaux.

## Lâché par les siens

Trahi par Gruthus, Cartouche est arrêté dans un cabaret de Belleville le 6 janvier 1721. Le brigand de la Régence devient alors la vedette de Paris ; à peine est-il en prison que les comédiens Italiens et Français interprètent sa vie au théâtre, sous les ovations ; pourtant, il a volé, il a tué à quatre reprises. Et on murmure qu'il a rencontré secrètement le Régent…

Rudement interrogé, Cartouche nie tout, mais il est condamné à mort. Constatant que ses amis ne viennent pas à son secours, il « jaspine ». La liste des membres de la bande, rédigée sur quinze folios, est établie en 1721 à partir des aveux de Cartouche et de ses complices, ainsi que des procès-verbaux des commissaires qui le traquent depuis qu'il a assassiné un exempt de police.

Les aveux du chef déçu entraînent des procès qui dureront jusqu'à la fin de la Régence, en 1723. Cartouche est roué vif en place de Grève le 28 novembre 1721, mais il est déjà entré dans la légende.

Créé par Böhmer et Bassenge, le collier de la reine, ici reconstitué par le joaillier Stéphane Marant en 1992, était festonné de grappes, de pendeloques et de guirlandes de diamants : vingt et une pièces de six cent quarante-sept gemmes.

# Tempête sur la monarchie

Jean-Christian Petitfils

Ce 11 août 1784, dans la fraîcheur ombreuse de la nuit, un vent léger fait frissonner le feuillage. Le parc de Versailles est sombre, à peine éclairé par la trouble clarté de la voûte étoilée. Enveloppé dans une large redingote, un chapeau rabattu sur la tête, le cardinal Louis de Rohan, grand aumônier de France, attend, fébrile, dans le bosquet de Vénus, une discrète charmille du côté de l'Orangerie, en contrebas de l'escalier des Cent-Marches. L'endroit, planté d'arbres exotiques et de buissons treillagés, est désert. Viendra-t-elle, comme promis ? Enfin, peu avant minuit, une ombre légère glisse dans l'allée, vêtue d'un mantelet blanc et d'une robe de linon moucheté, coiffée d'une « thérèse » lui dissimulant le haut du visage. Il la reconnaît à sa taille fine, à sa gorge épanouie, à son port de tête inimitable. Oui, c'est elle : la reine, celle qu'il chérit, et avec qui il échange depuis quelques mois une correspondance secrète, « intime et tendre » ! Sa protégée, Jeanne de Valois, comtesse de La Motte, ne lui a point menti. Grâce à son entremise, il peut enfin voir sa chère souveraine qui, en

public, le bat froid depuis que, lors de son ambas-
sade à Vienne, il s'est permis quelques pointes contre
elle. Enfin, il va se réconcilier avec elle, peut-être
même devenir Premier ministre, son rêve.

L'ombre se précise. Le cardinal s'incline profondément. La jeune femme lui tend une rose : « Vous
savez ce que cela veut dire ! » lui dit-elle. Mais, vite,
il faut partir. M^{me} de La Motte surgit, annonce que
des promeneurs s'avancent de leur côté. L'ombre
s'évanouit. Rohan reste là quelques instants, ivre
d'extase, sa rose en main.

Il n'a rien compris de l'intrigue : ni les lettres de la
reine, œuvres d'un faussaire, Rétaux de Villette, amant
de la comtesse, ni ce marivaudage nocturne, où lui, le
fastueux et libertin quinquagénaire, vient de s'incliner
devant une grisette du Palais-Royal, Nicole Leguay,
dite la demoiselle d'Oliva, sosie de Marie-Antoinette !

## Le joyau des joyaux

Quelques mois plus tard, la diabolique comtesse
de La Motte susurre à son protecteur bien-aimé que
la reine, avec laquelle elle est au mieux, souhaite acqué-
rir en secret le magnifique collier que les joailliers
Böhmer et Bassenge ont créé pour M^{me} du Barry et
n'ont pu vendre à cause de la mort de Louis XV :
le joyau des joyaux, qui pèse 2 800 carats ! Certes,
ce collier somptueux, elle l'a refusé, déclarant que
le roi avait plus besoin d'un vaisseau que d'un
bijou ! Mais, maintenant, elle le veut. Le prix est
exorbitant : 1 600 000 livres, payables en quatre

quartiers. Rohan doit se porter acquéreur en son nom propre, la reine le couvrira, bien entendu, à chacune des échéances. Il acquiesce, sans s'apercevoir que le traité que lui remet la prétendue comtesse est signé de « Marie-Antoinette de France », nom que la fille des Lorraine-Habsbourg n'a jamais porté...

Le collier est livré chez le cardinal dans son écrin de cuir rouge et or. Les joailliers peuvent-ils douter de lui ? Le prélat le porte à la comtesse pour être remis à la reine. À peine est-il sorti que les complices, M^me de La Motte, le mari et l'amant dépècent la pièce avec des couteaux de cuisine et disparaissent. Le mari file en Angleterre. L'alerte est donnée en août 1785, à la première échéance financière. Böhmer et Bassenge, impatients, font un compliment ambigu à Marie-Antoinette, qui tombe des nues. Le collier ? Elle a dit qu'elle n'en voulait pas ! Qu'ils n'insistent pas ! Les jours passent. On finit par s'expliquer. Elle ne leur a jamais rien commandé, même par personnes interposées. Le cardinal ? Elle ne lui parle plus depuis des mois !

## Une erreur fatale

L'affaire remonte aux ministres et au roi, tous persuadés que Rohan, connu pour vivre à crédit, s'est octroyé le collier sans le payer, en faisant croire qu'il agissait au nom de la reine. Une escroquerie, doublée d'un crime de lèse-majesté ! Le 15 août, il est convoqué par Louis XVI, alors qu'il s'apprête, revêtu de ses habits épiscopaux, à célébrer la grand-messe de l'Assomption. La reine, giflée par l'outrage, est vin-

dicative. Le naïf réalise qu'il a été dupe d'une fri-
ponne. Il admet ses fautes. Au sortir du cabinet
royal, il est arrêté dans la galerie des Glaces, devant
la Cour ébahie. Le scandale est immense. Le grand
aumônier, qui continue de croire à l'authenticité de
la correspondance de la reine, a juste le temps de donner ordre à un domestique de se rendre à son hôtel et
de faire brûler le contenu de son portefeuille rouge.
Le voilà à la Bastille. L'opinion publique se déchaîne
contre la bergère de Trianon, cette coquette lubrique
et perverse, complice du cardinal, son amant naturellement. Les libelles pornographiques prolifèrent. Rohan
fait figure de victime.

Bientôt Jeanne de La Motte, Rétaux de Villette et
la d'Oliva sont arrêtés ainsi que Cagliostro, le mage,
ami de Rohan. Louis XVI et Marie-Antoinette veulent faire éclater la vérité. Au lieu de régler l'affaire
discrètement, ils la défèrent devant le parlement de
Paris. Erreur fatale ! Celui-ci tient sa revanche contre le pouvoir royal : démêlant l'intrigue, il inno-
cente totalement Cagliostro, la d'Oliva et Rohan —
qui sort ovationné de la Bastille —, condamne la
femme La Motte à être marquée au fer rouge et
enfermée à perpétuité et Rétaux au bannissement.

Marie-Antoinette enrage : on a porté atteinte à
son honneur, et le principal coupable est libre, pas
même réprimandé ! Les pamphlets continuent de la
couvrir d'ordures. La haine est féroce, la monarchie
discréditée, l'État ébranlé. L'affaire du Collier annonce
la Révolution. Une rivière de diamants, belle et scin-
tillante, qui va déboucher bientôt sur des fleuves rouges
comme des rubis...

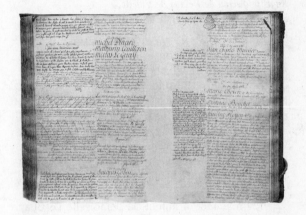

Registre d'écrou des protagonistes de l'affaire du Collier.

*✪*

## À LA CONCIERGERIE !

*Registre d'écrou de Rétaux de Villette,*
*de la demoiselle d'Oliva et de la comtesse*
*de La Motte*

Le 29 mai 1786 à onze heures et demie, Marc
Antoine Rétaux de Villette a été amené et transféré
du château de la Bastille ès prisons de céans par
maître Sergent, huissier au Parlement soussigné,
pour y rester de dépôt jusqu'à nouvel ordre.

Et le mercredi 21 juin 1786, Marc Antoine Rétaux de
Villette, dénoncé en la mention ci-dessus, est sorti de
la prison de céans en vertu de l'arrêt de la cour du
31 mai dernier, qui l'a banni à perpétuité du royaume.

Le 29 mai 1786 à minuit, la demoiselle Le Guay
d'Oliva a été amenée et transférée du château de la
Bastille ès prisons de céans par maître Regnaud,
huissier au Parlement soussigné, pour y rester de
dépôt jusqu'à nouvel ordre.

Et le vendredi 2 juin 1786, la demoiselle Le Guay
d'Oliva, dénoncée en la mention ci-dessus, a été
mise en liberté et hors de la prison de céans en vertu
de l'arrêt de la cour du 31 mai 1786 qui l'a mise hors
de cause.

Le 29 mai 1786 à une heure du matin, dame Jeanne
de Valois, comtesse de La Motte, a été amenée et
transférée du château de la Bastille ès prisons de
céans par maître Sergent, huissier au Parlement soussigné, pour y rester de dépôt jusqu'à nouvel ordre.

Et le [blanc] juin 1786, dame Jeanne de Valois comtesse de La Motte, dénoncée en la mention ci-dessus, a été remise à maître [blanc], huissier au Parlement soussigné pour être reconduite à la prison de la Bastille, conformément aux ordres qui lui en ont été donnés.

Paris, SAM [Série Ab, prison de la Conciergerie, registre n° 128]

Malle-poste sous la Convention.

# Chronique d'une erreur judiciaire

François Aron

Le 27 avril 1796, après le relais de Lieusaint dans les environs de Melun, le « courrier » de Lyon est attaqué et tué. La malle-poste est délestée des valeurs qu'elle transporte — dont 7 millions envoyés par le gouvernement à ses payeurs — et son unique voyageur disparaît, ainsi que l'un des trois chevaux.

Les gendarmes relèvent les indices et, pendant deux jours, recueillent les témoignages le long de la route. Quatre cavaliers se sont restaurés à Montgeron et à Lieusaint ; ils se sont attardés un peu plus loin, mais ne sont pas passés à Melun. Cinq cavaliers, vers la fin de la nuit, ont gagné Paris à bride abattue. On retrouve le cheval manquant et la police apprend d'un garçon d'auberge qu'un certain Couriol lui a confié au petit matin quatre chevaux — le temps de partager le butin, apprendra-t-on plus tard — avant de les reprendre. L'individu est arrêté à Saint-Quentin où il est hébergé par un entrepreneur de transports, rentré chez lui la veille en compagnie d'un collègue de Douai, Guénot. Dans la voiture de Couriol, fournie par un brocanteur que son valet

accusera d'avoir procuré des montures pour l'attaque, on trouve des marchandises suspectes et des
billets, environ un cinquième du butin, dont l'origine est bientôt confirmée par les marques des cais-
siers.

Afin de rentrer en possession de papiers saisis à
Saint-Quentin, Guénot vient à Paris accompagné d'un
« pays », Lesurques. Les deux hommes se retrouvent
dans l'antichambre du juge Daubanton, qui dirige l'instruction. Deux servantes les identifient formellement :
ils sont arrêtés, tout comme un certain Richard, chez
qui Couriol s'est installé le lendemain du crime et
chez qui Guénot descend quand il vient à Paris. Chez
Richard, Guénot a amené Lesurques et ils ont rencontré Couriol.

## Identifié par sa chevelure

Au tribunal, réuni dès le 2 août, ces coïncidences
peu probantes emportent moins la conviction des
jurés populaires que les témoignages des citoyens et
des citoyennes qui disent reconnaître tous les inculpés — à l'exception de Richard, qui sera condamné
au bagne comme receleur. Lesurques est identifié à
la quasi-unanimité par sa chevelure blonde. Alors
que Guénot, qui sera acquitté, peut faire comparaître des personnages officiels qui l'ont vu à Paris le
jour du crime, les témoins de Lesurques ne sont pas
crus : un bijoutier, à cause d'une date raturée sur un
registre, des Douaisiens, comme le peintre Hilaire
Ledru, des parents, des employés. Lesurques, dont

les papiers ne sont pas en règle et qui s'est enrichi en spéculant sur les biens nationaux, est condamné à mort — comme le brocanteur et Couriol.

## Une justice expéditive

Ce dernier, qui finit par reconnaître sa culpabilité, donne les noms de ses quatre complices, dont l'un ressemble à Lesurques, qui, clame-t-il, est innocent. Le Directoire s'en émeut ; le Conseil des Cinq-Cents, que les déclarations d'un condamné à mort n'ont pas convaincu, s'en tient aux principes : l'autorité des jugements du peuple rendus dans le cadre des lois, la séparation des pouvoirs — dont la transgression, dans la tourmente révolutionnaire, a laissé de terribles souvenirs.

Il n'y a pas de droit de grâce à l'époque. Lesurques est exécuté le 29 octobre, victime d'une justice trop rapide qui n'a pas su distinguer entre les assassins, les voleurs, les comparses et les simples relations.

Les quatre complices de Couriol — dont le voyageur mystérieusement disparu — seront peu à peu retrouvés, grâce à l'entêtement de Daubanton. Avant de monter à leur tour sur l'échafaud, deux d'entre eux vont confirmer l'innocence de Lesurques, guillotiné pour avoir eu un sosie coiffé d'une perruque blonde. Sa famille n'obtiendra jamais la révision du procès.

*

## CONDAMNATION À MORT
## D'UN INNOCENT

*Registre d'écrou de Joseph Lesurques*

Du 9 brumaire an V de la République française
Le nommé ci contre est sorti le d. jour pour subir
l'exécution de son jugement, et remis au citoyen Mas-
son huissier de justice du tribunal de département de
Seine qui a signé,
Masson.
Huissier audiencier au Tribunal criminel.

Du même jour neuf thermidor an quatrième de la
République française.
Le nommé Joseph Lesurque, rentier, marié à Jeanne
Campion, demeurant lors de son arrestation rue Montmartre n° 205 à Paris, âgé de trente-trois ans, natif
de Douay département du Nord, taille de cinq pieds
trois pouces, cheveux et sourcils blonds, front haut, nez
long mince et pointu, yeux bleus, bouche moyenne,
menton rond, visage rond et pâle, ayant une cicatrice
au haut du front à droite et un doigt de la main droite
estropié.
A été extrait et transféré de la Maison de Justice de
la Conciergerie de brigade en brigade, en vertu d'un
Jugement rendu par le Tribunal criminel du Département de Seine.
En date du 18 thermidor an IV qui le condamne à
la peine capitale

Convaincu d'assassinat commis sur les personnes du courrier de Lyon et du postillon, sur un grand chemin avec les nommés Couriol, Bernard et Richard.

Et l'ai laissé à la garde du Concierge de la Maison de détention de Bicêtre, pour le représenter toutes les fois qu'il en sera légalement requis.

MASSON
*Huissier audiencier au Tribunal*
*du Département de la Seine*

Paris, SAM |Musée, série Ab, registre n° 342|

VIDOCQ.

Cette gravure, attribuée à Marie-Gabrielle Coignet, représente Vidocq à l'âge mûr. Le registre de bagne, en 1798, le
décrit ainsi : « Cheveux, sourcils, châtains clairs, barbe de
même ; visage ovale bourgeonné ; les yeux gris, le nez
gros ; bouche moyenne, menton rond et fourchu, front bas,
ayant une cicatrice à la lèvre supérieure côté droit ; les
oreilles percées. »

# Un bagnard au service de la Sûreté

Claude Charlot

Une bande de repris de justice et d'évadés du bagne, pour traquer les voleurs et les assassins de la capitale : l'idée est aussi simple qu'immorale, mais d'une incontestable efficacité. « Ces individus sont de la plus grande utilité pour la police de Sûreté dans Paris », écrit Jean Henry dans un rapport de 1814 : chef de la deuxième division de la Préfecture de police, c'est lui qui est chargé d'élucider les assassinats et les vols. Dès 1809, par deux fois, Vidocq lui a fait des offres de service. En 1811, une « brigade de Sûreté » de quatre hommes est constituée. En 1814, le nombre de ces « agents particuliers » s'élève à sept, dont Vidocq « qui dirige les autres et rédige les rapports particuliers des captures qu'ils ont faites »...

Quand le pragmatique Jean Henry résume ainsi la situation, Vidocq a trente-neuf ans. Depuis trois années qu'il agit au service de l'ordre, il n'a toujours pas été réhabilité, ce qui signifie qu'il demeure un forçat évadé, risquant de retourner au bagne si sa collaboration avec la Préfecture de police devait cesser.

## Une célébrité du milieu

Après une adolescence pleine de bagarres et de
vols, Vidocq n'a pas seize ans quand il s'enfuit d'Arras,
sa ville natale, avec une grosse somme d'argent volée
à ses parents. En 1792, il combat parmi les volontaires de la République à Valmy et à Jemmapes. Chassé
de l'armée régulière, il mène une vie d'escroc et de
voleur, seul ou en bande, et finit par être condamné
à huit ans de bagne le 27 décembre 1796. D'une certaine manière, il a acquis ses lettres de noblesse dans
le milieu.

« Vidocq, note Henry, se montre sous toutes sortes
de costumes. » Grand pour l'époque, avec un torse
très musculeux et une grosse tête aux cheveux bou-
clés châtain clair, il devrait être reconnaissable au
premier coup d'œil. Or, il a l'art de se grimer et le
génie de passer inaperçu. Incroyable transformiste, il
s'est échappé du bagne de Brest en février 1798 et de
celui de Toulon en mars 1800. Il se tasse parfois et
parfois se rehausse, si bien qu'on ne connaît pas
exactement sa taille : 1 mètre 68 ou 1 mètre 72 ? Ce
goût du déguisement le sert doublement : évadé, on
ne le remarque pas ; policier, il peut approcher ses
proies sans qu'elles le repèrent. Doué d'un œil pers-
picace, il reconnaît toujours ceux qu'il a dévisagés
une fois, quel que soit leur costume, et il confondra
durant sa carrière des dizaines d'échappés du bagne.

Grâce à une connaissance intime du milieu, la brigade de Sûreté multiplie les arrestations, envoie au

bagne ou à l'échafaud de nombreux récidivistes, purgeant Paris d'une grande partie de ses bandes. Lorsque le Préfet de police Pasquier découvre l'existence de cette équipe mal famée, il est tenté de la dissoudre, mais devant l'évidence des résultats obtenus par Vidocq, il s'incline bon gré mal gré.

Entre 1811 et 1827, la brigade peut revendiquer trois fois plus de captures que les policiers « officiels », qui détestent Vidocq, le calomnient et lui tendent des pièges, obtenant finalement son renvoi. Après un bref retour en 1832 — il exerce pendant sept mois les fonctions de chef de la Sûreté —, Vidocq fonde une agence de renseignement. C'est une officine de détective privé pour conjoints jaloux, mais aussi, très précocement, une agence de renseignement économique.

✱

## DES AUXILIAIRES TRÈS UTILES

*Sous la première Restauration, la Préfecture de police est supprimée et fusionnée avec le ministère de la Police générale. C'est donc auprès du Directeur général de la Police du Royaume, Beugnot, qu'il faut plaider la cause de Vidocq et de ses « cosaques », ainsi qu'il surnomme ses agents particuliers de Sûreté issus de la pègre. Cette note de Jean Henry n'a pas d'autre objet.*

*Note sur la dépense des agents secrets*
*et des agents particuliers de Sûreté*
*du 7 octobre 1814*

L'obscurité de la nuit étant toujours favorable aux malfaiteurs, ils commettent ordinairement beaucoup moins de vols pendant l'été que pendant l'hiver, où les besoins de la vie sont plus multipliés et plus impérieux, et où d'ailleurs les ouvriers de certaines professions manquent de travail, tels que les maçons, tailleurs de pierres, couvreurs, charpentiers, peintres en bâtiment, etc.

Cette année il n'en a pas été de même. Dès le mois de juin les vols se sont multipliés, des bandes se sont formées et plusieurs vols ont eu lieu sur la voie publique, parce que beaucoup de voleurs dont la conscription et les bataillons coloniaux avaient débarrassé Paris y sont revenus pour y répandre leur métier de <u>voleur</u>. Ces derniers, qu'on avait incorporés dans des régiments de ligne, desquels une partie avait été chassée comme mauvais sujets, ont, ou déserté, ou obtenu leur congé depuis la conclusion de la paix ; et ayant appris à manier les armes ils se sont rendus d'autant plus redoutables. Une recherche sévère en a été faite ; les 4 Brigades de Sûreté en ont trouvé fort peu ; mais les 4 agents particuliers que j'employais en ont arrêté un grand nombre. Ceux qui circulaient encore dans Paris redoutant ces agents particuliers de Sûreté, dont ils savaient être connus, résolurent de les tuer à coups de sabres, de couteaux ou de bâtons, lorsqu'ils les rencontreraient le soir. En effet, deux d'entre eux furent attaqués à l'entrée de la nuit, en juin dernier, par 4 de ces brigands et une femme, qui les frappèrent de coups d'un instrument piquant et à 4 quarts, de couteaux et de bâtons. Les deux autres accoururent à leur secours ; ils furent aussi frappés et blessés, mais beaucoup moins que les deux premiers. Ces malfaiteurs prirent la fuite. Ils furent arrêtés successivement depuis cette époque. Cette affaire ayant été considérée comme une rixe et aucun témoin n'ayant pu dire par qui cette rixe avait été commencée, Monsieur le Directeur général de la Police du Royaume ne put en saisir les tribunaux.

Deux de ces agents particuliers de Sûreté se trouvant hors de service et placés, l'un chez lui, et l'autre à l'hôpital pour être soignés de leurs blessures, et ces agents ayant besoin d'être en nombre suffisant pour en imposer aux malfaiteurs qu'ils rencontreraient, je leur en ai adjoint trois autres qui connaissaient également beaucoup de voleurs. Ces derniers ont été d'un grand secours aux premiers dans les captures importantes qu'ils ont faites depuis six semaines et dont je joins ici l'état.

Le nombre de ces agents particuliers est actuellement, y compris les deux qui avaient été si grièvement blessés, de sept ; savoir

<u>Vidocq</u>, principal agent qui dirige les autres, et rédige les rapports journaliers des captures qu'ils ont faites.

| | |
|---|---:|
| Il a | 1 800 f. |
| Levesque, est porté à | 1 200 |
| Bouché, id. | 1 200 |
| Compere, id. | 960 |
| Doré, id. | 1 200 |
| Gaspard, id. | 1 200 |
| Galisson, id. | 1 200 |
| | 8 760 |

Ces individus sont de la plus grande utilité pour la police de Sûreté dans Paris, surtout après une guerre désastreuse qui, ayant heureusement cessé, a ramené dans cette capitale un grand nombre de malfaiteurs qui ne manqueront pas de se rendre redoutables dans le cours de l'hiver qui approche.

J'ai d'autres agents qui se trouvent les uns dans les prisons et les autres dans la société ; ceux-ci sont véritablement des agents secrets qui ne consentent à donner des renseignements sur les auteurs des crimes ou délits parvenus à leur connaissance, pour en faciliter la capture, qu'à condition que personne n'en aurait connaissance. Ils viennent le soir, ou m'envoient leurs femmes ou maîtresses pour me faire part de leurs découvertes s'ils ne peuvent m'écrire. Ils ne reçoivent leur récompense qu'après les captures et saisies faites des objets volés, et tous ensemble ne coûtent guère que 1 200 f. dans l'année.

Les mémoires de frais des 7 agents particuliers de Sûreté peuvent coûter dans l'année environ 5 à 600 f.

Ainsi la dépense totale de ces auxiliaires précieux des officiers de paix et inspecteurs des 4 Brigades de Sûreté peut être portée approximativement à 10 560 f.

J'ai l'honneur d'observer au Magistrat que Vidocq, qui dirige les six autres, et qui se montre sous toutes sortes de costumes, sollicite une augmentation de traitement et désirerait être porté à 200 f. par mois, au lieu de 150 f.

Il voudrait aussi voir porter l'indemnité des six autres agents à 4 f par jour au lieu de 3 f attendu qu'ils sont obligés d'être une grande partie des nuits sur pied, et qu'ils font un métier bien dangereux pour

leur propre sûreté. Ce qui porterait alors la dépense
de leur traitement à 12 620 f au lieu de 8 760.

Si Son Excellence Monsieur le Directeur de la Police
du Royaume pouvait leur accorder cette amélioration
de leur sort la chose publique ne pourrait qu'y gagner.

HENRY

Paris, SAM [Série Db, carton n° 45]

✪

## LA POLICE SOUS LOUIS-PHILIPPE, DES AGENTS PEU RECOMMANDABLES

*Antoine Claude, ancien chef de la police de Sûreté sous le
Second Empire, a débuté sous la monarchie de Juillet.
Œuvre d'un « teinturier », ses Mémoires ont subi
l'influence du roman-feuilleton, si bien que les récits ne
doivent pas toujours être pris pour argent comptant. Mais
ses souvenirs n'en demeurent pas moins précieux et ses
opinions nous renseignent sur l'état d'esprit d'un officier de
police au XIXᵉ siècle. Comme beaucoup de fonctionnaires,
M. Claude réprouve le recrutement d'agents dans la pègre.*

**Extrait des** Mémoires de M. Claude,
**Antoine Claude, 1883**

Lorsque j'entrai comme greffier d'instruction criminelle, pour collationner, compulser, redresser les
rapports de la police secrète, cette police n'avait rien
de bien recommandable par elle-même.

Elle se ressentait du passage de Vidocq, et ses *moutons* qui filaient les voleurs ne valaient guère mieux que
le gibier qu'ils pourchassaient.

Ce fut M. Allard qui, le premier, fit justice de cet
odieux préjugé selon lequel pour bien être au cou-

rant des faits et gestes du bandit, il fallait être un peu fripon.

Allard, habile administrateur, collaborateur de Canler dans l'arrestation de Lacenaire, épura le personnel des agents de la Sûreté générale. Il pensa avec raison que, pour inspirer du respect et de la terreur aux ennemis de la société, il fallait opposer à leurs vices une honnêteté absolue et à leurs honteux débordements une conduite irréprochable.

C'est Allard qui a jeté les bases, dans le service de la Sûreté générale, d'une administration régulière, scrupuleuse, vigilante, en y faisant disparaître une bande de gens tarés en chasse contre des scélérats plus persévérants !

Avant Allard, les *moutons* étaient aussi bien de la bande des loups que du troupeau des brebis. Il y avait certains *indicateurs* qui, dans les deux bandes, touchaient d'une main leur part de butin et de l'autre le gain de la dénonciation. Il n'était pas rare de voir un indicateur déjeuner du produit du vol et souper avec l'argent distribué pour le faire découvrir. La police ne voulait pas voir, à cette époque, cette incrustation de mouchards dans cette mosaïque de filous.

Voici un exemple qui prouve ce qu'était la police avant et après l'avènement de Louis-Philippe.

À la suite d'un vol considérable opéré chez un personnage de distinction, tous les agents de la Sûreté furent mis en campagne pour arrêter le voleur, qui ne tarda pas à être pris, puis conduit à la maison du volé pour expliquer à la justice de quelle façon il avait opéré son vol.

Deux jours après cette confrontation, le maître du logis s'aperçoit qu'une émeraude entourée de dia-

mants, d'une valeur de dix mille francs, a disparu de
sa chambre à coucher. On fait part de cet événement
à l'un des chefs de la police de Sûreté, qui se doute
que l'auteur de ce vol ne peut être qu'un de ses
agents.

Voici le moyen ingénieux qu'employa ce chef de
police pour découvrir ce nouveau voleur du volé :

On était aux approches du Jour de l'An. Le chef des
limiers rassemble ses hommes ; il leur tient à peu
près ce langage... pittoresque :

— Mes enfants, vous savez que nous devons bientôt souhaiter la bonne année à M. le Préfet. Je pré-
tends que, pour ce jour-là, on mette sa pelure la plus
soignée et son linge le plus fin. Je veux que ceux qui
ont des bijoux *en plan*, des *toquantes au clou*, les dégagent pour la cérémonie. Il ne faut pas que nous nous
montrions à notre chef dans une tenue *canaille*. C'est
assez d'être mécanisé au-dehors ; il faut prouver à
notre supérieur que nous sommes des hommes d'ordre
et de conduite. Ceux qui n'auront pas d'argent pour
décrocher leurs parures n'ont qu'à le dire ; j'avance-
rai le nécessaire, allez.

Le matin du jour de l'An, les agents, tout habillés
de neuf, fidèles au poste, attendaient leur chef de file
à l'hôtel de la préfecture.

La première chose que le regard pénétrant de cet
homme de génie aperçut au jabot de l'agent qu'il
soupçonnait, c'était l'émeraude volée.

— Vous êtes un gonsse, monsieur, murmura le chef
à l'agent porteur du bijou, qu'il lui arracha aussitôt.
Il y a des *mangeurs de fer*, au bagne, qui sont moins
coupables que vous. Mais j'ai pitié de votre famille.
Que ceci seulement vous serve de leçon.

Et, fichant l'émeraude à sa cravate, il s'en para dans un geste majestueux qu'eût envié Robert Macaire. Il alla briller avec cette émeraude aux yeux du Préfet, et oublia, pour l'*honneur* de son agent, de la restituer à son légitime propriétaire.

# Une utopie carcérale

Isabelle Astruc

La Conciergerie, la Force, les Madelonnettes, Sainte-Pélagie, Bicêtre : dès sa création, la Préfecture de police administre les prisons parisiennes héritées de la Révolution. L'imposante Bastille royale a été remplacée par une multitude de lieux de détention aménagés dans des hôtels particuliers, d'anciens couvents, des hospices ou des casernes. Leur faible capacité d'hébergement, leur insalubrité et surtout la promiscuité des geôles communes préoccupent les élites du XIXᵉ siècle. On décide donc de construire de véritables prisons, en s'inspirant du régime cellulaire américain.

C'est d'abord, en 1836, le pénitencier de la Petite-Roquette, où la séquestration est de rigueur pour des dizaines d'enfants délinquants qui travaillent de nombreuses heures dans leur geôle. Il faudra une campagne dénonçant les excès de ce régime et une visite de l'impératrice Eugénie pour mettre fin à ce système inhumain.

Puis, en 1840, un nouvel établissement doit remplacer le dépôt des condamnés de la Force, reconnu

Plan de la prison de Mazas.

insalubre. On choisit un vaste emplacement, jouxtant le boulevard Mazas — l'actuel boulevard Diderot — qui vient d'être ouvert. Les Parisiens voient grandir les murailles en meulière de la « Maison d'arrêt cellulaire », qu'ils baptisent tout naturellement « Mazas ».

Les premiers détenus, en mars 1850, sont peu nombreux, une cinquantaine environ, pour une première expérimentation. On corrige notamment l'acoustique défectueuse, qui contrarie la règle essentielle du régime d'isolement.

L'installation des sept cents prisonniers de la Force à Mazas les fait passer avec brutalité de la vie commune à la détention isolée, provoquant d'importants mouvements de révolte. Des rapports de médecins et d'inspecteurs démontrent les conséquences néfastes de l'isolement sur l'hygiène morale. On ne laisse donc à Mazas que les prévenus, destinés à une courte détention, leur permettant ainsi d'échapper à une promiscuité dangereuse.

## Une rigueur extrême

L'énorme masse de la prison, formée de six galeries convergeant vers un minaret de quarante-cinq mètres, était couronnée d'une lanterne du haut de laquelle un gardien pouvait surveiller à la fois l'enceinte, les bâtiments et les promenoirs circulaires placés entre chacun des rayons.

Le détenu qui franchit ses lourdes grilles traverse une cour avant de pénétrer dans un bâtiment admi-

nistratif ; une fois accomplies les formalités du greffe
et de l'écrou, il atteint le guichet central, une rotonde
vitrée d'où il aperçoit tout l'édifice.

Dans la cellule, même rigueur fonctionnelle : vingt
et un mètres cubes, une petite table fixée dans la paroi
de pierre, une chaise de paille rattachée au mur, un
hamac, une gamelle, une cuiller en bois, un bidon de
fer-blanc dans lequel sont versés huit litres d'eau le
matin et un sanitaire. Sur les murs, des panneaux
d'avertissements. Lever à l'aube, nettoyage de la cellule, distribution du pain, de l'eau et de la soupe, visites au parloir, travail : les jours s'écoulent avec une
régularité rarement troublée. La majorité des détenus,
pour échapper à l'ennui, fabriquent des nattes de jute,
des boutons ou des chaînettes, sous le contrôle d'un
entrepreneur et de prisonniers devenus chefs d'atelier.

Une heure de promenade quotidienne, à laquelle
soixante-dix détenus participent en même temps mais
toujours séparément, a lieu dans un des douze com-
partiments d'un bâtiment circulaire disposé entre deux
galeries et au centre duquel se trouve un gardien.

## Contrôlés sans relâche

La seule vie sociale passe par un étroit rai de
lumière : la porte de la cellule s'entrebâille faible-
ment, donnant au détenu le loisir d'observer ce qui
se passe dans la galerie, verrouillage maintenu. Un
prêtre officie le dimanche depuis la petite chapelle
aménagée au-dessus de la rotonde centrale, visible de
toutes les cellules par les portes entrouvertes.

Structurée en six branches de quatre-vingts mètres comportant chacune deux cents unités cellulaires sur trois étages, Mazas est bien gardée : soixante-dix agents contrôlent sans relâche l'intérieur de la prison. Une garde militaire spéciale surveille le chemin de ronde compris entre les deux murs d'enceinte. La seule évasion tentée a échoué dans le collecteur d'égout.

La prison de Mazas a été une des plus grandes réalisations d'architecture utopique du XIXᵉ siècle. L'extrême rigueur géométrique de son plan va de pair avec une volonté d'assainissement hygiénique et moral.

Les centres d'incarcération seront bientôt relégués à la périphérie des grandes villes. Les murs de Mazas sont jetés bas en 1898. À partir du 13 mars 1911, l'Administration pénitentiaire passe sous le contrôle du garde des Sceaux.

★

## L'ENFANCE DÉLINQUANTE
## DANS LES RUES DE PARIS

*Les rues de Paris, au XIXᵉ siècle, sont pleines d'enfants, dont une frange de très jeunes délinquants livrés à eux-mêmes qui fascinent pédagogues et criminologues. Gustave Macé, ancien chef de la police de Sûreté, les décrit dans son* Musée criminel.

**Extrait de** Mon musée criminel,
*Gustave Macé, 1890*

Tête-d'Or doit son sobriquet à la couleur jaune de ses cheveux et Museau-de-Brochet par analogie à la

forme de sa bouche semblable à celle de ce poisson.
Ils portent tous les deux le costume de la maison des
jeunes détenus (Petite-Roquette). Le dernier, baptisé
Moule-à-Singe par ses camarades, aurait, d'après eux,
le *facies* de ce quadrumane.

Dans ce bouquet de « fleurs d'échafaud » File-Menton et Maltourné crevaient, à l'aide de frondes et de
chasse-pierres, les yeux des animaux du Jardin des
Plantes, et lorsqu'ils s'emparaient de pigeons ramiers,
sous prétexte de s'amuser, ils les plumaient vivants.

La Comète, Margoulin et Museau-de-Brochet faisaient partie d'une bande de malfaiteurs ayant pour
chef Os-à-Moelle, bandit qui n'avait pas vingt ans. Porteurs d'outils nécessaires aux effractions, ils s'introdui-
saient la nuit dans les maisons habitées, afin d'y
commettre des vols.

Surpris par une femme, Museau-de-Brochet n'hésita
pas à lui porter un violent coup de marteau sur le
visage.

Tête-d'Or, avec sa remarquable construction fron-
tale, a une intelligence exceptionnelle, toute concentrée vers le mal. Il pratiquait le vol dit : « à la tire », et
c'est les mains dans les poches de son paletot qu'il
dévalisait ses victimes.

Ce vêtement, au lieu de poches, n'en possédait
que les ouvertures extérieures et le jeune gredin, par
son attitude inoffensive, n'éveillait aucun soupçon.
Cependant, aux stations des omnibus il enlevait,
avec habileté, les montres et les porte-monnaie des
voyageurs. Tête-d'Or dissimulait ses mains sous les
pans de son paletot pour mieux les introduire dans
de véritables poches. Conduit en extraction, sous la
surveillance de jeunes agents, il parvint à échanger,
chez un marchand de chapeaux, sa coiffure, afin de

ne pas être reconnu. Dans son lit j'ai saisi la *Vie de Cartouche*, les *Exploits de Mandrin*, les *Anecdotes relatives aux brigands célèbres* et la *Clé des songes*, brochures sous-traites aux étalages des bouquinistes.

Condamné à un an de prison, il s'écria : « Un an, ça ne fait que douze mois, la Petite-Roquette n'est pas faite pour les chiens. » Et d'un bond prodigieux, franchissant la balustrade qui enferme les détenus, il disparut de la salle des audiences de la Police correctionnelle. Arrêté cour de la Sainte-Chapelle, on fut obligé de l'attacher, et voulant se défaire de ses liens il les usa par des frottements continus sur l'arête d'un mur.

La Savate et Bec-de-Lampe avaient résolu de s'approprier l'argent du tiroir-caisse de l'épicier, principal locataire de la maison habitée par l'un d'eux. La cave de ce commerçant sise sous la boutique s'ouvrait au moyen d'une trappe. À la tombée du jour ils se glissèrent dans la cave et attendirent l'instant favorable pour l'exécution du projet qu'une circonstance imprévue déjoua. L'épicier ayant reçu des caisses d'oranges les fit provisoirement mettre sur la trappe, de telle sorte que les petits vauriens furent pris dans leur propre piège. Le lendemain matin le propriétaire les trouva blottis derrière des tonneaux et ramassa sur le sol plusieurs fausses clés et deux pinces dites monseigneur. Interrogés par le commissaire de police, Bec-de-Lampe raconta les vols auxquels il avait participé, vols prémédités par La Savate, dont il reconnaissait le flair et la connaissance des bons endroits. La Savate, pour toute réponse, lança une gifle à son complice en lui disant : « Bec-de-Lampe, tu manges le morceau, je gèlerai ton conduit. »

Moule-à-Singe a la peau noire, les traits accentués, les yeux durs, perçants, l'un à demi fermé, l'autre ouvert, l'oreille attentive ; l'ensemble de sa physionomie canaille a l'expression féroce. Il n'a pas eu le temps de vieillir dans le crime pour l'enseigner à ses compagnons, et parmi ces jeunes fauves le louveteau est devenu loup. Le monstre a, par jalousie, dit-il, noyé une fillette de treize ans, assez jolie, déjà formée, et que d'insoucieux parents laissaient vagabonder. Loin de se repentir de l'atrocité de son acte, il répondit à ses juges : « La gosse ne voulait pas de moi, je l'ai poussée à l'eau. »

Au point de vue physique, ces types sont absolument dissemblables ; mais en les examinant avec soin il est facile de lire sur leurs visages, qu'au point de vue moral, les idées, les sentiments bas et communs sont identiques et c'est là surtout ce qui les marque d'un même cachet.

J'ai toujours éprouvé une pénible émotion en écoutant les plaisanteries, les bravades, les mots d'argot, les termes obscènes, sortir de la bouche de ces enfants pervertis, et si bien doués que dans leur précocité criminelle ils possèdent la connaissance du bien et du mal acquise dans le milieu où ils se meuvent.

Les perquisitions pratiquées chez les parents de ces jeunes vauriens m'ont permis de voir des intérieurs d'une immoralité repoussante. L'union libre y régnait, et cette brouille avec le Code civil, en dégradant la femme, rejaillissait sur les enfants.

Des familles ainsi constituées, indépendantes, ne reconnaissent aucune loi et luttent contre les articles du Code pénal.

Au domicile des pères et mères de File-Menton et de Maltourné, j'ai trouvé les animaux tués par leurs enfants et des œufs de palmipèdes volés dans les parcs du Jardin des Plantes.

Le père de File-Menton, rempailleur de chaises, avait pour maîtresse une fleuriste travaillant au-dehors, et c'est au concubinaire qu'incombait la garde des enfants.

À mon arrivée chez lui, au mois de juillet, j'ai vu le frère et la sœur, âgés de dix et onze ans, se roulant nus sur de la paille.

Le maître du logis avait pour unique vêtement un tablier n'ayant pas l'ampleur d'un jupon.

Étonné lui-même de ma surprise, ce chef de famille me répondit par cette phrase apprise au cabaret : « L'homme et la femme ayant la même origine et la même fin, je laisse à la nature le soin d'agir. »

— Et vous laissez aussi vos enfants voler ? répliquai-je.

— Dites : S'amuser.

Je fis condamner ce misérable ; et les trois enfants entrèrent dans des maisons d'apprentissage.

Après l'expiration de sa peine, l'amant reprit son court tablier, sa fleuriste, et tous deux recommencèrent la vie commune. Ils eurent même l'audace de réclamer leurs enfants pour les replonger dans le vice.

La mère de Maltourné se livrait au braconnage, et sous ses jupes passait à l'octroi le gibier en fraude. Son principal amant, hardi braconnier, faisait l'éducation de l'enfant né des œuvres d'un de ses camarades mort en prison. Ce ménage irrégulier, toujours en chasse, n'avait aucun domicile, et l'homme, la femme et l'enfant s'étendaient souvent sur le même lit. On put enfin arrêter la mère. Mise en présence de son fils, au lieu de lui adresser des reproches, elle le traita d'idiot, de maladroit, et le menaça d'une bonne correction.

— Vous n'empêchez donc point, lui dis-je, votre enfant de maltraiter, de tuer et de voler les animaux du Jardin des Plantes ?

— Là ou ailleurs, répondit-elle, le gibier appartient à tout le monde, et je ne comprends pas les lois qui entravent la liberté de la chasse.

Le père de File-Menton et la mère de Maltourné étaient des criminels conscients, responsables, qui avaient inculqué à leurs enfants le mépris de toute morale.

Ni reconnus, ni baptisés, dressés à la mauvaise conduite et au vol, ces pauvres enfants avaient été voués, dès le berceau, à une coupable vie. L'empreinte d'exemples détestables laissée sur de jeunes cervelles s'efface difficilement, et, parmi maintes preuves tombées entre mes mains, je vais citer celle de cette petite bouquetière de dix ans que sa mère envoyait mendier.

Elle me dit : « Papa et maman boivent de l'eau-de-vie, se disputent, se battent et s'embrassent. Je ne suis ni sourde ni aveugle ; je vois, j'entends ce qui se passe autour de moi. »

La situation de cette intelligente gamine, qui savait observer les paroles, les habitudes, les actes, la vie de ses parents, ressemble à celle de beaucoup de ses pareilles, mal vêtues, mal nourries, mal chaussées, peu aimées, souvent battues, et qui préfèrent la prison à cette horrible existence de famille où le soi-disant père ivre, grossier, crie, tape la concubine, et d'un coup de pied envoie rouler l'enfant sur le sol, parce qu'il pleure en voyant frapper sa mère.

# La révolution du bertillonnage

Charles Diaz

Paris, été 1879. Dans une vaste salle de cette
caserne de la Cité où siège depuis quelques années la
Préfecture de police, un jeune commis auxiliaire au
visage pâle, maigre, triste et froid s'applique à compléter — pour le compte du 1$^{er}$ bureau de la division
du cabinet — des fiches signalétiques de détenus, à
partir d'indications plus ou moins fidèles fournies
par les inspecteurs du département de la Seine. Affublé,
comme tous ses collègues, de la blouse grise réglementaire, il remplit, trie et classe à longueur de journée des centaines de fiches qui en rejoignent des
milliers d'autres au fond de casiers alignés partout :
des « cabriolets », dans le jargon du service.

Ce jeune homme de vingt-six ans, d'un caractère
renfermé et opiniâtre, ce modeste employé s'appelle
Alphonse Bertillon. Rien ne laisse présager que, dans
la décennie suivante, il va révolutionner les méthodes policières d'identification des malfaiteurs, faire
entrer l'enquête judiciaire dans l'ère de la criminalistique et conquérir ainsi une renommée internationale.

Issu d'un milieu aisé, entouré depuis toujours de

Inventif et curieux, Alphonse Bertillon s'est prêté au jeu de la fiche anthropométrique.

sommités du monde scientifique — son professeur de père, Louis-Alphonse, est directeur de la statistique de la préfecture de la Seine et cofondateur de l'École d'anthropologie —, Alphonse Bertillon a gardé de son enfance une « monomanie du pied à coulisse », un goût prononcé pour la mesure du corps humain. Influence familiale : il a foi en la science et en sa capacité à résoudre tous les problèmes, une croyance dans l'air du temps quand triomphent le positivisme d'Auguste Comte et les romans de Jules Verne. Bertillon ne brille cependant guère dans l'étude. Élève médiocre, étudiant en médecine peu inspiré, il finit par abandonner les bancs de la faculté et doit alors à son père d'obtenir, sur recommandation, en mars 1879, une place de commis à la Préfecture de police.

## Des méthodes dépassées

C'est là qu'il découvre l'incapacité de la machine policière à identifier avec certitude ces « délinquants d'habitude » qui, chaque fois qu'ils sont arrêtés, cachent aux inspecteurs — et aux tribunaux — leur véritable identité, leur passé judiciaire. La concentration urbaine, les facilités de déplacement offertes par l'essor des réseaux ferrés font que le problème se pose à Paris avec plus d'acuité que partout ailleurs. La Préfecture de police s'en remet encore aux méthodes classiques héritées de Vidocq et de ses successeurs : on place des « moutons » dans les cellules, en espérant que les récidivistes se trahiront par quelque confidence, on a recours à des inspecteurs « physio-

nomistes » qui examinent les nouveaux arrivants au
Dépôt et perçoivent cinq francs de prime pour chaque récidiviste reconnu, ce qui suscite nombre de trafics. Il y a, enfin, le service où travaille le jeune Bertillon
et où s'entassent plus de quatre-vingt mille fiches de
signalement, censées permettre le rapprochement des
caractéristiques physiques : taille, âge apparent, pilo-
sité, signes particuliers… La réussite tient de l'exploit
tant les fiches sont mal remplies et les méthodes de
classement, stériles. Certes, depuis 1874, une photographie du détenu est jointe au signalement, mais
l'absence de règles, d'uniformité dans les conditions
de prise de vue fait de chaque cliché un portrait d'art,
peu utile en matière de reconnaissance faciale.

## Une identification quasi certaine

En quelques mois, Bertillon imagine un nouveau
système d'identification fondé sur la loi du statisticien
belge Lambert Quételet, selon laquelle les mensurations de l'ossature humaine présentent « une fixité
métrique à peu près absolue à partir de la vingtième
année ». Un récidiviste pourra mentir sur son nom,
se laisser pousser la moustache, prendre du poids,
jamais il ne fera varier les mesures de son squelette.
Si ces mesures sont prises avec rigueur, une compa-
raison le confondra aussitôt.

Profitant de ses temps de loisir, Alphonse Bertillon
bâtit son système qu'il appellera « anthropométrie
judiciaire » et le teste sur des détenus du Dépôt et de
la prison de la Santé. D'après ses calculs, il suffit que

deux individus « morts ou vivants » présentent neuf mesures identiques sur onze soigneusement relevées pour aboutir à une identification quasi certaine.

Le 1<sup>er</sup> octobre 1879, sûr de lui, le jeune commis adresse un mémoire au Préfet de police Louis Andrieux. L'envoi reste sans réponse. Bertillon insiste et transmet, le 1<sup>er</sup> décembre, un second mémoire plus complet. Peine perdue : toute cette obstination, toutes ces considérations ostéométriques et statistiques persuadent Andrieux qu'il a affaire à « un fou dangereux », auquel il oppose une fin de non-recevoir.

## Premières arrestations

Bertillon, pourtant, ne capitule pas. Au cours des deux années suivantes, il affine sa méthode, la soumet à la critique de scientifiques reconnus. Entretemps, Andrieux a cédé sa place à un nouveau Préfet de police, Jean Camescasse, qui, lui, laisse Bertillon faire ses preuves. En décembre 1882, il lui accorde trois mois pour démontrer l'efficacité de son système. Aidé par deux inspecteurs, armé d'un pied à coulisse et d'une pince céphalique — pour les relevés crâniens —, Bertillon mesure des semaines durant les détenus de passage au Dépôt. Le 20 février 1883, alors qu'il a accumulé près de six cents fiches anthropométriques et qu'approche le terme fixé pour l'expérience, Bertillon identifie formellement son premier récidiviste : un nommé Dupont, arrêté pour cambriolage et déjà mesuré par ses soins le 15 décembre

précédent, sous le nom de Martin, pour une tentative de vol de bouteilles vides.

L'anthropométrie judiciaire est lancée : 49 récidivistes sont reconnus en 1883, 241 en 1884, 425 en
1885 et jusqu'à 680 en 1892, année où l'identification
de l'anarchiste Ravachol porte au zénith la réputation d'un procédé que les journalistes ont baptisé
« bertillonnage ». Présenté au grand public à l'Exposition Universelle de Londres en 1884, objet de
maints articles de presse qui célèbrent les « expériences géniales d'un jeune savant français », le système
se répand dans le monde entier. Plus de cinquante
pays — dont les États-Unis — l'adoptent en quelques
années.

À Paris, Bertillon prend d'abord la tête d'un
« bureau d'identité » qui, en février 1888, devient
un « service d'identification anthropométrique »
et obtient de pouvoir s'étendre dans les combles du
Palais de justice. À lui la charge d'effectuer les signalements, de tenir les fichiers, d'opérer les recherches
et de former de nouveaux praticiens quand le « bertillonnage » se généralise dans les prisons départementales françaises.

## Un dédale de soupentes
## et passerelles

Un décret du 11 août 1893 donne naissance au
« service de l'Identité judiciaire » de Paris qui, sous
la houlette de Bertillon, réunit le service anthropo-

métrique, le service photographique et les sommiers judiciaires. Rassemblant trente-six cadres et agents, cette unité policière occupe quelque 1 710 mètres carrés de bureaux, combles et greniers entre le quai de l'Horloge et le quai des Orfèvres, dans un dédale de greniers, de couloirs, de soupentes, de passerelles et d'échelles dont l'inconfort surprend les visiteurs étrangers. L'Identité judiciaire relève à ses débuts de la Sûreté (direction générale des recherches) avant de devenir, quand cette dernière disparaît en août 1913, une composante de la nouvelle « direction de la Police judiciaire » créée dans le cadre d'une profonde réorganisation voulue alors par le Préfet de police Célestin Hennion.

Inlassable chercheur, Alphonse Bertillon est aussi à l'origine de la photographie dite « anthropométrique » ou « signalétique », qui met fin à toutes les fantaisies dans les prises de vue. L'opérateur est désormais tenu d'observer toujours les mêmes conditions de pose, d'angle, de lumière, de distance et de hauteur. Chaque individu est placé sur une chaise spéciale et deux clichés sont pris — face et profil droit. Cette photographie objective constitue, avec les mensurations et les marques particulières, les données de base de la fiche signalétique « bertillonnienne », à laquelle le chef de l'Identité judiciaire ajoutera les éléments d'un autre procédé de son invention, le « signalement descriptif » ou « portrait parlé ».

Le principe en est simple : être en mesure de décrire avec précision un visage à partir d'une décomposition analytique de ses traits caractéristiques — structure du nez, forme des oreilles, implantation des

cheveux —, de manière à pouvoir très vite transmettre à distance, par téléphone ou télégramme, un
signalement sûr et aussitôt exploitable par les policiers. Reposant sur des sériations multiples dont les
tableaux de nez, fronts, sourcils, mâchoires, paupières utilisés pour la formation des inspecteurs nous
donnent un déconcertant aperçu, le « portrait parlé »
se révèle d'une application difficile. Il n'en sera pas
moins longtemps utilisé par la police française.

## L'empreinte des doigts

Mais l'identification humaine par l'empreinte digi-
tale — la dactyloscopie — va sonner le glas du « bertillonnage », procédé lourd, vexatoire, critiqué comme
« attentatoire à la liberté individuelle » et parfois
pris en défaut. En 1901, le Préfet de police de Londres décide d'abandonner le système français au profit de la dactyloscopie. Bertillon lui-même a compris
tout l'intérêt des relevés dactylaires et, dès 1896, a
fait ajouter sur les fiches de signalement l'empreinte
des doigts de la main droite. En octobre 1902, son
initiative permet d'enregistrer la première identification d'un malfaiteur « à distance » grâce aux traces
papillaires découvertes sur une scène de crime. Bertillon relève les empreintes d'Henri-Léon Scheffer,
fiché par la Sûreté parisienne pour vol et abus de
confiance, sur la vitre d'un meuble, dans un appartement cambriolé rue du faubourg Saint-Honoré où
un domestique a été assassiné.

## Une approche scientifique
## de l'enquête

Le « bertillonnage » ne survivra guère à son créateur, mort en 1914. Son mérite essentiel est d'avoir intéressé les pouvoirs publics à une approche scientifique de l'enquête judiciaire et d'avoir imposé sur le terrain nombre de règles et de pratiques fondamentales de la criminalistique moderne.

Le chef de l'Identité judiciaire introduit ainsi la photographie « métrique » pour fixer tous les détails du théâtre d'un crime, suivant, là encore, des règles draconiennes dans la prise de vue. Ces clichés complètent le levé de plan que réalisent invariablement les inspecteurs de Bertillon en respectant des conventions précises. La protection de la scène d'infraction, la description méthodique des lieux, la recherche systématique de traces et d'indices, tout comme l'exploitation de ces traces par l'examen technique, entrent désormais, grâce à Bertillon, dans l'arsenal de l'enquête criminelle... Le petit employé couleur grisaille aura ouvert la voie aux experts en blouse blanche.

✪

## LES APACHES

*Médecin et licencié en droit, directeur du Laboratoire de police technique de Lyon, Edmond Locard compte parmi les grands criminologues français du début du XXe siècle. Depuis qu'en 1902 les deux chefs de bande*

*Leca et Manda se sont battus pour Casque-d'Or, une
jeune prostituée de Belleville devenue la coqueluche de la
presse, les Français sont fascinés par la figure de « l'apache ». Locard, lui, s'attache à décrire le « milieu criminel » de manière scientifique et rationnelle.*

## Extrait de Le Crime et les criminels,
*Edmond Locard, 1925*

Voici, je pense, un assez beau paradoxe : un peuple qui n'a jamais d'enfants et dont l'effectif cependant s'accroît, ou tout au moins se maintient.

Et cependant c'est bien ce qui se passe pour le
milieu criminel. L'apache ne se marie pas et, au cours
de liaisons épisodiques, ne repeuple jamais. C'est donc
par des conversions, si l'on ose dire, qu'il recrutera
ses complices et ceux qui le remplaceront quand il
mourra. Et il mourra jeune, car la tuberculose, la
syphilis, l'alcoolisme et la détention se conjuguent
pour abréger le temps pendant lequel son destin est
de nuire. […]

Je dirai comment l'origine principale de ce peuple
hors la loi est l'enfance abandonnée. Mais ce qu'il
faut savoir, c'est qu'il n'y a de véritables professionnels du crime qu'après le passage dans les établissements pénitentiaires. C'est seulement quand il a été
arrêté et détenu pour un petit vol, pour une rixe,
pour un outrage aux agents, qu'un homme devient
un malfaiteur d'habitude. C'est quand il a passé par
la maison centrale que le criminel d'occasion devient
un apache. Que ferait-il, en effet ? S'il cherche du travail, on lui demandera son casier judiciaire, et partout on le repoussera. D'ailleurs, les grandes villes
lui sont interdites. Et pourtant c'est là seulement
qu'il pourrait trouver à vivre, caché dans la foule.

Dans les petites villes, dans les campagnes, il est aussitôt connu et montré du doigt. Il lui faut alors retrouver ses anciens camarades réclusionnaires. Les conseils qu'ils lui donnent, on les devine. Suivant son tempérament, on le poussera vers le cambriolage qui veut de la décision et de la force, vers le vol à la tire qui exige de l'adresse, vers le vol à l'américaine où il faut de l'entregent et de la ruse. Le voilà embauché dans une équipe. Il restera criminel jusqu'à de nouvelles condamnations, jusqu'à la relégation, jusqu'à la mort.

On a beaucoup parlé de l'influence de la presse sur les criminels. Je ne crois pas du tout que la publicité, d'ailleurs excessive, que l'on a faite autour de certains bandits, ait jamais suffi à engager un honnête homme dans la voie du crime. Mais il paraît bien certain que la gloire dont on auréole un Landru, un Soleilland ou un Bonnot, donne aux apaches une haute idée d'eux-mêmes. J'ai eu à ce sujet d'assez curieuses confidences. Comme je demandais un jour à un meurtrier s'il savait que sa biographie et son portrait figuraient dans tous les grands quotidiens, il me répondit : « Ça m'obligera à avoir de la tenue quand je monterai sur la guillotine. » Et c'est peut-être, en effet, à cette noble opinion qu'on leur donne d'eux-mêmes qu'il faut attribuer la crânerie dont quelques-uns — mais pas tous — font preuve au dernier moment. Souvenez-vous de Schinderhannes saluant le public, au moment où on allait lui couper le cou, et disant à une petite femme qui se haussait sur la pointe des pieds : « Un peu plus à droite, madame, vous verrez mieux. »

Je crois bien davantage aux inconvénients du cinématographe. Non pas que lui non plus ait jamais
suffi à déterminer une vocation reprochable. Mais je
sais, de la façon la plus pertinente, qu'un certain
nombre de malfaiteurs, et non des moins dangereux,
y ont trouvé des conseils déplorables. Plusieurs fois,
la police a vu appliquer, dans des cas trop réels, des
méthodes d'agression ou de vol que le film avait
représentées dans la semaine précédente. En particulier, les drames américains à épisodes ont eu une
influence fâcheuse.

[...]

L'Apache est un Peau-Rouge d'une sorte particulièrement désagréable, qui florissait jadis à la frontière du Mexique et des États-Unis. Passant d'un pays
à l'autre pour éviter la répression, il pillait, incendiait
et assassinait, toujours à cheval, toujours en fuite et
jamais soumis. Je crois bien que cette race déplorable était à peu près exterminée quand un journaliste
parisien la fit ressusciter par une sorte de métemp-
sycose. Des bandes criminelles avaient tant volé et
tué le long des boulevards extérieurs et même un peu
en deçà, qu'aucun terme ne parut mieux convenir
pour les désigner que le nom d'une peuplade sauvage.

Il faut donc entendre par apaches les individus,
presque constamment organisés en bandes, qui, dans
les grandes villes, et notamment à Paris, n'ont pas
d'autres moyens d'existence que le vol ou la prostitution de leurs compagnes.

Les chansonniers de café-concert, après Bruant,
et, par surcroît, des littérateurs de grand talent, comme
Jehan Rictus et Carco, ont nimbé de poésie le front

crasseux des malandrins. J'aime fort Rictus, qui a une âme d'apôtre et le cœur le plus tendre, mais j'ai trop fréquenté les apaches pour partager son admiration. Je concède cependant très volontiers qu'il y a, chez ce peuple hors la loi, certains sentiments louables.

Le premier est une vigoureuse horreur de la délation. L'apache ne peut admettre qu'on le trahisse. C'est d'abord qu'il a généralement pas mal de choses à cacher. C'est ensuite que la plus grave occasion pour lui d'être pris est d'être vendu à la police par un camarade sans scrupules. Ce traître — l'indicateur ou le donneur, pour parler le langage technique — est d'ailleurs un être répugnant. C'est généralement un ancien condamné. Sa peine purgée, il reste interdit de séjour. Il n'a donc plus le droit, pendant un temps qui peut être long, de pénétrer dans le département de la Seine, ni dans l'agglomération lyonnaise, ni dans une série d'autres territoires qui lui ont été spécifiés au moment de sa libération. Or, les criminels qui ont encouru des peines graves n'ont chance de trouver des moyens d'existence que dans les grandes villes. Partout ailleurs, ils sont immédiatement reconnus, signalés et honnis. Ils tâchent donc de rentrer dans une grande ville, où ils peuvent plonger dans la foule, rester inconnus, trouver du travail s'ils le veulent, ce qui est rare, ou reprendre la *mala vita*, ce qui est la règle. Quelle tentation, alors, d'obtenir la pitié en dénonçant d'anciens camarades de maison centrale ou de prison. Seulement, l'indicateur mange à deux râteliers et trahit de toutes parts.

Le deuxième beau sentiment de l'âme apache, c'est
la fidélité conjugale. Ne croyez pas à une mauvaise
plaisanterie : les hommes à casquette sont fidèles à
leur compagne, au moins temporairement. Quant à
ces dames, si leur fidélité est réelle et très sûre, elle
est d'un genre tellement spécial, que je ne vois vraiment pas le moyen de vous l'expliquer.

Ajouterai-je que le peuple apache a le sentiment
de l'honneur ? Et si je ne craignais pas de paraître
jouer avec le paradoxe, il me serait aisé de démontrer que l'honneur de l'apache est tout précisément
du même ordre que celui du gentilhomme. Ne se
manifeste-t-il pas, de part et d'autre, en dernière
analyse, par le duel ? Manda et Leca s'estafiladant à
coups de surin pour les beaux yeux de Casque-d'Or
sont aussi nobles que Beaumanoir buvant son sang
dans le champ clos des Trente. Car ces rencontres
ont leurs règles, aussi sévères et aussi précisément
observées que celles d'une rencontre entre gens du
monde. Il y a des coups permis et des coups défendus,
des témoins et même des dîners de réconciliation.

En regard de ces vertus, il convient d'inscrire un
vice terrible : la paresse. L'apache ne travaille pas ; il
ne travaille jamais. Dans les villes où une police tra-
cassière recherche avec obstination les preuves du
vagabondage spécial, l'apache va de temps à autre
s'embaucher. Dès qu'il a obtenu un livret ouvrier, il
quitte le chantier où il n'a fait qu'apparaître. Le plus
souvent son embauche fictive aura lieu dans une
foire ou une vogue. « Je travaille aux balançoires »,
est une réponse bien connue de la police.

S'il ne travaille pas, ou si, par une déplorable anti-
phrase, il décore de ce nom la prostitution ou le

cambriolage, l'apache s'amuse. Comme les femmes de la meilleure société, il aime par-dessus tout la danse. Il n'est pas très sûr qu'il ait inventé les pas tumultueux que le café-chantant ou le mélodrame lui attribuent, et je vous assure bien que la fameuse valse chaloupée n'est pas de son cru. J'ai fréquenté les bals apaches un peu partout, à Paris et à Berlin, à Rome et à Milan, à Chicago et à New York. Où qu'on aille, on retrouve ce même caractère essentiel : la gravité. Les couples tournent lentement, figés, rigides, sans joie apparente, à pas feutrés. En général, deux hommes dansent ensemble, ou deux femmes. Nul bruit. Nulle voix.

C'est à Lyon que j'ai vu le plus admirable bal de criminels. Je n'en veux pas dire l'adresse, bien que l'immeuble ait changé aujourd'hui de destination. C'était une grande salle carrée, avec une galerie au premier étage, d'où l'on pouvait jouir du spectacle. Au fond s'élevait un escalier à deux corps, en haut de quoi s'ouvraient une série de chambres avec cette inscription : « On loue à l'heure et à la nuit. » Au rez-de-chaussée, la partie centrale, réservée aux danseurs, était entourée d'une grille assez haute pour faire songer à une cage à lions. Autour, il y avait des tables. J'ai demandé un jour au patron pourquoi il avait fait placer cette grille. Il me répondit simplement : « Quand il n'y en avait pas, les danseurs heurtaient quelquefois les tables ; alors on leur donnait des coups de couteau. »

On était fort bien reçu dans cet établissement, à condition d'y venir en smoking pour bien montrer qu'on ne se cachait pas, et qu'on était là en visiteur, et d'y offrir un saladier de vin chaud. Mais j'y ai vu un jour un savant fort distingué qui a eu la candeur d'y venir déguisé en apache. Naturellement, il avait l'air d'un apache de beuglant, avec un pantalon « mince des genoux et large des pattes » et une casquette trop haute. Ça a failli se gâter : on a vu les « lingues » et les « rigolos ». Il a fallu renverser des tables. Bref, on a eu beaucoup de mal à le sortir de là.

Outre la danse, l'apache aime le cinématographe. Il y trouve la glorification de son état, et, de temps à autre, une recette ingénieuse pour le cambriolage ou l'escroquerie.

L'apache lit peu. Il n'écrit guère, si ce n'est en prison, où il compose volontiers de longs mémoires, en général fadasses, et des vers habituellement langoureux. Quand par hasard il lit, ce sont des romans d'aventures où il y a des mousquetaires et des duchesses, ou bien des personnages actuels, mais alors du plus grand monde. M. Georges Ohnet et M. Pierre Benoît satisfont à tous ses élans.

# Cambriolage à l'American Express

Nuala O'Faolain

Traquée par la police, Chicago May évite les photographies avec soin. Souvent, elle utilise des pseudonymes ou se fait passer pour une autre. Un seul cliché dont on soit sûr : la photo de police d'une femme âgée et visiblement brisée, une prostituée alcoolique au visage fatigué et ridé, aux cheveux gris et rêches.

Quand elle s'embarque pour l'Amérique, sa beauté lui fait pourtant croire à son destin. Mais il n'y a qu'une brève période où ses rêves d'Irlandaise semblent se réaliser. En 1903, elle se rend à Paris avec son amant — le beau et dangereux Eddie Guerin — pour préparer le casse de l'American Express. Eddie, né à Chicago, a déjà connu plusieurs prisons. Chicago May est tombée amoureuse de lui aux funérailles d'un pickpocket, à Londres. Ce voyage sera leur seul moment de bonheur, mais ils ne le savent pas encore. Ils visitent le Louvre, se promènent au bois de Boulogne et vont même voir la morgue. Cet homme et cette femme ont toujours vécu dans la violence, sans éducation ni loisirs, et pourtant il est émouvant de

Inconnue aux États-Unis, cette photographie montre le visage de Chicago May au moment de sa splendeur. D'origine irlandaise, émigrée en Amérique, la « reine des criminelles » mène une existence itinérante en Europe, vivant de vol et de prostitution dans les palaces.

voir qu'ils se comportent comme les plus innocents des touristes.

À leur arrivée, les autres membres du gang ne s'embarrassent pas de discrétion. Les autorités sont alertées, et bientôt la Sûreté les prend en filature. Pendant qu'ils dévalisent le coffre de l'American Express, May met à profit son expérience de prostituée pour faire semblant de racoler sur le trottoir tout en guettant la police. Puis Eddie et May rentrent triomphants à l'hôtel, les poches pleines.

## Séparés pour toujours

Eddie est reconnu par des inspecteurs dans le train pour Calais, mais personne ne s'aperçoit que May est avec lui. Elle continue jusqu'à Londres. Avec l'argent. Dans les cercles interlopes américains, May est connue pour sa dureté. Elle aurait dû passer outre et continuer sa route. Mais elle retourne à Paris pour aider son amant. Au cours du procès, elle confirme l'alibi d'Eddie en prétendant avoir passé la nuit avec lui. Mais le concierge de l'hôtel certifie que ce dernier est sorti pour ne rentrer que très tard. Une demi-heure suffit au jury pour les déclarer coupables, tous les deux. May est condamnée à cinq ans de travaux forcés et Eddie, récidiviste en France, enfermé à vie sur l'île du Diable. *La Gazette du Palais* l'atteste, « Guerin et la femme (...) se sont jetés dans les bras l'un de l'autre », avant de se séparer pour toujours.

May passe trois ans à la prison de Montpellier, avant que des dames de la bourgeoisie lui obtiennent

la grâce du Président Loubet et l'extradition vers
l'Angleterre. Le plus extraordinaire, cependant, c'est
qu'Eddie s'évade de l'île du Diable. Un jour, il entre
dans un pub londonien où il surprend May...

# Main basse sur la malle des Indes

Pascal Roman

En ce matin du 18 novembre 1911, consternation parmi les employés du train-poste n° 11 en arrêt à Mâcon : trois des fourgons contenant des dépêches ont été fracturés en route. « Des inconnus ont cambriolé la malle des Indes », révèle dès le lendemain le quotidien à grand tirage *Excelsior*, qui ne cache pas une certaine admiration pour ce vol sensationnel : « Commis avec un sang-froid, une audace, une sûreté d'exécution vraiment remarquables, il mérite de prendre rang parmi les plus brillantes opérations qui sont l'orgueil des virtuoses de la pince-monseigneur. »

Ce que l'on appelle alors « la malle des Indes », c'est ce service, d'abord mensuel, puis hebdomadaire, d'acheminement de dépêches en malles closes entre la Grande-Bretagne et ses colonies des Indes orientales. À sa création, en 1839, il s'agit d'une malle-poste à cheval qui traverse la France en cent deux heures. La route cédant peu à peu la place au chemin de fer, la « malle » se compose bientôt d'un train fermé de cinq à dix wagons que tire une locomotive à vapeur de type « machine coupe-vent ». À partir de 1871,

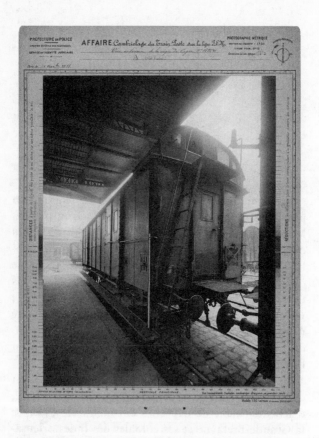

Les wagons cambriolés sont des fourgons ordinaires à bagages, loués par les postes au Paris-Lyon-Marseille pour stocker des sacs de courrier dans le convoi dit « de la malle des Indes ».

elle relie Calais à Brindisi en passant par le tout nouveau tunnel du Mont-Cenis, puis poursuit sa route
par paquebot jusqu'à Bombay, *via* Suez.

C'est ce convoi prestigieux qui a donc été « visité »,
dans la nuit du vendredi 17 au samedi 18 novembre
1911, en pleine course à travers la campagne française. L'enquête, menée par la Sûreté de Lyon en
étroite collaboration avec celle de Paris, établit que
les « monte-en-l'air » ont opéré entre Dijon et Mâcon,
puisqu'un employé, en gare des Laumes-Alésia où le
train a fait halte pour embarquer de nouvelles correspondances, n'a rien remarqué d'anormal. Montés
à contre-voie, ils ont pénétré dans les fourgons en
brisant les vitres du « poste-vigie » qui se trouve à
l'arrière de la voiture. Quoique l'ouverture ainsi pratiquée soit très étroite, ils ont pu descendre par
l'escalier intérieur. Puis, leur forfait accompli, ils ont
sans doute profité du ralentissement en vue de Mâcon
pour sauter à terre en emportant leur précieuse car-
gaison.

## Plus d'un million de francs-or

Les aigrefins ont ainsi fait main basse sur soixante-
dix-huit chargements. D'abord estimée à 500 000
francs-or, la somme dérobée dépasse bientôt le million. En bons professionnels, les cambrioleurs ont
dédaigné les mandats et les chèques, pour ne faire
porter leurs efforts que sur les billets de banque. Peu
sensibles aux secrets de la politique étrangère, ils ne
se sont point attaqués à la valise diplomatique desti-

née à l'ambassadeur de France auprès du Sultan, mais ils ont tout de même eu l'indélicatesse d'ouvrir une sacoche envoyée par le ministère de la Guerre au commandant de la place de Marseille.

Le sous-secrétaire d'État aux Postes et Télégraphes, Charles Chaumet, ne démissionne pas : en place depuis le 2 mars, il pointe l'insuffisance des moyens dont dispose son administration. Cette dernière, pour faire face à l'importance croissante du trafic, n'est-elle pas dans l'obligation de louer aux compagnies de chemins de fer des fourgons ordinaires qui ne présentent pas les garanties de sécurité des « allèges », ces fourgons spéciaux que les cambrioleurs n'ont pu fracturer ? Habilement, le sous-secrétaire d'État demande des crédits pour sécuriser les acheminements.

Quant à la mythique « malle des Indes », célébrée par Jules Verne et Kipling, son épopée ne s'interrompra qu'en septembre 1939 ; la guerre puis le triomphe de l'aviation la feront entrer au panthéon des rêves.

# Fin d'un caïd

Grégory Auda

Le 3 décembre 1950, vers 3 heures 30 du matin, une voiture traverse en trombe la rue Henri-Huchard et s'immobilise devant l'hôpital Bichat. Une femme affolée s'en extirpe et appelle à l'aide. Elle n'est pas blessée mais ses vêtements sont maculés de sang et la voiture qu'elle conduit présente dix-sept impacts de balles. Côté passager, on distingue une masse inerte : un homme effondré, qui tient encore un fusil de chasse serré contre lui. Atteint par trois projectiles, dont un en pleine tête, le caïd corse Ange Salicetti, dit « l'Ange » ou « le Séminariste », vient d'expirer.

Les enquêteurs de la brigade criminelle n'ont guère besoin de s'interroger sur les mobiles de l'exécution ni sur l'identité des assassins. « Nous nous trouvons en présence d'une affaire qui se passe dans le milieu corse, ce milieu est très fermé et les éléments qui le composent ont l'habitude de traiter par le mépris les autorités judiciaires et de faire justice eux-mêmes », indique le rapport d'enquête. « Salicetti avait certainement lui-même bénéficié plusieurs fois de la loi du

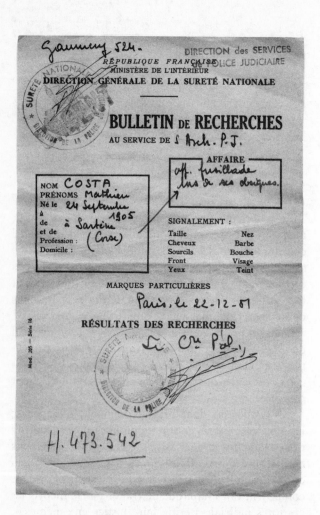

Bulletin de recherche de Mathieu Costa, 1951.

silence. Il est probable qu'elle fera maintenant obstacle pour l'identification de ses assassins. »

En fait, les policiers attendent l'événement depuis quelques mois déjà. Cette mort annoncée est le dernier acte, tragique, d'une guerre des gangs qui secoue le milieu corse et qui a vu périr une trentaine de malfaiteurs depuis 1937.

## La vendetta

Ange Salicetti a vingt-trois ans lorsque débutent les hostilités. Il appartient déjà à une bande de braqueurs audacieux dirigée par Marc Santi. Intelligent, froid, orgueilleux et violent, il est considéré comme une figure montante du milieu. Sûr de sa force, il compte bien imposer sa domination aux autres voyous. Cette attitude mène inévitablement à des conflits. En septembre 1937, à Ollioules, au cours d'un règlement de comptes aux mobiles obscurs, Salicetti exécute Philippe Graziani. Ce dernier, tenancier de maison close, est l'un des membres les plus influents de la puissante famille Graziani-Nicolaï, qui règne sur le « quartier réservé » de Toulon.

Ce premier meurtre a pour effet immédiat de déclencher une vendetta entre la famille Salicetti et le clan Nicolaï. En mars 1938, un des cousins de Salicetti est tué à Marseille. Dès lors, on assiste à la formation de deux clans rivaux. Chacun dans le milieu corse doit prendre position, et épouser la cause d'un frère, d'un cousin, d'un ami. D'anciennes solidarités se réveillent et de vieilles querelles se ravivent. Tandis que Salicetti est arrêté et condamné à huit ans de réclusion pour le meurtre de Graziani, d'autres clans entrent dans le conflit et se mettent en ordre de bataille. Du côté de « l'Ange », on retrouve les « Corses de Paris » : les Pieri, les Morazzani, les anciens du clan Santi et les vétérans du clan Stéphani. Autour des Graziani se regroupent les « Corses de Marseille » : les Morganti et une nouvelle génération de malfaiteurs audacieux et inventifs, parmi lesquels on distingue tout particulièrement Joseph Renucci, Antoine Paolini, Jean et Dominique Venturi.

## Des exécutions en cascade

En février 1944, Salicetti s'évade de prison. Il fait le coup de feu contre les Allemands et participe aux combats de la libération de Paris. Il est d'ailleurs sérieusement blessé. Mais il n'a pas oublié ses ennemis et entreprend méthodiquement leur élimination.

Dès lors, les exécutions se succèdent à un rythme affolant, sous les yeux d'une police impuissante : en moins de trois ans, le clan Graziani est anéanti, les Morazzani perdent leurs leaders, la famille Salicetti est décimée.

Peu à peu, le rapport de force s'inverse. Le 27 août 1949, encadré par trois gardes du corps aux aguets, Salicetti assiste aux funérailles de Mathieu Costa, un « homme de loi » du milieu ou *paceri*, assassiné quelques jours plus tôt. Tandis que le cortège progresse boulevard Berthier, une rafale de mitraillette crépite.

Salicetti s'en sort sans une égratignure mais deux de ses derniers gardes du corps sont à terre.

Ce 3 décembre 1950, c'est donc un chef de bande sans troupe qui sort de son bar et monte dans la voiture conduite par sa femme. Il tient entre ses mains un fusil et scrute la nuit, aux aguets. Mais, tandis qu'il atteint le rond-point de la place de Pantin, il n'aperçoit pas la voiture qui surgit sur sa droite et de laquelle dépassent des canons de mitraillettes.

La vendetta de « l'Ange » précède de deux ans la « guerre des blondes » au cours de laquelle les alliés d'hier, unis contre Salicetti, se disputeront le contrôle de la contrebande de cigarettes en Méditerranée.

Ces affrontements, en modifiant les lignes de force, ont eu un impact profond sur le milieu corse. Les clans victorieux, sûrs de leur autorité et disposant d'un pouvoir incontesté, vont désormais se consacrer à élaborer les réseaux de la *French Connection*.

## II. LE MEURTRE

Tuer n'est pas tout, il faut tuer de sang-froid. Si Cartouche ou les assassins du courrier de Lyon, à l'évidence, ont des vies sur la conscience, du moins peuvent-ils prétendre à l'excuse d'avoir agi dans le feu de l'action : la mort donnée n'est qu'une modalité malheureuse du vol, un accident regrettable en somme.

Pour entrer au panthéon des assassins, il faut au contraire justifier d'une savante préméditation, d'ingénieux préparatifs, d'accessoires suffisamment macabres pour devenir des symboles mythiques : la « malle à Gouffé », la cuisinière de Landru, l'œilleton par lequel Petiot surveillait l'agonie de ses victimes...

Peu importe que l'assassin se repente, comme la Brinvilliers, obtienne sa rédemption à l'exemple de Violette Nozières, ou défie au contraire la société par son vertigineux cynisme, tels Landru et Petiot. Emblématiques de leur époque, ces aristocrates du crime auront leur place dans les dictionnaires et les livres d'Histoire.

Derrière la légende et les anecdotes aigres-douces, pourtant, les documents de police nous ramènent à l'épouvantable réalité du crime de sang.

Recette de la main de la marquise de Brinvilliers.
« Armoise, sabine, et cypré blanc une bonne poignée de chacun, il faut faire bouillir dans trois chopines d'eau, il faut le laisser réduire à trois demi costier, couler et presser, dans la colature il faut mettre une once et demi de sirop d'armoise, et après avoir bien mêlé le tout ensemble, il faut en faire trois prises qu'il faut avaler trois matins de suite. »

# Les recettes mortelles
# de la Brinvilliers

Jean-Christian Petitfils

Le parvis de Notre-Dame est noir de monde.
Badauds, bourgeoises, femmes de qualité, tous, comme
d'habitude, mus par une curiosité morbide, se pres-
sent afin de voir le dernier condamné faire amende
honorable avant son exécution. Mais ce 16 juillet
1676, au soir tombant, le spectacle est plus excitant,
plus insolite que jamais : il s'agit en effet d'une
femme, et de surcroît d'une femme de la haute société,
la marquise de Brinvilliers, coupable de parricide et
de fratricide...

Le tombereau arrive, encadré par des archers à
cheval. Elle en descend, pieds nus et mains liées. Elle
est petite et menue, porte une camisole de toile blanche empesée, une corde de chanvre au cou. Sa cornette
relevée laisse voir un visage convulsé, de grands yeux
bleus hagards. Sous les imprécations de la foule, le
bourreau et son aide la soutiennent jusqu'à la première marche du portail central, où elle s'agenouille.
Elle tient à la main une torche de cire dont la flamme
grésille. Le silence se fait. Elle regrette ses crimes et
en demande pardon « à Dieu, au roi et à la justice ».

## La tête jetée dans un brasier

Elle se relève. On la hisse à nouveau dans le tombereau qui lentement la conduit en place de Grève,
face à l'Hôtel de Ville, où une foule serrée se bous-
cule devant un échafaud et un bûcher. Les fenêtres et
les toits ont été loués à prix d'or. Exhortée par son
confesseur, elle gravit les marches raides de l'échelle.
Elle prie, elle pleure. Sa chevelure épaisse est rasée.
Sa chemise déchirée par le haut laisse voir ses épaules dénudées. Elle s'agenouille, les yeux bandés. La
foule entonne le *Salve Regina*. La lame de la longue
épée siffle. Le bourreau de Paris, André Guillaume,
porte ensuite le corps jusqu'au bûcher qu'on a allumé
avec des bouchons de paille. Puis, il prend la tête
encore bandée et la jette dans le brasier féroce...
   Effarante destinée que celle de Marie-Madeleine
d'Aubray, fille du lieutenant civil de la vicomté et
prévôté de Paris, Antoine Dreux d'Aubray ! Née à
Paris en 1630, elle est violée à sept ans par un domestique. Un traumatisme qui peut expliquer la suite.
Livrée à elle-même, dès dix ans, elle a des rapports
sexuels avec son frère Antoine. À vingt et un ans,
son père lui fait épouser un officier, le marquis de
Brinvilliers, qui se révèle dépensier et volage. Marie-
Madeleine, qui aura sept enfants, dont quatre ne seront
pas de son mari, tombe bientôt dans les bras d'un
aigrefin criblé de dettes, Jean-Baptiste Gaudin de
Sainte-Croix, et s'affiche avec lui. Scandalisé, l'intègre Dreux d'Aubray fait arrêter le ruffian, qui passe
deux mois à la Bastille.

## Une mort à petite dose

Les amants veulent se venger en l'empoisonnant. Libéré, Sainte-Croix se livre alors chez lui à des expériences de chimie et d'alchimie, fabrique de la fausse monnaie, vend des « poudres de succession ». Affectueuse, douce, prévenante, Marie-Madeleine fait mine de soigner son père tout en lui versant la mort à petites doses. Le 10 septembre 1666, il expire. L'autopsie ne révèle rien de suspect.

Les deux frères de la marquise recueillent une partie de l'héritage. Il faut qu'ils meurent à leur tour, car elle est couverte de dettes de jeu. Elle fait entrer à leur service un ancien domestique de Sainte-Croix, La Chaussée. L'aîné, Antoine, comte d'Offémont, souffre bientôt de violentes douleurs d'estomac, mais résiste. Il faut doubler les doses. En juin 1670, il rend l'âme, bientôt suivi du cadet. Pourquoi s'arrêter en si bon chemin ? La marquise de Brinvilliers, perverse profonde, essaie ses poisons sur sa sœur, rêve d'en faire autant sur sa belle-sœur et sur l'une de ses propres filles, « parce qu'elle était grande », dira-t-elle. Pour se faire épouser par Sainte-Croix, elle s'attaque à son mari, mais le bellâtre, moins pressé qu'elle, fait donner du contrepoison à la victime... Les amants se surveillent, s'espionnent, finissent par se haïr. Elle se donne alors au jeune Briancourt, précepteur de ses enfants. Quand elle s'aperçoit qu'elle lui a confié trop de secrets sur l'oreiller, elle lui fait prendre une de ses décoctions. Le malheureux s'en tirera en prenant de la thériaque.

Le 30 juillet 1672, Sainte-Croix meurt de maladie. La marquise veut coûte que coûte récupérer la cassette qu'il détenait comme moyen de chantage. Flairant un mystère, la police, qui y a mis les scellés, refuse et décide de l'ouvrir. On y trouve des lettres, des reconnaissances de dettes, des poudres, du vitriol et de petites fioles contenant des liquides, qu'on essaie aussitôt sur des pigeons et des chats : tous meurent, sans que l'on décèle trace de poison dans leurs viscères ! Ce poison, c'est probablement du sublimé corrosif ou de l'arsenic, qui a été étudié par un apothicaire suisse, Christophe Glaser, dont Sainte-Croix a suivi les cours au Jardin royal des Plantes.

## Repentance

La Chaussée est arrêté, jugé et roué vif, après avoir tout avoué. Mais Marie-Madeleine a pu s'enfuir en Angleterre et gagner les Pays-Bas espagnols. En mars 1676, le ministre Louvois la fait enlever du couvent de Liège, où elle s'est réfugiée, et conduire à la Conciergerie. Dans ses papiers, on trouve une confession écrite de ses débauches et de ses crimes. En route, elle tente de corrompre ses gardiens, d'avaler des morceaux de verre, des épingles, de s'empaler… En vain.

En avril, elle comparaît devant la Tournelle et la Grand'Chambre réunies. Elle nie avec audace, jusqu'à ce qu'un théologien réputé, le père Pirot, la ramène à la foi chrétienne et à la repentance. Elle passe aux aveux, sans pour autant échapper au terrible supplice de l'eau.

À sa mort, on croit en avoir fini avec ces monstruosités. On se trompe. Trois ans après éclate la plus gigantesque affaire criminelle du Grand Siècle, le drame des Poisons, dont le procès de la Brinvilliers n'aura été que le sinistre prélude...

✪

## LA TÊTE SUR L'ÉCHAFAUD

*Registre d'écrou de la Conciergerie, 6 avril 1673*

Par arrêt de la cour du 24 mars 1673, ladite dame marquise de Brinvilliers, pour réparation d'avoir fait empoisonner messire Antoine d'Aubray, chevalier, comte d'Offémont, seigneur de Villiers et autres lieux, conseiller du Roi et en ses conseils, maître des requêtes ordinaires de son hôtel et lieutenant civil de la ville, prévôté et vicomté de Paris, et de D'Aubray, conseiller en ladite Cour, ses frères, a été condamnée d'avoir la tête tranchée sur un échafaud par effigie en un tableau qui sera attaché à une potence plantée en la place de Grève, son corps mort brûlé, ensemble les fioles et les poudres trouvées en la cassette, et les cendres jetées au vent, ses biens acquis et confisqués à qui il appartiendra et sur ceux non sujets à confiscation pris la somme de deux mille livres d'amende envers le Roi, vingt mille livres de réparation vers la dame Mangot de Villarceau, veuve dudit défunt lieutenant civil, et en tout les dépenses du procès.

Paris SAM [Série Ab, registre n° 58]

Gabrielle Bompard.

# Gabrielle Bompard
## ou la beauté du diable

Isabelle Astruc

Le 16 août 1889, près du bois de Millery, à quinze
kilomètres de Lyon, le corps d'un homme enveloppé
dans un sac de toile, nu et en état de grande décomposition, est trouvé dans les broussailles par un cantonnier. On transporte la dépouille au laboratoire de
la faculté et une enquête est ouverte par le parquet.
Quelques jours plus tard, à quelque distance de là,
un chercheur d'escargots se heurte aux débris d'une
grande malle. Elle porte une étiquette des chemins
de fer et une moleskine noire recouvre mal un fond
bleu décoré d'étoiles dont les taches paraissent suspectes.

De son côté, le chef de la Sûreté parisienne, Goron,
enquête sur la disparition d'un huissier de justice,
Toussaint Auguste Gouffé, signalée le 27 juillet.
L'homme, âgé de cinquante ans, veuf et père de
deux filles, jouissant d'une situation financière confortable avec sept cent mille francs de capital, avait
un penchant certain pour les femmes de peu de
vertu. Sa dernière relation : une jeune coquette d'un
peu plus de vingt ans, Gabrielle Bompard, bour-

geoise en rupture de ban qui a pour amant de cœur un homme d'affaires aux pratiques douteuses, Michel Eyraud.

Goron demande une nouvelle autopsie à l'éminent professeur Lacassagne, qui dirige l'École lyonnaise de criminologie. L'analyse des cheveux détermine qu'il s'agit bien du corps de l'homme de loi, étouffé et placé dans la « malle sanglante de Millery ». La famille, à l'instigation de Goron, publie une annonce promettant dix mille francs de récompense pour tous renseignements utiles. Quantité de lettres et de fausses pistes se succèdent, jusqu'au jour où un hôtelier de Londres fait savoir qu'un de ses clients, Michel Eyraud, a abrité chez lui une malle géante, au début de l'été.

Suspects plus que sérieux, Gabrielle Bompard et son amant sont recherchés. Ils ont fui aux États-Unis, au Canada puis au Mexique, où ils sont bientôt traqués. En vain. Le crime de la rue Tronson-du-Coudray alimente les gazettes et l'imagination populaire. La malle reconstituée est exposée dans le hall de la morgue, où on se précipite pour la voir et acheter à la sortie une petite réplique-souvenir aux camelots.

## Une complice sous hypnose

Gabrielle est ramenée en France par un riche rentier en affaire aux Amériques, que Michel Eyraud avait appâté. Contre le financement d'une usine qui ne vit jamais le jour, la Bompard devait devenir sa maîtresse. Convaincue par son protecteur, elle se rend sans appréhension auprès du Préfet de police, le 22 janvier 1890, pour lui faire des aveux complets. Elle dénonce son complice, toujours en cavale, qui vit d'expédients de moins en moins reluisants. Au terme de plusieurs interrogatoires, on finit par connaître le mobile du crime — l'argent dissimulé dans le coffre de l'étude — et le déroulement de la tragédie. Après avoir attiré Gouffé chez sa maîtresse, Eyraud, caché dans un recoin de la chambre, l'a étranglé au moyen d'une cordelière avant de le placer dans la fameuse malle, transportée par le couple près de Lyon, dont le meurtrier est originaire.

L'assassin ne sera retrouvé que tardivement, à La Havane, où il s'est réfugié sans le sou. Par haine de celle qui l'a trahi, il envoie des lettres incohérentes aux policiers parisiens, tentant de se disculper au détriment de sa complice. Il est arrêté devant une maison close dont on vient de le renvoyer. Lors de sa garde à vue, il tente de se suicider en se taillant les veines au moyen de ses verres de lunettes, brisés.

Gabrielle Bompard, à son procès, nie toute participation active au crime : elle aurait été sous l'empire de l'hypnose. Grâce au talent de son défenseur et à la déposition de Lacassagne, qui croit de tels phénomènes possibles, elle n'écope que de vingt ans de travaux forcés. Libérée dès 1905, elle fait alors le voyage de Lyon pour exprimer sa gratitude au professeur. Elle meurt en 1920. Michel Eyraud, condamné à mort, est exécuté place de la Roquette, le 3 février 1891.

●

## LE SIGNALEMENT
## DE MICHEL EYRAUD

*Avis de recherche diffusé au Canada*

Le vendredi soir 26 juillet 1889, un assassinat a été commis à Paris rue Tronçon-Ducoudray n° 3, sur la personne de M. Gouffé, huissier à Paris. L'assassinat a été suivi de vol. Le cadavre a été renfermé dans une malle et transporté à Millery, près de Lyon. Le nommé Eyraud Michel, âgé de 46 ans, est inculpé d'être l'auteur principal du crime ; il est actuellement en fuite.

Prière de vouloir bien procéder à de très actives recherches, afin qu'Eyraud soit arrêté en exécution du mandat d'arrêt qui a été décerné contre lui, et adresser d'urgence toutes indications pouvant mettre sur sa trace.

Eyraud Michel est né à Saint-Étienne (Loire), le 30 mars 1843, fils de Louis et de Marguerite Glaise. Marié le 17 mars 1870 à Paris, avec Laure Bourgeois, père d'une fille âgée de 19 ans.

Il est de taille moyenne — trapu — forte corpulence — jambes courtes, arquées — démarche lourde — pieds grands et plats — mains grosses et fortes — figure pleine et colorée — yeux petits, ronds et brillants — paupières bouffies — rides autour des yeux — nez fort et gros — lèvres grosses — lèvre inférieure surtout épaisse — dents petites mal entretenues — à la place d'une dent qui lui manque sur le devant à droite à la mâchoire supérieure, il a une fausse dent montée sur or — cheveux

châtain foncé grisonnants aux tempes — il a été
indiqué qu'il se teint — il est chauve sur le dessus
de la tête — il porte quelquefois une perruque dite
toupet en cheveux châtain foncé, mélangés de quelques cheveux grisonnants — moustaches assez fournies châtain foncé — porterait également des favoris
— au côté gauche du front, il a une bosse assez
apparente — il aurait une cicatrice près du mollet à
la jambe gauche — une autre cicatrice près de la
hanche droite — il fume le cigare — il se sert quelquefois d'un pince-nez en écaille — il a l'habitude de
porter d'assez nombreux papiers dans son portefeuille — il avait une montre provenant de la maison
Schwob, boulevard Bonne-Nouvelle, Paris — des
boutons de manchette en camée — il parle le français, l'anglais, l'espagnol et le portugais — il est
entreprenant et audacieux — il a été courtier, représentant de commerce établi, distillateur à Sèvres sous
la raison sociale : Joltrais et Eyraud — en dernier lieu
il a été gérant d'une maison de commission établie à
Paris, rue d'Hauteville n° 21, sous la raison sociale Fri-
bourg et Compagnie — il demeurait à Levallois-Per-
ret, près de Paris, place de la République, n° 4 — il
s'est enfui de Paris avec la nommée Gabrielle Bompard, le 27 juillet 1889, lendemain du crime. Il est allé
à Londres, à Liverpool, à New York et dans diverses
autres villes des États-Unis d'Amérique. — Il est
signalé comme ayant commis des vols et des escroqueries dans différentes villes où il a passé. — Il a
pris les faux noms de Labordère — de J. R. Vanaerd —
de Michel — de Berthier — de Sellers — de Deporte
— de P. Moulié — de Garico et de Avrard.

Paris, SAM [Série Ba, carton n° 85]

Landru.

# Un Casanova meurtrier

Frédéric Pagès

Ficelée au centre du prétoire, elle ne dit rien mais elle est tellement éloquente ! C'est la plus terrible accusatrice du procès : devant cette pièce de fonte, cette cuisinière banale aux dimensions modestes, le public, les journalistes, les jurés peuvent imaginer les victimes découpées en petits morceaux, la cuisson, l'odeur… La cuisinière est muette mais l'accusé, bavard. Pour plaider son innocence, il multiplie les bons mots. Quel acteur ! Le beau monde se presse à la cour d'assises de Versailles où s'ouvre, le 7 novembre 1921, l'un des procès les plus retentissants de l'Histoire de France. Henri-Désiré Landru est accusé d'avoir assassiné en sa maison de Gambais — entre Rambouillet et Mantes-la-Jolie — dix femmes et le fils de l'une d'elles, afin de leur dérober leur argent.

Chauve, le séducteur arbore une longue barbe noire. Pointilleux, ce Casanova de cinquante-deux ans qui se dit marchand de meubles est un maniaque du carnet et de la fiche. Par exemple, pour un voyage avec une des femmes disparues, il note : « Train

pour Gambais un aller et retour 3,85 F. Un aller simple, 2,40 F. » Voyage sans retour pour une femme
séduite et abandonnée. Mais où ? Un assassin qui
note tout est un bon client pour les enquêteurs. Ses
notes en disent plus que cent témoins à la barre. Dans
son imprudence, Landru a fait un dossier pour chacune des 283 femmes qu'il a approchées en cinq ans.
Dans cette population, il en manque 10 à l'appel. Que
sont-elles devenues ? Comment les cadavres ont-ils
disparu ?

## Landru dit Barbe-Bleue

La police a tout fouillé dans le pavillon, retourné
le jardin, sondé les mares et les étangs. Elle a trouvé
dans les cendres du petit fourneau domestique des
dents, des morceaux d'os, des boutons. Mais rien ne
prouve que ces restes ont appartenu à l'une des
disparues. En l'absence d'aveux, l'accusation bute
contre un mur. Aux assises, il faut avoir tué quelqu'un.
Dans ce dossier, il n'y a que des présomptions, très
fortes il est vrai. Par exemple, le passé de Landru ne
plaide pas en sa faveur : depuis 1902 il a été condamné six fois pour escroquerie. Cela ne fait pas de
lui un criminel, mais ce procès retentissant crée un
mythe. « Landru dit Barbe-Bleue » titre *Le Figaro*.
Égorgeur de femmes et grand séducteur ! Un héros
satanique ?

Au sortir de la Grande Guerre, tout le monde
comprend que son champ de bataille à lui, c'était le
lit et qu'il s'y comportait vaillamment. Des survivan-

tes, qui ont succombé à ses charmes mais ont échappé à son fourneau, viennent à la barre pour quelques confidences qui font glousser le public. Défenseur de Landru et ténor du barreau, M<sup>e</sup> de Moro-Giafferri ne fait pas mentir sa réputation. Tendant le bras vers le fond de la salle, il lance : « Ces femmes dont on vous dit qu'elles sont mortes, elles vont maintenant faire leur apparition ! » Toutes les têtes se tournent vers la porte d'entrée qui demeure close. L'avocat reprend : « Vous avez regardé, vous n'êtes donc pas sûr que ces femmes sont mortes. » Impavide, l'avocat général répond : « Toutes les têtes se sont tournées, maître, sauf celle de votre client. »

## Séduites puis carbonisées

Mais pour qu'un procès soit un spectacle, il ne suffit pas d'un texte, il faut un contexte. Après le sang, le fiel ! Cet après-guerre transpire la rancœur contre les « planqués », ceux qui sont restés à l'arrière. Comme Landru ! Que faisait-il quand les Poilus se faisaient découper à la mitrailleuse ? Il séduisait le beau sexe. Ce prédateur jouait les belles gueules au détriment des gueules cassées. Il profitait de ces femmes seules que la guerre avait émancipées malgré elles en les mettant au travail, en les faisant sortir du foyer. Selon la plaisanterie de l'époque, Landru, source d'increvables bons mots, les y a remises, au foyer… Prenez le cas de Lyanes, trente-six ans, séparée de son mari. Voici ce qu'on trouve sur la fiche rédigée par Landru lui-même : « Catholique fervente, craint le divorce qui pourrait l'empêcher de se remarier à l'église. » Un gibier idéal pour ce petit homme volubile qui ne manque pas de promettre à ses victimes mariage et repas de noce, dressant avec elles le plan de table...

Mais à mesure que les indices se multiplient, le vent tourne pour l'accusé qui va payer pour toutes les frustrations nées de cette victoire au goût amer. Comme si, après la grande boucherie de 14-18, on avait trouvé le boucher suprême. *Le Canard enchaîné* renverse joyeusement l'actualité diplomatique : « Clemenceau lance le traité (de Versailles) pour détourner l'attention publique de l'affaire Landru. » Voici l'accusé dans le rôle du bouc émissaire. Il ne s'en sortira pas. Malgré sa faconde, le public ne rit plus, surtout lorsqu'il raconte comment il a pendu son chien. Les jurés se sont fait leur intime conviction. Landru est guillotiné le 25 février 1922.

❂

## UN DÉTAIL RÉVÉLATEUR

*Longuement interrogé par les enquêteurs, Landru se montre fort peu loquace, se contentant de nier. Mais la police a saisi le carnet dans lequel il a lui-même noté ses déplacements et ses dépenses (pages 138-139). Le 10 août 1920, questionné sur le sort de la veuve Collomb, l'hermétique Landru se laisse enfin piéger sur un détail mesquin : partant à Gambais, pourquoi avoir acheté un billet aller-retour pour lui, mais un aller simple pour sa compagne ?*

*L'interrogatoire de Landru*

[Demande.] — Qu'alliez-vous faire à Gambais le 24 décembre 1916, voyage qui est attesté par les comptes figurant à votre carnet, à cette date ?

[Réponse.] — Il est possible que j'y sois allé, mais je ne puis me rappeler pourquoi.

D. — Le 25 décembre, vous êtes de retour à Paris, ainsi qu'en fait foi votre carnet. Reconnaissez-vous être allé, le lendemain, 26 décembre, à Gambais, avec M^{me} Collomb, en prenant, pour vous rendre dans cette localité, le train du matin, heure de départ qui se trouve précisée par le témoignage de la concierge de votre domicile 22, rue de Châteaudun ?

R. — Je ne puis rien dire ; du reste, les indications de mon carnet ne sont pas toujours exactes.

D. — C'est la première fois que vous discutez les indications données par votre carnet qui, cependant, paraît être tenu avec un soin méticuleux, et il est impossible de ne pas remarquer que vos contestations s'élèvent juste au moment où les mentions de votre carnet présentent le plus haut intérêt.

En effet, votre carnet prouve que vous êtes parti le 26 décembre 1916, à Gambais, avec M^{me} Collomb, dans des conditions particulièrement étranges. Vous prenez deux billets : l'un d'aller, l'autre d'aller-retour. Avez-vous une explication à présenter à ce point de vue ?

R. — Je crois me souvenir qu'à mon voyage du 24 décembre, je n'avais pas utilisé mon retour et il m'a servi probablement à mon second voyage.

D. — Alors, vous seriez revenu le 24 décembre, sans faire usage de votre billet de retour. Tout à l'heure, vous ne [vous] souveniez pas de ce voyage du 24 décembre.

R. — En voyant mon carnet, je me rends compte en effet de mon voyage du 24 décembre.

D. — Oui ou non, M^{me} Collomb est-elle allée à Gambais avec vous, le 26 décembre ?

R. — Je n'en sais rien.

D. — Vous ne voulez point répondre à la question qui ne peut cependant vous surprendre, puisque vous savez par les témoignages que la preuve est faite que M^{me} Collomb est partie le 26 décembre à Gambais avec vous, avec l'intention formelle, selon les promesses qu'elle avait faites, de revenir le lendemain à Paris.

Encore une fois, persistez-vous à déclarer que vous ne vous souvenez pas du voyage que vous avez fait le 26 décembre à Gambais, avec M^{me} Collomb ?

R. — Je ne puis être affirmatif ; mes souvenirs manquent de précision.

D. — Le 27 décembre, d'après votre carnet, vous passez une partie de la journée à Gambais ; vous déjeunez avec M^{me} Collomb et vous repartez le soir même, vraisemblablement par le dernier train, avec des bagages dont vous mentionnez l'enregistrement.

Que s'est-il passé dans cette journée du 27 décembre entre vous et M^{me} Collomb ?

R. — Je n'ai rien à dire à ce sujet.

D. — Pourquoi ne voulez-vous fournir aucun renseignement ?

L'accusé ne répond pas... puis finalement dit : « Cela ne regarde qu'elle et moi. »

D. — M^{me} Collomb était donc à Gambais. Qu'est-elle devenue le 27 décembre au soir, alors que vous rentriez seul à Paris ?

R. — Elle a dû rentrer avec moi.

D. — Vous n'aviez qu'un billet d'aller-retour et votre explication au sujet de la non-utilisation du billet de retour du voyage du 24 décembre paraît inadmissible. De plus, M^me Collomb, qui était attendue à Paris, ce jour-là et le lendemain, qui avait pris rendez-vous avec sa mère, n'a plus été revue à Paris depuis le 27 décembre, et les recherches les plus minutieuses faites pour la retrouver sont restées complètement infructueuses.

R. — Les recherches ont été faites là où elle n'était pas.

Paris, SAM

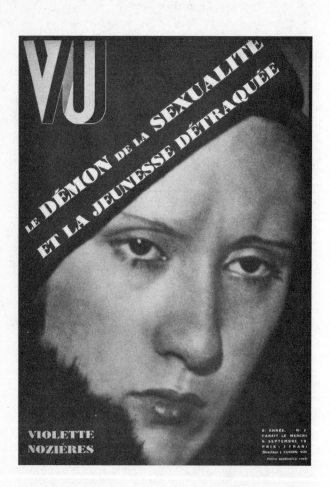

Couverture du magazine *Vu*. Le 28 août 1933, Violette Nozières, dix-huit ans, est arrêtée pour avoir empoisonné ses parents. La mère est sauvée mais le père ne se réveillera pas.

# La muse ambiguë des surréalistes

### Amélie Nothomb

Violette Nozières fascine par son ambiguïté. Est-elle une flamboyante Antigone lavant sa pureté dans le parricide ou une calculatrice prête à tout pour toucher l'héritage au plus vite ? Pour une fois, la réponse si lassante des modernes (« ni noir ni blanc mais entre les deux ») ne convient résolument pas. Violette Nozières est soit un ange convulsif, soit un monstre. Il est impossible de l'interpréter en demiteinte : elle est de toute façon dans l'excès.

En dépit des livres, des textes, des films, etc., que Violette Nozières n'a cessé d'inspirer, il restera toujours un doute au sujet de ce personnage. Chérissons cette incertitude : c'est elle qui fait l'éternité de Violette Nozières.

## Les faits

À dix-huit ans, Violette Nozières est arrêtée le 28 août 1933 pour avoir empoisonné ses parents au moyen de somnifères, crime qu'elle a tenté de maquiller en asphyxie par le gaz. La mère est sauvée mais le père, modeste cheminot du train présidentiel, ne se réveillera pas.

Jeune fille à la dérive, qui se prostitue occasionnellement aux alentours de l'École militaire et semble avoir voulu hériter de ses parents pour mener la grande vie avec son amant de cœur, Violette Nozières devient le symbole de la jeunesse décadente : honnie par les conservateurs, elle sera la muse des surréalistes qui lui consacrent un recueil de dessins et de poèmes édité en Belgique. « Une haute flamme noire danse plus haut que l'horizon et l'habitude, proclame le groupe en juin 1934. Tous les orages vont faire écho à la voix qui hurla en mots de soufre, en mots de souffrance, la condamnation d'un monde où tout était contre l'amour. »

Pour justifier son geste, Violette Nozières accuse son père d'inceste. « Mon père oublie parfois que je suis sa fille », a-t-elle confié à un de ses clients. Le jury n'admet pas ce système de défense que rien ne vient étayer, mais André Breton prend l'explication au sérieux, écrivant que le père a donné à sa fille « un prénom dans la première partie duquel on peut démêler psychanalytiquement son programme ».

De tels soutiens ne peuvent servir l'accusée. Violette Nozières est condamnée à mort le 13 octobre 1934, peine commuée dès le mois de décembre en réclusion criminelle à perpétuité. Sa rédemption commence. Prisonnière pieuse et exemplaire, pardonnée par sa mère, elle est libérée en août 1945 de la maison d'arrêt de Rennes : elle épouse le fils du greffier comptable et devient une mère de famille respectable dont les enfants ignoreront jusqu'à sa mort le passé sulfureux. Violette Nozières sera la seule condamnée à mort réhabilitée par la justice, le 18 mai 1963.

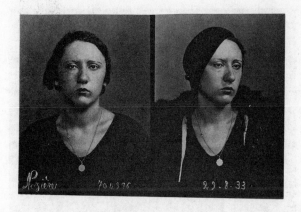

Photographie de Violette Nozières.

Petiot, dit le docteur Satan, pendant son procès.

PETIOT, LE DOCTEUR SATAN

# Un industriel du crime

Claude Mesplède

Si on considère Landru comme un artisan du crime, le docteur Marcel Petiot, avec soixante-trois victimes revendiquées, fait figure d'industriel. Comment dire l'horreur du lieutenant Maigre, qui rapporte la macabre découverte du 11 mars 1944 ? À la suite d'un incendie dans l'hôtel particulier du 21, rue Le Sueur, dans le XVIᵉ arrondissement, les pompiers découvrent au sous-sol « un calorifère où se consumaient de la chair et des ossements humains », mais aussi « un amas et un sac de quartiers de corps humains ayant macéré dans la chaux vive » et « un tas de cendres et de scories mélangées avec des débris calcinés d'ossements humains »…

Le propriétaire des lieux, Marcel Petiot, est déjà en fuite ; une lettre qu'il a la fatuité d'adresser à la presse semble indiquer qu'il est entré dans la clandestinité sous un faux nom. Reproduit dans les journaux, ce courrier va le perdre, car un officier des FFI reconnaît son écriture et le dénonce.

« Fouillé à corps, Petiot a été trouvé porteur d'un

revolver 6,35 mm armé », indique le capitaine Simo-
nin dans le procès-verbal relatant l'arrestation du
tueur, le 31 octobre 1944, à la station de métro Saint-
Mandé-Tourelles. Aucun des documents trouvés sur
lui ne mentionne son vrai patronyme. Carte des mili-
ces patriotiques, papiers d'identité, ordre de mission,
laissez-passer et bien d'autres sont au nom de Valeri,
l'alias qu'il a choisi depuis son affectation comme
adjoint du commandant Raffy, 2ᵉ bureau, caserne de
Reuilly. Toujours au nom de Valeri, une carte de
l'association France-URSS et une autre d'adhérent au
Parti communiste, toute récente, en gage de patrio-
tisme.

## Le chef du groupe Fly-tox

Sitôt arrêté, Marcel Petiot se donne le beau rôle :
« Réformé de la guerre 14-18, je n'ai pas participé
aux opérations en 39-40. [...] Dès 1941, j'ai cherché
à me rendre utile. » Il détaille alors ses premiers
contacts avec la Résistance et comment, fin 1941, il
entre dans l'organisation de Pierre Brossolette. Puis,
sous le nom de « docteur Eugène », il fonde le groupe
Fly-tox — marque d'un célèbre insecticide —, spécia-
lisé dans le dépistage et l'exécution des mouchards de
la Gestapo. Ceux-ci sont éliminés soit au revolver,
soit avec son arme secrète qui, selon ses dires, « permettait de tuer à une distance d'une trentaine de mètres
sans aucun bruit ».

Très bavard pour décrire l'activité de son groupe,
Petiot est moins prolixe quand on lui demande d'en

citer les membres : « Les précisions que vous me demandez sont inutiles. » Il perd également la mémoire des lieux où ses victimes étaient transportées une fois abattues, mais persiste à bâtir sa défense autour du mythe de la Résistance, décrivant les tortures subies par la Gestapo, citant des contacts tous morts ou introuvables, nimbant ses propos d'un épais brouillard.

## Atteint de déséquilibre mental

Si la période troublée de la guerre favorise ses activités de psychopathe, Petiot a manifesté ses penchants bien plus tôt. À six ans, il plonge son chat dans l'eau bouillante, crève les yeux des oiseaux. À presque quarante ans, interpellé pour avoir volé un livre boulevard Saint-Michel, il précise par lettre qu'il a emporté l'ouvrage par distraction, lui qui est en train de concevoir « un appareil destiné à délayer et aspirer alternativement les matières fécales chez les constipés graves »... Ses propos, son emportement, comme l'écrit le commissaire de police dans son rapport, « permettent de conclure que l'on se trouve en présence d'un homme atteint de déséquilibre mental, qui, s'il ne paraît pas actuellement dangereux pour la sécurité publique, et en raison de la profession qu'il exerce, doit être tenu en observation ». Une prescription trop peu suivie : à partir de 1942, Petiot se prétend l'organisateur d'une filière d'évasion vers l'Argentine. Des juifs, des clandestins, quelques malfrats même se succèdent dans son cabinet. Là, le « docteur Satan » les gaze ou leur administre un vaccin fatal, s'approprie argent et valeurs, puis découpe les cadavres pour les brûler. Après enquête, les restes humains découverts rue Le Sueur attestent vingt-sept assassinats.

« Comment vingt-sept ? Soixante-trois vous voulez dire ! » s'indigne Petiot à son procès, qui s'ouvre le 18 mars 1946. Avec morgue, plein d'emphase, le « capitaine Valeri » maintient qu'il s'agissait de traîtres. Mais les monticules de bagages pillés rendent vaine sa défense. Petiot ne trompe pas ses juges qui, le 4 avril 1946 à minuit dix, le condamnent à la peine capitale. Le couperet fait son office le 25 mai. Où sont passés les 250 millions dérobés aux victimes ? Petiot garde pour lui ses secrets. Comme il l'a déclaré cyniquement : « Je suis un voyageur qui emporte ses bagages. »

✪

## LES PIÈCES MAÎTRESSES
### DU DOSSIER PETIOT

*Rapport relatif à l'état mental de Marcel Petiot, 18 juin 1936*

Le 4 avril, à midi et demi, un inspecteur de la librairie Gibert, 30 boulevard Saint-Michel, a surpris en flagrant délit de vol d'un livre, d'une valeur de 25 f., un individu qui a été conduit au contentieux de cette librairie où il a fait connaître son identité comme suit : Petiot Marcel, docteur en médecine, demeurant 66 rue de Caumartin.

Invité à accompagner l'inspecteur au commissariat, en cours de route, M. Petiot s'est livré à des violences sur cet inspecteur et a pris la fuite. Saisi de ces faits par une plainte, j'ai invité par téléphone le docteur Petiot à se présenter à mon cabinet. Il m'a été répondu qu'il était en voyage.

J'ai alors prié mon collègue du quartier Chaussée d'Antin de faire toutes les vérifications utiles et de déposer une convocation à son domicile pour ce jour, 15 heures, mon collègue m'a informé que le docteur Petiot était à son domicile.

M. Petiot s'est présenté ce jour à mon cabinet à 16 heures. Il m'a déclaré qu'étant malade, il ne pouvait pas répondre à mes questions sur les faits qui lui sont reprochés et il m'a déposé une lettre me priant d'en prendre connaissance. Dans cette lettre, où il prétend n'avoir commis aucun délit, il ajoute n'avoir parcouru samedi que le quartier des Écoles dans le but de s'éclairer sur le problème suivant : la recherche d'un appareil destiné à délayer et aspirer alternativement les matières fécales chez les constipés graves, suivant les explications techniques et un schéma.

Les propos tenus par le docteur Petiot, qui m'a représenté une carte de circulation de mutilé de guerre, et m'a déclaré avoir été interné trois fois, son emportement permettent de conclure que l'on se trouve en présence d'un homme atteint de déséquilibre mental, qui, s'il ne paraît pas actuellement dangereux pour la sécurité publique, et en raison de la profession qu'il exerce, doit être tenu en observation.

Paris, SAM [Série ], affaire Petiot, carton n° VII]

✪

### RAPPORT DE LA BRIGADE
### CRIMINELLE, 10 SEPTEMBRE 1944,
### SUR L'ARRESTATION DU DR PETIOT

M. le directeur de la sécurité militaire, j'ai l'honneur de vous rendre compte que j'ai procédé ce matin, à 10 h 45, dans la station de métro Saint-Mandé-Tourelles, à l'arrestation du nommé Petiot, Marcel-André-Henri-Félix né à Auxerre (Yonne), le 17 janvier 1897, fils de feu Félix et de Marthe Bourdon, précédemment domicilié à Paris, 66 rue Caumartin, où il exerçait la profession de docteur en médecine.

J'étais accompagné des sous-lieutenants Surville, Vian, assisté du sous-lieutenant Gabrielli, du service du colonel De Besse.

Fouillé à corps, Petiot a été trouvé porteur d'un revolver 6,35 mm armé. Les papiers dont la désignation suit ont été trouvés sur lui :

31 780 f.

Une carte d'adhérent au Parti communiste.

Une carte d'identité n° 0836, au nom de Valeri Henri-Jean, délivrée par la commune de Villepinte (Seine-et-Oise).

Une carte d'alimentation au nom de Bonnasseau Virgini du XIXe arrondissement.

Une carte de membre de l'association France-URSS n° 29097, au nom de Valeri.

Un ordre de mission au nom de Valeri, délivré par le capitaine Gray, et Warnier, 2e bureau Police, 1er régiment de Paris, 19 septembre 1944 (Forces françaises de l'intérieur).

Une carte d'identité de l'Armée française, au nom de Wetterwald, alias Valeri Henri.

Une autorisation temporaire de circuler, au nom de Gilbert (demande adressée à la Préfecture de police).

Une carte de tabac au nom de M. de Frutos Angelo à Drancy.

Un laissez-passer permanent au nom de Valeri valable pour entrer et sortir de la caserne de Reuilly.

Une attestation du colonel Bourgoin, commandant le dépôt Est certifiant que le sous-lieutenant Wetterwald, capitaine FFI, était passé dans la commission de révision des grades.

Un ordre de réquisition en blanc émanant des FFI Île-de-France.

Une carte d'identité d'officier FFI au nom de Valeri.

Un passeport au nom de Cacheux René.

Deux photographies du nommé Petiot.

Une lettre en date du 27 octobre 1944 du commandant Raffy, chef du SR, caserne de Reuilly.

Trente-trois papiers, que j'ai numérotés de 1 à 33 inclus.

Au cours de l'interrogatoire que nous avons fait subir à Petiot, ce dernier a déclaré avoir appartenu à divers mouvements de Résistance, et que c'est à ce titre qu'il se déclarerait responsable de la mort de 63 personnes.

Il est actuellement sous le nom de capitaine Valeri, officier-adjoint au commandant Raffy, chef du 2e bureau du bataillon de dépôt du 1er régiment de marche, caserne de Reuilly.

Petiot a déclaré, mais n'a pas voulu le confirmer dans sa déposition par écrit, que ses supérieurs étaient au courant de sa véritable identité. Selon renseigne-

ments reçus de la Préfecture de police, il n'existe pas
de mandat judiciaire contre Petiot.

Paris, SAM [Série J, affaire Petiot]

✪

## PROCÈS-VERBAL D'INTERROGATOIRE
## DE MARCEL PETIOT, 31 OCTOBRE 1944

Du nommé : Petiot, Marcel-André-Henri-Félix, né à
Auxerre (Yonne), le 17 janvier 1897, fils des feus Félix
et de Marthe Bourdon, docteur en médecine, précédemment domicilié à Paris, 66, rue Caumartin. Se
disant condamné par la cour d'appel de Paris en
1941 à 2 000 f. d'amende pour infraction aux lois sur
les stupéfiants. Marié et un enfant, lequel répond
comme suit à nos questions et nos interpellations
successives :

Je refuse de vous dire le nom de la personne qui
me donne actuellement asile à Saint-Mandé, cette
personne, qui m'héberge depuis deux jours, est
parfaitement honorable et je me refuse de préciser si
je lui ai fait connaître ma véritable identité. Mais en
tout cas, le propriétaire de l'appartement ignore tout
de mon identité.

Je suis actuellement employé en qualité d'officier
enquêteur à la caserne de Reuilly — bataillon de
dépôt du 1er régiment de marche — avec le grade de
capitaine. Je suis entré à ce service au début du mois
de septembre. Je me suis présenté spontanément au
colonel Ruaux qui commande le régiment et je crois
savoir que cet officier supérieur connaît depuis quelque temps ma véritable identité.

*Question* : Avez-vous dit au colonel Ruaux qui vous étiez et lui avez-vous donné des précisions sur vos antécédents ?

Non, je me suis présenté sous le nom de Wetterwald et j'ai donné comme alias Valery, en demandant à être enrôlé sous ce nom ou plutôt qu'on se serve pour me désigner du nom de Valery. Quant aux références que j'ai données au colonel Ruaux, je vais vous les communiquer à vous-même.

*Question* : Y a-t-il parmi vos collègues des officiers qui ont connu votre véritable identité dès le jour de votre arrivée au service ?

Non, mais par la suite, mes camarades en ont acquis la certitude, par suite des renseignements que j'avais fournis sur mon activité antérieure dans la Résistance ; et je précise qu'entre-temps, j'avais fourni suffisamment de preuves sur ma loyauté pour qu'aucun d'entre eux n'ajoute foi aux récits fantaisistes que la presse allemande avait faits sur mon compte.

Étant réformé de la guerre 1914-1918, je n'ai pas participé aux opérations de guerre en 1939-1940. J'étais en 1939 installé 66, rue Caumartin et j'avais une très belle clientèle qui me rapportait environ 500 000 f. par an. En 1941, je me rendis acquéreur d'un immeuble sis à Paris, 21, rue Lesueur avec l'intention d'y installer après la guerre mon cabinet médical.

Dès 1941, j'ai cherché à me rendre utile tout d'abord en cherchant à démoraliser les clients officiers allemands qui venaient me consulter et, par la suite, en prenant contact avec diverses personnes appartenant à la Résistance, qui m'envoyaient systématiquement les ouvriers français renvoyés dans leur pays

pour blessures ou maladie. Ces ouvriers, qui rele-
vaient d'un organisme situé rue Cambon, fournissaient
fréquemment de très intéressants renseignements
sur ce qu'ils avaient vu en Allemagne. C'est ainsi que
j'ai pu faire parvenir aux Alliés des détails intéressants sur une arme secrète, qui n'a jamais été utilisée d'ailleurs, basée sur le principe du boomerang et
qui était à l'étude à 70 kilomètres de Berlin dans une
anse de l'Elbe. Peu à peu, les contacts se sont multipliés avec les résistants, et ce qui montre que je ne
me bornais pas à donner des soins à des personnes
ou à des ouvriers venus me consulter par hasard,
c'est que je n'ai jamais envoyé de notes d'honoraires
à l'ordre des médecins ou aux assurances sociales
de la rue Simon-Bolivar, ceci afin d'éviter d'attirer
l'attention sur le grand nombre d'ouvriers rapatriés
auxquels je donnais des soins. Par la suite, j'ai rendu
d'importants services à un groupe d'Espagnols anti-
phalangistes qui opéraient dans la clandestinité à
Levallois (faux certificats, etc.).

Ma mémoire n'est pas assez bonne pour que je
vous fournisse les noms et les adresses précises des
gens auxquels je suis venu en aide au cours de cette
période.

Au cours du dernier trimestre 1941, je suis rentré
réellement dans la Résistance dans l'organisation
de Pierre Brossolette. J'ai été mis en contact, par une
personne dont je n'ai jamais connu le nom, avec un
agent venu de Londres pour organiser la Résistance
en Franche-Comté. Il m'a mis en relation avec un
« groupe d'action » de l'organisation de Pierre Brossolette. Le chef de ce groupe était un certain Cumulo
(orthographe phonétique) sur le compte de qui je
puis vous donner les renseignements suivants :

Son groupe d'action s'appela « l'Arc-en-Ciel ». Cumulo présentait une certaine ressemblance de silhouette et d'allure, il était brun, comme moi, et nous nous faisions parfois passer l'un pour l'autre. Par la suite, je fus appelé à fonder moi-même un groupe de sécurité qui prit le nom de « Fly-tox ». Le groupe « Fly-tox » doit être connu du système Brossolette et je vous donne mon pseudonyme, qui était connu des Allemands et qui doit être connu des personnes de ce groupe, qui est Docteur Eugène. J'avais pris ce pseudonyme lors d'un contact que j'avais eu au moment de la rupture des relations diplomatiques entre l'Allemagne et les États-Unis avec un certain Thompson, attaché au consulat des États-Unis à Paris, que j'étais venu voir dans l'espoir de communiquer un procédé, dont j'étais l'inventeur, qui permettait de tuer à une distance d'une trentaine de mètres sans aucun bruit. Thompson m'avait envoyé à un certain Muller qui devait être un de ses subordonnés à qui j'avais communiqué personnellement le secret de mon invention dans un rapport de plusieurs pages. Et c'est à cette occasion que j'avais utilisé le pseudonyme d'Eugène pour signer ledit rapport. Par la suite, je suis resté pendant deux jours en contact téléphonique ou écrit avec ce Muller, qui ne devait pas tarder à quitter la France avec tout le personnel du consulat.

*Question* : Nous vous invitons à nous donner les noms et tous renseignements en votre possession sur les membres de votre groupe.

J'estime que le groupe « Fly-tox » doit être connu et que les précisions que vous me demandez sont inutiles.

Bientôt mon groupe se spécialisa dans le dépistage et l'exécution des mouchards de la Gestapo. Nous avons ainsi exécuté 63 personnes et j'ai assisté à la plupart de ces exécutions. Voici comment nous procédions : nous arrêtions les personnes comme si nous étions des membres de la Gestapo, afin de provoquer leur réaction et de les amener pour se défendre à nous communiquer les renseignements sur leur activité pro-allemande. Ces interrogatoires avaient lieu dans mon hôtel, rue Lesueur. Ensuite, lorsque nous avions acquis la certitude de la culpabilité, nous procédions à l'exécution, soit au revolver, soit à l'aide de mon arme secrète. Les cadavres étaient immédiatement transportés dans la forêt de Marly ou dans les bois de Saint-Cloud dans des endroits dont je n'ai conservé aucun souvenir, sauf toutefois lorsqu'il s'agissait de militaires allemands en uniforme : au lieu de les inhumer, comme nous le faisions pour les autres, nous les placions bien en évidence auprès de maisons où habitaient des militaires de la Wehrmacht. Je ne pense pas que les Allemands aient usé de représailles contre la population française, sauf toutefois à deux reprises, où nous avions laissé tomber deux cadavres allemands tués devant le Pavillon de Madrid. Je me suis demandé si l'exécution de deux Français qui s'ensuivit n'avait pas de rapport direct avec notre manifestation.

J'affirme que je n'ai jamais laissé aucun de nos cadavres dans l'hôtel de la rue Lesueur et, de plus, j'avais dans cet hôtel la plus grosse partie de ma fortune, et en outre, ce quartier étant presque totalement réquisitionné par les Allemands, je m'attendais à tout instant à les voir s'emparer de mon hôtel.

Leur garage était en face et ils avaient une maison de tolérance à côté.

On ne s'attachait pas toujours à déterminer exactement l'identité des personnes que nous exécutions, il nous importait simplement de savoir que c'étaient des gens néfastes qu'il fallait faire disparaître. Je ne puis en conséquence vous citer aucun nom.

Le groupe « Fly-tox » a poursuivi ainsi l'activité que je viens de vous décrire, ainsi que divers autres actes de violence ou de sabotage (tels que l'incendie de wagons de chemin de fer de l'organisation Todt à l'aide de bouteilles incendiaires utilisées par un procédé dont j'étais l'inventeur). Je fus arrêté par la Gestapo en mai 1943 dans les circonstances suivantes :

En liaison avec un de mes amis, Nezondet, j'avais la possibilité d'obtenir d'une personne qui se tenait dans l'entourage de Lucien Romier de faire établir des pièces permettant de se rendre à l'étranger, ou plutôt d'y séjourner une fois qu'on y était parvenu. Par l'intermédiaire d'un nommé Guelain (ami personnel du comte de Chambrun), un juif du nom d'Ivan Drefus avait été mis en rapport avec un coiffeur posticheur dont le nom m'échappe, qui avait été informé par moi de la possibilité d'assurer le séjour à l'étranger de personnes ayant intérêt à quitter la France et qui voulait en tirer argent. Drefus n'était qu'un agent provocateur, et on l'avait envoyé au coiffeur dans le but de dépister la filière d'évasion et dans le but, je suppose, d'atteindre Lucien Romier. Le coiffeur fut arrêté par ce procédé et il me dénonça, ce qui me valut d'être arrêté par la Gestapo. Il leur révéla également mon pseudonyme de Docteur Eugène, ce qui aggravait encore mon cas. Je fus interrogé d'abord rue des Saussaies par le commandant de la Gestapo, puis, à cause de mon pseudonyme dont l'activité était connue des Allemands, je fus passé au service du contre-espionnage allemand, avenue Henri-Martin.

Je fus torturé (baignoire électrique, limage des dents, appareil à écraser la tête). Je restais à Fresnes durant huit mois et je fus interrogé à la fois sur l'activité de mon groupe « Fly-tox » et sur mon arme secrète. Durant ma détention, je constatai avec surprise à différentes reprises que l'on semblait m'offrir des possibilités d'évasion, je me suis toujours demandé pourquoi. Entre-temps, Ivan Drefus était resté à l'hôtel de la rue Lesueur et j'ignore quel fut son sort.

En sortant de prison, j'allais passer quelque temps chez mon frère à Auxerre, puis je rentrais à Paris, dans l'intention de me venger et pour intensifier mon activité de patriote. Je tentais de me remettre en rapport avec le deuxième bureau de Pierre Brossolette, j'ai essayé aussi de rentrer en relation avec l'Intelligence Service par l'intermédiaire de la concierge de l'immeuble du 62, rue du Ranelagh, laquelle est actuellement concierge du 82. Cette femme était la concierge de Jacques Parent, alias Jacky, alias Mercier, en même temps que son patron, un Anglais qui était directeur des parfums d'Elizabeth Arden. La réponse ayant été retardée et désireux de retrouver contact avec la Résistance, je devins « spécial 21 », je communiquai à nouveau mon arme secrète au responsable de ce groupe qui devait se charger de transmettre les renseignements au comité central de la Résistance.

À mon retour d'Auxerre, j'étais passé à l'hôtel de la rue Lesueur et j'avais constaté la disparition d'appareils à rayon ultraviolet, à rayon infrarouge, d'une cuisinière électrique, de cinq jardinières en fer forgé, etc. Dans la cour, derrière le garage, une fosse que j'avais fait sceller par les ouvriers avait été ouverte et je constatais qu'elle contenait des cadavres pêle-mêle avec les objets dont je venais de constater la disparition. Ces cadavres étaient récents, et je suis certain qu'ils avaient été mis dans cette fosse pendant que j'étais en prison. Ces cadavres sentaient très mauvais, c'est pourquoi j'ai téléphoné à mon frère à Auxerre pour lui demander de se procurer de la chaux, sans lui indiquer le motif de ma demande. La chaux ne fut jamais mise dans la fosse. Quant aux cadavres, j'avais donné l'ordre de les faire disparaître, mais mes amis se contentèrent de les mettre dans le garage après les avoir recouverts de chaux. La plupart des cadavres furent brûlés dans la chaudière à eau chaude. La police intervint, dans des circonstances que je ne connais que très mal, au moment où l'on faisait brûler ces cadavres. La police me téléphona à mon domicile et je me présentais rue Lesueur, où je fus mis au courant par la police de la découverte qui venait d'être faite. Je demandais aux agents d'étouffer l'affaire en intervenant auprès du commissaire de police qui n'était pas encore arrivé. Puis, sur le conseil d'un des agents, je m'en allai sans attendre l'arrivée du commissaire de police. Le lendemain, je téléphonai à l'agent, à un numéro de téléphone qu'il m'avait donné, et il me conseilla de disparaître, ce que je fis.

À la suite de ces événements, j'ai demandé à avoir un rôle très actif dans la Résistance, mais on m'a tenu à l'écart parce que je présentais un danger pour elle. J'ai néanmoins participé aux combats de rues lors de la libération de Paris. Je l'ai fait à titre individuel, n'appartenant à ce moment-là à aucune formation militaire. M. Marius, 6, rue Albouy, à qui j'ai fait connaître ma véritable identité au moment des combats dont je viens de parler (et plus spécialement lors de l'attaque du dernier bastion allemand, qui s'est tenu place de la République en face du boulevard Saint-Martin), pourra témoigner de ma présence à ce moment-là à cet endroit. À la suite de cela, je suis rentré aux FFI sous le nom de Valery, au détachement du X$^e$ arrondissement, alors à la caserne du quai de Valmy. C'est là que j'ai fait des démarches pour être affecté au 2$^e$ bureau, pensant que mon entrée dans ce service allait me mettre en contact avec Pierre Brossolette (que je n'avais jamais vu personnellement).

Je me rendis rue Saint-Dominique à l'état-major du général de Gaulle qui me renvoya au n° 10 de la rue Saint-Dominique, qui me renvoya 251, boulevard Saint-Germain. C'est au cours des démarches que je fis pour rentrer dans l'armée que je m'adressai à la caserne de Reuilly, où l'on accepta mon engagement. Je fus affecté comme lieutenant au 2$^e$ bureau et je devins bientôt officier-adjoint de ce service, sous les ordres directs du commandant Raffy. Par la suite, la Commission de révision des grades de Vincennes me donna le grade de capitaine.

J'ai adhéré au Parti communiste il y a une dizaine de jours ; je n'avais jamais été membre de ce parti

mais je fus amené à lui en raison de la part importante qu'il prit dans la Résistance.

Je m'expliquerai plus en détail sur chacun des points
qui figurent dans cette première déposition.

Paris, SAM [Série J, affaire Petiot]

# III. LA COMBINE

« Je bricole… », lâche souvent par euphémisme le suspect que la police questionne sur ses moyens d'existence. À côté des voleurs patentés et des francs assassins, vivotent dans la capitale une foule de petits malins qui tirent chichement leur subsistance d'activités obscures et peu prisées. Miséreux, déclassés ou simples cyniques, ils campent aux portes de la légalité, s'adaptant toujours aux règlements qui, un jour, les proscrivent, et le lendemain tentent vainement de les encarter.

La société les tolère, bien heureuse que ces agents de l'ombre traitent en silence et avec discrétion tous les déchets de la grande ville. Tels sont les biffins, chiffonniers, ferrailleurs, ravageurs, morgueurs et autres petits métiers de l'indigence. Tels apparaissent aussi les forains, nécromanciens et charlatans divers qui entretiennent commerce avec la mort.

La police les surveille de près, sachant bien que cette contre-société de la « combine » vit sous le règne d'une morale relative, qui a tôt fait de conduire au crime furtif aussi bien qu'à l'escroquerie pittoresque.

**BALAIS! PLUMEAUX!**
— *On gagnerait bien sa vie, s'il n'y avait pas les grands magasins!*

Un marchand de balais vu par Sancha dans *L'Assiette au beurre* du 29 juillet 1905, numéro consacré aux « Types de Paris ».

# Gagne-petit et troque-misère

Laurence et Gilles Laurendon

À Paris, la rue est un spectacle. À toutes les épo-
ques, les petits métiers ont fait résonner l'air de leurs
cris. Ici, aux portes de la ville, sur les places, lors des
foires et des marchés, les montreurs d'ours, les domp-
teurs de puces, les marionnettistes, les musiciens ambu-
lants, les cracheurs de feu, les diseuses de bonne
aventure... Là, sur le Pont-Neuf, dans les jardins
du Palais-Royal, sur les boulevards, les vendeurs
d'onguents proposent, entre autres merveilles, de la
poudre de fourmi et de l'orviétan, qui guérit de la
peste, de la gale, de la phtisie et même des ennuis
d'argent !

## La misère en chantant

À côté des célébrités d'un jour, il y a la cohorte
des petits métiers. Ces gagne-denier vivent et travaillent dans la rue. Ils ne sont pas assez riches pour
avoir pignon sur rue. Alors ils s'installent sur le
pavé. Les nomades sillonnent la capitale en beuglant

à tue-tête. Ils sont porteurs de paniers, marchands de balais, marchands de coco ou vendeurs de beignets. Les sédentaires choisissent soigneusement leur carré de soleil. Les tondeurs de chiens s'installent sur les quais ; les ramasseurs de mégots, aux terrasses des cafés.

Heureusement, misère et imagination vivent dans la même maison. Une maison à ciel ouvert. Les blanchisseuses et les poissonnières élèvent leur gouaille au rang d'un art. Les plus démunis trouvent des noms poétiques à leur métier de crève-la-faim : le « maître fifi » cure les puits, le « sauveur d'âmes » répare les semelles usées, la « marchande d'arlequin » sert aux pauvres un repas où se mêlent restes de viande et de poisson, légumes bouillis et bouillon clair. Quant aux « anges gardiens », ils raccompagnent les fêtards trop éméchés jusque dans leur lit !

## Un contrôle strict

Toujours présentes, les forces de l'ordre veillent. Plusieurs bureaux, sous la responsabilité du Préfet de police, se répartissent le contrôle de ces professions. Les ordonnances se succèdent, les règlementations évoluent, mais l'esprit reste le même : quiconque veut exercer un petit métier doit s'enregistrer à la Préfecture de police. Il obtient alors une carte ou une plaque qu'il doit porter ostensiblement. Les emplacements sont clairement délimités. La police contrôle l'affichage des prix, vérifie que chacun peut garantir l'origine de sa marchandise. Les plus surveillés ? Les forts des halles et les marchands de quatre-saisons : il en va de la santé publique. Quant aux chiffonniers et aux camelots, la prudence est de mise. Toute fausse déclaration entraîne le retrait immédiat de la médaille.

La Préfecture veille à ce que les petits métiers « ne racolent pas la clientèle, n'entravent pas la circulation ou ne provoquent de troubles de l'ordre public ». Elle vérifie particulièrement l'identité des titulaires de carte ou de médaille, car il existe des mercantis qui achètent ou louent des médailles pour s'assurer le contrôle d'une rue ou d'une profession entière, devenant libres de pratiquer des tarifs à leur convenance.

Après la Deuxième Guerre mondiale, la voiture envahit les rues, chassant les derniers saltimbanques. La misère se terre dans le métro. Nul chant ne monte plus des rues pour parler de ces petits métiers.

✪

## PETITS TRAFICS AVEC LA MORGUE

*Tous les métiers ne sont pas dans la rue, et le* Musée criminel *de Gustave Macé serait incomplet sans cette plongée dans l'univers sordide de l'ancienne morgue, livrée à tous les trafics. Le public fin-de-siècle est avide de détails macabres, que l'ancien chef de la Sûreté n'a pas de mal à prodiguer.*

**Extrait de** Mon musée criminel,
*Gustave Macé, 1890*

Que d'abus, que de profanations se commettaient autrefois dans l'enceinte de la Morgue !

L'unique garçon *morgueur* tirait profit de tout ce qu'il pouvait enlever à « ses pensionnaires ».

Les coiffeurs, les dentistes venaient se rassortir dans la boîte dite « Coffret des Macchabées ».

Les arracheurs de dents autorisés à débiter leurs boniments sur la place du Marché-Neuf s'y approvisionnaient à bas prix. Du haut de leurs voitures, ces ancêtres de Mangin faisaient alors aux yeux des badauds stupéfaits sauter et retomber en pluie dans les plates corbeilles, dites « vans », une énorme quantité de molaires, de canines et d'incisives, extraites *sans douleur*. En effet, on les avait arrachées aux cadavres.

Les vendeurs de pommades, spécialement fabriquées pour arrêter la chute des cheveux et précipiter celle des cors, durillons, œils-de-perdrix rebelles, achetaient aussi leurs précieux échantillons à la Morgue.

Les longs et beaux cheveux de diverses nuances, pendus à leurs tréteaux, que les curieux pouvaient au besoin caresser, provenaient des cadavres de femmes ; quant aux cors, durillons, œils-de-perdrix, ils étaient facilement enlevés sur les personnes non reconnues et mortes par submersion.

Le public crédule examinait, à l'aide d'une puissante loupe, ces horribles cors munis de leurs racines que le charlatan avait eu la précaution de réunir au fond d'une large coupe de cristal. « Vous pouvez voir, toucher, criait-il, je vous assure qu'ils sont tombés *sans douleur*. » Ce saltimbanque ne mentait point : grâce à ces exhibitions il débitait ses pots de pommade.

Livré à lui-même, le garçon morgueur donnait asile, la nuit, à des prostituées, dans la chambre de garde. Les cadavres étaient souvent témoins muets des plus viles débauches. Moyennant une rétribution, variant de deux à trois francs, certains individus, aux passions étranges, doués d'appétits malsains, toujours à la recherche d'émotions dépravées, pouvaient assister à la mise à nu et au nettoyage des cadavres. Aucune précaution n'était prise pour ces opérations, et c'est à grands coups d'un balai de bouleau que l'on débarbouillait les corps.

Le morgueur donnait aussi des soirées à spectacle. On remplaçait le thé par un saladier de vin chaud sucré flanqué de deux *petites filles* (demi-bouteilles) remplies d'eau-de-vie baptisée « eau des morts », le tout fourni par le cabaretier voisin, ami intéressé du morgueur. Lorsque chacun avait bu sa rasade, on se dirigeait vers la salle des morts où le garçon, expert en cette matière, faisait choix d'un cadavre fortement ballonné et avec la précision d'un chirurgien pratiquant les autopsies judiciaires, il enfonçait une grosse épingle dans l'abdomen. Par le trou de la piqûre s'échappait un jet de gaz auquel on mettait le feu, et l'extinction des autres lumières faisait ressortir l'éclairage par le gaz méphitique. On ne possédait pas toujours le sujet propre à cette exhibition, on restait souvent quinze jours avant d'avoir une semblable occasion. Les cadavres masculins étaient choisis de préférence. Le corps d'un homme ayant séjourné six semaines sous l'eau se trouvait dans les meilleures conditions pour la séance ; au lieu de placer comme aux femmes la piqûre sur le ventre, c'est sur les parties sexuelles qu'on opérait et l'effet n'en était que plus drôle pour les habitués. Des paris s'engageaient sur le plus ou moins de durée de ces feux d'un genre particulier ; ainsi les morts amusaient les vivants.

La Préfecture de police mit fin à l'odieux trafic des cheveux, des dents, et, pour ne plus exposer les cadavres aux profanations, interdit l'entrée spéciale de la Morgue aux personnes étrangères à son fonctionnement.

Poussant plus loin *les réformes*, elle défendit aux garçons de la Morgue de fabriquer eux-mêmes les cercueils qu'ils vendaient aux indigents, et comme l'État ne leur allouait que la somme de deux francs pour l'inhumation des inconnus, les cadavres avaient pour enveloppe une toile d'emballage que l'on ficelait, puis on les jetait pêle-mêle dans une voiture à bras requise au hasard et, la nuit, le morgueur, d'après son mot, les « roulait » au cimetière. On recouvrait la voiture de paille comme s'il s'agissait d'un cheval mort sur la voie publique et enlevé par l'équarrisseur. Maintenant un service gratuit a lieu pour les cadavres reconnus ou non et le corbillard des pompes funèbres les transporte au cimetière de Bagneux.

Les employés de la Morgue vendaient indûment les effets, les objets trouvés sur les cadavres, et ces dépouilles allaient chez les brocanteurs sans être complètement désinfectées. Les microbes étaient alors inconnus, mais le choléra faisait des ravages. Ce commerce dangereux n'existe plus. Les vêtements sont brûlés.

L'autorité supérieure transforma le mode des primes de repêchage ; jadis les sommes allouées pour les gens tombés à l'eau étaient ainsi fixées : personne retirée vivante, 15 fr., morte, 25 fr., aussi les ravageurs de rivières se livraient à une monstrueuse spéculation : au lieu de secourir les personnes en détresse ils les aidaient à mourir afin de toucher la plus forte prime. Ces abus barbares ne cessèrent que le jour où la somme de 25 fr. fut donnée au repêchage d'un vivant, et celle de 15 fr. au repêchage d'un mort.

Cette même énormité, sortie de la cervelle d'un bureaucrate, existait pour l'inhumation des corps ; moins les garçons morgueurs reconnaissaient de cadavres, plus ils avaient de bénéfices. Le greffier actuel, en 1881, fit changer ce mode de répartition et son personnel actif est encouragé à fournir les indices qu'ils peuvent retrouver sur les corps après les enquêtes des commissaires de police. Les morts violentes, sans cause connue, deviennent des exceptions.

L'exhibition repoussante de cadavres nus, aux ventres bailonnés, aux chairs meurtries, aux teintes jaunes, bleues, verdâtres qui excitaient le dégoût, est supprimée. En laissant aux morts leurs vêtements, leurs coiffures, on a maintenu en eux l'apparence de la vie et rendu les reconnaissances plus faciles, et par conséquent plus nombreuses. De la sorte, les intérêts des familles sont mieux sauvegardés, la morale publique et la décence y gagnent, tout en observant le respect dû à des malheureux qui passent de cette triste et dernière demeure dans l'éternel oubli. […]

On pourrait écrire un volume d'anecdotes relatives à la Morgue. Les anciens employés du funèbre monument connaissent l'histoire d'une « bague alliance », qui, transmise par succession de famille, revint plusieurs fois à la Morgue aux doigts des héritières auxquelles elle était échue. Cette alliance avait sa légende : quiconque la portait périssait d'une manière funeste ; on l'avait surnommée *la bague fatale*.

Les funestes effets de ce bijou de famille pourraient être mis en parallèle avec les instruments dont nous avons parlé et que le hasard destine à la perpétration successive des crimes.

Le personnel actuel de la Morgue peut se souvenir de l'histoire d'un jeune ménage qui, chaque matin, à la même heure, entrait dans la salle d'exposition des cadavres. Cela durait depuis deux ans, quand la femme disparut. Le mari continua ses visites jusqu'au jour où il vit son épouse couchée sur l'une des dalles. Pour se rendre méconnaissable elle avait, avant de se jeter dans la Seine, coupé ses cheveux et endossé des vêtements qui n'étaient pas les siens ; mais une brûlure de la main droite certifia son identité.

Parmi les papiers trouvés sur certains cadavres, il en existe d'obscènes, de mystiques, et de si étranges qu'ils étonnent l'observateur. « Je vais chercher l'inconnu », écrivent les uns, « je quitte le connu », écrivent les autres, et dix sur cent demandent à être incinérés.

Dans la poche d'un noyé il y avait ces lignes tracées au crayon sur son livret : « Connaissant les misères de la terre, je tiens à connaître le ciel. »

## Un escroc chez les spirites

Stéphane Mahieu

Le 22 avril 1875, Édouard Buguet, trente-quatre ans, photographe, est arrêté à son atelier du 5, boulevard Montmartre. Le procès-verbal énumère les objets saisis lors de la perquisition, dont « un cliché représentant la direction de police sous l'image d'une figure grotesque ». Ce n'est pas l'hydre de la Révolution ni la caricature d'un ministre, mais l'esprit du père d'un policier qui est venu enquêter chez le photographe.

Édouard Buguet joint en effet à la qualité de photographe ordinaire celle, plus rare, de photographe spirite. Il propose à ses clients leur portrait en compagnie de l'esprit d'un être cher et disparu. Sur ces photographies se profilent des formes drapées, aux traits souvent peu discernables... Il ne s'agit pas seulement d'un exercice de style : les six clichés coûtent vingt francs et le négoce d'Édouard Buguet, fort de l'appui de *La Revue spirite*, se porte très bien. Les plaintes de parents qui ne reconnaissent pas leur grand-mère ou leur oncle affluent cependant.

Buguet et son oncle

Buguet et son oncle.

## Un mannequin drapé

Le photographe profite de la vogue du spiritisme, qui se répand en Europe à partir de 1850 : Victor Hugo à Jersey ou la cour de Napoléon III y ont sacrifié avec passion, invoquant les ectoplasmes des grands hommes et des génies des lettres. Buguet ne se contente pas d'exploiter le spiritisme, il le conforte. La doctrine spirite a besoin d'être étayée par des témoignages vérifiables. Technique nouvelle, entourée d'une aura mystérieuse, la photographie peut offrir, aux âmes empressées de croire, la preuve de la matérialisation des esprits. Par maladresse de l'opérateur ou simple trucage...

Un inspecteur se fait donc passer pour un client désireux d'avoir un cliché post-mortem de son père. Son rapport décrit une séance chez le photographe : après quelques renseignements sur l'esprit à représenter, l'artiste demande au client de s'asseoir et de penser fortement au défunt, la qualité de l'apparition dépendant du degré d'attachement manifesté. Le photographe gémit bientôt et entre en transe. D'autres témoignages signalent la présence d'un médium, chargé de magnétiser l'opérateur.

Lors de la perquisition, on trouve deux poupées et une réserve de têtes interchangeables. Il suffit d'entourer la poupée d'un peu de gaze pour obtenir un spectre présentable. Buguet avoue sans difficulté qu'il préparait les clichés à l'avance. Son procès, en juin 1875, porte un rude coup au spiritisme. Condamné à un an de prison, il parvient à se réfugier en Belgique. Il reprendra ensuite son activité, mais en précisant sur sa carte : « Photographie antispirite. Manipulation invisible, illusion complète. » Ses clichés conservent tout le charme d'un bon récit de revenant.

✪

## FLAGRANT DÉLIT D'ESCROQUERIE

*Rapport de l'inspecteur Geuffroy,*
*10 janvier 1875*

J'ai l'honneur de rendre compte à M. l'officier de Paix que, muni de ses instructions, je me suis présenté le jeudi 31 octobre 1874 au domicile du sieur Buguet, photographe ordinaire joignant à cette qualité celle de photographe spirite, demeurant boulevard Montmartre n° 5. Sur la demande que je lui fis, s'il était vrai qu'il pouvait au moyen de la photographie d'une personne vivante, faire le portrait d'une autre personne décédée de la même famille, il m'a répondu affirmativement mais que, cependant, il éprouvait quelquefois des déceptions, en me laissant entendre que la réussite dépendait du plus ou moins de sympathie qui avait existé entre les deux personnes.

Je lui demandai si, avec ma photographie en uniforme militaire que je fis faire à l'âge de 32 ans, bien que j'en aie aujourd'hui 46, il pouvait faire le portrait de mon père ; sur sa réponse affirmative, je lui fis remarquer que mon père était mort depuis longtemps (22 ans) et lui demandai s'il ne voyait pas là un obs-

tacle à la réussite, il m'a répondu : « Plus il y a longtemps que la personne demandée est morte, plus il
est facile de la faire venir. »

Il ne fit aucune question, et me donna rendez-vous
chez lui pour opérer le lundi 4 janvier à 11 heures du
matin, me recommandant, d'ici là, de penser sérieusement à mon père dont lui-même avait besoin de
préparer la volonté.

Lorsque je me présentai le jour convenu pour
l'opération, on me dit que M. Buguet était sorti et de
revenir le lendemain, ce que je fis ; il me dit : « Hier
j'étais tellement fatigué que je n'ai pu vous recevoir.
J'ai préféré vous faire dire que j'étais absent, afin que
vous ne mettiez pas ma bonne volonté en doute. »

À ce moment est arrivé dans le salon des photographies un personnage âgé de 55 ans environ, d'une
tenue correcte, portant le ruban de la Légion d'honneur, que j'ai entendu interpeller du nom de M. Brunet, lequel paraît avoir avec le sieur Buguet des
relations spirites ; il affecte une grande croyance en
Dieu, dont je lui ai entendu prononcer le nom plusieurs fois dans le cours de quelques fragments de
conversations spirites auxquelles je ne pus rien comprendre.

Ils prononcèrent aussi le nom d'un sieur Lemare,
autre spirite avec lequel ils paraissent être en relation.

M. Buguet me fit monter à l'atelier de pose où il
me suivit, en appelant le sieur Brunet pour qu'il
assistât à la séance. Il me fit écrire sur le dos de mon
portrait le nom et le prénom de mon père, et le plaça
sur une table en face et à environ trois ou quatre
mètres en avant de l'appareil, puis me fit asseoir un

pas en avant et à gauche dudit appareil en me recommandant de nouveau de porter toute ma pensée sur
la personne que je demandais. La personne étrangère (le sieur Brunet) s'asseyait en même temps, du
côté droit, et prenant une attitude recueillie, me dit :
« Demandons votre père » (je dois dire que je suivis
de point en point les instructions données). Le photographe se mit à l'appareil, puis dans le cours de la
séance, qui dura de six à huit minutes, le sieur
Buguet laissa échapper un gémissement assez pro-
longé, disant ressentir une grande et forte douleur
intérieure, ce qui fit dire au monsieur décoré : « Alors
nous avons réussi. » Au même instant, le sieur Buguet,
dont les traits paraissaient décomposés, s'assit
assez lourdement sur la chaise qui se trouvait à sa
portée, il me fit voir un cliché sur lequel se trouvaient reproduites, l'une à côté de l'autre, deux des
épreuves ci-jointes, qu'il me dit être le portrait de la
personne demandée, mais le tout était tellement
confus et indistinct que je ne pus me prononcer pour
la ressemblance. Cependant, l'illusion aidant, je crus
reconnaître un vieillard de 62 ans, âge auquel mon
père est mort. Je crus également remarquer des cheveux longs et plats comme il les portait, mais à la
livraison des deux premières épreuves, je m'aperçus
que ce que j'avais pris pour des cheveux plats, alors
que la photographie n'était pas encore bien formée,
n'était autre qu'un front chauve et totalement
dégarni de cheveux. En résumé, je ne trouve rien qui
me rappelle les traits de mon père dont j'ai le souvenir présent à la mémoire.

Je demandai au sieur Buguet comment il expli-
quait que le portrait obtenu se trouvât entouré d'un
suaire, et si c'était le linceul qui avait servi à l'ense-

velissement, il me répondit avec un peu d'hésitation que c'était l'enveloppe habituelle des esprits.

Lorsqu'il fit voir au monsieur décoré les deux épreuves sur verre, celui-ci s'empressa de manifester son étonnement en faisant remarquer que dans ces deux épreuves qui se trouvaient à côté l'une de l'autre, il existait une différence très sensible dans la pose, ce à quoi le sieur Buguet répondit que l'esprit avait fait un mouvement pendant la séance.

Dans l'atelier de pose se trouve une pancarte ainsi conçue : « Chaque pose spéciale est de 20 f., reconnue ou non (on règle de suite après la pose). »

Je crois utile d'ajouter que je me suis présenté à l'heure convenue pour la séance, étant porteur de mon portrait, que l'on me fit déposer, en me disant de revenir le lendemain 5 du courant pour la pose.

Le sieur Buguet me dit de venir prendre les six épreuves le lundi 11, mais il ne m'en remit que deux, disant que les autres ne seraient prêtes que le lendemain. J'ai laissé passer deux jours, je me suis présenté aujourd'hui 14 pour réclamer mes dernières épreuves. Le sieur Buguet étant absent, les employés firent des recherches et ne purent trouver le numéro du cliché, n° 61328, et me proposèrent de me les envoyer à domicile (je dois passer les prendre demain 15).

Dans diverses pièces qui composent les ateliers du sieur Buguet, on remarque plusieurs résultats de ce genre, entre autres son portrait à lui surmonté d'un esprit entouré d'un voile dont une partie s'étend jusque sur la tête du sieur Buguet, mais parmi tous les portraits en montre à l'extérieur, sur la porte cochère de la maison n° 5, on n'y remarque rien de spirite.

Je dois dire aussi que pendant les apprêts de la

séance, le sieur Buguet dit au monsieur décoré que
la veille, une personne de Béziers était venue tenter
le résultat mais qu'elle n'avait pas reconnu la personne demandée. Je suis porté à croire que cette
conversation a eu lieu en ma présence dans le but de
me prouver que la réussite n'était pas toujours possible et de me préparer à une déception.

En admettant que, comme le dit le sieur Buguet,
les esprits se maintiennent dans l'espace, et qu'il ait
le pouvoir de les faire se révéler à lui jusqu'au point
de les faire poser devant ou dans son appareil, on doit
se demander comment il se fait que ce soit un esprit
dont les traits humains me sont complètement inconnus et [que], par conséquent, je ne pouvais pas demander qui se soit plutôt présenté que celui de mon père
que je demandais.

Ci-joint le reçu de 20 f.

Paris, SAM [Série Ba, carton n° 880]

# Les trafics de « Monsieur Joseph »

Grégory Auda

Août 1949. Devant la cour de Justice de la Seine, Joseph Joinovici, dit « Monsieur Joseph » ou « Joano », se défend avec acharnement. Non, il n'a jamais sympathisé avec les nazis : ses informations ont permis l'arrestation des gestapistes Pierre Bonny et Henri Lafont. Non, il n'est pas un vendu : il achetait tout le monde. Non, il n'est pas un traître : il a aidé Honneur de la police, le principal réseau de résistance de la Préfecture.

C'est un personnage de roman. Né en 1905 à Kichinev, en Bessarabie, il arrive en France en 1925. À Clichy, il connaît la vie misérable des immigrés juifs. Travailleur, doué d'un sens rare des affaires, il devient un ferrailleur important.

## Le Bureau Otto

Fondée en 1938, la SARL Joinovici Frères affiche des bénéfices conséquents. Mais la guerre et la défaite viennent contrarier cette belle réussite. Joseph Joino-

Joinovici.

vici, conscient des menaces que les mesures antijui-
ves font planer sur son entreprise, fait appel à des
hommes de paille « aryens ». Fin 1940, il passe ses
premiers contrats avec les autorités allemandes.
Au début de 1942, il entre en contact avec Hermann
Brandl dit « Otto ». Ce membre influent de l'Abwehr
— les services secrets allemands — est alors à la tête
du « Bureau Otto », qui joue un rôle central dans le
système de pillage nazi. Cette officine, qui perçoit les
frais d'occupation versés par la France, procure à
l'Allemagne les produits nécessaires à son effort de
guerre. « Joano » ne tarde pas à gagner des centaines
de millions en leur vendant des métaux. Mais doit
impérativement trouver des protecteurs. Aussi verse-
t-il des sommes importantes au truand Henri Cham-
berlin, dit Henri Lafont, chef de la redoutable « Gestapo française » de la rue Lauriston. Prudent, ambigu,
il finance aussi Honneur de la police, de même qu'il
soudoie Allemands et collabos afin de sauver des
résistants ou des juifs.

À la Libération, « Joano » tente de poursuivre son
commerce, mais la toute nouvelle DST entend bien
l'arrêter. Il dispose de complicités dans la police.
Informé, il s'enfuit lorsque son arrestation devient
inévitable. Il se rend finalement en 1949. Condamné
à cinq ans de prison, il est libéré en 1952 et tente de
reconstituer son empire. Mais, poursuivi par le fisc,
il se réfugie en Israël, où il demande à bénéficier de
la « loi du retour ». Vu son passé de collaborateur,
les autorités lui contestent ce droit et l'expulsent vers
la France en 1958. Définitivement libéré en 1962, il

se retire dans un appartement modeste de Clichy, là
où son aventure avait commencé. Ruiné, usé par la
prison, il y meurt le 7 février 1965.

❂

JOINOVICI RÉSISTANT ?

*Attestation du 1ᵉʳ décembre 1945*

Je soussigné Fournet Armand, ex-Anthoine, Commissaire Divisionnaire, Chef du mouvement « Honneur
de la police » sous réseau « N.A.P. », certifie que
M. Joinovici Joseph, demeurant 9, place des Fêtes à
Clichy, a adhéré à mon mouvement en novembre 1943, qu'il m'a fourni des renseignements extrêmement précieux, qu'il a démasqué en février 1944
Plakket (lequel avait réussi à se faire passer pour un
commandant de l'Intelligence Service et recevait à ce
titre tous les messages radiodiffusés de Londres).

De plus, M. Joinovici a hébergé, a procuré des
vêtements et des vivres à de nombreux parachutistes
et évadés, il a aidé de nombreux réfractaires et israélites, etc.

Il a libéré, grâce à un coup de main audacieux,
Mˡˡᵉ Irène Demarteau, secrétaire du mouvement « Libération Nationale », Mᵐᵉ Campinchi, membre du réseau
« Ajax », a prévenu de nombreuses personnes, dont
M. Marchat, juge d'instruction à la Cour de Justice,
des recherches dont ils faisaient l'objet de la part de
la Gestapo, ce qui leur a permis d'échapper aux grif-
fes de l'occupant.

Il a participé le 12 juillet 1944 au coup de main effectué 101, quai de Seine à Neuilly (immeuble de la Gestapo) qui nous a permis d'arrêter Bonny, Lafont et toute leur bande, qui étaient réfugiés dans une ferme en Seine-et-Marne.

D'autre part, avant d'appartenir au mouvement « Honneur de la police », M. Joinovici travaillait depuis 1941 avec différents groupements dont le réseau « Turma Vengeance » où il était reconnu comme agent P1, ainsi qu'en font foi différents certificats qu'il a en sa possession.

Paris, SAM [Série PJ, carton n° 50]

*Deuxième partie*

# LE POUVOIR

Pour l'étymologiste, l'expression de « police politique » sonne comme un pléonasme. Protéger les lieux et les hommes de pouvoir, infiltrer les mouvements subversifs, contrôler l'espace public : pour réussir dans cette triple mission, le Lieutenant général de police entretenait déjà une armée de *mouches*. Dans ses *Souvenirs d'un Préfet de police* publiés en 1885, Louis Andrieux ne cache pas qu'il a procédé de même, recrutant personnellement les « agents secrets », mouchards et provocateurs capables d'étoffer ses dossiers.

« L'agent secret, c'est le journaliste qui se fait remarquer par sa violence contre le gouvernement dans les feuilles d'opposition, c'est l'orateur qui, dans les réunions, demande aux prolétaires d'en finir avec l'exploitation capitaliste ; c'est le monsieur qu'on voit, à Saint-Augustin, à tous les anniversaires bonapartistes, avec un bouquet de violettes à la boutonnière ; c'est encore celui que vous rencontrez dans les plus purs salons du faubourg Saint-Germain avec des fleurs de lys partout où il peut en mettre.

« L'agent secret se recrute dans toutes les cou-
ches sociales : c'est votre cocher, c'est votre valet de
chambre, c'est votre maîtresse, ce sera vous demain,
pour peu que la vocation vous prenne, à condition
toutefois que vos prétentions n'excèdent pas vos mérites, car ceux qui sont à vendre ne valent pas tous la
peine d'être achetés. »

Excellemment renseignée sur les mouvements politiques organisés, la police parisienne est parfois prise
en défaut par ces marginaux imprévisibles qui font
les meilleurs régicides.

# I. LE CRIME POLITIQUE

C'est là le cœur du pouvoir régalien, le foyer ardent de la puissance publique : garantir la personne du roi, tuer l'ennemi du souverain. Qu'importe d'ailleurs si cette souveraineté s'incarne en un monarque absolu, un prince constitutionnel ou les membres d'une assemblée parlementaire : de Ravaillac à Raoul Villain en passant par l'énigmatique Fieschi, et jusqu'aux ligueurs royalistes assaillant Léon Blum, la foule parisienne abrite des individualités incontrôlables qui peuvent, avec de menus moyens, renverser le cours des événements.

La police politique a d'abord la mission de prévenir ces crimes ciblés, quitte à éliminer prestement l'adversaire au nom de la raison d'État : Cadoudal sur l'échafaud paie pour la machine infernale de la rue Saint-Nicaise, quand bien même son propos n'était pas véritablement d'assassiner le Premier Consul.

Quand toutefois, malgré toutes les précautions, l'irréparable a été commis, il appartient alors aux services d'enquêter et de réprimer, dans des affaires qui demeurent souvent nimbées de mystère. Les éventuels complices de Ravaillac, la main qui boucha peut-être la cheminée d'Émile Zola, restent en lisière des dossiers, dans le domaine instable des hypothèses historiques.

# Arrestation et supplice
# d'un criminel politique

Jean-Pierre Babelon

Vendredi 14 mai 1610, vers 16 heures. Parti du Louvre pour rendre visite à Sully dans sa résidence de l'Arsenal, et examiner en passant les préparatifs de l'entrée triomphale de la reine Marie de Médicis dans la capitale, Henri IV est assis dans son carrosse avec quelques compagnons. La matinée a été pénible, faite d'hésitations et de vaines déambulations. Le roi est rongé par le doute, la crainte, les obsessions. On ne parle que d'acerbes critiques de sa politique, de complots contre sa vie, de fâcheuses prédictions des astrologues. « Mon Dieu, j'ai quelque chose là-dedans qui me trouble fort », dit-il en mettant sa main au front. « Ma mie, irai-je, n'irai-je pas ? »

Finalement, la voiture est partie. Rue de la Ferronnerie, près du cimetière des Saints-Innocents et du grand marché des Halles, il faut marquer un arrêt. Une charrette chargée de foin et une autre de tonneaux de vin obstruent le passage, encore rétréci par des échoppes qu'un autre roi, Henri II, a pourtant ordonné de démolir cinquante-six ans plus tôt. Alors

Portrait de Ravaillac, XVIIe siècle, gravure.

les valets de pied quittent la voiture royale dont ils assuraient la garde pour faire circuler les véhicules récalcitrants.

À la portière droite, un homme surgit soudain ; il met un pied sur un rayon de la roue, un autre sur une borne voisine. C'est un colosse à la mine farouche, de puissante stature, la barbe d'un roux foncé, les cheveux dorés, les yeux rêveurs profondément enfoncés dans les orbites. Ravaillac brandit un couteau. Passant par-dessus le duc d'Épernon assis au fond du carrosse à droite, son bras frappe Henri IV qui, assis à gauche, s'est penché vers le duc pour lui lire une lettre. Il atteint le roi et le blesse sans gravité près de l'aisselle. Une seconde fois, la lame l'atteint entre la cinquième et la sixième côte, elle traverse le poumon, tranche la veine cave et l'aorte. Le troisième coup perce la manche du duc de Montbazon, assis contre la portière gauche de la voiture. Un flot de sang sort des lèvres du roi qui meurt presque aussitôt.

## Soumis à la question

Un peu hébété, Ravaillac est resté dressé sur la roue, le couteau sanglant à la main, sans chercher à fuir. D'Épernon s'interpose contre ceux qui voudraient massacrer l'agresseur, qu'il fait conduire à l'hôtel voisin du duc de Retz, puis dans sa propre maison. Le 15 mai, Ravaillac est transféré à la Conciergerie, pour y être longuement soumis à la question. Après sa condamnation, il sera conduit place de Grève le

27 mai pour y subir, au milieu des Parisiens surexcités, l'horrible supplice des régicides.

François Ravaillac est né à Angoulême en 1578 dans une famille divisée : un père violent, ivrogne et débauché, une mère pieuse et aimante. La région a été traumatisée par les guerres de Religion, et les actes de violence et de vandalisme commis par les huguenots ont cimenté la résistance catholique qui vit fort mal l'application de l'édit de Nantes.

L'hostilité à Henri IV n'a fait que croître durant des années, d'autant qu'à sa politique religieuse s'ajoute le scandale de sa vie dissolue, les dépenses sans cesse accrues de la Cour, la hausse des charges fiscales dont on accuse le détesté Sully. Lorsqu'on annonce le projet d'une expédition militaire contre les puissances catholiques pour défendre l'héritage de princes protestants allemands sur le Rhin, la mesure est comble. Le roi va faire la guerre au pape ! En chaire, les prédicateurs tonnent contre ces projets, les jésuites en premier. À plusieurs reprises, Ravaillac a tenté de rencontrer Henri IV, une fois au Louvre, une autre fois près des Saints-Innocents, mais à chaque occasion on l'a empêché de voir le roi. « Au nom de Jésus-Christ et de la sacrée Vierge Marie, que je parle à vous », lui a-t-il crié.

## Enfer ou paradis

Alors, si la parole est impuissante, il faut passer à l'acte. L'idée, obsessionnelle, lui laboure la conscience, elle occupe ses jours et ses nuits. À Paris, il a volé un couteau pour accomplir son dessein, puis il a renoncé : reparti vers Angoulême, il a même ébréché la lame. À Étampes, il change d'avis, façonne un nouveau tranchant et revient dans la capitale. Ce 14 mai, il a voulu faire son coup lorsque le roi est venu au couvent des Feuillants, mais l'occasion a manqué, et il est venu s'asseoir dans la cour du Louvre afin de frapper lorsque le carrosse royal ralentirait pour sortir, mais la présence du duc d'Épernon à la place de droite l'a déconcerté. Alors il est parti en courant derrière le carrosse, et l'a rejoint rue de la Ferronnerie.

Une fois l'acte accompli, l'obsession mystique qui l'animera sera de savoir s'il pourra être reçu en paradis, et les juges voudront l'enfermer dans le dilemme : « C'est l'enfer si tu ne dis pas la vérité sur tes complices ou ceux qui ont guidé ton bras. » La solitude de l'assassin mystique leur paraît invraisemblable. La complicité du duc d'Épernon et de la marquise de Verneuil, l'intrigante maîtresse du roi, a fait l'objet de maintes hypothèses. Citons seulement l'intègre président Achille de Harlay, après les interrogatoires d'un témoin accusateur, la demoiselle d'Escoman. Sollicité de dire s'il y avait des preuves pour accuser de grands personnages, il s'écria : « Il n'y en a que trop, il n'y en a que trop ! Que plût à Dieu que nous n'en vissions point tant. »

Suite au geste de Ravaillac, la population, toutes critiques oubliées, pleura la mort du roi et chanta ses mérites. La célébration de la gloire d'Henri IV commençait alors, elle n'a plus connu d'éclipse.

✪

## RAVAILLAC LE RÉGICIDE

*Registre d'écrou de la Conciergerie, 16 mai 1610*

Du samedi 16 mai 1610, François Ravaillac, prati-
cien, natif d'Angoulême, amené prisonnier par maître Joachim de Bellangreville, chevalier, sieur de Neuvy,
prévôt de l'hôtel du Roi et grand prévôt de France,
par le commandement du Roi pour l'inhumain parricide par lui commis en la personne du Roi Henri
quatrième.

Paris, SAM [série Ab, registre n° 19]

✪

*Ordonnance d'exécution, 27 mai 1610*

Condamné à faire amende honorable devant la
principale porte de l'église de Paris où il sera mené
et conduit dans un tombereau ; là, nu, en chemise,
tenant une torche ardente du poids de deux livres, il
dira et déclarera que malheureusement et proditoire-
ment il a commis ledit très méchant, très abominable
et très détestable parricide et tué ledit seigneur Roi
de deux coups de couteau dans le corps, dont il se
repent, demande pardon à Dieu, au Roi et à la Justice ; de là conduit en place de Grève et sur un échafaud qui y sera dressé, il sera tenaillé aux mamelles,
bras, cuisses et gras des jambes, sa main droite, qui
tenait le couteau avec lequel il a commis ledit parricide, sera brûlée de feu de soufre, et sur les endroits
tenaillés, il sera jeté du plomb fondu, de l'huile

bouillante, de la poix, de la résine brûlante, de la cire et soufre fondus ensemble.

Ensuite, son corps sera tiré et écartelé par quatre chevaux. Les membres de son corps seront consommés au feu, réduits en cendres et jetés au vent.

A déclaré tous et chacun ses biens acquis et confisqués au Roi par arrêt de la Cour du Parlement du 27e jour de mai 1610. Ordonne que la maison où il est né sera démolie, celui à qui elle appartient préalablement indemnisé sans que sur le fonds puisse à l'avenir être fait un autre bâtiment et que, dans la quinzaine après la publication du présent arrêt, à son de trompe et cri public en la ville d'Angoulême, son père et sa mère videront le royaume, avec défense d'y revenir jamais, sous peine d'être pendus et étranglés sans forme ni figure de procès.

A fait défense à ses frères, sœurs, oncles et autres de porter ledit nom de Ravaillac ; leur enjoint d'en changer au risque des mêmes peines. Et au substitut du procureur général du Roi, faire publier et exécuter le présent arrêt, sous peine de s'en prendre à lui, et avant l'exécution de celui-ci. Ravaillac, ordonné qu'il sera de ce chef appliqué à la question, pour la révélation de ses complices.

Prononcé par maître Daniel Voisin et exécuté ledit jour, 27 mai 1610.

Paris, SAM (série Ab, registre n° 19, 24 octobre 1608-12 novembre 1610)

Peu flatteuse, la caricature de Cadoudal présentée ici est pourtant conforme au signalement placardé par la Préfecture de police.

# La fin d'un chouan

Clémentine Portier-Kaltenbach

Un poignard anglais à fourreau d'argent, une montre de chasse, une bourse de soie garnie de pièces d'or, une épingle surmontée d'un diamant, un porte-crayon et un cure-oreille en or, une poire à poudre et deux balles, ainsi que 7 300 francs en billets de banque... Voilà ce que la police trouve sur le chef chouan Georges Cadoudal, lorsqu'elle parvient à l'arrêter, le 9 mars 1804 (18 ventôse an XII), après une folle course à travers le Quartier latin.

Fils d'une famille de laboureurs, né à Kerléano-en-Brech le 1er janvier 1771, Georges Cadoudal a étudié au collège de Vannes. Partisan de la cause royale, il s'engage dans la contre-révolution au lendemain de la mort de Louis XVI et se bat comme un lion pendant sept ans. Le comte d'Artois, frère du roi, s'est réfugié en Angleterre ; il fait de ce meneur d'hommes le « Lieutenant-général commandant en chef des armées catholiques et royales » dans le Morbihan, le Finistère, l'Ille-et-Vilaine et les Côtes-du-Nord.

## L'homme à abattre

Le 24 décembre 1800, la machine infernale de la rue Saint-Nicaise manque de peu Bonaparte. Le signalement de Cadoudal est placardé partout. Pourtant, il n'est pour rien dans cet attentat. Jamais il n'a envisagé d'assassiner le Premier Consul : il prévoit de l'enlever et de le livrer aux Anglais. Après quoi, pense-t-il, la France sombrerait à nouveau dans un régime faible comme le Directoire, de sorte que la monarchie apparaîtrait comme le seul recours. C'est pour mettre ce projet à exécution qu'il a recruté des hommes sûrs en Angleterre et en France. Dans la nuit du 23 août 1803, une corvette anglaise le débarque à Biville avec huit d'entre eux ; tous gagnent clandestinement Paris et se dispersent sous de fausses identités.

Bonaparte craint Cadoudal, le seul homme capable de faire barrage à ses propres ambitions en rallumant le feu à peine couvert dans l'Ouest. Le chef chouan devient donc l'homme à abattre. C'est bientôt chose faite : après Cadoudal, une quarantaine de ses complices présumés sont également appréhendés. Leur procès débute le 28 mai 1804. Le procureur, qui requiert quarante-deux peines de mort, en obtient douze ! Au conseiller d'État Réal qui le supplie de signer un recours en grâce, Cadoudal répond : « Me promettez-vous une plus belle occasion de mourir ? »

L'exécution a lieu en place de Grève, le 25 juin

1804. Contrairement à la tradition exigeant qu'un chef de bande soit exécuté en dernier, Cadoudal demande à être guillotiné le premier, afin que ses compagnons ne puissent croire qu'après leur mort, il accepterait pour lui-même une grâce déshonorante. À midi, place de Grève, le silence retombe sur un dernier « Vive le roi ! »

Ultime vengeance : le corps du conspirateur ne sera pas mis en terre. Son squelette servira à l'instruction des carabins.

★

## LE SIGNALEMENT DE CADOUDAL

*Liste des brigands chargés d'attenter aux jours du Premier Consul*

Georges Cadoudal, plus connu sous le nom de Georges, dit Larive, dit Masson, ancien chef de brigands.

Taille de 5 pieds 4 pouces, âgé de 34 ans, n'en paraissant pas davantage, extrêmement puissant et ventru, épaules larges, d'une corpulence énorme, la tête très remarquable par sa prodigieuse épaisseur, cou très court, le poignet fort, doigts courts et gros, jambes et cuisses pas très longues, le nez écrasé et comme coupé dans le haut, large du bas, yeux gris, dont un est sensiblement plus petit que l'autre, sourcils légèrement marqués et séparés, favoris presque roux, cheveux châtain clair, assez fournis, coupés très courts, ne frisant point excepté sur le devant où ils sont plus longs, bouche bien, dents très blanches,

joues pleines et sans rides, barbe peu garnie, menton renfoncé ; il marche en se balançant, bras ten-
dus, de manière que les mains sont en dehors ; sans
accent, voix douce. [...]

Paris, SAM [Série Aa, carton n° 299]

# La machine de Fieschi

Éric Anceau

Le 28 juillet 1835, Louis-Philippe doit se rendre à la Bastille pour commémorer la révolution de 1830. Auparavant, il est prévu qu'il passe en revue la Garde nationale sur les Grands Boulevards, avec ses trois fils aînés, Orléans, Nemours et Joinville. Des bruits d'attentat ont circulé, mais la police n'a pas trouvé trace de la « machine infernale » qu'on lui a signalée. Averti, le roi des Français a refusé de décommander la cérémonie.

Vers midi, alors que le monarque et son entourage passent devant l'immeuble du 50, boulevard du Temple, la mitraille balaie la chaussée. Le roi, dont le front est simplement éraflé par une balle, est miraculeusement indemne, ainsi que ses fils ; mais le vieux maréchal Mortier, duc de Trévise, s'écroule, mortellement blessé, ainsi que dix autres personnes. Parmi les dizaines de blessés, officiers supérieurs, gardes nationaux, simples badauds, sept meurent dans les jours suivants.

Les tentatives d'assassinat contre les souverains français sont aussi anciennes que la monarchie. Mais

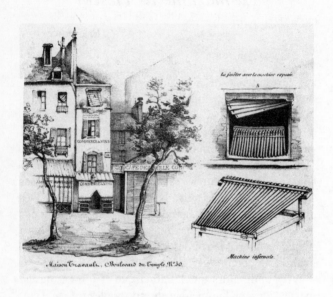

Croquis de la machine infernale de Fieschi.

depuis son avènement, Louis-Philippe est particulièrement visé. « Roi des barricades », il apparaît illégitime aux partisans de la branche aînée des Bourbons, qui l'accusent d'avoir usurpé le pouvoir lors de la révolution des 27, 28 et 29 juillet 1830 qui a renversé Charles X et la Restauration. Quant aux bonapartistes, et, plus encore, aux républicains, ils lui reprochent de leur avoir volé la victoire. Ce n'est pas un hasard si un nouvel attentat intervient lors du cinquième anniversaire des Trois Glorieuses.

## Sur le parcours du cortège

La vindicte s'est accrue à la suite de la promulgation de la loi du 10 avril 1834 qui a restreint les droits d'association et de réunion politique. Les émeutes qui ont suivi, tant à Paris qu'à Lyon, ont entraîné des poursuites judiciaires à l'encontre des meneurs républicains et on attend de nombreuses condamnations. Le ressentiment est tel qu'un marginal appelé Fieschi est sollicité par deux républicains fervents, affiliés à la société secrète des « Droits de l'Homme », le bourrelier Morey et le droguiste Pépin. Connu pour ses talents d'artificier, Pépin accepte de préparer un attentat. Fieschi, aidé par Morey, a donc placé sa machine dans un immeuble situé sur le parcours du cortège.

Giuseppe dit Joseph Fieschi est né à Murato, en Corse, le 13 décembre 1790. Issu d'une famille pauvre d'origine génoise, il garde d'abord des troupeaux puis contracte un engagement dans l'armée du royaume de Naples dont le souverain est alors Murat. Il gagne la croix des Deux-Siciles, puis trahit son roi au profit des Autrichiens. En 1815, il regagne son île natale, vit d'expédients et finit par se faire condamner à dix ans de réclusion pour vol et escroquerie. Il purge sa peine à la prison d'Embrun, puis mène une vie itinérante et misérable, d'abord en Provence puis à Paris. À la chute de Charles X, germe dans son esprit l'idée de se faire passer pour une victime des ultras. À l'aide de faux documents, il reçoit un secours à titre de condamné politique et obtient divers postes : gardien de prison, concierge, contremaître aux travaux de l'aqueduc d'Arcueil... Mais sa véritable identité finit par être découverte et il est contraint de reprendre sa vie errante. Il devient indicateur de la police et c'est ainsi qu'il entre en contact avec les républicains.

L'engin mis au point par Fieschi, avec le concours financier de Pépin, est très ingénieux. Il se compose de vingt-quatre canons de fusils, disposés sur un châssis incliné, chargés à mitraille et auxquels, simultanément, à l'aide d'une traînée de poudre, un seul homme peut mettre le feu.

## Exécuté sous les applaudissements

L'attentat suscite une vive émotion. Les monarques étrangers, à la notable exception du tsar, envoient des lettres de sympathie au souverain qui reçoit aussi de multiples témoignages d'affection de ses sujets, y compris de l'archevêque légitimiste de Paris, Mgr de Quélen. Le « roi bourgeois » change d'attitude à l'égard de sa capitale : lui qui aimait se promener à pied ou à cheval, quasiment sans protection, se montre désormais méfiant. En septembre 1835, des lois restreignant la liberté de la presse et durcissant la procédure lors des procès politiques sont votées.

Fieschi, blessé au moment de la mise à feu de sa machine, a été arrêté dans les minutes qui ont suivi l'attentat. Ses complices le sont quelques jours plus tard. D'abord détenus à la Conciergerie, puis à la prison du Luxembourg, ils sont jugés par la Cour des pairs à partir du 30 janvier 1836 et condamnés à la peine capitale.

Contrairement aux autres conjurés, Fieschi n'a pas de réelle motivation politique. Il se révèle vaniteux, arrogant, avide d'attirer l'attention sur lui. L'avant-veille et la veille de son exécution, il fait parvenir à sa maîtresse, Nina Lassave dite « la Borgnotte », fille d'une ancienne compagne, deux portraits de lui, annotés de sa main dans une orthographe approximative. Le 17 février 1836, il écrit : « Je t'engage en mon absence, de faire professions de la vertu [...] rappel toi toujour de ton ami. Je t'atend, dans le champ d'Elisé... » Le lendemain, il ajoute : « Ma pauvre petite ami je te fait present de mon portait. C'est ton fidel ami. Oui le portait est parfait. Cet eccriture es le mien, moi je t'aime, et je t'aimerais toute ma vie, cet amittie est sans réserve, elle combat avecque la raison mais la raison l'emporteras... »

Pépin, Morey et Fieschi sont guillotinés le 19 février devant une foule immense. Trois semaines après celle de Lacenaire, le criminel crapuleux dont les romantiques ont fait un héros, l'exécution est très applaudie. Le carnage du boulevard du Temple et le sang-froid du roi ont ressoudé la majorité des Français autour du régime.

# *Accident ou homicide ?*

Alain Pagès

Le mois de septembre 1902 touche à sa fin. Émile
Zola décide de quitter sa maison de campagne de
Médan, où il passe régulièrement l'été, pour rentrer
à Paris. Il regagne la capitale le dimanche 28 septembre, dans l'après-midi. Ce soir-là, il s'endort, avec
sa femme, Alexandrine, dans la grande chambre à
coucher de son domicile parisien, 21 bis, rue de
Bruxelles...

Le lendemain matin, ses domestiques le découvrent
gisant sur le sol, tandis que son épouse, couchée sur
le lit, respire encore. Transportée immédiatement
dans une clinique de Neuilly-sur-Seine, Alexandrine
va bientôt se rétablir. Mais Émile Zola a cessé de
vivre. Les médecins appelés à son chevet n'ont pu le
ranimer.

Placée sous la responsabilité du juge d'instruction
Joseph Bourrouillou, une enquête est aussitôt conduite
par le commissariat du quartier Saint-Georges. Son
contenu est résumé dans le rapport que le commissaire Cornette adresse au Préfet de police, le 1er octobre. La cause du décès, apparemment, ne fait aucun

Émile Zola à son bureau, vers 1895.

doute : Zola a été victime d'une asphyxie provoquée par l'oxyde de carbone qui s'est répandu dans sa chambre, à cause d'un mauvais tirage de la cheminée.

En dictant son rapport au secrétaire qui l'a copié, le commissaire Cornette, pourtant, semble avoir hésité. Les termes d'« asphyxie accidentelle » sont notés dans la marge. Ils ont été rajoutés après coup, comme s'ils ne lui étaient pas venus spontanément à l'esprit. Avait-il un doute sur la nature de cet accident pour lequel il demandait un complément d'enquête, puisqu'il confiait à deux architectes le soin d'examiner la cheminée défectueuse ?

## « *Enfumer le cochon* »

Vingt-six ans plus tard, en avril 1928, un entrepreneur de fumisterie du nom d'Henri Buronfosse, peu avant de mourir, fait à son ami Pierre Hacquin une étrange confession : chargé de travaux dans l'immeuble, il aurait sciemment bouché la cheminée du romancier, par haine politique et par malveillance.

Pierre Hacquin va garder le silence jusqu'en 1953, révélant son lourd secret dans les colonnes de *Libération*. Malgré les incertitudes qui l'entourent, l'aveu est vraisemblable. Buronfosse était l'un des responsables du service d'ordre de la Ligue des Patriotes… Ainsi l'auteur de « J'accuse ! » serait-il mort parce qu'un militant d'une ligue nationaliste a voulu « enfumer le cochon », punir le « sans-patrie » — celui qui,

par son engagement dans l'affaire Dreyfus, avait osé
porter atteinte à l'honneur de l'armée française.

✪

## ASPHYXIE ACCIDENTELLE ?

*Rapport du commissaire du quartier*
*Saint-Georges, 1ᵉʳ octobre 1902*

[…] L'autopsie à laquelle ont procédé hier 30 septembre, les docteurs Thoinot et Vibert, médecins légistes, a nettement établi les causes du décès qui sont
dues [à une asphyxie accidentelle] par l'oxyde de
carbone. M. Girard, docteur du Laboratoire municipal, qui avait examiné les échantillons de sang pré-
levés sur le défunt, Mᵐᵉ Zola et le petit chien, avait à
l'examen spectrographique découvert la présence de
traces d'oxyde de carbone aussi bien dans le sang
des époux que dans celui du chien.

Dès le 29 septembre, Mᵐᵉ Zola a été transportée, sur
l'autorisation du parquet, à la maison de santé du docteur Defaut, 50 avenue du Roule à Neuilly-sur-Seine,
où elle est actuellement en voie de rétablissement.

La cheminée par laquelle se sont échappés les gaz
de combustion fera l'objet d'une expertise à laquelle
procéderont MM. Bunel, architecte en chef de la Préfecture de police, Chevalier et Debrie, architectes
experts commis par M. le juge d'instruction Bourrouillou, désigné par le parquet pour instruire cette
affaire.

J'ai fait déposer hier à la morgue et au Laboratoire
municipal les substances, matières et déjections

diverses que j'avais saisies au cours de mon information.

Conformément à l'autorisation donnée par M. le Préfet de police, l'embaumement du corps de M. Émile Zola a été pratiqué hier par M. Jumelin, préparateur de la faculté de médecine, demeurant 9, rue de l'École-de-Médecine.

Hier également M. le juge de paix du IX$^e$ arrondissement a apposé les scellés au domicile des époux Zola et notamment sur la porte de la chambre à coucher où s'est produit l'accident et sur laquelle j'avais déjà apposé les miens, conformément aux instructions de M. le juge Bourrouillou.

L'immeuble 21-21 bis rue de Bruxelles est la propriété de M. Dupont-Berville, habitant en province, et il est géré par M. Bonin, demeurant rue des Deux-Gares n° 8.

J'ai transmis aujourd'hui même mon enquête à M. le juge Bourrouillou qui a autorisé l'inhumation.

L'état civil de M. Zola est le suivant : Zola, Émile, né le 2 avril 1840 à Paris, de feu François et de feue Émilie Aubert, marié avec Alexandrine Éleonie Meley.

M. et M$^{me}$ Zola étaient rentrés à Paris dimanche dernier, 28 septembre, venant de Médan, où ils avaient fait un séjour de trois mois.

Paris, SAM [Série Ba, carton n° 1309]

*Assassinat de Jaurès*

146 rue Montmartre

Plan du Café du Croissant. Paris le 31 juillet 1914.

A. Emplacement occupé par Jaurès.
B. Emplacement d'une balle.
C. Porte-manteaux.
D. Lampes électriques (au plafond).

Plan du café du Croissant, reconstitution légendée de l'assassinat de Jean Jaurès.

ON A TUÉ JAURÈS !

# Arrestation sur les lieux du drame

Jean-Pierre Rioux

Par la sobriété, la précision et la correction de son rapport, on sent aussitôt que c'est un brave qui s'exprime. On notera en particulier, chez l'agent Marty, l'usage, délicieux, du point-virgule : gloire aux instituteurs de la Belle Époque ! Voilà un bon « gardien de la Paix », avec un P majuscule, à qui l'Histoire fit l'affreux honneur, ce soir du 31 juillet 1914, d'épingler l'assassin d'un autre, immense, défenseur de la paix : « Monsieur Jaurès », député du Tarn.

Georges Marty précisera, trente-cinq ans plus tard, que « c'était orageux », qu'il y avait un monde fou sur le boulevard voisin, que partout « les gens étaient surexcités, dans l'angoisse, anxieux de nouvelles », que la rue du Croissant était en fièvre et que la police était donc très mobilisée. Jaurès ? « La première balle l'a touché à la nuque. Il a été foudroyé. La deuxième est allée se ficher dans le comptoir où était la caissière, c'était la patronne... Elle en a eu pour sa peur ! » raconte l'agent retraité, interviewé dans *La Dépêche du Midi* du 8 mars 1959.

## « Notre Jean » est mort

Entouré de Marguerite Poisson, qui dînait avec
Jaurès et ses camarades, du patron du café-restau-
rant et d'un télégraphiste, tous sortis en hâte pour
poursuivre celui qui « se retirait en arrière », l'agent
Marty a appréhendé l'assassin et l'a conduit au commissariat du 6, rue du Mail. Non sans mal. Il a fallu
protéger Villain, avec l'aide du télégraphiste : « Je
l'ai ceinturé. Les gens sont sortis du café avec des
siphons, pour lui cogner dessus, et des cannes... Les
coups pleuvaient. »

Et de poursuivre : « Nous avions tous la larme à
l'œil. Je tremblais. Je ne pouvais pas écrire mon rapport... Vous savez, quand on vous dit : "On a tué
Jaurès !" » Ce sanglot a certes été bientôt entendu
dans le Paris populaire, qui va gronder, puis dans la
France entière. Mais en vain : « Notre Jean » est mort,
la guerre est là.

Coïncidence : le gardien Marty est lui aussi un
enfant du Tarn, né à Mazamet en 1889, et donc voisin du Castrais Jaurès. Il est allé un peu au-delà du
certificat d'études primaires, il s'est engagé, a suivi le
peloton et est devenu gardien de la paix le 1er octobre 1913. Et il a l'œil vif : en poste non loin du siège
de L'Humanité, il a souvent croisé Jaurès, « un petit
homme, avec un chapeau enfoncé, une barbe et des
poches bourrées de journaux ».

Georges Marty déclarera toujours n'avoir fait
que son devoir, en ce fatal 31 juillet. Que voulez-

vous, « la protection de la société, j'ai ça dans la peau ! ».

○

## L'ASSASSINAT DE JAURÈS

*Rapport du gardien de la paix Georges Marty,*
*31 juillet 1914*

À 21 heures 40, me trouvant de service rue Montmartre face le n° 146, mon attention a été appelée par le bruit de deux détonations ; j'ai aperçu un individu qui faisait face au café du Croissant et qui se retirait en arrière ; au même instant il cherchait à fuir vers la rue Réaumur, c'est à ce moment-là que je l'ai arrêté.

Il a déclaré au bureau de M. Gaubert, commissaire de police, que la fenêtre du café se trouvant ouverte il avait écarté de la main gauche le brise-bise et que de la main droite il avait tiré sur M. Jaurès, député, qui dînait audit café et qui tournait le dos à la fenêtre. Cet individu n'a pas voulu donner la moindre indication sur son nom et son domicile. Il a simplement dit qu'il était étudiant à l'école du Louvre. Il peut être âgé de 23 ans, teint blond, taille moyenne.

Au moment de l'arrestation, il n'avait plus sur lui l'arme du crime et s'en était débarrassé. Un monsieur l'avait ramassée et l'avait portée au commissariat. Elle contenait trois balles et les deux douilles tirées.

Pendant que je le conduisais il m'a dit qu'il avait un revolver non chargé dans la poche gauche de son veston. Je lui ai saisi, je lui ai saisi également cinq balles qu'il avait dans la poche droite de son gilet.

Après son arrestation, M. Guillachot Jean Clément, facteur télégraphiste à la Bourse, rue Vérone n° 7, m'a prêté main-forte pour le conduire au commissariat, et pour le protéger de la foule qui voulait le lyncher.

Paris, SAM [Série Ea, carton n° 147]

# Le lynchage du leader socialiste

Jean Lacouture

Le 13 février 1936, vers 11 heures 30, Léon Blum, député de l'Aude, quitte le Palais-Bourbon. Conduite par son collègue Georges Monnet, la voiture s'engage sur le boulevard Saint-Germain, malgré un attroupement à l'angle de la rue de l'Université. Là se déroulent les obsèques de l'historien Jacques Bainville, notoirement lié à l'Action Française : c'est Léon Daudet qui vient de prononcer l'éloge funèbre.

L'événement a rassemblé une foule compacte de partisans exaltés qui bloque la voiture. L'occupant du siège arrière est aussitôt reconnu : l'homme que Charles Maurras, prophète des attroupés, invite à « fusiller, mais dans le dos », à égorger avec « un couteau de cuisine »... Ce n'est qu'un hurlement : « C'est Blum, on le tient... Crevons-le ! »

## Coups de canne et coups de poing

Le rapport du brigadier Barré à la direction des Renseignements généraux est un modèle de sobriété

Léon Blum, lors d'une manifestation au mur des Fédérés
à Paris, vers 1936.

Photo © Roger-Viollet.

suggestive : « Me précipitant aussitôt sur les lieux, j'ai constaté qu'une centaine de personnes entouraient une automobile dans laquelle se trouvait M. Léon Blum, accompagné d'une dame (Germaine Monnet, l'épouse du député de l'Aisne, assise à l'arrière de la voiture). Les assaillants, qui avaient entouré la voiture et ouvert les portières, tentaient d'en faire sortir M. Blum tout en continuant à pousser les cris de "Blum assassin" et cherchaient à le frapper ; l'un d'eux a même crié : "On va le pendre." [...] N'ayant pu parvenir à sortir M. Blum, les assaillants, à coups de canne et de poing, ont cassé les glaces et, à plusieurs reprises, frappé M. Blum, notamment à coups de canne en bout par la glace arrière. Le député a reçu sur le côté gauche du cou une blessure qui saignait abondamment. »

Les gardiens de la paix dégagent le leader du parti socialiste SFIO qui trouve refuge au 98, rue de l'Université. Avec l'aide d'ouvriers qui travaillent dans la rue de Lille toute proche, il est porté, inanimé, dans une voiture de la police municipale et conduit à l'Hôtel-Dieu. Le blessé perd son sang en abondance. Il restera hospitalisé près d'une semaine. Un énorme pansement enveloppe sa tête. Il refuse de porter plainte mais écrit à son ami Vincent Auriol : « Je sais maintenant ce que c'est qu'un lynchage. »

L'agression provoque une intense émotion. Le président du Conseil, Albert Sarraut, décide de dissoudre la Ligue d'Action française. Et l'immense cortège qui, le 16 février, traverse l'Est de Paris, socialistes, radicaux et communistes mêlés, ouvre la campagne victorieuse du Front populaire.

❂

## DEUX RAPPORTS CONCORDANTS

*Rapport de l'inspecteur Delisse, 13 février 1936*

Circulant au milieu des groupes qui stationnaient boulevard Saint-Germain en attendant le moment de prendre place dans le cortège, je me trouvais entre la rue de Bellechasse et Solférino lorsque je vis des ligueurs d'Action Française qui se précipitaient vers le ministère de la Guerre et qui criaient en passant devant leurs amis : « Nous tenons Blum, venez. »

Je les ai suivis aussitôt et j'ai aperçu devant le ministère de la Guerre une automobile entourée d'une centaine de membres de l'Action Française qui poussaient des cris où le mot « assassin » dominait. Ils tentaient d'arracher les occupants de leur siège et les frappaient à coups de canne et de poing, tandis que des agents faisaient l'impossible pour le protéger. Me frayant un passage, j'ai réussi à m'approcher de la portière droite, où se trouvait une dame qui était assise à côté de M. Blum. J'ai aidé à fermer cette porte pour empêcher les assaillants de continuer à frapper.

Au même instant arrivaient quelques agents et, frappés et bousculés, nous avons réussi à faire traverser le boulevard à M. Blum ainsi qu'à la dame qui l'accompagnait et à les faire entrer dans un immeuble 98 rue de l'Université.

Aucune arrestation n'a pu être opérée. Je me suis

rendu au commissariat de la rue de Bourgogne, pour rendre compte, où j'ai trouvé le brigadier Barré qui s'en chargeait.

Paris, SAM [Série Ba, carton n° 1978]

✪

*Rapport du brigadier Barré, 13 février 1936*

De surveillance boulevard Saint-Germain, entre les rues de Bellechasse et de l'Université où se trouvaient rassemblés plusieurs centaines de militants d'Action Française, ligueurs de Paris et de banlieue et étudiants, venus pour assister aux obsèques de M. Jacques Bainville, je me trouvais, vers 11 h 45, à la hauteur du ministère de la Guerre.

À ce moment, une clameur retentit et des cris de « Assassin ! Assassin ! » se firent entendre pendant que de nombreux militants d'Action Française se précipitaient vers le milieu de la chaussée, entravant la circulation.

Me précipitant aussitôt sur les lieux, j'ai constaté qu'une centaine de personnes entouraient une automobile dans laquelle se trouvait M. Léon Blum, accompagné d'une dame. Les assaillants qui avaient entouré la voiture et ouvert les portières tentaient d'en faire sortir M. Blum tout en continuant à pousser les cris de « Blum, assassin » et cherchaient à le frapper ; l'un d'eux a même crié : « On va le pendre. » J'ai dégagé alors le côté droit de la voiture et j'ai réussi à tirer la portière que j'ai maintenue fermée. N'ayant pu parvenir à sortir M. Blum, les assaillants, à coups de canne et de poing, ont cassé les glaces et, à plusieurs reprises, frappé M. Blum, notamment à coups de canne en bout par la glace arrière. Le député a reçu sur le côté gauche du cou une blessure qui saignait abondamment.

Avec l'aide de plusieurs collègues et gardiens de la paix, nous avons dégagé M. Léon Blum et sa compagne que nous avons fait pénétrer à l'intérieur de l'immeuble portant le n° 98, rue de l'Université. Aussitôt, sur un mot d'ordre des commissaires d'Action Française, le calme s'est rétabli.

Je signale à toutes fins utiles que le chapeau de M. Blum a été soustrait pendant la bagarre.

## II. LA SUBVERSION

Si la lettre de cachet demeure le symbole de l'arbitraire royal, la police républicaine n'a pas manqué de moyens pour épier et neutraliser ses ennemis : royalistes et modérantins sous la Révolution, collectivistes de toutes les nuances après la Commune...

Le contrôle des subversifs englobe celui des étrangers, si bien que le chercheur a parfois la surprise de rencontrer dans les dossiers des exilés de marque, comme Trotsky, Zhou Enlai, Deng Xiaoping, ou encore Picasso, « peintre soi-disant moderne » passé de l'anarchie au communisme.

Les intellectuels revendicatifs sont très tôt repérés, même si leurs anges gardiens ne les comprennent pas toujours : Breton et le groupe surréaliste demeurent des énigmes pour les auteurs des rapports les concernant, mais la police est certaine que si André Breton et Benjamin Péret se retrouvent aux Deux Magots, c'est pour se livrer à une « activité antinationale »...

Il reste à déterminer où est le pouvoir, où est la subversion. Au service de l'État, cette chasse aux subversifs suit les caprices de l'Histoire, avec toutes ses palinodies : la Préfecture qui traque juifs et résistants sous l'Occupation recherche les « collabos » à la Libération...

# Vie quotidienne à la Bastille

Jean-Christian Petitfils

Muni d'une lettre de cachet signée du roi, l'exempt, accompagné de ses hommes d'armes ou « hoquetons », se présente de bonne heure au domicile du quidam qu'on lui a désigné. D'un geste bref, il lui donne un coup de sa baguette blanche : « De par le roi, je vous arrête... » Il laisse généralement le malheureux emporter sa robe de chambre, son bonnet de nuit et quelques livres, avant de le faire monter dans une voiture aux volets clos. Et fouette, cocher ! Direction : la Bastille.

Devant le portail de la rue Saint-Antoine, c'est toujours le même dialogue : « Qui va là ? — Les ordres du roi ! — On y va ! » Le véhicule pénètre dans l'avant-cour, protégée par un premier pont-levis. Il faut alors descendre, attendre que le second pont-levis s'abaisse pour franchir à pied le fossé noir et fangeux qui court tout autour du bâtiment. Les consignes sont sévères. Quand un nouveau venu arrive, une cloche sonne. Les échoppes du mur extérieur ferment leurs rideaux, les sentinelles se couvrent le visage de leur chapeau. La Bastille est le tombeau des secrets...

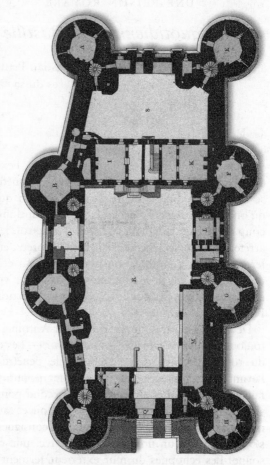

Plan de la Bastille (détail), par J. Chapman (1798).

Vaste parallélépipède de soixante-six mètres de long sur trente à trente-quatre mètres de large, barrant de sa masse imposante l'extrémité de la rue Saint-Antoine, elle a été construite en 1370. À partir du règne de Louis XIV, perdant son rôle défensif, elle devient une prison, mais pas n'importe laquelle : une prison de luxe, destinée aux princes du sang, aux conspirateurs malchanceux, aux grands seigneurs, joueurs, bretteurs ou insolents qui ont eu le malheur de déplaire à Sa Majesté ! Certains y sont retenus à la demande et aux frais de leur famille. Ce n'est qu'à la fin du XVII<sup>e</sup> siècle qu'elle change de nature. Faute de place, on y entasse du menu fretin : colporteurs, déserteurs, espions, sorciers, empoisonneurs, mendiants ou filles de joie.

## Un nouveau domicile

Dans les huit tours sont aménagées les chambres, dont un cachot humide en sous-sol, repaire des rats, des crapauds et des araignées. De forme octogonale, une par étage, elles sont longues de quatre à six mètres. La lumière du jour n'y pénètre que par une étroite fenêtre ou une meurtrière. Les meilleures ont une cheminée à hotte et un petit réduit servant de garde-robe. Un bâtiment annexe séparant en deux la cour intérieure est réservé aux pensionnaires les mieux lotis : ils y disposent d'un petit appartement.

Sitôt arrivé, le prisonnier est conduit à son nouveau domicile par une ou deux sentinelles et un porte-clés. Il faut cinq clés pour ouvrir les deux portes ferrées de la chambre. Celle-ci est rarement meublée. Le captif est donc contraint de faire venir de l'extérieur tables, lits, chaises, armoires, fauteuils. Certaines sont ainsi transformées en agréables boudoirs. À la fin du règne de Louis XIV, on meuble sommairement quelques pièces pour ceux dont la détention doit rester secrète. Sous Louis XV, on fournit plus généreusement le linge, les vêtements et le bois de chauffage.

## Bonne chère et évasions spectaculaires

À moins d'être condamné au cachot et au pain sec, la nourriture est excellente et abondante : n'est-on pas l'hôte de Sa Majesté ? Le premier repas du protestant Constantin de Renneville consiste en une soupe de pois verts, garnie de laitue et d'un quartier de volaille, une tranche de bœuf avec son jus et une couronne de persil, un quartier de godiveau agrémenté de ris de veau, de crêtes de coq, d'asperges, de champignons, de truffes, une langue de mouton en ragoût, et pour le dessert un biscuit et deux pommes de reinette… Si l'on n'est pas satisfait, on peut commander son repas chez un traiteur, mais à ses frais.

On fait si bonne chère à la Bastille que certains refusent d'en sortir ! D'autres, il est vrai, préfèrent leur liberté avant tout : malgré les précautions, la prison du faubourg Saint-Antoine connaît quelques évasions spectaculaires, comme celle du comte Boselli, de l'abbé de Bucquoy ou du célèbre Latude, tous ingénieux perceurs de murailles. On y déplore aussi quelques suicides parmi les prisonniers d'État étroitement reclus, frappés de crises de désespoir.

Hormis ces traitements de rigueur, les « bastillards » sont relativement libres : ils peuvent correspondre avec l'extérieur, recevoir des visites, emprunter des livres à la bibliothèque, jouer aux boules dans la cour, monter sur la plate-forme ou se promener sur le bastion. Certains privilégiés reçoivent l'autorisation de coucher avec leur femme. En 1685, désirant assurer sa descendance, M. de Languet de Gergy rencontre ainsi son épouse, qui devient grosse de jumeaux. La lignée ne sera pas pour autant assurée car l'un des garçons deviendra archevêque de Sens et l'autre curé de Saint-Sulpice !

## Le secret, toujours le secret !

Sous Louis XV, la forteresse est le lieu de séjour des écrivains et des artistes : Marmontel, l'abbé Morellet, des libraires, des libellistes. Voltaire y fait deux séjours, en 1717 et en 1726. Il y est traité avec beaucoup d'égards. En 1718, oubliant les injures, le Régent lui propose même sa protection. « Je remercie Son Altesse Royale, lui répond-il, de vouloir continuer à se charger de ma nourriture, mais je la prie de ne plus se charger de mon logement. » C'est à la Bastille qu'il entend parler du fameux Masque de fer, qui y est entré en 1698 et mort en 1703. Le mystérieux « prisonnier dont le nom ne se dit pas » fera rêver des générations de romanciers et de cinéastes. Le secret, toujours le secret ! On ne l'oublie jamais. Les enterrements de prisonniers se font la nuit sous de faux noms, et ceux qui en réchappent ne quittent les lieux qu'après avoir juré de ne rien révéler de ce qu'ils ont vu.

Certains détenus y restent des mois, voire des années. Les ministres ne se souviennent même plus des causes de leur arrestation. À ce régime, naturellement, malgré les douceurs et délices de la Bastille, on finit par s'ennuyer. Consultant le mémoire des apothicaires, l'abbé Dubois trouve singulier le nombre de lavements que prennent les détenus et s'en insurge. Généreux et philosophe, le Régent répond : « L'abbé, puisqu'ils n'ont que ce divertissement-là, ne le leur ôtons pas ! »

✪

## VOLTAIRE EMBASTILLÉ

*Accusé d'être l'auteur de couplets satiriques contre le Régent, Voltaire a vingt-trois ans quand il fait son premier séjour à la Bastille : c'est dans sa cellule qu'il écrit les deux premiers chapitres de* La Henriade *et qu'il achève sa tragédie,* Œdipe *: le succès de la pièce, quelques mois après sa libération, met le jeune auteur à la mode.*

François Marie Arouet dit Voltaire fils du s. Arouet doyen de la Chambre des Comptes
    Entré à la Bastille le 17 mai 1717
    Mis en liberté le 14 avril 1718
    Accusé d'avoir fait des vers insolents contre le Régent et Madame la duchesse de Berry, et d'avoir

dit que puisqu'il ne pouvait se venger de M. le duc d'Orléans il ne l'épargnerait pas dans ses satires parce que ajoutait-il S.A.R. l'avait exilé pour avoir publié que sa Messaline de fille était une putain.

M. D'ARGENSON
*Deschamps greffier*
*Isabeau commissaire*
*Bazin Ex. de R. C.*

Paris, SAM [Série Aa, carton n° 6, pièce 694]

Ordre de comparution devant le Tribunal révolutionnaire
signé de Fouquier-Tinville, 26 juin 1794 (8 messidor an II).

# La police, instrument
# de la répression

Olivier Blanc

Arrêtés puis traînés devant l'accusateur public...
La liste est longue des révolutionnaires victimes de la
Révolution, ces « girondins », « exagérés », « indul-
gents » décapités par la guillotine : Brissot, Vergniaud,
Hébert, Danton, Fabre d'Églantine, Hérault de Séchel-
les. La police de la Révolution est, au sens plein, une
police politique. À partir du 2 octobre 1792, elle agit
sous le nom de Comité de sûreté générale de la
Convention. Mais des polices départementales et des
comités de surveillance municipaux peuvent délivrer,
eux aussi, des ordres d'arrestation.

Par souci de cohésion, et aussi en vue de l'adapter
à la réforme de la justice prévue dans les décrets de
ventôse an II, la police est placée, après le 8 avril
1794, sous l'autorité suprême du Comité de salut
public de la Convention. Ce célèbre comité au pouvoir dictatorial peut envoyer en prison qui bon lui
semble, y compris les conventionnels eux-mêmes. Il
entend ainsi empiéter sur le Comité de sûreté générale, soupçonné, à juste titre, de dérive et d'exagéra-
tion par Robespierre. Il se dote à cet effet d'un

« bureau de police » particulier et supervise la machine répressive au plan national, en liaison avec le Tribunal révolutionnaire.

Mais la « majorité factieuse » du Comité de salut public entraîne peu à peu le régime dans la voie de la Grande Terreur : Barère, Collot d'Herbois, Billaud-Varenne et Carnot laissent libre cours aux exactions du Comité de sûreté générale, dont la capacité de nuisance se révèle intacte, et sabotent la réforme de la justice. La « loi de Prairial », telle qu'elle est appliquée, autorise des tueries. Refusant de les cautionner, Robespierre se retire du Comité de salut public. Son exécution sans procès, le 27 juillet 1794 (9 thermidor an II), permet de faire illusion sur les responsabilités individuelles tout en mettant un terme à la surenchère répressive.

Après la mort de Robespierre, des registres de police disparaissent des bureaux, un grand nombre de mandats sont falsifiés et recouverts de sa griffe lorsqu'elle ne s'y trouve pas. Des mandats d'arrêt, comme ceux des citoyens Antonelle ou Guinfoleau, portent ainsi deux fois la signature de l'Incorruptible ! Ces subterfuges mal connus ont permis d'établir devant l'opinion sa responsabilité dans la mort de Lucile Desmoulins et de centaines d'innocents, sacrifiés en prairial, messidor et thermidor sur l'autel de la démagogie et de la peur.

# Autopsie du dernier Capétien

Philippe Charlier

Le 9 juin 1795 (21 prairial an III) a lieu l'autopsie du petit « Louis Capet », décédé la veille. Louis XVII dépérissait depuis des années dans son cachot. Arrivés à onze heures du matin à la porte extérieure du Temple, quatre médecins sont introduits dans la tour, dont Philippe Jean Pelletan, chirurgien en chef du Grand Hospice de l'Humanité. Les praticiens s'emploient à vérifier « les signes de la mort, [...] caractérisés par la pâleur universelle, le froid de toute l'habitude du corps, la raideur des membres, les yeux ternes, les tâches violettes ordinaires à la peau du cadavre, et surtout par une putréfaction commencée au ventre, au scrotum et au-dedans des cuisses ».

La paroi est sectionnée, les organes abdominaux sont examinés, puis vient le tour du thorax : « Le péricarde contenait la quantité ordinaire de sérosité. Le cœur était pâle, mais dans l'état naturel. »

Or ce petit cœur, Philippe Jean Pelletan le subtilise discrètement au moment de refermer le cadavre. Alors que ses confrères ont le dos tourné, il place l'organe

Louis XVII à la prison du Temple, par Joseph Marie Vien
le Jeune, 1793, Paris, musée Carnavalet.

dans sa poche en l'entourant d'un linge. De retour chez lui, il le dépose dans un bocal rempli d'esprit-de-vin qu'il cache dans sa bibliothèque, derrière une rangée de livres. Pelletan change de temps en temps le liquide fixateur, puis oublie le cœur, desséché, dans un tiroir.

## Une pièce à conviction

Après la mort de l'enfant du Temple, nombreux sont ceux qui doutent de son identité... Plusieurs thèses « survivantistes » voient le jour, plus ou moins farfelues. Ce cœur constitue dès lors une pièce à conviction. Mais la relique connaît un sort rocambolesque : dérobée par un étudiant de Pelletan en 1810, rendue par la famille en 1812 et conservée dans un reliquaire en cristal, elle est refusée par Louis XVIII, ce que certains interpréteront comme la preuve que le roi connaissait la survivance du Dauphin...

L'archevêque de Paris, Mgr de Quélen, place le cœur dans son cabinet de travail. En février 1831, l'archevêché est mis à sac. Dans le tumulte, le reliquaire est cassé : le cœur, retrouvé dans un tas de sable, retourne à la famille Pelletan. Après de nouveaux rebondissements et de vaines polémiques, il a été authentifié en 2001 par des analyses génétiques comparatives : l'enfant du Temple était bien Louis XVII.

✪

## UNE RELIQUE ROYALE

*Pour disperser le doute tenant à l'authenticité du cœur du Dauphin, le petit Louis XVII, mort dans la prison du Temple, chaque pièce justificative compte. Le « rapport Pelletan » est l'une des principales, car elle seule indique comment fut dérobé l'organe en 1795 et quelles furent ses pérégrinations jusqu'en 1812.*

### Mémoire du chirurgien Pelletan, 13 juin 1816

J'ai été appelé pour donner les secours de l'art à l'auguste fils de Louis Seize, pendant la maladie et après la mort de M. Derfaut. Il y avait douze à quatorze jours que je visitais l'enfant lorsqu'il succomba le 8 juin 1795. J'avais prévu cet événement inévitable et sollicité l'adjonction d'un médecin qui n'arriva que la veille du jour fatal : ce fut M. Dumangin, médecin de la charité, encore vivant aujourd'hui.

Nous reçûmes l'ordre de nous adjoindre deux autres personnes de l'art pour faire l'ouverture du corps et en dresser procès-verbal. M. Dumangin fit choix de feu M. Jeanvoi, l'oncle ; et moi de feu M. Larfus, que je préférai parce qu'il avait été chirurgien de Mesdames de France.

Nous nous réunîmes le lendemain 9 juin pour procéder à l'ouverture, et le procès-verbal en fut dressé, contenant la vérité la plus exacte et portée jusqu'au scrupule.

Étant particulièrement chargé de l'opération de l'ouverture et de la dissection, l'on m'abandonna de même le soin de restaurer le corps et de l'ensevelir.

Mes confrères et le commissaire de la municipalité, ainsi que le concierge de la maison qui avaient été présents à l'ouverture, s'éloignant de la table et causant entre eux, je me hasardai à m'emparer du cœur de l'enfant, je l'entourai de son, l'enveloppai d'un linge et le mis dans ma poche, sans être aperçu. J'espérais bien qu'on ne s'aviserait pas de me fouiller en sortant de la maison.

Je ne connaissais pas l'officier municipal présent à l'ouverture. Il me pria de lui donner des cheveux de l'enfant ; ce que je lui promis à condition que j'en retiendrais la moitié. Je lui tins parole ; mais ne pris point ma part des cheveux, soit parce que je possédais un objet plus important ; soit parce que je n'osais me fier à un homme que je ne connaissais pas.

Cependant, dès le soir même, je fis confidence de mon larcin à M. Larfus, dont je connaissais l'attachement à la famille royale et l'amitié qui nous liait depuis vingt-cinq ans ; le moment du risque était passé, et il me félicita de ma témérité.

Je mis le cœur dans un bocal d'esprit-de-vin, sans étiquette, et je le plaçai derrière la rangée la plus élevée des livres de ma bibliothèque.

L'esprit-de-vin fut renouvelé à mesure qu'il s'évaporait ; après huit ou dix ans, l'esprit-de-vin se trouvant complètement évaporé, le cœur était desséché et susceptible d'être conservé sans autre précaution. Je le mis alors dans un tiroir de mon secrétaire : réuni là avec d'autres pièces anatomiques également sèches, je croyais cet objet d'autant plus sûrement conservé qu'il paraissait moins important ; et personne autre que M. Larfus ne sachant que je le possédais. Les grands orages de la Révolution étant calmés, j'eus l'imprudence, un jour, de montrer ce cœur, en même temps que d'autres pièces que mon tiroir renfermait, à un M. Tillos, mon élève particulier, mon secrétaire demeurant chez moi, et j'eus un second confident de mon secret.

Ouvrant mon tiroir sans cesse, il n'y avait presque pas de jour que je ne visse ce cœur que je n'avais même pas enveloppé de peur de le rendre suspect. Après un certain temps, je m'aperçus qu'il me manquait et je ne pus pas douter un moment qu'il ne m'eût été soustrait par mon élève, qui avait seul accès dans mon cabinet et était seul possesseur de mon secret : il m'avait quitté depuis peu pour se marier.

Mon embarras devint extrême. Je n'osai pas réclamer ce larcin, bien persuadé que Tillos nierait le fait et anéantirait plutôt la pièce que de consentir à la restituer en s'accusant. Je m'attachai seulement à lui plus particulièrement, quoiqu'il m'eût quitté, en se mariant : il était depuis longtemps menacé de phtisie pulmonaire, et il y succomba.

Au moment où nous concevions l'espoir de voir reparaître parmi nous l'auguste et ancienne famille des Bourbons, se présenta chez moi le père de la veuve Tillos. Il m'avoua que son gendre lui avait déclaré en mourant qu'il avait soustrait de chez moi le cœur de Louis Dix-Sept ; et me dit que sa fille était prête à me le restituer comme étant ma propriété, ajoutant qu'elle me l'apporterait le lendemain.

Je n'eus pas la patience d'attendre, et à peine le père de la veuve Tillos fut-il sorti que je me transportai chez lui, où sa fille demeurait et où je trouvai toute la famille. Au même moment le cœur renfermé dans une bourse me fut remis par la veuve Tillos : je le reconnus bien évidemment, l'ayant vu et touché plus de mille fois, et la veuve Tillos n'ayant aucun intérêt à me tromper.

J'évitai d'énoncer aucun reproche sur l'infidélité de mon élève mort ; mais la veuve, les prévenant, m'assura que son mari avait été bien repentant, et qu'il n'avait agi que par attachement pour la famille royale. Je feignis de la croire, et même, par suite de la vive satisfaction que j'éprouvais, je lui fis la proposition de lui donner un reçu témoignant qu'elle m'avait remis le cœur de Louis Dix-Sept, dont j'avais confié la garde à son mari, en sa qualité de mon élève intime et secrétaire. Cette assertion était sans vraisemblance, puisque je ne pouvais avoir besoin de personne pour conserver une pièce sèche et mise dans mon tiroir ; mais, ne voulant pas faire à la veuve un chagrin de ce qui me causait une si vive satisfaction, j'eus l'air de disculper, en quelque façon, la mémoire de son mari.

Je conserve donc le cœur de Louis Dix-Sept. J'ai le procès-verbal de l'ouverture de son corps signé des quatre personnes de l'art réunies pour cette ouverture ; je le possède en original, et n'en ai jamais donné que des copies, même aux autorités du temps et successives.

J'ai, en original, l'ordre de la Convention pour l'ouverture du corps et le procès-verbal à faire, sous la réunion de quatre personnes de l'art ; et la lettre du secrétaire général qui me fait part de l'arrêté de la Convention.

Plus : l'arrêté de la Convention nationale qui me nomme pour soigner le roi, après la mort de Derfaut, et la lettre du secrétaire général qui me fait part de cet arrêté.

Plus : la lettre de la Convention qui m'autorise à placer une garde-malade auprès du roi ; et la lettre du secrétaire qui m'annonce la précédente et me donne des avis confidentiels.

J'atteste la vérité des faits mentionnés dans le présent exposé et suis prêt à montrer les pièces justificatives, à qui de droit.

Paris, SAM [Série Aa, carton n° 362]

# Le missel des rouges

Rémy Valat

La France connaît, à partir de 1870, une période de chaos. Le Second Empire s'écroule, mais la République peine à s'installer. La guerre civile succède à la guerre étrangère et la France est soumise aux conditions d'une Allemagne victorieuse. Le sergent de ville, un des symboles de l'autoritarisme impérial, suscite l'acrimonie d'une partie de la population. Son corps est dissout, désarmé et remplacé par celui des « gardiens de la paix civique ». Mais la Préfecture demeure, au prix d'une épuration administrative.

## Vers la guerre civile

L'investissement de Paris par les Prussiens favorise d'ailleurs la réintégration rapide, sous un vernis républicain, des anciens « sergots » qui abandonnent leurs moustaches et leurs bicornes napoléoniens, tandis qu'une vingtaine de compagnies d'agents — trois mille hommes — partent se battre aux avant-postes. La police parisienne passe alors sous l'autorité mili-

Photographie de Jules Vallès en 1871, par Eugène Appert.

taire. Dans la rue, le garde national officie souvent en lieu et place du gardien de la paix. Tour à tour soldat, policier ou citoyen, il veille au maintien de l'ordre dans une ville en proie à la disette.

Le 28 janvier 1871, Paris capitule. En février, la province envoie à l'Assemblée nationale une large majorité de députés monarchistes et réactionnaires. Les Parisiens, qui ne se reconnaissent pas dans le nouveau gouvernement, contestent ouvertement ses décisions : abrogation du moratoire sur les loyers, désarmement de Paris, défilé des troupes allemandes dans la cité... À l'aube du 18 mars, la crise politique éclate. Paris refuse de rendre les canons rassemblés sur la butte Montmartre. Appréhendés sur les lieux, les généraux Lecomte et Thomas sont fusillés par les insurgés. La ville se couvre de barricades. La Préfecture de police est prise. Le gouvernement, l'administration et deux mille policiers quittent la ville insurgée pour Versailles. Le 28 mars, les révolutionnaires parisiens proclament la Commune : c'est la guerre civile.

## Un climat de violence

Le 21 mai 1871, après un siège de deux mois, l'armée de Versailles, composée de soldats sans liens politiques ou affectifs avec la capitale, entre dans Paris. Les gardiens de la paix sont désignés pour guider la troupe. Secondés par des gardes nationaux de l'ordre, ils orientent les colonnes versaillaises, leur indiquant les trajets annexes pour contourner les positions des fédérés. La Semaine sanglante fait des milliers de victimes : les exécutions sommaires et les exactions sont légion. Des édifices publics sont incendiés, dont la Préfecture de police.

À la violence par les armes succède la répression administrative. Le gouvernement de Versailles invalide les actes de la Commune, décrète la loi martiale et fait rechercher les communards en fuite, en vue de leur comparution devant un conseil de guerre. Les mains courantes du quartier de Belleville, dont les archives ont conservé le répertoire, attestent de ces recherches, menées sur dénonciations dans un climat de violence : règlements de comptes, insultes proférées contre les forces de l'ordre. Les archives administratives, notamment les listes de gardes nationaux, sont saisies pour servir de pièces à conviction et, le 9 juin 1871, des agents de la Préfecture de police sont détachés auprès de la prévôté pour les examiner.

## Photographies et signalements

« Grand, gros, voûté, marchant difficilement à cause de douleurs dans le dos, cheveux longs grisonnants, air d'un paysan goguenard, assez mal vêtu... » : tel est décrit Gustave Courbet dans un curieux missel où sont enserrés photographies et signalements, encore peu scientifiques, des principaux meneurs de la Commune. Quant à Jules Vallès, qu'on croit avoir passé par les armes, il a la « taille un peu au-dessus

de la moyenne » ainsi qu'un système pileux subversif :
« barbe et cheveux noirs à reflets rouges »...

Déjà en usage à la Préfecture de police, l'identification au moyen de photographies saisies connaît un
nouvel essor. Mais le recoupement de l'information
reste déficient : Gustave Flourens, dûment répertorié
et recherché, a été tué lors des combats ; Jules Vallès
et l'internationaliste Jules Miot quittent clandestinement Paris pour se réfugier à l'étranger.

Les communards en fuite sont contraints de se
cacher, de s'exiler. D'autres sont condamnés à la relégation en Nouvelle-Calédonie. En 1880, une amnistie
générale les autorise à revenir en France.

✪

## LA SURVEILLANCE DES ANARCHISTES
### EN 1880

*Expression forgée par Bismarck, le « fonds des reptiles »
était la part des fonds secrets destinée à la presse officieuse, que ces subsides occultes rendaient particulièrement rampante. Avec un parfait cynisme, l'ancien Préfet
de police Louis Andrieux raconte comment il les a utilisés à créer un journal anarchiste, de manière à mieux
contrôler les compagnons.*

**Extrait de** Souvenirs d'un Préfet de police,
Louis Andrieux, 1885

Citoyens, il y aura toujours des traîtres parmi vous.

Les socialistes révolutionnaires ne se bornaient
plus à des déclamations dans les réunions publiques ou privées. La dynamite des nihilistes les

empêchait de dormir et, pour stimuler le zèle des *compagnons*, ils se proposaient, eux aussi, de faire entendre la grande voix des explosions : *ultima ratio populorum*.

Il était question de faire sauter le Palais-Bourbon ; M. Gambetta en avait été avisé, et quelques précautions avaient été prises.

Mais, en même temps qu'ils songeaient à étonner le monde par la destruction de mon honorable ami M. Truelle, les compagnons voulaient avoir un journal pour propager leurs doctrines.

Si j'ai combattu leurs projets de propagande par le fait, j'ai du moins favorisé la divulgation de leurs doctrines par la voie de la presse, et je n'ai pas de raisons pour me soustraire plus longtemps à leur reconnaissance.

Les compagnons cherchaient un bailleur de fonds ; mais l'infâme capital ne mettait aucun empressement à répondre à leur appel.

Je poussai par les épaules l'infâme capital, et je parvins à lui persuader qu'il était de son intérêt de favoriser la publication d'un journal anarchiste.

On ne supprime pas les doctrines en les empêchant de se produire, et celles dont il s'agit ne gagnent pas à être connues.

Donner un journal aux anarchistes, c'était d'ailleurs placer un téléphone entre la salle des conspirations et le cabinet du Préfet de police.

On n'a pas de secrets pour un bailleur de fonds, et j'allais connaître, jour par jour, les plus mystérieux desseins. Le Palais-Bourbon allait être sauvé ; les représentants du peuple pouvaient délibérer en paix.

Ne croyez pas, d'ailleurs, que j'offris brutale-
ment aux anarchistes les encouragements du Préfet
de police.

J'envoyai un bourgeois, bien vêtu, trouver un des
plus actifs et des plus intelligents d'entre eux. Il
expliqua qu'ayant acquis quelque fortune dans le
commerce de la droguerie, il désirait consacrer une
partie de ses revenus à favoriser la propagande
socialiste.

Ce bourgeois qui voulait être mangé n'inspira
aucune suspicion aux compagnons. Par ses mains,
je déposai un cautionnement dans les caisses de
l'État, et le journal la *Révolution sociale* fit son apparition.

C'était un journal hebdomadaire, ma générosité
de droguiste n'allant pas jusqu'à faire les frais d'un
journal quotidien.

M$^{lle}$ Louise Michel était l'étoile de ma rédaction. Je
n'ai pas besoin de dire que « la grande citoyenne »
était inconsciente du rôle qu'on lui faisait jouer,
et je n'avoue pas sans quelque confusion le piège
que nous avions tendu à l'innocence de quelques
compagnons des deux sexes.

Tous les jours, autour d'une table de rédaction, se
réunissaient les représentants les plus autorisés
du parti de l'action : on dépouillait en commun la
correspondance internationale ; on délibérait sur les
mesures à prendre pour en finir avec « l'exploitation
de l'homme par l'homme » ; on se communiquait
les recettes que la science met au service de la révolution.

J'étais toujours représenté dans les conseils, et je
donnais au besoin mon avis. [...]

Mais la *Révolution sociale* faisait mieux que d'attaquer mes adversaires et de prêcher l'abstention au profit des candidatures les plus modérées : elle m'adressait à moi-même les outrages les plus véhéments.

Je le rappelle, en passant, afin de montrer à mes adversaires combien ils perdent leur temps, leur encre, leur imagination et leur peine quand ils croient m'être désagréables en inventant sur mon compte des anecdotes bien innocentes, si on les compare à celles que j'ai payées *à la ligne.*

Ici doit se placer le récit d'une aventure dont je ris encore.

Le héros s'appelle Clauzel ou Clozel. Je ne me rappelle pas très exactement l'orthographe de son nom.

Quant à lui, il n'avait jamais oublié l'orthographe, par cette bonne raison qu'il ne l'avait jamais sue.

Il était d'ailleurs officier d'académie ; s'il eût été complètement ignorant en l'art de lire et d'écrire, on l'eût fait officier de l'Université.

Clauzel était un personnage important de ma circonscription électorale ; c'était un politicien de village, comme tous les députés en ont connu : un borgne parmi les aveugles.

Ce brave homme avait porté ses armes et ses bagages à un conseiller général, appartenant au grand parti des « remplaçants ».

Donc, il occupait ses loisirs à démolir le crédit du député à Tassin-la-Demi-Lune, à L'Arbresle, et dans les autres lieux circonvoisins.

La population électorale de nos cantons ruraux, dans le département du Rhône, est très radicale ; mais elle n'est pas *partageuse* et l'anarchie y compte peu de partisans.

J'envoyai à Clauzel un journaliste qui avait envers moi quelques obligations. Il lui récita quelque chose comme la fable du Renard et du Corbeau :

Eh ! bonjour, monsieur du Corbeau,
Que vous êtes joli, que vous me semblez beau !

— Eh ! bonjour, monsieur l'officier d'académie, comme ce ruban violet sied bien à votre boutonnière, et comme vous êtes éloquent lorsque vous vous écriez, dans les réunions privées : « Jusques à quand, ô Catilina, abuseras-tu de notre patience ? » Mais pourquoi vos catilinaires contre le député Andrieux ne se produisent-elles que sur un théâtre de province ? Je suis à votre service pour livrer votre éloquence à tous les échos de la presse parisienne.

À ces mots, le corbeau Clauzel ne se sent pas de joie.

Il ouvre un large bec et laisse tomber plusieurs pages de diatribes contre le député-préfet de police.

Je fis insérer l'article, signé : Clauzel, dans la *Révolution sociale*, entre un morceau oratoire de Mlle Louise Michel et une recette pour la fabrication de la dynamite.

Je fis envoyer le numéro à tous les maires de ma circonscription.

— Comment ! dirent-ils, Clauzel écrit dans le journal de Louise Michel ? Il veut faire sauter le Palais-Bourbon ? Il veut nationaliser la propriété ? Ah ! ah ! nous le connaissons maintenant ; qu'il vienne nous dire du mal de notre député, il verra comme il sera reçu !

Pauvre Clauzel ! je lui fais ici mes excuses, et je souhaite bien sincèrement qu'il trouve dans l'estime de son conseiller général la réparation du tort que je lui ai causé.

# Vague d'attentats anarchistes

Michel Winock

Ravachol, ce nom qui sonne comme un coup de cravache reste l'emblème de ces trois années, de 1892 à 1894, où la France est en proie à la vague anarchiste, aux poseurs de bombes, aux adeptes de la « propagande par le fait ».

Le mouvement anarchiste existe en France depuis des lustres, mais la liberté de la presse instaurée par la III^e République et l'assassinat d'Alexandre II en 1881 par les nihilistes russes lui donnent son essor, à travers une profusion de petits journaux incendiaires.

Le 1^er mai 1891, lors de la grève lancée par l'Internationale ouvrière, des affrontements sanglants ont lieu, notamment à Fourmies, dans le Nord. À Clichy, une rixe avec la police amène trois compagnons en cour d'assises.

Le signal des attentats est donné le 11 mars 1892 par l'explosion dans un immeuble du 136, boulevard Saint-Germain à Paris. La cible visée est un magistrat, Benoît, qui présidait le procès contre les anarchistes de Clichy. L'auteur, Kœnigstein, se fait

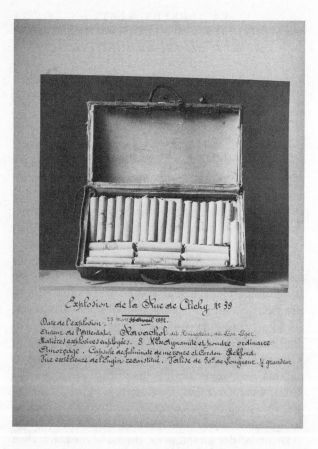

Reconstitution de la valise piégée utilisée pour commettre l'attentat de la rue de Clichy.

appeler Ravachol, du nom de sa mère. Les dégâts sont importants, mais il n'y a pas de victimes.

## Trahi par une cicatrice

Le 27 mars, Ravachol récidive, en plaçant une bombe dans un immeuble rue de Clichy où habite le substitut Bulot. Cette fois encore, gros dégâts, aucun mort mais sept blessés. La police, qui pénètre les milieux anarchistes, identifie rapidement le coupable et diffuse son signalement, notamment une cicatrice à la main gauche. La traque est lancée.

Un rapport de police narre l'arrestation de Ravachol. Il a déjeuné, le jour de l'attentat, au restaurant Véry, boulevard Magenta, où il n'est pas passé complètement inaperçu. Il y est retourné trois jours plus tard : sa cicatrice à la main gauche le fait reconnaître par le neveu du gérant. Mis au courant, celui-ci avertit la propriétaire de l'établissement, la dame Allemoz, qui, sans attendre, court quérir la police. Il faut une dizaine d'hommes pour maîtriser l'anarchiste.

Ravachol est jugé en cour d'assises, le 26 avril 1892, dans un Palais de justice en état de siège. Le moment est mal venu pour lui car, deux jours plus tôt, le restaurant Véry a été détruit par une bombe, le patron et l'un de ses clients y ont perdu la vie. Le journal *Le Père Peinard* trouve le mot : une « véryfication ». Ravachol est condamné aux travaux forcés à perpétuité. C'est deux mois plus tard que la cour d'assises de la Loire le condamne à mort, pour l'assassinat crapuleux d'un vieil homme à Chambles, en juin 1891.

## En chantant sur l'échafaud

D'abord suspect aux yeux des compagnons — n'est-il pas un criminel de droit commun ? —, Ravachol est reconnu par la presse anarchiste en raison de son comportement en cour d'assises où, fièrement, il fait valoir ses convictions. Le nom de Ravachol entre dans la légende ; des chansons le célèbrent ; il laisse lui-même des Mémoires écrits en prison.

Ravachol monte bravement sur l'échafaud, en chantant une chanson du Père Duchesne :

> Si tu veux être heureux,
> Nom de Dieu !
> Pends ton propriétaire,
> Coup' les curés en deux,
> Nom de Dieu !

✪

## L'ARRESTATION DE RAVACHOL

*Ce rapport du service des Garnis est particulièrement intéressant parce qu'il renferme le récit de Mme Allemoz, propriétaire du restaurant Véry, qui a dénoncé Ravachol à la police : un geste dont les anarchistes se vengeront en faisant sauter l'établissement.*

*Rapport du service des Garnis, 7 avril 1892*

Divers journaux d'hier et d'aujourd'hui ont publié une lettre de M. Pelletier, président de la Chambre syndicale des hôteliers logeurs, disant en substance que la dame Allemoz, logeuse boulevard de Magenta n° 22, avait contribué à l'arrestation de Ravachol en allant elle-même requérir des gardiens de la paix, et appelant sur elle (un peu tardivement), l'attention des « pouvoirs publics ».

J'ai fait consulter immédiatement la dame Allemoz, et voici ce qu'elle a déclaré et ce qui paraît être la vérité :

« Je suis propriétaire, en même temps que du fonds d'hôtel que j'exploite, du débit de vin et restaurant situé dans la même maison.

Le 28 janvier dernier, j'ai placé dans le débit, à titre d'essai et pour trois mois, M. Véry, avec promesse de vente à l'expiration des trois mois. M. Véry se trouvait donc en quelque sorte mon employé.

Le 30 mars, un peu avant midi, M. Véry est venu tout effaré dans le bureau de mon hôtel situé au premier étage et m'a dit que son neveu venait de reconnaître, d'après le signalement, le dynamiteur Ravachol en la personne d'un client qui déjeunait dans le débit.

M. Véry m'a demandé ce qu'il fallait faire. "Comment, ce qu'il faut faire ? ai-je répondu, mais le faire arrêter tout de suite." Et comme Véry me disait que Ravachol finissait de déjeuner et qu'il serait peut-être parti avant l'arrivée des agents, j'ai ajouté : "Amusez-le, offrez-lui au besoin un verre de bière pendant que je cours chercher des gardiens de la paix."

Et immédiatement je suis partie à la recherche d'agents. Dans la rue, j'ai rencontré mon voisin, M. Baptiste Lescure, concierge boulevard de Magenta n° 16, qui, mis brièvement au courant du fait, est venu avec moi jusqu'à la Bourse du travail où nous avons trouvé le gardien n° 334, qui, à mon récit, paraissait hésiter et parlait d'aller prévenir le commissaire de police.

Heureusement, à ce moment est survenu un sous-brigadier qui, mis aussi au courant, est parti de suite au commissariat pendant que l'agent 334 venait avec moi.

Pour le reste, les détails donnés par la presse sont exacts.

Un instant après l'arrestation est arrivé chez moi tout essoufflé l'inspecteur des Garnis Lanaud qui visite mon hôtel, lequel venait d'apprendre l'arrestation et il m'a dit : "Ravachol qui vient d'être arrêté n'a pas couché chez vous au moins ?"

J'ai répondu négativement en ajoutant que c'était moi qui étais allée chercher les gardiens de la paix.

Le lendemain, quand cet inspecteur est venu faire sa tournée habituelle, ma fille et moi lui avons raconté les détails de l'affaire, et j'ai encore répété que c'était moi qui étais allée requérir les gardiens de la paix. »

L'inspecteur Lanaud, dont il est question ci-dessus, en sortant de chez la dame Allemoz, a couru au poste où l'on examinait l'individu arrêté et quand il a entendu M. Dresch affirmer que c'était bien Ravachol, il est venu au pas de course au service des Garnis me prévenir de l'incident, dont j'ai aussitôt rendu compte.

Mais Lanaud n'a nullement parlé de l'intervention

de la logeuse Allemoz dans l'affaire ; il s'est borné à dire que Ravachol venait d'être arrêté sur la réquisition d'un marchand de vin du boulevard Magenta.

Cet oubli est très explicable pour le premier jour, où tout le monde était très ému ; mais le lendemain, le surlendemain et les jours suivants, il n'a pas parlé davantage du rôle de la logeuse, rôle qu'il connaissait et qui, en somme, valait bien la peine d'être signalé, étant donné l'importance de la capture.

Lanaud lui-même pouvait en quelque sorte s'enorgueillir un tantinet du rôle joué dans cette affaire par l'une de ses logeuses, à qui il avait communiqué le signalement du malfaiteur.

Mais il n'a rien compris de tout cela et il a fallu la protestation de la Chambre syndicale des logeurs pour apprendre à l'administration ce qu'un de ses agents connaissait dès le premier jour.

Lanaud est un ancien gardien de la paix, venu au service des Garnis, comme beaucoup d'autres, pour avoir un poste tranquille.

Il compte près de dix ans de service, dont cinq ans aux Garnis.

Paris, SAM [Série Ba, carton n° 1132]

Bonnot

Jules Joseph

né le 14 Octobre 1876 à Pont de Roide (Doubs)

Tué d'un coup de feu. Opération de Choisy le Roi
28 avril 1912

Nuit du 7 au 8 Mars 1911 Vol avec eff<sup>on</sup>
et tentative de meurtre à
Charleroi

27 Novembre 1911 Assassinat du N°
Platano à Châtelet (S et M)

13 au 14 X<sup>bre</sup> 1911 Vol auto Normand
à Boulogne

21 X<sup>bre</sup> 1911 Attentat rue Ordener

Nuit du 23 au 24 X<sup>bre</sup> 1911 Vol d'armes
avec eff<sup>on</sup> Foury, 7 rue Lafayette

Nuit du 9 au 10 Janvier 1912 Vol
avec eff<sup>on</sup> armurerie Smith et
Wesson, 54 B<sup>d</sup> Haussmann

Nuit du 31 Janvier au 1<sup>er</sup> Février 1912
Assassinat Maury, chauffeur d'auto
à Gand (Belgique)

Nuit du 25 au 26 Février 1912 Vol

Fiche anthropométrique de Jules Bonnot.

## LA BANDE À BONNOT

# L'épopée sanglante
# des bandits en auto

### Renaud Thomazo

Effervescence rue Ordener en ce matin du 21 décembre 1911. Une fusillade vient d'éclater ; déjà les badauds affluent vers le carrefour de la rue Damrémont, à hauteur de la succursale de la Société générale. Un garçon de recettes a été agressé ; il a reçu deux balles, mais il vit toujours. Qu'on tire sur un employé de banque en plein jour, en pleine rue, à quelques mètres de la mairie — et donc du poste de police —, voilà bien quelque chose d'extraordinaire. Mais il y a plus formidable encore dans ce fait divers : les bandits, sitôt leur forfait commis, se sont enfuis en automobile ! Comment les poursuivre ?

### La piste des « illégalistes »

Au 36, quai des Orfèvres, dans les locaux de la brigade de Sûreté de la Préfecture de police, le directeur Octave Hamard et son adjoint le commissaire Jouin ont pris connaissance du rapport établi par l'officier de paix du XVIIIᵉ arrondissement. Les som-

mes dérobées au malheureux encaisseur sont modestes et la victime, quoique sérieusement blessée, s'en
tirera. Quant à la voiture, elle est retrouvée le lendemain sur une plage, à Dieppe. Mais il est peu probable que les malfaiteurs soient passés en Angleterre.
Pour l'heure, on interroge les fichiers, les indicateurs,
on étudie les lettres, anonymes ou non, qui arrivent
en nombre. Les indices manquent, mais on s'intéresse de près à un certain Rimbault, un anarchiste
des Pavillons-sous-Bois, qui a disparu de son domicile
la veille de l'attentat.

La piste anarchiste n'étonne pas la police. De jeunes « illégalistes », revendiquant le droit de voler
parce que la société les a eux-mêmes floués, ont multiplié les cambriolages ces derniers mois. On recherche activement un nommé Carouy, ainsi qu'Octave
Garnier. La police belge, de son côté, a signalé Raymond Callemin dit Raymond-la-Science, Victor Kibaltchiche et d'autres. Tous, la Sûreté le sait bien, ont
vécu un temps ensemble à Romainville, au siège du
journal *l'anarchie*, dirigé alors par Raymond Roulot,
dit Lorulot, qui a récemment passé la main. Kibaltchiche, avec sa maîtresse Rirette Maîtrejean, dirige
désormais le journal, dont les locaux ont été transfé-
rés à Belleville, rue Fessart. Des agents de la Sûreté y
sont déjà en planque...
Dès le 28 décembre, un « indic » prévient qu'une
automobile semblable à celle qui a servi au hold-up
a été aperçue à Bobigny, rue de l'Harmonie. Des inspecteurs filent immédiatement y perquisitionner et
arrêtent un certain Detweiller, qui ne comprend pas

bien ce qui lui arrive, et Jeanne Bélardi, la maîtresse de Carouy. Mais lui a filé. Sans doute ne courra-t-il pas longtemps ; une fois pincé, ses comparses tomberont à leur tour rapidement. Tout semble facile dans cette affaire. Trop peut-être, car la police n'est pas au bout de ses peines, et la France au bout de ses émotions.

## Le crime de Thiais

Le 3 janvier, Carouy court toujours, mais une tout autre affaire préoccupe la Sûreté : dans la nuit, un vieillard et sa servante ont été sauvagement assassinés à Thiais. Le service de l'Identité judiciaire d'Alphonse Bertillon a pu relever des traces digitales qui permettent vite de confondre deux individus : Marius Metge et... Carouy ! Les anarchistes illégalistes auraient donc abandonné le cambriolage et les combines médiocres pour se lancer dans le crime.

Dans le même temps, le Quai des Orfèvres est prévenu par la police lyonnaise qu'un certain Jules Bonnot, qu'elle recherche activement, serait venu trouver refuge à Paris. Il est fortement suspecté du meurtre de l'un de ses compagnons, Platano. Il professerait des idées anarchistes, serait un fort bon mécanicien et, dit-on, un non moins bon conducteur, ce qui laisse penser à la Sûreté lyonnaise qu'il aurait pu prendre part au hold-up de la rue Ordener.

Le commissaire Jouin resserre ses filets autour des milieux anarchistes et Marius Metge est vite attrapé. Le garçon de recettes de la Société générale a reconnu son agresseur sur une photo : c'est Octave Garnier, dont le portrait s'étale aussitôt à la une des journaux. On n'a aucune trace de lui, mais on tient sa maîtresse, Marie-la-Belge, que les inspecteurs ont filée plusieurs jours avant de l'arrêter le 20 janvier. Le même jour, les agents de la Sûreté mettent la main sur Rimbault dont tout indique qu'il a été l'armurier de la bande. Peu après, Jouin perquisitionne les locaux de *l'anarchie* où l'on trouve des revolvers. Kibaltchiche et Rirette Maîtrejean sont envoyés au Dépôt. Lorulot est inquiété mais pas arrêté. Sans doute Jouin, qui n'ignore pas sa réputation de mouchard, le juge-t-il plus utile dehors... Tout comme Jeanne Bélardi, la maîtresse de Carouy, remise en liberté mais jamais perdue de vue.

Relâcher la Bélardi n'était pas un si mauvais calcul. Le 27 février, elle a malgré elle conduit Jouin jusqu'à un garni de la rue Nollet où logerait un certain Dieudonné, dont le nom apparaît dans des lettres de dénonciation. La concierge, à qui l'on montre des photographies, reconnaît un autre locataire parti depuis quelques jours, un certain M. Comtesse, qui n'est autre que Bonnot ! En laissant là deux inspecteurs en planque, Jouin espère bien prendre tout ce joli monde au nid. Mais, de retour au Quai des Orfèvres, c'est la stupeur : quelques heures auparavant, des individus en automobile ont abattu un gardien de la paix place du Havre, en plein Paris !

Le commissaire Guichard, qui a remplacé Hamard à la direction de la Sûreté, exige des résultats pour mettre vite fin aux agissements de la bande. Le Pré-

fet de police, Louis Lépine, en fait une affaire personnelle. Dès le lendemain, Dieudonné est arrêté rue
Nollet, puis un comparse, De Boe, est interpellé place
de Clichy. L'étau policier se resserre. Dans la nuit
du 28 au 29 février, nouvelle alarme : à Pontoise, le
cambriolage d'une étude de notaire a échoué, non
sans se terminer en fusillade et en fuite... en automobile !

Après quinze jours d'accalmie durant lesquels
l'enquête piétine, le commissaire Jouin marque un
nouveau point. Deux individus, dénoncés par un mouchard et suivis de près depuis plusieurs jours, se sont
présentés à la gare du Nord pour y déposer un paquet
en consigne. Il contient des titres bancaires, ceux
dérobés rue Ordener. Les deux hommes, Bélonie et
Rodriguez, sont arrêtés. Aucune trace cependant des
plus dangereux de la bande : Carouy, Garnier, Raymond Callemin et Bonnot restent introuvables. Pire,
l'un d'eux, Garnier, nargue même la police en écrivant
à la Sûreté et en signant de ses empreintes digitales...
Traqués comme ils le sont, alors qu'une partie de
leurs complices dort en prison, que peuvent-ils tenter
encore ?

## De la dynamite pour en finir

La réponse, brutale, tombe le 25 mars. Des individus ont assassiné à Montgeron le chauffeur d'une
automobile. Deux heures plus tard, ils arrivaient à
Chantilly pour y attaquer l'agence de la Société générale, tuant deux employés, blessant un troisième

avant de s'enfuir à bord de l'automobile volée. La consternation gagne tout le pays, et le gouvernement est interpellé à la Chambre. Au Quai des Orfèvres, toutes les brigades sont sur le pied de guerre, car il s'agit bien d'une guerre que ces anarchistes illégalistes ont déclarée à la société.

Des noms tombent. Outre Bonnot, Garnier et Callemin, on parle d'un certain Monier, de Vallet et de Soudy, un jeune tuberculeux. Ceux-là aussi ont fréquenté les locaux de *l'anarchie* à Romainville. Jouin reçoit des informations sur Soudy et l'interpelle à Berck le 30 mars. Le 3 avril, Carouy est « fait » à la gare de Lozère. Apparemment, les mouchards se sont mis à table : la prime offerte par la Société générale a délié les langues.

Le 7 avril, Raymond-la-Science est attrapé à son tour, puis Monier est repéré et étroitement surveillé. Conduira-t-il Jouin jusqu'à Bonnot et Garnier ? Il travaille à Ivry, dans un magasin de confection où le commissaire vient perquisitionner le 24 avril. Jouin, comme à son habitude, n'est pas armé.

À l'étage, un homme se cache. C'est Bonnot, qui, lui, est armé ! Après une courte empoignade, des coups de feu retentissent. Le commissaire Jouin est tué, l'inspecteur Colmard blessé. Bonnot s'échappe.

Des centaines de policiers sont désormais déployés dans Paris et sa banlieue pour attraper Jules Bonnot, l'homme le plus recherché de France. La Sûreté a quelques pistes, à commencer par un garage de Choisy-le-Roi, sur un lotissement appartenant à un bien curieux personnage : « l'anarchiste millionnaire » Fromentin. Le 28 avril, Bonnot y est effectivement

« logé » et rapidement encerclé. Mais il n'entend pas se laisser prendre. Commence alors un siège inédit dans les annales de la police. Devant des milliers de « spectateurs », une troupe d'inspecteurs, de gardiens de la paix, de gardes républicains, sous les ordres du Préfet Lépine, est venue s'emparer d'un seul homme. Ce n'est qu'après avoir fait sauter le garage à la dynamite que l'on peut enfin prendre Bonnot, agonisant.

## Plus de sept cents hommes en armes

Sourd aux critiques qui fusent de toute la presse devant tant de moyens déployés, le Préfet Lépine, ce « civil qui enrageait de n'être pas militaire », peut se féliciter d'une bataille gagnée. Mais la victoire ne sera totale que lorsqu'il se sera emparé des deux derniers bandits, Octave Garnier, le plus dangereux de tous, et Vallet. Il ne faudra pas longtemps à la Sûreté pour apprendre où les deux anarchistes se cachent. Un habitant de Nogent-sur-Marne est formel dans sa déposition : ceux qui louent une villa proche de la sienne ressemblent étrangement aux malfaiteurs recherchés. Le 14 mai, le commissaire Guichard vient à Nogent-sur-Marne ; Vallet et Garnier y coulent effectivement des jours apparemment paisibles en compagnie de leurs maîtresses respectives, Anna Dondon et Marie-la-Belge, que la police avait fort opportunément remise en liberté quelques semaines auparavant et sans doute jamais perdue de vue...

Dès les premiers coups de feu échangés, il est clair que cette fois encore les deux anarchistes ne se rendront pas. Toute fuite est impossible pourtant, mais n'ayant plus rien à perdre que la vie, Garnier et Valet vendront chèrement leur peau, ce qui n'est pas pour déplaire au Préfet Lépine qui ne se soucie guère de les prendre vivants. La même scène qu'à Choisy-le-Roi va se jouer à Nogent, en plus spectaculaire encore. Dans cette ultime bataille de l'ordre public contre l'anarchie, le Préfet ne lésine pas sur les troupes : aux inspecteurs des brigades de Sûreté et des brigades mobiles, aux gardiens de la paix, aux gendarmes et aux gardes républicains vient s'ajouter un bataillon de zouaves ; plus de sept cents hommes en armes pour capturer deux jeunes bandits ! Cette fois encore, il faut de la dynamite pour venir à bout d'une résistance désespérée. Dans les décombres de la villa, Garnier, toujours vivant, est abattu par les policiers.

L'épilogue de l'affaire des « bandits tragiques » aura lieu le matin du 21 avril 1913 sur le boulevard Arago, devant les murs de la prison de la Santé. Il ne faudra que trois minutes à Anatole Deibler pour couper les trois têtes de Monier, de Raymond-la-Science et du jeune Soudy.

La bande à Bonnot aura fait trembler la France, elle aura également hâté la modernisation de sa police. À l'instigation du ministre de l'Intérieur, Théodore Steeg, bien décidé à lutter efficacement contre le « banditisme perfectionné », la Sûreté générale s'est dotée de huit nouvelles automobiles. Elle en possède désormais seize ! Autre innovation heureuse de

M. Steeg prise après le drame de Chantilly : la Sûreté
générale, rue des Saussaies, est désormais reliée
par fil spécial téléphonique au Quai des Orfèvres,
pour que ces deux polices apprennent à mieux se
connaître...

Remis à la police, le permis de séjour de Trotsky n'a pas quitté les archives depuis l'expulsion de son propriétaire.

Photo © Préfecture de police – Tous droits réservés.

# Un révolutionnaire indésirable

Bruno Fuligni

Il a beau courir dans Paris, semer les mouchards, cacher sa véritable adresse, la police le surveille attentivement. Elle sait qu'à Zimmerwald, en Suisse, le sieur « Bronnchtein dit Trotzky » vient de réaliser l'union des socialistes pacifistes et de ceux qui, autour de Lénine, veulent transformer la « guerre impérialiste » en guerre révolutionnaire. En France, où il vit en exil depuis 1914, Trotsky fustige le chauvinisme et le militarisme dans son journal *Naché Slovo* (Notre parole). Il devient indésirable quand le gouvernement entend resserrer l'alliance franco-russe. Le 16 septembre 1916, il est convoqué à la Préfecture : un arrêté d'expulsion pris l'avant-veille lui est notifié. Il doit rendre son permis de séjour.

Dans son autobiographie, Trotsky décrit précisément son expulsion. « Les deux inspecteurs de police m'attendaient chez moi, dans la petite rue Oudry : l'un de petite taille, presque vieux ; l'autre énorme, chauve, d'un noir de goudron, âgé d'environ quarante-cinq ans. Leurs vêtements de civils leur allaient mal. Lorsqu'ils avaient à répondre, ils portaient involontai-

rement la main à une visière inexistante. Au moment
où je fis mes adieux à mes enfants et à ma famille, les
policiers, par un surcroît de politesse, se dissimulèrent
derrière la porte. »

Une auto dépose le groupe à la gare d'Orsay.
Trotsky part en rapide avec les deux policiers. « Il se
trouva que le plus âgé des inspecteurs avait des con-
naissances géographiques », note-t-il, presque étonné.
On parle de Tomsk, de Kazan, de la foire de Nijni
Novgorod, du Transsibérien... Le train, lui, file vers
Hendaye, à la frontière espagnole.

## Révolutionnaire professionnel

« À Irún, un gendarme français me questionna,
mais mon convoyeur lui fit un signe maçonnique et
m'emmena en toute hâte par des couloirs », raconte
Trotsky, qui gagne Saint-Sébastien, puis Madrid. Les
Espagnols l'assignent à résidence à Cadix, d'où ils
prétendent l'expulser vers La Havane... Mais il refuse
de partir à Cuba, dont il n'entrevoit pas le potentiel
révolutionnaire. Rejoint par sa famille, il embarque
pour New York, où il arrive le 13 janvier 1917.
Neuf mois plus tard, il préside le soviet de Petro-
grad. Après la révolution d'Octobre, devenu commissaire du peuple aux Affaires étrangères, il négocie
à Brest-Litovsk la paix avec l'Allemagne.

En expulsant un révolutionnaire professionnel de
cette dimension, la France a involontairement contribué à déstabiliser son allié le tsar. Quant à Trotsky,
il se souviendra de cette réflexion sceptique et pré-

monitoire de l'un de ses anges gardiens du Paris-Hendaye : « Les gouvernements viennent et s'en vont ; la police reste ! »

✪

## NOTIFICATION DE L'EXPULSION

*Procès-verbal du 16 septembre 1916*

Nous, Albert Priolet, commissaire de police de la Ville de Paris, plus spécialement chargé du service de l'espionnage, en exécution des instructions de Monsieur le Préfet de police en date du 15 septembre 1916.

[…] Avons mandé à notre cabinet le sieur Bronstein-Trotzky, Léon, né le 26 octobre 1878 à Gromokli (Russie) de David et de Anna Polinskaya, sujet russe, célibataire vivant maritalement avec M^lle^ Natalie Sédova, 35 ans, née à Romny (Russie), de nationalité russe, journaliste, demeurant 27 rue Oudry.

Nous avons notifié au sieur Bronstein-Trotzky un arrêté d'expulsion pris contre lui par Monsieur le ministre de l'Intérieur en date du 14 septembre 1916.

Nous lui avons en outre fait connaître qu'un délai de cinq jours à compter du présent lui était accordé et qu'à l'expiration de ce délai il sera conduit à la frontière espagnole.

Nous avons également avisé le susnommé que si, à une date ultérieure à celle de sa conduite à la frontière, il était rencontré sur le territoire français, il serait arrêté et poursuivi pour infraction à la loi du 3 décembre 1849.

Paris, SAM [Série Ba, carton n° 1626]

✪

## UN FOYER RÉVOLUTIONNAIRE
## CHINOIS

*Les Russes, rouges ou blancs, ne sont pas les seuls étrangers surveillés à Paris, comme le montre cette note du 26 janvier 1925, consacrée aux révolutionnaires chinois agissant dans la capitale. Parmi eux, Zhou Enlai — orthographié Tchow En Lai —, qui deviendra Premier ministre de la République populaire de Chine de 1949 à sa mort, en 1976.*

*Répondant à une demande de la Sûreté générale, les policiers ne peuvent se douter qu'en 1979, une plaque commémorative sera apposée sur l'hôtel de la rue Godefroy, qu'ils surveillent : classé monument historique, ce foyer parisien de la révolution maoïste est devenu une étape des voyagistes chinois en France.*

### Note du 26 janvier 1925
### sur les « éléments de trouble » chinois en France

M. TCHOW EN LAI, 25 ans, né à HUIAN (Chine) a séjourné à l'hôtel, 17, rue Godefroy, du 6 avril au 2 juin 1923, venant d'Allemagne, puis du 1er avril au 16 octobre.

Il s'est rendu à BERLIN à cette date et est revenu en France le 21 novembre 1923. Il a alors demeuré 5, rue Thiers. TCHOW EN LAI serait reparti dans son pays natal le 7 janvier 1924.

TCHEOU VE TCHANG, âgé de 24 ans, né à LI TCHOUEN (Chine), a demeuré à l'hôtel Thiers, 5, rue Thiers, du 21 juillet 1924 au 17 janvier 1925, date à laquelle il se serait fixé à CHALETTE (Loiret), 1, rue Émile Zola.

Au cours de leur séjour dans la capitale, ces deux étrangers qui se faisaient passer pour étudiants, se livraient, dans leur chambre, avec d'autres compatriotes, à l'impression de tracts et de brochures révolutionnaires qu'ils expédiaient en Chine.

À cet effet, ils utilisaient un petit appareil à imprimer et une machine à écrire.

TCHOW EN LAI et TCHANG avaient comme collaborateurs LI FOU THUEN et CHU KI.

LI FOU THUEN, né en avril 1900 à THENGLA (Chine) de FOU YEN et de SHIE vit maritalement avec TSAI CHENG, née le 16 avril 1903 à THENGLA (Chine).

Tous deux se sont conformés au décret du 2 avril 1917. Ils ont obtenu, le 17 janvier courant, un visa de passeport, aller et retour, pour la Chine et ont quitté PARIS, par la gare du Nord vers l'Allemagne et la Sibérie.

CHU KI est né le 5 septembre 1899 à CHING JUN (Chine).

En ce qui concerne les autres individus signalés dans l'information de la Sûreté générale, leur domicile actuel n'a pu être découvert.

TCHEN est inconnu dans les divers services administratifs.

YU LU TSANG, âgé de 22 ans, né à KOCI JANG (Chine), a logé 17, rue Godefroy, du 22 mars au 27 juillet 1923, puis du 2 au 27 octobre. Il est parti sans laisser d'adresse.

TCHEN KI KIANG paraît s'identifier avec TCHEN KI HIENG, âgé de 20 ans, né à SI TCHOUEN (Chine) qui a logé, 5, rue Thiers du 21 juillet 1924 au 17 janvier 1925 et a quitté PARIS sans faire connaître où il se rendait.

Ces Chinois qui vivaient dans l'intimité recevaient des brochures et des lettres en provenance de leur pays au bureau central du 13$^{ème}$ arrondissement où ils disposaient de la boîte postale n° 9. Ils doivent être considérés comme des éléments de trouble en France.

Paris, SAM |Série Ga, carton C 24|

# *Activité antinationale*

Pascal Ory

Les historiens, journalistes et autres curieux familiers des rapports de police savent ce qu'on peut y trouver, et ce qu'on n'y trouve guère. On peut y glaner quelques informations d'ordre privé, peu ou pas connues du public ; plus rarement de grandes révélations. On n'y trouve guère, en revanche, l'exactitude ni l'exhaustivité, qu'elles soient de l'ordre des faits ou de celui des êtres. Demeure un autre type d'utilité : ces productions, une fois de plus, nous renseignent moins sur le suspect que sur l'enquêteur. Chaque société n'a jamais que la police qu'elle mérite.

Dans l'unique document relatif au Groupe surréaliste, arrêté en bloc pour une rixe avec Antonin Artaud le 10 juin 1928, on apprend que Louis Aragon demeurait 5, rue Campagne-Première à Montparnasse, que Jacques Prévert gîtait 24, avenue Junot à Montmartre, tandis que Robert Desnos, « journaliste », vivait non loin du Bal nègre, dans le XVᵉ arrondissement, au 45 de la rue Blomet, adresse des ateliers de Masson et de Miró. Dans le petit dossier consacré au seul André Breton, on ne découvre que deux informations

Des incidents ont marqué la troisième et dernière
représentation de  la pièce "Songe ou Jeu de Rêves" du dra-
maturge Suédois Stringberg, qui a été donnée hier après-midi
par le théâtre Alfred Jarry au "Théâtre de l'Avenue", 5 rue
du Colisée.

Les organisateurs, M.M. Antonin Artaud et Robert
Aron, avaient décidé d'interdire l'entrée de la salle aux
membres du groupe "Surréaliste" dont certains avaient trou-
blé la deuxième représentation donnée au même lieu le 2 Juin.
Aussi, quand à l'ouverture des portes, à 15 heures, plusieurs
de ces derniers, dont M. Marcel Noll, qui avaient loué leur
place se présentèrent au contrôle, M.M. Antonin Artaud et
Robert Aron s'opposèrent-ils à ce que ceux-ci pénètrent dans
la salle. Ils leur offrirent d'ailleurs de les rembourser.

Une discussion s'ensuivit au cours de laquelle M.
Noll giflâ la M. Artaud.

Les gardiens de la paix de service au théâtre furent
requis par les organisateurs et treize personnes furent conduites au Commissariat de Police du quartier du Roule pour refus
de circuler. Ce sont:

MM. Aragon, Louis, né le 3 Octobre 1897 à Paris (16ème)
demeurant, 5 rue Campagne Première, homme de lettres;

- Péret, Victor, né à Rezé le 4 Juillet 1899, demeurant
8 rue Papillon, homme de lettres;

- Prevert, Jacques né le 4 Février 1900 à Neuilly, demeurant, 24 avenue Junot (18ème);

- Campenne, Jean, né le 28 Novembre 1907 à Reims, demeurant 18 rue Du Regard, étudiant en droit;

- Desnos, Robert, né le 4 Juillet 1900 à Paris, demeurant
45 rue Blomet, journaliste;

- Boiffard, Jacques, André, né le 29 Juillet 1902 à
Epernon, demeurant 22 boulevard Barbès, opérateur de cinéma;

- Durand, dit "Tin Pierre", né le 15 Août 1903 à Paris,
demeurant 22 rue Philippe de Girard, éditeur;

- Tanguy, Yves, né le 5 Janvier 1900 à Paris, demeurant
28 rue Ernest Cresson, artiste peintre;

- Bennichon, Paul, né le 19 Septembre 1908 à Tlemcen,
demeurant 45 rue d'Ulm, étudiant;

- Pierre Unik, né le 5 Janvier 1909 à Paris, demeurant
25 rue des Petits Hôtels , étudiant en droit;

- Badelnperger, Jean, né le 22 Mai 1908 à Almine (Rhône),
demeurant 55 rue de Vaugirard, étudiant en médecine;

- Noll, Marcel, né le 17 Décembre 1902 à Strasbourg, demeu
rant xxxxxxxxxxxxxxx 16 rue Jacques Callot, gérant de la
galerie Surréaliste;

- Sadoul, Georges, né le 4 Février 1904 à Nancy, demeurant
54 rue du Château, secrétaire aux Editions Gallimard.

Toutes appartiennent au groupe "Surréaliste". Elles
ont été remises en liberté peu après.

Cette affaire n'aura aucune autre suite.

Rapport du 10 juin 1928.

peu ou pas connues : son affiliation au Parti frontiste, et qu'il aurait été l'auteur d'un ouvrage sur Victor Hugo. Un détail et une erreur. Le petit parti non conformiste — et, verbalement, très anticapitaliste — fondé par Gaston Bergery a en effet séduit quelques membres du Groupe. Le ralliement futur du chef frontiste au régime de Vichy ne rend pas totalement justice à cette organisation qui aura attiré, fugitivement, des personnalités à la recherche d'une solution de gauche hors des cadres dominants — y compris le jeune Edgar Morin. Le rapport précise le degré d'engagement de Breton, qui ne fut pas négligeable, quoique sans aucun effet pratique.

## Extrémiste révolutionnaire

Pour ce qui est du livre sur Victor Hugo — celui qui « est surréaliste quand il n'est pas bête », nous dit le *Manifeste* —, une petite enquête dans les catalogues de la Bibliothèque nationale suffit pour comprendre que l'auteur du rapport confond l'André Breton de la postérité avec un certain André Le Breton, oublié par elle... Les références à l'« artiste roumain Brankoussi » ou à « Pia Pierre », qui est Pierre Durand, dit Pascal Pia, semblent aussi approximatives, même si la liste des treize délinquants de juin 1928 prend, rétrospectivement, une allure de palmarès, avec son alignement de noms illustres aux côtés de quelques oubliés — Boiffard, Unik... — et d'une poignée de quasi-inconnus, comme Campenne ou Baldensperger, orthographié « Baldesperger »...

Pour le reste, ces textes sont presque vexants, à
force de réduire l'agitation publique du Groupe à aussi
peu d'épisodes : le légendaire surréaliste compte bien
d'autres scandales que ceux recensés par la Préfecture de police. Il est vrai qu'en s'éloignant du Parti
communiste et en le critiquant, Breton avait vu sa
dangerosité potentielle diminuer d'un cran. Nul doute,
cependant, qu'il n'eût été très honoré de se voir
encore signalé « comme extrémiste révolutionnaire »
en 1937, puis en 1940, Vichy aidant, « comme se
livrant à une activité antinationale ».

✪

*Rapport de la Sûreté générale daté*
*du 23 décembre 1937 au sujet « du nommé*
*Breton, André, signalé comme extrémiste*
*révolutionnaire ».*

BRETON, André, Robert, né le 19 Février 1896 à
Tinchebray (Orne) de Louis et de Marguerite Le Gon-
gnès est divorcé depuis 1930 d'avec Kahn, Simone,
née le 3 Mai 1897 à Iquitos (Pérou), militante de la
tendance « Gauche Révolutionnaire » du Parti Socialiste SFIO. Il est remarié et père d'une fille issue de
son second mariage.

Depuis 15 ans, il demeure 42, Rue Fontaine à Paris
(9°) où il occupe un logement d'un loyer annuel de
4 000 francs.

Homme de lettres et écrivain surréaliste, il exploite
depuis le 1er Avril 1937 une boutique de curiosités,

tableaux, livres et peintures, 31, Rue de Seine (6°) à l'enseigne « Gradiva ». À cet effet, il a souscrit une déclaration au Registre du Commerce de la Seine enregistrée sous le N° 684.083 20022. Précédemment il a été directeur de la revue intitulée *La Révolution surréaliste* et de la galerie Surréaliste, 16, rue Jacques-Callot.

Ancien membre du Parti Communiste il est actuellement affilié au « Parti Frontiste » dirigé par Bergery Gaston.

Au cours d'une réunion organisée salle des Sociétés Savantes, le 28 Janvier 1937, par le « Club du Faubourg », Breton, après avoir développé la question « où va le communisme », a critiqué les différents revirements du Parti Communiste et ses chefs.

Breton est membre du groupe des Écrivains surréalistes et il prend fréquemment la parole dans les réunions organisées par le groupe d'Études Philosophiques et scientifiques.

Il a écrit différents ouvrages surréalistes qui sont mis en vente à la librairie spéciale de la littérature et de l'art d'Avant-Guerre, 6, Rue de Clichy. D'autre part, il est l'auteur d'un ouvrage consacré à la jeunesse de Victor Hugo dont 30 exemplaires ont été acquis en 1928 par le Conseil Municipal de Paris pour être répartis dans les bibliothèques d'arrondissement.

Breton, qui passe pour un exalté et un original, a été appréhendé à différentes reprises :

— le 29 Mai 1926, il accompagnait les écrivains : Aragon Louis, né le 3 Octobre 1897 à Paris et Soupault Philippe Ernest, né le 2 Août 1897 à Chaville (S.&O.) lesquels ont fait irruption dans les bureaux du journal *Les Nouvelles Littéraires*, frappé le directeur

M. Martin du Gard, brisé une lampe, un appareil téléphonique et plusieurs glaces. Ces voies de fait avaient été motivées, d'après leurs auteurs, par les critiques que M. Martin du Gard avait faites à l'égard de M. Louis Aragon. Tous les trois ont été conduits au Commissariat de Police du quartier du Mail et inculpés de port d'arme, coups, destruction volontaire d'objets mobiliers d'autrui.

— le 29 Octobre suivant, Breton a été appréhendé une seconde fois avec neuf de ses camarades surréalistes, au Musée Galliéra, au cours d'une vente d'œuvres d'artistes étrangers, pour avoir protesté contre la mise aux enchères d'une statuette due à l'artiste roumain Brankoussi. Amené au Commissariat de Police du quartier de Chaillot, Breton et ses amis furent remis en liberté après les vérifications d'usage.

Enfin il a été appréhendé en Mars 1927, alors que l'abbé Bethléem déchirait sur la voie publique des publications qu'il jugeait obscènes, il détruisit à son tour, à la librairie Talin, rue du Vieux-Colombier, des publications religieuses.

En Octobre 1927, Breton et ses amis surréalistes envoyèrent à M. Ernest Raynaud, ex-commissaire de Police de la Ville de Paris, homme de lettres, Président de l'Association des Écrivains Ardennais, une série de lettres injurieuses contenant en outre des menaces de mort caractérisées. Ils reprochaient à cet ancien fonctionnaire d'avoir participé à l'inauguration à Charleville de la statue réédifiée d'Arthur Rimbaud, le poète ami de Verlaine.

Breton n'est pas inscrit sur les listes électorales de la Seine.

Il n'est pas noté aux Sommiers Judiciaires.

✪

*Rapport classé « secret » de la Sûreté générale,*
*non daté, à l'en-tête de l'État français*

J'ai l'honneur de vous signaler à toutes fins utiles
que le nommé BRETON André, domicilié 42 rue Fontaine à Paris est soupçonné d'activité extrémiste ; il fré-
quenterait le café des « Deux Magots », Bd St-Germain
où il retrouverait notamment le nommé BENJAMIN
PÉRET, également susceptible d'activité antinationale.

Pablo Picasso photographié par Man Ray en 1931.
© Man Ray Trust / ADAGP, 2011.

# Questions sur la naturalisation
# de l'artiste

Pascal Bonafoux

En ce mois d'avril 1940, que sait de lui le fonctionnaire de police qui lit et relit les pièces du dossier « Picasso », peintre espagnol né le 25 octobre
1881 à Málaga ? L'artiste vient de solliciter sa
naturalisation. Depuis le début de l'année, inquiet,
Picasso ne sait que faire. La guerre déclarée le 3
septembre 1939 l'affole. Il confie à son secrétaire
Sabartés : « Si c'est pour m'embêter qu'ils font la
guerre, ils poussent les choses trop loin, tu ne crois
pas ? »

Il est désemparé. À plusieurs reprises, il vient de
faire des allers et retours entre Paris et Royan où,
depuis le début de l'année, il loue le deuxième étage
de la villa des Voiliers. La propriétaire n'y a jamais
vu que lui-même et son fidèle Sabartés. Le peintre s'y
sent en terrain neutre, aussi loin de Dora Maar que
de Marie-Thérèse.

## Anarchiste ou communiste ?

Le fonctionnaire de police ignore sans doute que Picasso a fait emballer dans des dizaines de caisses ses toiles de la rue La Boétie et de la rue des Grands-Augustins, une entreprise « aussi compliquée que le démantèlement du Louvre ». En revanche, il sait que ce peintre est célèbre... Et comment pourrait-il l'ignorer ? *Guernica*, dans le pavillon espagnol de l'Exposition internationale, a fait scandale. Si, aux yeux du critique d'art Jean Cassou, « elle exprime notre tragédie la plus intime », en revanche certains dirigeants de la République espagnole ont condamné une toile « antisociale, ridicule, et tout à fait inadéquate ».

De quoi se demander si, condamné par les communistes, ce peintre ne serait pas anarchiste, comme le qualifie un vieux rapport de 1905. Mais l'amitié qui le lie à Eluard laisserait-elle entendre qu'il serait communiste ? La France en guerre, se demande sans doute ce fonctionnaire, a-t-elle besoin de naturaliser un tel individu ? Quand bien même, selon Cocteau, il mène « une vie de clochard sous un pont d'or »...

L'administration laissera cette demande sans suite.

✪

## UN « PEINTRE SOI-DISANT MODERNE »

*La demande de naturalisation de Picasso fait partie d'un ensemble d'archives saisies par les Allemands en 1940,* puis transférées en URSS après 1945 et rendues à la France en 2001. La découverte de ce document, en 2004, a été une grande surprise : le peintre n'avait évoqué cette démarche avec aucun de ses proches.

La lettre fait partie d'un dossier très complet, puisque Picasso est fiché comme anarchiste dès 1905. Instruisant sa demande de naturalisation, la direction des Renseignements généraux établit, le 25 mai 1940, ce rapport de synthèse très défavorable.

### Note des Renseignements généraux au sujet de Picasso

Le nommé RUIZ Y PICASSO dit « Picasso » né le 25 octobre 1881 à Málaga (Espagne), de nationalité espagnole, est marié à la nommée KOKHLOVA Olga, née le 28 juin 1891 à Niegen (Russie) d'origine russe — (en règle).

Cette dernière ne vit plus avec lui depuis plusieurs années et loge dans l'hôtel sis 16 rue de Berri.

Il a un fils, Paul, né le 4 février 1921 à Paris 8ème, lequel se trouve en Suisse depuis deux ans.

Arrivé en France en 1900 pour étudier la peinture, le susnommé s'est conformé aux prescriptions régissant le séjour des étrangers et il est en possession d'un RCI délivré le 23 novembre 1937, valable jusqu'au 30 novembre 1942.

Depuis 1918, il habite 23 rue La Boétie où il occupe seul deux étages au loyer annuel de 28 000,00 frs, impôts compris.

Artiste peintre, il a payé *700 000,00 frs* d'impôts sur le chiffre d'affaires pour l'année 1939, mais ceci ne l'a pas empêché de demander une réduction de loyer à son propriétaire, sous prétexte que les affaires vont moins bien, en raison des hostilités.

PICASSO est connu de nos Services pour avoir été signalé comme anarchiste en 1905, alors qu'il demeurait 130 ter, Bld Clichy chez un de ses compatriotes également anarchiste et surveillé par la Préfecture de police.

Bien qu'âgé de 30 ans en 1914, il n'a rendu aucun service à notre pays durant la guerre.

À cette époque *et jusqu'en 1918*, sa profession ne lui rapportait que 25 frs par jour, et il résidait 22 rue Victor-Hugo à Montrouge, au loyer annuel de 1 800,00 frs.

Tout en s'étant fait en France une situation lui permettant, en tant que « peintre, soi-disant moderne », de gagner des millions (placés paraît-il à l'étranger) et de se rendre propriétaire d'un château situé [au Boisgeloup] près de Gisors, PICASSO a conservé ses idées extrémistes tout en évoluant vers le communisme.

En effet, durant la guerre civile en Espagne, il a envoyé chaque mois de fortes sommes d'argent aux gouvernementaux, lesquels par reconnaissance, l'avaient nommé conservateur des Musées espagnols.

D'autre part, le 7 mai dernier, il a fait l'objet d'un rapport signalant que dernièrement, alors qu'il se trouvait dans le café sis 172 Bd St-Germain, il avait été pris à partie par un officier polonais en civil, alors qu'il critiquait ouvertement nos institutions et faisait l'apologie des Soviets.

Dans ce même rapport, il est dit également qu'il y a plusieurs années, PICASSO avait déclaré à certaines personnes, qu'à sa mort, ses collections seraient léguées au gouvernement soviétique et non au gouvernement français, ce qui de plus démontre que cet étranger a une singulière façon de remercier le pays qui lui a permis de se faire une situation extraordinaire, ce qui ne lui serait certainement jamais arrivé en Espagne.

Quant à son fils âgé de *19 ans*, il se trouve en Suisse depuis deux ans, soi-disant pour études mais en réalité pour raison de santé.

Alors qu'il vivait à Paris, sa conduite était déplorable, il affichait ouvertement ses idées communistes et dernièrement encore, on pouvait voir paraît-il au n° 23 rue La Boétie dans l'appartement de son père, des gravures *représentant la faucille et le marteau*, collées au mur.

D'autre part, d'après une note se trouvant dans son dossier, il a été arrêté le 4 octobre 1937 par la Police judiciaire, dans un hôtel sis 5 rue Capron, pour défaut de carte d'identité.

Aux points de vue conduite et moralité, PICASSO, ne fait l'objet d'aucune remarque particulière, d'ailleurs en raison de son caractère hautain et renfermé il est peu connu dans le voisinage.

En résumé, de l'ensemble des renseignements recueillis, il résulte que cet étranger n'a aucun titre pour obtenir la naturalisation : d'ailleurs, d'après ce qui précède, il doit être considéré comme suspect au point de vue national.

Picasso n'est pas noté
aux sommiers judiciaires.
[Signature]
Paris, SAM [Série Ga, P8]

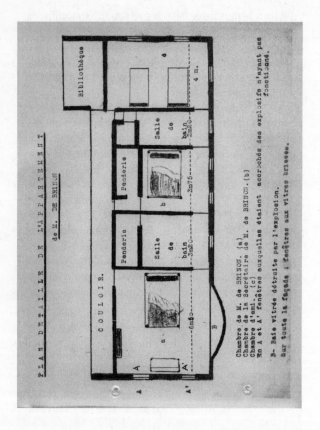

Plan détaillé de l'appartement de Brinon. Rapport sur l'attentat contre la villa de Monsieur Brinon à Gouvieux (Oise), 18 octobre 1943.

# Des « terroristes » en action

Pascal Ory

Ce sont des « terroristes ». Du moins, dans le vocabulaire de l'occupant. Les résistants qui s'attaquent aux bâtiments publics, qui font dérailler les trains, s'exposent héroïquement pour libérer le territoire. Mais leurs actions d'éclat, pour la police parisienne, n'en restent pas moins des « attentats ».

Au Laboratoire central de la Préfecture de police — héritier de l'ancien Laboratoire municipal créé en 1876 —, plusieurs cahiers entièrement inédits rassemblent les rapports des chimistes et des artificiers chargés d'analyser les actions de la Résistance dans le département de la Seine. Dénués de considérations politiques, ces cahiers renferment des photographies originales ainsi que des plans visant à établir techniquement le mode opératoire des résistants. Ces éléments recueillis à chaud, quelques heures après l'explosion, n'en sont pas moins révélateurs des stratégies politiques à l'œuvre.

## Agitation et propagande

Sous quelque occupation que ce soit, l'attentat vise
d'abord à porter atteinte aux forces vives de l'ennemi :
détruire du matériel, tuer des hommes. Mais il s'agit
aussi, par l'acte lui-même et la publicité qui peut
l'accompagner, d'« agitation » et de « propagande »,
indissolublement associées. Les documents découverts
témoignent de la diversité de la palette.

Un premier rapport concerne une résidence privée,
qui est celle d'un homme public. Fernand de Brinon
représente un cas limite, puisque le Délégué général
du gouvernement français auprès des autorités occupantes, qui a rang d'ambassadeur depuis 1940 et de
ministre depuis 1942, n'hésite pas à s'instituer informateur direct de l'occupant. Il sera, après la guerre,
condamné à mort et fusillé.

De même, l'attentat contre la permanence des Jeu-
nesses du MSR, le parti collaborationniste fondé
par Eugène Deloncle, a lieu à l'aube, quand le local
est encore vide et qu'on peut avec moins de risques
« allumer une mèche lente, de type Bickford ». L'essentiel est dans le « bruit » que fera l'opération.

Sous le regard froid du Laboratoire, l'efficacité
proprement technique de ces actions est, certes, iné-
gale. À Vincennes, un engin posé sur une voie de chemin de fer n'a pas fonctionné, malgré sa sophistication
— ou à cause d'elle. L'effet d'agit-prop' sera nul. À
l'hôtel du Midi en revanche, soldats allemands et

femmes françaises laissent sur le carreau trois morts et cinq blessés. Pour les habitants du quartier, pour les tôliers et les collaborateurs, pour l'armée d'occupation, le message est clairement perçu.

Les objectifs restent donc foncièrement symboliques. On sème la perturbation et l'insécurité chez l'ennemi. Il n'est pas, il n'est plus invincible.

✪

## ATTENTAT AU SIÈGE DU RNP

*Fondé par Marcel Déat en 1941, le Rassemblement national populaire (RNP) est un parti d'inspiration fasciste, ouvertement favorable à la collaboration.*

### Rapport du 3 décembre 1941

J'ai l'honneur de vous rendre compte du résultat de l'enquête que j'ai effectuée concernant l'attentat qui s'est produit hier 2 décembre, vers 17 h 10, dans une boutique sise 14 boulevard Auguste-Blanqui XIII<sup>e</sup>, qui sert de siège au RNP et à la Légion des volontaires contre le communisme.

Un tout jeune homme aurait lancé, d'après les témoins, un objet dans cette boutique qui était vide à ce moment. Une explosion violente se produisit quelques secondes après. Elle eut pour effet de briser toutes les glaces et vitres et de disperser les papiers et brochures.

Je n'ai retrouvé sur les lieux de l'attentat aucun débris métallique et les murs ne présentent aucune trace de projectile. Il est donc probable que l'attentat a été perpétré à l'aide d'une ou deux cartouches

de dynamite ou d'explosif ne comportant qu'une enveloppe de papier et amorcée à l'aide d'un détonateur
et d'un petit morceau de cordeau Bickford.

Il est à rappeler que des engins de ce genre ont
été saisis avenue Debidour.

Paris, LCPP

✪

## LA VILLA PIÉGÉE
## DE FERNAND DE BRINON

*Rapport du 18 octobre 1943*

Alerté le 17 octobre, vers 6 heures, par un coup de
téléphone du service des Renseignements généraux,
M. Florentin, sous-directeur du Laboratoire, s'est rendu
immédiatement à Chantilly sur les lieux de l'attentat
dirigé le même jour, vers 2 h 30, contre une villa
habitée par M. de Brinon à Chantilly.

Il a constaté qu'aux trois fenêtres de la chambre à
coucher de M. de Brinon on avait placé trois mines
antichar d'origine allemande (Teller-Mine) ; deux
d'entre elles étaient accrochées, par un fil de fer en
S, aux persiennes et la 3e très probablement sur le
rebord de la baie vitrée. Dans un premier engin, seul
le détonateur a explosé ; dans la 2e, la détonation n'a
été que partielle et la majeure partie de l'explosif a
été projetée au loin ; quant à la 3e mine, qui était placée sur l'entablement de la baie vitrée, elle a explosé
à peu près complètement en provoquant des dégâts
considérables au bâtiment et en projetant à l'intérieur de la chambre une quantité de fragments et de
débris très meurtriers.

Les deux mines non explosées portaient les marques ci-dessous :

1<sup>re</sup> mine (non explosée) : inscription en relief (couvercle) HAGENUK 1938 ; impression couleur violette : MIN 19-9-42 L. Sur le fond, macaron en papier (obturant un logement de détonateur), inscriptions presque illisibles (le macaron est ici reproduit).

2<sup>e</sup> mine (partiellement explosée) : inscription en relief (couvercle) : 610 1938 ; impression couleur violette : MIN 9-10-42 C. Sur le fond, macaron en papier (le macaron est ici reproduit).

Il s'agit donc de deux mines d'origine allemande, du poids de 9 kg, contenant environ 5 kg de tolite fondue (trinitrotoluène) ; elles possèdent un amorçage central à la tétrantropentaérythrite, qui n'a pas été utilisé par les auteurs de l'attentat ; ils ont utilisé un détonateur logé dans la cavité latérale opposée à la poignée de la mine portative ; ce détonateur, d'une force insuffisante, a provoqué dans deux cas sur trois un raté de détonation.

Il a été retrouvé sur les lieux un fragment de cordeau Bickford, ce qui indique que la mise de feu a été réalisée à l'aide de cet artifice ; la vitesse de combustion de ces mèches étant assez rapide (1 cm par seconde) il apparaît que la mise de feu de ces engins n'a précédé que de quelques minutes au plus les explosions ; d'après les déclarations, celles-ci ont eu lieu successivement, mais à des intervalles de temps très rapprochés (1 minute environ).

Paris, LCPP

Note sur l'avancement de la rafle du Vel' d'hiv' au 16 juillet 1942 à 8 heures du matin.

# La solution finale en France

Jean-Pierre Azéma

Le 20 janvier 1942 se tient la conférence de Wannsee, dans le Grand Berlin : Reinhard Heydrich, le bras droit de Himmler, expose les modalités d'une « solution finale », pour que l'année 1942 soit décisive. En France, elle le sera, avec la déportation de 42 000 juifs sur le total de 75 721 — recensés grâce aux travaux de Serge Klarsfeld.

## La collaboration d'État

Dès le mois de mai, la SS négocie avec le gouvernement de Vichy. Pratiquant l'antisémitisme d'État depuis octobre 1940, le régime pétainiste accepte alors de passer de l'exclusion des juifs français à la complicité dans la déportation des juifs étrangers. Le 3 juillet, les SS obtiennent de René Bousquet, secrétaire à la Police, l'arrestation des juifs étrangers par les forces de l'ordre françaises, en zone Sud comme en zone Nord. C'est pour Laval, revenu aux affaires en avril, l'occasion de relancer la collaboration d'État ; pour Bousquet, il s'agit d'élargir le champ d'action de la police.

Cette longue circulaire (page 294) du directeur de la police municipale de Paris, Émile Hennequin, précise les modalités de la rafle dite « du Vel' d'hiv », concernant Paris intra-muros et le département de la Seine. Elle rappelle que la décision vient des « autorités occupantes ». Si les négociations entre nazis et vichystes ont conclu que seuls seraient raflés les juifs étrangers, des juifs français vont néanmoins être arrêtés, notamment des enfants, Français par le droit du sol ; d'autre part, d'ultimes marchandages autorisent l'arrestation d'enfants entre deux et seize ans, Laval ayant déclaré que le sort des enfants ne l'intéresse pas.

L'opération, rapide et efficace, est exécutée à la lettre. En « équipes spéciales » de trois, quelque quatre mille cinq cents hommes, y compris des gendarmes en banlieue, agissent pour la plupart « sans paroles inutiles et sans commentaires ». Ils sont munis de fiches nominales recopiées sur le fichier dit « de la Préfecture de police », celui du recensement des juifs ordonné par l'occupant en septembre-octobre 1940, qui sert donc à les piéger.

Amorcée le 16 juillet avant l'aube, brièvement interrompue à midi, la traque dure jusqu'à dix-sept heures et reprend le lendemain. Le 17 juillet à dix-sept heures, le cabinet du Préfet de police fait état de 12 884 personnes arrêtées : 3 031 hommes, 5 802 femmes et 4 051 enfants. Cette comptabilité ne rend pas compte des scènes déchirantes auxquelles donnent lieu ces rafles, des cris, des pleurs, des supplications.

De quelques gestes de révolte, aussi : on dénombre cinq suicides et sept tentatives de suicide.

L'occupant, qui escomptait 25 000 arrestations, ne cache pas son mécontentement. L'action des « agents capteurs » a donc été ralentie ; et le surnombre de femmes indique en particulier que bien des hommes, alertés par la rumeur d'une nouvelle rafle, se sont cachés, n'imaginant pas qu'on puisse arrêter femmes et enfants dans la France du Maréchal.

## Une complicité inexpiable

Les autobus de la TCRP — l'ancêtre de la RATP — transportent les juifs raflés soit dans le camp de Drancy, soit au vélodrome du XV<sup>e</sup> arrondissement. Comme l'a démontré Serge Klarsfeld, la seule photo actuellement connue de la rafle est un cliché pris par un reporter de *Paris-Midi*, montrant des bus alignés le long du Vel' d'hiv : cliché bien entendu censuré par l'occupant. 4 992 juifs, dont 3 803 femmes, célibataires et couples sans enfants de moins de seize ans sont conduits à Drancy, déjà surpeuplé. Un peu plus de 8 100 hommes, femmes et enfants, ont été, eux, parqués au Vélodrome d'hiver.

L'appel très aseptisé de M<sup>me</sup> Gauthier, infirmière de service, ne saurait rendre compte de l'horreur de ces trois à six journées vécues dans l'angoisse, la chaleur étouffante, le manque d'eau, d'hygiène et de soins médicaux, même si deux médecins s'efforcent de parer au plus dramatique. Sept trains transfèrent les malheureux dans le Loiret, aux camps de Pithiviers et de Beaune-la-Rolande. Les enfants sont d'abord séparés de leurs parents, déportés entre le 31 juillet et le 7 août. À Beaune-la-Rolande, sur 1 379 enfants, 791 sont âgés de deux à dix ans, 588 de dix à quinze ans. Ils sont envoyés à Drancy puis, à partir du 17 août, déportés avec des adultes qui pour la plupart ne sont pas leurs parents.

Sans doute, en 1941, la police française a-t-elle déjà interné ou raflé des juifs, pour la plupart étrangers. En août 1942, en zone Sud, policiers et gendarmes procèdent au « criblage » de juifs étrangers internés, pour en diriger quelque dix mille sur Drancy. Mais l'ampleur et les modalités de la rafle des 16 et 17 juillet en feront le symbole de la complicité inexpiable de Vichy, plus encore que celui de la barbarie nazie.

✪

## LA « CIRCULAIRE HENNEQUIN »
### ET SON PREMIER BILAN

*Même si ses prescriptions n'ont pas été suivies à la lettre, la circulaire d'Émile Hennequin, directeur de la police municipale, illustre la minutie des préparatifs.*

*Circulaire du 13 juillet 1942 distribuée*
*aux commissaires de police, en vue*
*de la préparation de la rafle dite du « Vel' d'hiv' »*

Paris, le 13 juillet 1942
SECRET

Circulaire n° 173 – 42

À Messieurs les Commissaires Divisionnaires, Commissaires de Voie Publique et des Circonscriptions de Banlieue.

(En communication à Direction P.J. — R.Gx —
Gendarmerie et Garde de Paris).

Les autorités occupantes ont décidé l'arrestation et le
rassemblement d'un certain nombre de juifs étrangers.

## I — PRINCIPES

A — À qui s'applique cette mesure ?

catégories :

La mesure dont il s'agit, ne concerne que les juifs
des nationalités suivantes :
— Allemands
— Autrichiens
— Polonais
— Tchécoslovaques
— Russes (réfugiés ou soviétiques, c'est-à-dire
« blancs » ou « rouges »)
— Apatrides, c'est-à-dire de nationalité indétermi-
née.

âge et sexe :

Elle concerne tous les juifs des nationalités ci-
dessus, quel que soit leur sexe, pourvu qu'ils soient
âgés de 16 à 60 ans (les femmes de 16 à 55 ans).

Les enfants de moins de 16 ans seront emmenés
en même temps que les parents.

Dérogations :

Ne tombent pas sous le coup de la mesure :
— les femmes enceintes dont l'accouchement
serait proche
— les femmes nourrissant au sein leur bébé
— les femmes ayant un enfant de moins de 2 ans,
c'est-à-dire né après le 1er juillet 1940

— les femmes de prisonniers de guerre

— les veuves ou veufs ayant été mariés à un non-juif

— les juifs ou juives mariés à des non-juifs, et faisant la preuve, d'une part, de leurs liens légitimes, et d'autre part, de la qualité de non-juif de leur conjoint

— les juifs et juives porteurs de la carte de légitimation de l'Union Générale des Israélites de France, carte qui est de couleur bulle ou jaune clair

— les juifs ou juives dont l'époux légitime est d'une nationalité non visée au paragraphe a

— les parents dont l'un au moins des enfants n'est pas juif.

Dans le cas où un membre de la famille bénéficie de la dérogation, les enfants ne sont pas emmenés, à moins qu'ils ne soient juifs et âgés de 16 ans et plus.

B — Exécution :

Chaque israélite (homme et femme) à arrêter fait l'objet d'une fiche. Ces fiches sont classées par arrondissement et par ordre alphabétique.

Vous constituerez des équipes d'arrestation. Chaque équipe sera composée d'un gardien en tenue et d'un gardien en civil ou d'un inspecteur des Renseignements généraux ou de la Police judiciaire.

Chaque équipe devra recevoir plusieurs fiches. À cet effet, l'ensemble des fiches d'un arrondissement ou d'une circonscription sera remis par ma Direction ce jour à 21 heures.

Les équipes chargées des arrestations devront procéder avec le plus de rapidité possible, sans paroles inutiles et sans commentaires. En outre, au moment de l'arrestation, le bien-fondé ou le mal-fondé de celle-ci n'a pas à être discuté. C'est vous qui serez responsables des arrestations et examinerez les cas litigieux, qui devront vous être signalés.

Vous instituerez, dans chacun de vos arrondissements ou circonscriptions, un ou plusieurs « Centres primaires de rassemblement », que vous ferez garder. C'est dans ce ou ces centres que seront examinés par vous les cas douteux. Si vous ne pouvez trancher la question, les intéressés suivront momentanément le sort des autres.

Des autobus, dont le nombre est indiqué plus loin, seront mis à votre disposition.

Lorsque vous aurez un contingent suffisant pour remplir un autobus, vous dirigerez :

sur le Camp de Drancy les individus ou familles n'ayant pas d'enfant de moins de 16 ans

sur le Vélodrome d'hiver : les autres.

En ce qui concerne le camp de Drancy, le contingent prévu doit être de 6 000. En conséquence, chaque fois que vous ferez un départ pour Drancy, vous ferez connaître le nombre de personnes transportées dans ce camp à l'État-Major qui vous préviendra lorsque le maximum sera atteint. Vous dirigerez alors les autobus restants sur le Vélodrome d'hiver.

Vous affecterez à chaque autobus une escorte suffisante. Les glaces de la voiture devront demeurer fermées et la plateforme sera réservée aux bagages. Vous rappellerez aux équipes spéciales d'arrestation, en leur en donnant lecture, les instructions contenues dans les consignes que vous remettrez à chacune d'elles avant de procéder aux opérations.

Vous leur indiquerez également, d'une façon nette, les renseignements qu'ils devront, après chaque arrestation, porter au verso de la fiche afférente à la personne arrêtée.

Vous ne transmettrez que le 18 au matin :

1°) les fiches des personnes dont l'arrestation aura été opérée.

2°) les fiches des personnes disparues.

3°) les fiches des personnes ayant changé d'adresse, et dont la nouvelle résidence est connue à moins que cette dernière ne se trouve dans votre arrondissement.

Enfin, vous conserverez pour être exécutées ultérieurement les fiches des personnes momentanément absentes lors de la première tentative d'arrestation.

Pour que ma Direction soit informée de la marche des opérations, vous tiendrez au fur et à mesure, à votre Bureau, une comptabilité conforme au classement ci-dessus.

Des appels généraux vous seront fréquemment adressés pour la communication de ces renseignements.

Parmi les personnes arrêtées, vous distinguerez le nombre de celles conduites à Drancy de celles conduites au Vélodrome d'hiver.

Pour faciliter le contrôle, vous ferez porter au verso de la fiche, par un de vos secrétaires, la mention « Drancy » ou « Vélodrome d'hiver » selon le cas.

## II — EFFECTIFS ET MATÉRIEL

A — Dispositions générales :

Les permissions seront suspendues du 15 courant à 18 heures au 17 courant à 23 heures et tous les cours supprimés jusqu'à la reprise des permissions.

Le service de garde des Établissements allemands ne sera pas assuré, sauf celui des parcs de stationnement et des garages installés dans les passages souterrains, du 15 courant à 21 heures 30 au 17 à 21 heures 30, sauf quelques rares exceptions dont vous serez seuls juges.

En conséquence, les renforts fournis habituellement pour ce service spécial ne vous seront pas envoyés.

De cette situation, il résulte que chaque arrondissement peut sans difficulté affecter à la constitution des « équipes spéciales », 10 gardiens par brigade de roulement et la brigade D au complet, sans que le service normal de l'arrondissement en soit affecté, assuré qu'il sera par le reste de la brigade de roulement (dont l'effectif, du fait de la suppression des permissions, correspondra au moins à son effectif habituel).

Les gardiens désignés pour constituer les équipes spéciales seront exemptés de leur service normal d'arrondissement à partir du 15 courant à 18 heures ; ils assureront à nouveau leur service habituel à partir du 17 courant à 23 heures.

Ceux qui reprendront la surveillance des établissements allemands le 17 courant à 21 heures 30 devront être libérés de tout service dans l'après-midi du même jour.

B — Équipes spéciales d'arrestation.

I — Renforts les 16 et 17 juillet.

Les services détachant les effectifs ci-dessous indiqués devront prévoir l'encadrement normal, les chiffres donnés n'indiquant que le nombre des gardiens. Les gradés n'interviendront pas dans les arrestations, mais seront employés selon vos instructions au contrôle et à la surveillance nécessaires.

| Arr. | Nombre total d'équipes à constituer par chaque arrondissement | Renforts reçus par les arrondissements |
|------|------|------|
| 1er | 8 équipes | |
| 2e | 33 équipes | Reçoit 11 gardiens en civil du 1er arrdt. 10 — — de l'École pratique |
| 3e | 156 équipes | Reçoit 54 gardiens en tenue du 1er arrdt. 45 — — du 14e — 143 gardiens en civil de l'École pratique |
| 4e | 139 équipes | Reçoit 50 gardiens en tenue du 5e arrdt. 25 — — du 12e — 130 gardiens en civil de l'École pratique |
| 5e | 24 équipes | Reçoit 16 gardiens en civil de l'École pratique |
| 6e | 8 équipes | |
| 7e | 4 équipes | |
| 8e | 7 équipes | |
| 9e | 52 équipes | Reçoit 32 gardiens en civil de l'École pratique |
| 10e | 152 équipes | Reçoit 30 gardiens en tenue du 2e arrdt. 55 — — du 6e — 12 — — du 9e — 140 gardiens en civil de l'École pratique |

| | | |
|---|---|---|
| 11ᵉ | 246 équipes | Reçoit 53 gardiens en tenue du 7ᵉ arrdt.<br>30 — — du 8ᵉ —<br>100 — — de l'École pratique<br>7 gardiens en civil du 8ᵉ arrdt.<br>10 — — du 7ᵉ —<br>220 Inspecteurs des Renseignements généraux |
| 12ᵉ | 34 équipes | Reçoit 22 gardiens en civil de l'École pratique |
| 13ᵉ | 32 équipes | Reçoit 21 gardiens en civil de l'École pratique |
| 14ᵉ | 17 équipes | Reçoit 5 gardiens en civil de l'École pratique |
| 15ᵉ | 23 équipes | Reçoit 13 gardiens en civil de l'École pratique |
| 16ᵉ | 25 équipes | Reçoit 10 gardiens en civil de l'École pratique |
| 17ᵉ | 25 équipes | Reçoit 9 gardiens en civil de l'École pratique |
| 18ᵉ | 121 équipes | Reçoit 33 gardiens en tenue du 13ᵉ arrdt.<br>10 — — du 15ᵉ —<br>106 gardiens en civil de l'École pratique |
| 19ᵉ | 111 équipes | Reçoit 38 gardiens en tenue du 17ᵉ arrdt.<br>10 — — du 16ᵉ —<br>98 gardiens en civil de l'École pratique |

| 20ᵉ | 255 équipes | Reçoit 10 gardiens en tenue du 16ᵉ arrdt. 200 — — de l'École pratique 250 inspecteurs de la Police judiciaire |
|---|---|---|

2 — Horaire de travail des équipes spéciales.

Les inspecteurs et gardiens constituant les équipes spéciales d'arrestation prendront leur service au Central de l'Arrondissement désigné, le 16 courant à 4 heures du matin. Ils effectueront leur service :

1°) le 16 de 4 heures à 9 heures 30, et de 12 heures à 15 heures 30.

2°) le 17 de 4 heures à 13 heures.

C — Garde des Centres primaires de rassemblement et accompagnement des autobus.

1 — Renforts les 16 et 17 juillet :

Pour leur permettre d'assurer la garde de leurs centres primaires de rassemblement et l'accompagnement des détenus dans les autobus, les arrondissements les plus chargés recevront, en outre, les 16 et 17 juillet les renforts suivants :

2ᵉᵐᵉ arrdt : 14 Gardes à pied

3ᵉᵐᵉ arrdt : 30 Gardiens de la C. H. R.

4ᵉᵐᵉ — :   15 — des Compagnies de Circulation
5 — de l'École pratique
25 Gardes à pied

5ᵉᵐᵉ — :   10 Gardes à pied

9ème — : 15 Gardes à pied

10ème — : 10 Gardiens de l'École pratique
30 Gardes à pied

11ème — : 10 Gardiens des Compagnies de Circulation
10 — de l'École pratique
40 Gardes à pied

12ème — : 10 Gardes à pied
5 Gardiens de l'École pratique

13ème — : 10 Gardes à pied
5 Gardiens de l'École pratique

14ème — : 10 Gardes à pied
5 Gardiens de l'École pratique

15ème — : 10 Gardes à pied

16ème — : 10 Gardes à pied
5 Gardiens de l'École pratique

17ème — : 10 Gardes à pied

18ème — : 25 Gardiens des Compagnies de Circulation
15 Gardes à pied

19ème — : 20 Gardiens des Compagnies de Circulation
15 Gardes à pied

20ème — : 30 Gardiens des Compagnies de Circulation
30 Gardes à pied

2 — <u>Horaire</u> :

Les renforts destinés à la garde des centres primaires de rassemblement et à l'accompagnement des autobus prendront leur service au Central de l'Arrondissement désigné le 16 courant à 5 heures du matin.

Ils assureront leur service les 16 et 17 juillet :

Équipe n° 1 de 5 heures à 12 heures

Équipe n° 2 de 12 heures à fin de service.

En ce qui concerne les effectifs de la Garde de Paris, la relève aura lieu au gré du commandement.

D — Circonscriptions de banlieue.

Toutes les circonscriptions de banlieue, sauf celles des Lilas, de Montreuil, de Saint-Ouen et Vincennes, constitueront leurs équipes spéciales d'arrestation, assureront la garde de leurs centres primaires de rassemblement et l'accompagnement, à l'aide de leurs propres effectifs.

En ce qui concerne le matériel, celui-ci vous sera envoyé après communication des chiffres aux appels généraux, de manière à organiser des itinéraires de transfèrement.

Suivant l'horaire et les dates fixés pour Paris, chapitre B, paragraphe 2, les renforts suivants seront fournis :

— SAINT-OUEN : 20 gardiens en tenue et 12 gardiens en civil fournis par la $2^{ème}$ division sur ses effectifs de banlieue

— LES LILAS : 20 gendarmes et 14 gardiens en civil de l'École pratique

— MONTREUIL : 25 gendarmes et 18 gardiens en civil de l'École pratique

— VINCENNES : 15 gendarmes et 9 gardiens en civil de l'École pratique.

Dans les circonscriptions des Lilas, Montreuil et Vincennes, les commissaires commenceront les opérations dès 4 heures du matin avec leurs propres effectifs et les gendarmes, et recevront les gardiens en civil de l'École pratique par le premier métro : c'est-à-dire aux environs de 6 heures 15.

E — Matériel :

La Compagnie du Métropolitain, réseau de surface, enverra directement les 16 et 17 juillet à 5 heures aux Centraux d'Arrondissement où ils resteront à votre disposition jusqu'à fin de service :

— $1^{er}$ Arrdt : 1 autobus
— $2^{ème}$ — : 1 —
— $3^{ème}$ — : 3 —
— $4^{ème}$ — : 3 —
— $5^{ème}$ — : 1 —
— $6^{ème}$ — : 1 —
— $7^{ème}$ — : 1 —
— $8^{ème}$ — : 1 —
— $9^{ème}$ — : 2 —
— $10^{ème}$ — : 3 —
— $11^{ème}$ — : 7 —
— $12^{ème}$ — : 2 —
— $13^{ème}$ — : 1 —
— $14^{ème}$ — : 1 —
— $15^{ème}$ — : 1 —
— $16^{ème}$ — : 1 —
— $17^{ème}$ — : 1 —
— $18^{ème}$ — : 3 —
— $19^{ème}$ — : 3 —
— $20^{ème}$ — : 7 —

À la Préfecture de police (Caserne de la Cité) : 6 autobus.

Lorsque vous n'aurez plus besoin des autobus, vous en aviserez d'urgence l'État-Major P.M., et de toute façon vous ne les renverrez qu'avec son accord.

En outre la Direction des Services techniques tiendra à la disposition de l'État-Major de ma Direction, au garage, à partir du 16 juillet à 8 heures :

10 grands cars.

Les Arrondissements conserveront jusqu'à nouvel ordre les voiturettes mises à leur disposition pour le service spécial du 14 juillet, contrairement aux instructions de ma Circulaire n° 170-42 du 13 juillet.

De plus, de 6 heures à 18 heures, les 16 et 17 juillet, un motocycliste sera mis à la disposition de chacun des : 9ème – 10ème – 11ème – 18ème – 19ème et 20ème Arrdts.

F — Garde du Vélodrome d'hiver :

La garde du Vélodrome d'hiver sera assurée, tant à l'intérieur qu'à l'extérieur, par la Gendarmerie de la Région parisienne et sous sa responsabilité.

G — Tableau récapitulatif des fiches d'arrestations :

| | | | |
|---|---|---|---|
| 1er Arrdt | 134 | Asnières | 32 |
| 2ème — | 579 | Aubervilliers | 67 |
| 3ème — | 2 675 | Boulogne | 96 |
| 4ème — | 2 401 | Charenton | 25 |
| 5ème — | 414 | Choisy-le-Roi | 8 |
| 6ème — | 143 | Clichy | 62 |
| 7ème — | 68 | Colombes | 24 |
| 8ème — | 128 | Courbevoie | 34 |
| 9ème — | 902 | Gentilly | 95 |

| | | | |
|---|---|---|---|
| 10ème — | 2 594 | Ivry-sur-Seine | 47 |
| 11ème — | 4 235 | Les Lilas | 271 |
| 12ème — | 588 | Levallois | 47 |
| 13ème — | 563 | Montreuil | 330 |
| 14ème — | 295 | Montrouge | 34 |
| 15ème — | 397 | Neuilly-sur-Seine | 48 |
| 16ème — | 424 | Nogent-sur-Marne | 50 |
| 17ème — | 424 | Noisy-le-Sec | 45 |
| 18ème — | 2 075 | Pantin | 93 |
| 19ème — | 1 917 | Puteaux | 38 |
| 20ème — | 4 378 | Saint-Denis | 63 |
| | | Saint-Maur | 45 |
| | | Saint-Ouen | 261 |
| | | Sceaux | 37 |
| | | Vanves | 52 |
| | | Vincennes | 153 |

Le Directeur
de la Police municipale,
HENNEQUIN
Paris, SAM [Série Ba, carton n° 1813]

❂

*Pièce relatant l'état des arrestations et des opérations durant la rafle dite du « Vel' d'hiv' », le 16 juillet 1942, à 8 heures du matin*

Préfecture de police          Paris, le 16 juillet 1942

Cabinet du Préfet             8 h

Secrétariat de permanence    L'État-Major téléphone

L'opération contre les juifs est commencée depuis ce matin à 4 heures. Elle se trouve ralentie par beaucoup de cas spéciaux :

Beaucoup d'hommes ont quitté leur domicile hier.

Des femmes restent avec un tout jeune enfant ou avec plusieurs.

D'autres refusent d'ouvrir, il faut faire appel à un serrurier.

Dans le 20$^e$ et le 11$^e$ où il y a plusieurs milliers de juifs, l'opération est lente.

À 7 heures 30 la P.M. signale 10 cars arrivés au Vel d'hiv.

À 9 h 4 044 arrestations

*Paris, SAM [Série Ba, carton n° 1813]*

# Les scandales du camp de Drancy

Dominique Missika

Paris, 20 août 1941 : des policiers français, encadrés par des militaires allemands, bloquent tous les accès du XI<sup>e</sup> arrondissement, métro compris. Les arrestations ont lieu sur la voie publique, ou aux domiciles. Par autobus, les 4 232 juifs arrêtés sont conduits à Drancy, au nord-est de Paris dans la Cité de la Muette.

À leur arrivée dans le camp, la plus grande désorganisation règne. Les bâtiments de quatre étages, destinés à devenir des logements sociaux, inachevés en 1939, ont servi de prison pour les communistes et les prisonniers de guerre britanniques. Une cour rectangulaire en mâchefer de quatre-vingts mètres sur deux cents environ, en U ; un double rang de fil de fer barbelé et quatre miradors. Au-dessus, de longs lavoirs, des robinets d'où s'écoulent de minces filets d'eau. Des châlits aux planches mal jointes et couvertes d'une simple paillasse. « C'est Drancy, la faim. »

Le camp, dirigé et administré par les autorités françaises jusqu'en 1943, est placé sous le contrôle du service des Affaires juives de la Gestapo, qui prole 7 décembre 1941.

KIFFER, Maurice, Commis-Caissier de la Direction
des Affaires Administratives de Police Générale
et détaché en cette qualité au Camp d'Interne-
ment de DRANCY.

À M. le Directeur des Affaires Administratives
de Police Générale.

J'ai l'honneur de vous transmettre A TITRE PERSONNEL
un rapport sur ce que l'on peut appeler : les scandales du
Camp de DRANCY.

Le scandale des "gendarmes de DRANCY" défraye la chronique judiciaire et les journaux s'en sont fait l'écho. Il en est
résulté un réel sentiment de gêne. Encore ne dit-on pas tout
l'ampleur du marché noir dénoncé par le procès a-t-elle été soigneusement réduite à des proportions "raisonnables" car contrairement à ce qui a été publié ce n'est pas 120 frs xxxxxxxxx qu'-
était vendu le paquet de 20 cigarettes Gauloises, mais bien de
100 à 120frs une cigarette; ce ne sont pas seulement trois gendarmes qui ont trempé dans les tractations de cette sorte, mais
bien davantage commis à la surveillance des internés juifs.

D'ailleurs le trafic clandestin et rémunérateur des
cigarettes, tabac et sandwiches, n'est pas le seul auquel se
soit prêté la gendarmerie de DRANCY. Il y avait le rôle de facteur qui rapportait gros. On comprend qu'avant que fût autorisé
l'envoi d'une correspondance régulière, les internés se soient
efforcés de forcer le blocus en tentant de donner des nouvelles
aux leurs. Les gendarmes les ont largement et efficacement aidés
à raison de 50frs par lettre (tarif homologué). De rapides fortunes se sont ainsi édifiées, surtout si l'on songe que le port
à domicile était au surplus taxé de 500frs à 1000frs suivant la
tête du client et le ravitaillement à lui rapporter.

Ce qu'il y a de pénible dans toutes ces vilaines histoires c'est que la collusion se soit étendue à d'autres milieux
et que le corps des Inspecteurs des Renseignements Généraux soit,
du fait de certaines anomalies de la part de ses membres suspecté
et accusé.

Ne parle -t-on pas couramment dans le camp de la collusion intervenue entre certains Inspecteurs et le Maréchal-des-
logis-Chef de la gendarmerie spécialement chargé de la police du
Camp?

Le procédé ne manque pas d'une certaine habileté en
voici le mécanisme : Redouté pour sa brutalité et sa sévérité le
Maréchal-des-logis LAROQUETTE obtient aisément d'avoir un indicateur dans chaque chambrée. Y joue-t-on aux cartes, y cache-t-on de
l'argent ou des cigarettes, un vol s'y commet-il, LAROQUETTE est
aussitôt avisé. A son tour, il en informe certains collaborateurs
Des R.Gx.

Suivant les circonstances ou LAROQUETTE opère lui-même,
ou il fait effectuer une perquisition ou une enquête par les Inspecteurs. Une fouille heureuse permet de découvrir le magot ou
de rafler.......

Rapport de Maurice Kiffer, 7 décembre 1941.

nonce les internements et les libérations. La Préfecture de police assure la responsabilité de la direction,
de l'administration et de la surveillance. Les gendarmes gardent l'intérieur et l'extérieur du camp. Le
ravitaillement, l'hébergement et le service médical
relèvent de la préfecture de la Seine.

Le 29 septembre 1941, Maurice Kiffer est nommé
commis-caissier au camp de Drancy. Grâce à son
incroyable minutie de comptable, il dresse un inventaire pathétique des biens, argent et objets saisis sur
les internés à leur arrivée au camp.

## Pillages et spoliations

À partir de mars 1942, avec le début des déporta-
tions des juifs de France, Drancy se met à ressembler
à une « gare de triage », écrit-il. Les convois en provenance de toute la France n'y séjournent parfois
qu'un, deux ou trois jours et repartent presque tels
quels pour Auschwitz-Birkenau. Soixante-dix mille
juifs y sont acheminés. Parmi eux, dix mille enfants.
À l'été 1942, ce sont des familles entières, sans distinction, femmes, enfants, vieillards, français ou étrangers, qui sont raflés et internés dans d'effroyables
conditions.

Derrière le style administratif de ses rapports,
perce l'indignation d'un fonctionnaire surpris par
« l'étrangeté des choses » dont il entend parler et
l'absence de scrupules des fonctionnaires chargés de
l'administration du camp. Il met au jour les agisse-

ments des gendarmes qui tirent de leur charge des bénéfices gras, monnayant pour cent francs l'envoi d'une lettre, pillant sans retenue les colis des internés, organisant, pour mieux voler, des parodies de fouilles, et se faisant dans l'enceinte du camp les pourvoyeurs d'un marché noir qui leur rapporte gros.

Il y a aussi la PQJ, la Police des questions juives, composée de crapules spécialisées dans la chasse aux juifs qui dépouillent les internés, leur prenant bijoux, briquets, fourrures ou couvertures, et ne remettent qu'une infime partie de leur butin au caissier. En homme scrupuleux, Maurice Kiffer s'en offusque, non par sympathie pour les internés, mais pour l'honneur de la police.

À la Préfecture de police, nombreuses sont les lettres de demande de libération qui arrivent. Pauvre Hélène Gritz ! Un frère prisonnier de guerre en Allemagne, un autre interné à Drancy en août 1941 et parti pour « une destination inconnue », et maintenant sa mère malade prise dans la rafle dite « du Vel' d'hiv » et à son tour internée à Drancy. Elle n'aura pas de réponse. Un cas atrocement banal. Exemplaire.

En 1947, le procès des gendarmes fait le point sur l'affaire. Il y aura des restitutions. Là n'est pas l'essentiel. Avant d'être une affaire d'argent, la spoliation a été une persécution dont le terme était l'extermination. Après guerre, la Cité de la Muette est redevenue une cité HLM. C'est aussi un lieu de mémoire.

★

## L'INDIGNATION DU COMMIS-CAISSIER
## DU CAMP

*Rapport de Maurice Kiffer, 7 décembre 1941*

J'ai l'honneur de vous transmettre à titre personnel un rapport sur ce que l'on peut appeler : les scandales du camp de Drancy.

Le scandale des « gendarmes de Drancy » défraye la chronique judiciaire et les journaux s'en sont fait l'écho. Il en est résulté un réel sentiment de gêne. Encore ne dit-on pas tout [et] l'ampleur du marché noir dénoncé par le procès a-t-elle été soigneusement réduite à des proportions « raisonnables », car contrairement à ce qui a été publié ce n'est pas 120 f. qu'était vendu le paquet de vingt cigarettes Gauloises, mais bien de 100 à 120 f. une cigarette ; ce ne sont pas seulement trois gendarmes qui ont trempé dans des tractations de la sorte, mais bien davantage commis à la surveillance des internés juifs.

D'ailleurs, le trafic clandestin et rémunérateur des cigarettes, tabac et sandwiches n'est pas le seul auquel se soit prêtée la gendarmerie de Drancy. Il y avait le rôle de facteur qui rapportait gros. On comprend qu'avant que fût autorisé l'envoi d'une correspondance régulière, les internés se soient efforcés de forcer le blocus en tentant de donner des nouvelles aux leurs. Les gendarmes les ont largement et efficacement aidés à raison de 50 f. par lettre (tarif homologué). De rapides fortunes se sont ainsi édifiées, surtout si l'on songe que le port à domicile était au surplus taxé de 500 f. à 1 000 f. suivant la tête du client et le ravitaillement à lui rapporter.

Ce qu'il y a de pénible dans toutes ces vilaines histoires, c'est que la collusion se soit étendue à d'autres milieux et que le corps des inspecteurs des Renseignements généraux soit, du fait de certaines anomalies de la part de ses membres, suspecté et accusé.

Ne parle-t-on pas couramment dans le camp de la collusion intervenue entre certains inspecteurs et le maréchal-des-logis-chef de la gendarmerie spécialement chargé de la police du camp ?

Le procédé ne manque pas d'une certaine habileté, en voici le mécanisme : redouté pour sa brutalité et sa sévérité, le maréchal-des-logis Laroquette obtient aisément d'avoir un indicateur dans chaque chambrée. Y joue-t-on aux cartes, y cache-t-on de l'argent ou des cigarettes, un vol s'y commet-il, Laroquette est aussitôt avisé. À son tour, il en informe certains collaborateurs des Renseignements généraux. Suivant les circonstances, ou Laroquette opère lui-même, ou il fait effectuer une perquisition ou une enquête par les inspecteurs. Une fouille heureuse permet de découvrir le magot ou de rafler les enjeux d'une partie de poker. Les délinquants sont conduits en « tôle » et astreints à subir les sévices de Laroquette. Terrorisés, ils se prêtent à toutes les transactions et tel qui avait caché 50 000 f. dans son veston reconnaît volontiers n'avoir que 30 000 f. en sa possession, d'où un gain de 20 000 f. qui ne figureront certainement point dans le rôle des confiscations, mais paraissent s'être volatilisés dans certaines poches, de même que les nombreux paquets de cigarettes et les boîtes de conserve confisquées.

On cite d'autre part le cas d'un interné du « milieu » sur lequel 12 000 f. auraient de son propre aveu [été] confisqués. Il serait plaisant de savoir combien sont rentrés dans le coffre du caissier du camp (il s'agit de l'interné Gabbay dont un rapport de gendarmerie mentionne la somme de 10 000 f.).

Certes, la plus grande partie des internés de Drancy n'est pas, du point de vue national, bien intéressante, mais il est à craindre qu'un jour un scandale plus retentissant que celui des gendarmes n'éclate et que soit éclaboussée une institution qui faisait jusqu'à ce jour l'honneur de la police.

Il est grand temps de mettre un terme aux agissements du maréchal-des-logis-chef Laroquette et de ses complaisants complices. Il faut empêcher Laroquette qui se donne l'allure d'un chef et signe des proclamations comme s'il était le maître du camp.

Il est absolument d'intérêt général de faire cesser certaines pratiques en cours au camp de Drancy ; c'est ainsi qu'hier une certaine somme a été saisie, pour la première fois, on a donné le nom du possesseur.

La libération d'un certain nombre d'internés donnera facilement prise aux calomnies et déjà l'on raconte que pas mal d'indésirables ont trouvé le meilleur moyen de figurer sur la liste des partants grâce à des bienveillances intéressées.

Il y va de l'honneur de la police que soit porté un remède efficace à cet état de choses. C'est avec la conscience d'avoir rempli mon devoir que je me suis permis de relater *grosso modo* ces faits et de les porter à votre connaissance.

Paris, SAM [Série Gb, carton n° 9]

●

## « FAIRE LIBÉRER MA MAMAN »

*Des milliers de lettres sont adressées à Pétain, à Laval, à Xavier Vallat, Commissaire général aux questions juives, ou au Préfet de police pour demander la libération d'un être cher. Elles disent l'espoir et l'illusion de familles brisées par les persécutions.*

### Lettre d'Hélène Gritz au Préfet de police, 25 août 1942

Monsieur,

Je m'excuse de prendre la liberté de vous écrire mais il faut que je vous expose ma situation.

Ma mère est internée au camp de Drancy depuis le 16 juillet. Mon frère aîné est prisonnier en Allemagne. Mon second frère est dans un camp de jeunesse et le troisième était interné à Drancy depuis le 22 août 1941 et a été déporté pour une destination inconnue. Moi je suis seule depuis l'arrestation de ma mère (je suis âgée de 17 ans). Mon père vit séparé de ma mère depuis treize ans.

En tant que mère de prisonnier ne pourriez-vous pas faire libérer ma maman. C'est une femme malade qui a déjà beaucoup souffert.

Je compte sur votre bienveillance pour aider une mère de prisonnier.

Avec mes remerciements anticipés, je vous prie d'agréer, Monsieur, mes respectueuses salutations.

Paris, SAM [Série Ba, carton n° 1826]

# La chasse aux collaborateurs

Jean-Marc Berlière

À Paris, la police a certainement incarné la face
la plus noire d'une collaboration voulue par l'État
français. Aucun Parisien n'a pu oublier les rafles de
juifs opérées par les gardiens de la paix, la chasse
aux « terroristes » menée par tous les services de la
Préfecture de police. C'est l'une des raisons qui ont
poussé les policiers à se mettre en grève, le 15 août
1944, et à jouer un rôle actif dans l'insurrection qui
commence le 19, précisément à la caserne de la Cité.
Une police qui donne le signal de l'insurrection, c'est
le signe que l'ordre ancien, dont elle constituait un
pilier, s'effondre, c'est clairement signifier que le
pouvoir a changé de mains.

La police incarne la permanence et la continuité
d'un État que le général de Gaulle veut « remettre à
sa place » dans le climat semi-insurrectionnel qui
règne alors : c'est pourquoi, au soir du 25 août, alors
que le Conseil national de la Résistance et le Comité
parisien de libération l'attendent à l'Hôtel de Ville,
le chef du Gouvernement provisoire passe d'abord à

Cette photographie du 16 juin 1940 montre les membres
du premier gouvernement Pétain.

Photo © Akg-images.

la caserne de la Cité « saluer la police parisienne ». De Gaulle a besoin de montrer à des alliés encore suspicieux et au CNR qu'il incarne, et lui seul, le pouvoir légitime : le ralliement de la police doit en constituer l'affirmation la plus éclatante. Dans cette logique, le 12 octobre, il décore la Préfecture de police, citée à l'ordre de la Nation, de la Légion d'honneur et de la Croix de guerre : depuis cette date, les policiers parisiens arborent la fourragère rouge.

## L'honneur est sauf

C'est dans ce contexte bien particulier qu'est écrit un rapport — daté du lendemain de cette cérémonie — dont l'inutilité pratique sur le plan policier saute aux yeux. En envoyant quatre obscurs inspecteurs de la police judiciaire interroger concierges et voisins ou dépouiller journaux et Bottins, personne ne nourrit la moindre illusion sur l'efficacité de cette recherche. Nul n'ignore que le général Huntziger, l'amiral Darlan ou Romier sont décédés, que Pierre Pucheu a été jugé, condamné et fusillé à Alger, que les personnalités les plus marquées de la collaboration — Déat, Brinon, Darnand, Laval... — ont fui la France dans les fourgons de l'armée allemande.

Le but de cette enquête est donc ailleurs. Comme le proclame un tract de « policiers patriotes » daté du 28 août, il faut « traquer sans trêve ni repos tous ceux qui ont collaboré avec l'ennemi » et « redonner à la Préfecture de police le prestige qu'elle n'aurait jamais dû perdre ». En proie aux vertiges d'une auto-épuration sans merci, la police parisienne montre qu'elle participe en première ligne à la traque des « collabos » et n'hésite pas à traiter les maîtres d'hier — dont une petite partie est d'ailleurs au Dépôt, internée administrativement à Drancy ou écrouée à Fresnes — comme de vulgaires délinquants. L'honneur de la police est sauf et l'ordre républicain réaffirmé.

✪

## LES MINISTRES DE PÉTAIN

*Conservé dans le dossier consacré au maréchal Pétain, le rapport du 13 octobre 1944 passe en revue, par ordre alphabétique puis de manière synthétique et statistique, les soixante-quatre ministres de l'État français. Parmi eux : Pierre Laval, Marcel Déat et Fernand de Brinon, mais aussi l'ancien communiste Frossard et Robert Schuman, futur « père de l'Europe ».*

### Rapport du 13 octobre 1944

Soit transmise à Monsieur le Directeur de la Police judiciaire, la copie du rapport fourni par les Inspecteurs ALBERTINI, EIZAGUIRRE, DUPUY, & BORDES, au sujet des Ministres ayant appartenu au Cabinet du Maréchal PÉTAIN.

Le Commissaire principal :
SIGNATURE ILLISIBLE

✪

RAPPORT

Les vérifications effectuées en exécution des prescriptions contenues dans la note ci-jointe, en vue
d'appréhender les ministres ayant appartenu aux différents Cabinets PÉTAIN, dont la liste a paru dans le
journal *Libération* du 14 septembre 1944, ont permis
de connaître ce qui suit :

1°) Amiral ABRIAL.-
L'Amiral ABRIAL, Jean-Marie-Charles, né le
17 septembre 1879 à Réalmont (Tarn), a été vainement recherché dans le département de la Seine.
Aucune adresse le concernant n'a pu être découverte à Paris.

2°) ACHARD.-
M. ACHARD, Jean-Louis, né le 4 novembre 1898 à
Riom (Puy-de-Dôme), est domicilié 85 avenue des
Ternes à Paris (17ᵉ). Il a quitté cette adresse au début
de l'entrée des Alliés à Paris et depuis n'y a plus été
revu. Aucune indication permettant de connaître son
refuge actuel n'a pu être obtenue tant à son domicile
que dans le voisinage.

3°) ALIBERT.-
M. ALIBERT, Henri-Albert-François-Joseph-Raphaël,
né le 17 février 1889 à Saint-Laurent (Lot), est domicilié
215 bis boulevard Saint-Germain à Paris (7ᵉ).
Il a quitté cette adresse au début du mois de septembre écoulé, pour une destination inconnue. Sa
femme et deux de ses cinq enfants se trouvent encore
à leur domicile.

#### 4°) Amiral AUPHAN.-

L'Amiral AUPHAN, Gabriel-Adrien-Joseph-Paul, né le 4 novembre 1874 à Alais (Gard), a été vainement recherché dans le ressort de la Préfecture de police.

Il était domicilié « Hôtel du Helder », avenue Thermale à Vichy. Il possède une propriété à Villefranche-de-Rouergue, domaine de Saint-Jean-d'Aigremont, où il pourrait se trouver actuellement.

#### 5°) BARTHÉLEMY.-

M. BARTHÉLEMY, Joseph-Hippolyte-Jean-Baptiste, né le 9 juillet 1874 à Toulouse (Haute-Garone), domicilié 11 rue de Bellechasse à Paris, a été vainement recherché dans le ressort de la Préfecture de police.

D'après les renseignements recueillis, il serait susceptible de se trouver à Saint-Esprit, à L'Isle-Jourdain (Gers), où il posséderait une propriété.

#### 6°) BAUDOIN.-

M. BAUDOIN, Paul-Louis-Arthur, né le 19 décembre 1894 à Paris (8$^e$), est domicilié 40 avenue Foch à Paris. Il a quitté cette adresse une dizaine de jours avant l'entrée des Alliés dans la capitale. Son refuge actuel est ignoré.

#### 7°) BELIN.-

M. BELIN, René-Joseph-Jean-Baptiste, né le 14 avril 1898 à Bourg (Ain), est domicilié 19 avenue Spinoza à Ivry (Seine). Il a quitté cette adresse il y a 6 mois environ sans indiquer où il se rendait. Aucun renseignement permettant de découvrir son refuge actuel n'a pu être recueilli tant 19 avenue Spinoza que dans le voisinage.

8°) Benoist-Méchin.-

M. Benoist-Méchin, Jacques, né le 1ᵉʳ juin 1901 à Paris, est domicilié 52 avenue de Clichy à Paris (18ᵉ). Il a quitté cette adresse lors de l'arrivée des troupes alliées à Paris. Le susnommé a été appréhendé le 29 septembre écoulé sur ordre de M. le Préfet de police et envoyé au Dépôt.

9°) Général Bergeret.-

Le Général Bergeret, Jean-Marie-Joseph, né le 23 août 1895 à Gray (Haute-Saône), est domicilié 36 boulevard Victor à Paris. Il se trouvait en Afrique du Nord et a été transféré aux prisons de Fresnes, où il est incarcéré actuellement.

10°) Berthelot.-

M. Berthelot, Jean-Émile, né le 26 août 1897 à Boult-sur-Suippes (Marne), est domicilié 36 rue de Bellechasse à Paris. Il a été arrêté le 30 août 1944 par des F.F.I. et dirigé sur le camp de Drancy. Il a été transféré aux prisons de Fresnes le 7 octobre courant.

11°) Bichelonne.-

M. Bichelonne, Denis-Jean-Léopold, né le 24 décembre 1904 à Bordeaux, est domicilié 5 rue Le Tasse à Paris, où résident sa femme et sa mère. Il aurait suivi le Maréchal Pétain en Allemagne.

12°) Contre-Amiral Blehaut.-

Le Contre-Amiral Blehaut, Henri-Paul-Arsène, né le 22 novembre 1889 à Lyon (Rhône), a été vainement recherché dans le département de la Seine. Il serait parti le 20 août dernier à destination de l'Allemagne (renseignement non encore confirmé). À toutes fins utiles, il est indiqué qu'il possédait une propriété à Villiers-le-Lac (Doubs).

13°) Bonnafous.-
M. Bonnafous, Max-Jean-Marie-Antonin, né le 21 janvier 1900 à Bordeaux (Gironde), est domicilié 80 rue de Varenne à Paris. Il a été appréhendé et écroué au Dépôt le 15 septembre 1944.

14°) Bonnard.-
M. Bonnard, Abel-Jean-Désiré, né le 19 décembre 1883 à Poitiers (Vienne), est domicilié 78 avenue Mozart à Paris (16ᵉ), d'où il est parti le 17 août pour une destination inconnue.
Le prénommé pourrait avoir suivi le Maréchal Pétain en Allemagne.

15°) Bouthillier.-
M. Bouthillier, Yves-Marie, né le 26 février 1901 à Saint-Martin-de-Ré (Charente-Maritime), est domicilié 88 rue de Sèvres à Paris. Il aurait été arrêté à Saint-Martin-de-Ré par les Autorités allemandes et serait actuellement interné en Allemagne.

16°) *Gouverneur général* Brévie.-
M. le Gouverneur général Brévie, Jules, est né le 12 mars 1880 à Bagnères-de-Luchon (Haute-Garonne). On ne lui connaît aucun domicile à Paris et les vérifications effectuées en vue de le découvrir sont restées vaines.

17°) Général BRIDOUX.-

M. le Général BRIDOUX, Eugène-Marie-Louis, né le 24 janvier 1888 à Doulon (Loire-Inférieure), était domicilié 17 avenue Anatole-France à Vichy. Il aurait suivi le Maréchal Pétain en Allemagne.

18°) DE BRINON.-

M. de BRINON, Marie-Fernand, né le 16 août 1885 à Libourne (Gironde), était domicilié 2 rue Rude à Paris (16e), dans un hôtel qui avait été réquisitionné par les Autorités allemandes. Il a quitté cette adresse le 18 août dernier et aurait suivi le Maréchal Pétain en Allemagne.

19°) CARCOPINO.-

M. CARCOPINO, Jérôme-Ernest-Joseph, né le 27 juin 1881 à Verneuil (Eure), domicilié 3 quai Voltaire à Paris, se trouve actuellement dans sa propriété à La Ferté-sur-Aube (Haute-Marne). Il a été arrêté et relaxé.

20°) CATHALA.-

M. CATHALA, Pierre-Adolphe-Juste, né le 22 septembre 188 à Montfort-sur-Men (Ille-et-Vilaine), est domicilié 20 rue de Tournon à Paris (6e). Il a quitté cette adresse lors de l'entrée des Alliés à Paris et depuis n'y aurait pas été revu.

Les recherches faites par ailleurs en vue de l'appréhender n'ont donné aucun résultat.

21°) CAZIOT.-

M. CAZIOT, Pierre-Louis-Joseph, né le 24 septembre 1876 à Crézancy (Cher), domicilié 24 rue Borghèse à Neuilly-sur-Seine (Seine), a été arrêté le 8 septembre

écoulé et envoyé au Dépôt où il est détenu administrativement.

22°) CHASSEIGNE.-
M. CHASSEIGNE, François, né le 23 décembre
1902 à Issoudun (Indre), a été arrêté et envoyé au
Dépôt le 1ᵉʳ septembre 1944.

23°) CHAUTEMPS.-
M. CHAUTEMPS, Camille, né le 1ᵉʳ février 1885 à
Paris, est domicilié 1 bis boulevard Richard-Wallace
à Neuilly-sur-Seine. Il se trouverait actuellement en
Amérique.

24°) CHEVALIER.-
M. CHEVALIER, Louis-Antoine-Jacques, né le
13 mars 1882 à Cérilly (Allier), a été vainement recherché dans le ressort de la Préfecture de police. Il se
trouverait actuellement dans la localité ci-dessus.

25°) CHICHERY.-
M. CHICHERY, Albert, né le 2 octobre 1888 au
Blanc (Indre), était domicilié 7 rue Massenet à Sceaux
(Seine). Il serait décédé au mois d'août 1944 en pro-
vince, d'après des articles de presse.

26°) Général COLSON.-
Le Général COLSON, Louis-Antoine, né le 27 octobre 1875 à Tour (Meurthe-et-Moselle), domicilié 18
square de l'Albony à Paris (16ᵉ), a été arrêté et envoyé
au Dépôt le 9 octobre 1944.

27°) Amiral DARLAN.-
L'Amiral DARLAN a été exécuté en Afrique.

28°) DARNAND.-

M. DARNAND, Aimé-Joseph-Auguste, né le 19 mars 1897 à Coligny (Ain), était domicilié à Nice, 24 rue de l'Escarole. Lors de ses séjours à Paris, il logeait au « Maintien de l'Ordre », 61 rue Monceau. Il aurait suivi le Maréchal Pétain en Allemagne.

29°) DÉAT.-

M. DÉAT, Marcel-Joseph, né le 7 mars 1894 à Guérigny (Nièvre), était domicilié 1 rue Louis-Murat à Paris. Il aurait suivi le Maréchal Pétain en Allemagne.

30°) FÉVRIER.-

M. FÉVRIER, André, né le 30 novembre 1885 au Vigan (Gard), a été vainement recherché à Paris. Le susnommé est domicilié 23 rue des Maccabées à Lyon (Rhône).

31°) FLANDIN.-

M. FLANDIN, Pierre-Étienne, né le 12 avril 1889 à Paris, a demeuré pendant de nombreuses années 139 boulevard Malesherbes. L'intéressé, qui se trouvait en Afrique du Nord, a été transféré aux prisons de Fresnes, où il se trouve actuellement.

32°) FRÉMICOURT.-

M. FRÉMICOURT, Charles, né le 27 septembre 1877 à Lens (Pas-de-Calais), est domicilié 1 rue Le Goff à Paris (5$^e$). Il a été arrêté et relaxé.

33°) FROSSARD.-

M. FROSSARD, Ludovic-Oscar, né le 5 mars 1889 à Foussemagne (Territoire de Belfort), a été vainement recherché dans le département de la Seine. Il a demeuré durant de nombreuses années, 8 rue Mathurin-Régnier à Paris (15e), d'où il est parti en 1940. Son adresse actuelle est ignorée.

34°) GABOLDE.-

M. GABOLDE, Maurice-Félix-Bertrand-Émile, né le 27 août 1891 à Castres (Tarn), est domicilié 4 rue de Luynes à Paris. Il a quitté cette adresse pour une destination inconnue. Sa femme et son fils s'y trouvent toujours.

35°) GIBRAT.-

M. GIBRAT, Robert-Pierre, né le 23 mars 1904 à Lorient (Morbihan), est domicilié 105 rue du Ranelagh à Paris (16e). Il a été arrêté administrativement le 9 octobre courant sur ordre de M. le Préfet de police et écroué au Dépôt.

36°) Docteur GRASSET.-

M. le Docteur GRASSET, Raymond-Jacques-Baptiste-François, né le 10 janvier 1892 à Riom (Puy-de-Dôme), a été vainement recherché. Lors de ses voyages à Paris, il descendait à l'Hôtel Bristol, 112 rue du Faubourg-Saint-Honoré.

37°) HENRIOT.-

M. HENRIOT, Philippe a été exécuté au ministère de l'Information par la Résistance.

38°) Général HUNTZIGER.-

Le Général HUNTZIGER est décédé en 1940, victime d'un accident d'aviation.

39°) Général JANNEKEYN.-

Le Général JANNEKEYN, Jean-François, né le 16 novembre 1892 à Cambrai (Nord), est domicilié 6 rue de Varize à Paris (16e). Il a été vainement recherché dans le ressort de la Préfecture de police et aucune indication ne permettant de découvrir son refuge n'a pu être obtenue.

40°) LAGARDELLE.-

M. LAGARDELLE, Jean-Baptiste-Joseph-Hubert, est né le 8 juillet 1874 à Burgaud (Haute-Garonne). On ne lui connaît aucun domicile à Paris.

41°) LAVAL.-

M. LAVAL, Pierre, né le 28 juin 1883 à Chateldon (Puy-de-Dôme), est domicilié 15 villa Saïd à Paris (16e). Il se trouverait actuellement en Allemagne, où il se serait rendu dans le courant du mois d'août.

42°) LEHIDEUX.-

M. LEHIDEUX, François, né le 30 janvier 1904 à Paris (8e), est domicilié 18 avenue Raphaël à Paris. Il a été arrêté le 30 août dernier, sur mandat de dépôt de M. MARTIN, Juge d'instruction et est incarcéré aux prisons de Fresnes depuis le 19 septembre écoulé.

43°) LÉMERY.-

M. LÉMERY, Joseph-Eugène-Henri, né le 9 décembre 1874 à Saint-Pierre (Martinique), est domicilié 7 rue Dupont-des-Loges à Paris (7e). Il a été arrêté le 19 septembre écoulé et écroué au Dépôt.

44°) LEMOINE.-

M. LEMOINE, Antoine-Jean-Marcel, né le 13 juillet

1888 à Épinal (Vosges), demeurait 20 avenue de Ségur, Paris, dans l'hôtel des P.T.T. Aucun renseignement permettant de découvrir son refuge actuel n'a pu être recueilli au cours des vérifications qui ont été faites.

45°) LEROY-LADURIE.-

M. LEROY-LADURIE, Jacques-Jules-Marie, né le 28 mars 1902 à Saint-Mihiel (Meuse), a été vainement recherché dans le département de la Seine. On ne lui connaît aucun domicile à Paris.

46°) MARION.-

M. MARION, Paul, né le 27 juin 1889 à Asnières (Seine), qui demeurait par intermittence chez une parente, 25 boulevard Bonne-Nouvelle à Paris, a été vainement recherché.

Aucun renseignement à son sujet n'a pu être recueilli.

47°) MARQUET.-

M. MARQUET, Adrien, né le 6 octobre 1884 à Bordeaux (Gironde), a été vainement recherché à Paris.

Lors de ses passages, il descendait à l'hôtel Lancaster, 7 rue de Berri ; d'autre part, il est locataire d'un bureau, 18 rue Tronchet, où il n'a pas reparu depuis le 20 juin dernier.

Il doit être domicilié à Bordeaux, dont il était le maire.

48°) MIREAUX.-

M. MIREAUX, Émile, né le 21 août 1885 à Mont-de-Marsan (Landes), est domicilié 19 avenue George-V, à Paris (8e), où il est locataire d'un appartement

occupé actuellement par sa belle-sœur. Au cours des
vérifications, il a été appris qu'il pourrait se trouver à
Lyon (Rhône).

49°) MOYSSET.-
M. MOYSSET, Henri, né le... 1895 à... est domicilié 6 rue Commaille à Paris (7ᵉ), d'où il est parti sans
faire connaître où il se rendait. Il avait également une
résidence rue Chomel à Vichy (Allier).

50°) Maréchal PÉTAIN.-
Le Maréchal PÉTAIN, Henri-Philippe-Benoni-Omer,
né à Cauchy-la-Tour (Pas-de-Calais), le 24 avril 1856,
est domicilié 8 square de La-Tour-Maubourg, à Paris.
Il aurait quitté Vichy à destination de l'Allemagne
vers le 20 août dernier.

51°) PEYROUTON.-
M. PEYROUTON, Bernard-Marcel, né le 2 juillet 1887
à Paris (17ᵉ), est domicilié 47 rue Jouffroy à Paris (17ᵉ).
Il était interné en Afrique du Nord et a été transféré
aux prisons de Fresnes où il se trouve actuellement.

52°) PIETRI.-
M. PIETRI, François, né le 8 août 1882 à Bastia
(Corse), est domicilié 18 rue de l'Élysée à Paris (8ᵉ). Il
doit sans doute se trouver à Madrid (Espagne), où en
dernier lieu il remplissait les fonctions d'ambassadeur.

53°) Amiral PLATON.-
L'Amiral PLATON, Charles-Jean-Guillaume, né le
19 septembre 1886 à Pujols (Dordogne), a été vainement recherché dans le ressort de la Préfecture de

police. Lors de ses passages à Paris, il descendait chez son frère, 96 avenue Mozart.

54°) POMARET.-

M. POMARET, Charles-Henri-Victorin, né le 16 août 1897 à Montpellier (Hérault), est domicilié 53 rue de Verneuil à Paris (7ᵉ). Il se trouverait actuellement à La Ciotat (Bouches-du-Rhône).

55°) PROUVOST.-

M. PROUVOST, Jean-Eugène, né le 24 avril 1885 à Roubaix (Nord), anciennement domicilié 23 rue Raynouard à Paris (16ᵉ), a été vainement recherché. D'après les renseignements fournis par sa secrétaire, Mˡˡᵉ TRAIN, il se trouverait actuellement en province (sans autres précisions).

56°) PUCHEU.-

M. PUCHEU, Pierre, né le 27 juin 1899 à Beaumont (Oise), a été exécuté le 20 mars 1944 en Algérie.

57°) Général PUJO.-

Le Général PUJO, Bertrand-Bernard, né le 21 août 1878 à Orignac (Hautes-Pyrénées), se trouve actuellement à son domicile 25 rue de l'Arcade à Paris.

L'intéressé qui est alité par suite d'un accident de circulation est l'objet d'une surveillance de la part des services de notre administration.

58°) RIPERT.-

M. RIPERT, Louis-Marie-Adolphe, né le 22 avril 1880 à La Ciotat (Bouches-du-Rhône), est domicilié 2 rue Récamier à Paris (7ᵉ). D'après les renseignements recueillis à cette adresse, il se trouverait actuellement en province (sans autres précisions).

### 59°) RIVAUD.-

M. RIVAUD, Albert, né le 14 mai 1876 à Nice (Alpes-Maritimes), est domicilié 12 bis avenue Bosquet à Paris (7ᵉ). D'après les renseignements recueillis à cette adresse, il se trouverait actuellement en province (sans autres précisions).

### 60°) RIVIÈRE.-

M. RIVIÈRE, Albert, né le 24 avril 1891 à Grand-Bourg (Creuse), a été vainement recherché dans le département de la Seine. Aux Archives centrales des Renseignements généraux, il est indiqué qu'il aurait demeuré 8 rue Henri-Regnault à Paris (14ᵉ). Une vérification effectuée à cette adresse n'a donné aucun résultat. Le susnommé est inconnu de la concierge de l'immeuble en fonction depuis 3 ans et qui n'a jamais entendu parler de lui.

### 61°) ROMIER.-

M. ROMIER, Lucien-Jean-Baptiste, né le 16 octobre 1885 à Moiré (Rhône), est décédé d'une crise cardiaque le 5 janvier 1944 à Vichy.

### 62°) SCHUMANN.- [*sic*]

M. SCHUMANN, Robert, né le 29 juin 1886 à Luxembourg (Grand-Duché de Luxembourg), a été vainement recherché. L'intéressé qui, à un moment donné, a résidé 7 rue du Bac, à Paris (7ᵉ), a quitté cette adresse, il y a déjà plusieurs années. Son domicile est actuellement ignoré.

63°) Général WEYGAND.-

Le Général WEYGAND, Maxime, né le 21 janvier
1867 à Bruxelles (Belgique), est domicilié 52 avenue
de Saxe à Paris (anciennement 22 avenue de Fried-
land). Il est actuellement interné en Allemagne.

64°) YBARNÉGARAY.-

M. YBARNÉGARAY, Michel-Albert-Jean-Joseph, né
le 16 octobre 1883 à Whart-Cize (Basses-Pyrénées), est
domicilié 74 avenue Paul-Doumer à Paris (16e), actuellement appartement sous-loué.

En résumé, sur les 64 ministres des Cabinets Pétain,
dont les noms ont été mentionnés dans le journal
*Libération* du 14 septembre 1944, onze :

MM. BENOIST-MÉCHIN, BERGERET, BONNA-
FOUS, CAZIOT, CHASSEIGNE, COLSON, FLANDIN,
GIBRAT, LEHIDEUX, PEYROUTON, RIPERT, sont
actuellement incarcérés ou internés dans les prisons
et camps de la Seine.

Deux d'entre eux, MM. CARCOPINO et FRÉMI-
COURT, ont été arrêtés et relaxés. Trois autres : MM.
BOUTHILLIER, WEYGAND, YBARNÉGARAY, ont été
arrêtés par les Allemands.

Deux sont décédés de mort naturelle : MM. CHI-
CHERY & ROMIER.

Un a trouvé la mort dans un accident d'aviation :
M. HUNTZIGER, un a été assassiné en Afrique,
M. DARLAN.

Un a été jugé et exécuté à Alger : M. PUCHEU.

Un a été exécuté par la Résistance : M. HENRIOT.

On ignore dans nos services si des arrestations ont
été opérées en province.

Enfin, le Général PUJO est placé en surveillance à son domicile en raison de son état de santé. Parmi ceux qui restent à appréhender, ainsi qu'il a été déjà dit, nombre d'entre eux auraient suivi le maréchal Pétain en Allemagne.

Il y a lieu de mentionner que la plupart des ministres dont il s'agit ont déjà fait l'objet de multiples recherches de la part de nos différents services, tant en vertu d'instructions du Cabinet qu'en vertu d'informations judiciaires du Parquet du Tribunal militaire.

Signé :
Les inspecteurs ALBERTINI,
EIZAGUIRRE, DUPUY & BORDES.

Paris, SAM [Série Ba, carton n° 1979]

## III. LA RUE

Ingénieuse à s'insinuer dans les espaces privés, la police parisienne ne perd jamais de vue l'objectif primordial que constitue le contrôle de l'espace public. L'enjeu économique — garantir la fluidité des échanges — se confond avec l'enjeu politique : la ville est tenue par celui qui ouvre et ferme les voies de communication, autorise ou non les rassemblements, canalise les foules. La même administration peut accueillir sans incidents un million de personnes pour les obsèques de Victor Hugo ou expulser en douceur quelques congrégationnistes obstinés.

À la fin du XIXe siècle, la Préfecture de police n'hésite pas à recourir au « manège Mouquin », du nom de l'officier de police dont les troupes à cheval dispersent les manifestants. Depuis la grande parade de protestation qui suivit l'exécution en Espagne de l'anarchiste Ferrer, en 1905, les organisateurs négocient le parcours du cortège — sauf le cas des manifestations non autorisées, comme en a connues la capitale pendant la guerre froide.

Le contrôle de la rue inclut aussi la lutte contre les

incendies et les inondations : c'est pourquoi la Brigade
des sapeurs-pompiers de Paris, pourtant composée
de militaires, est placée sous l'autorité du Préfet de
police. Louis Lépine, en mobilisant ses agents contre les
catastrophes, était parvenu à les rendre populaires.

Mais le retour d'une contestation vive ramène les
protagonistes à l'épreuve de force, même si différentes stratégies demeurent toujours possibles : la violence du 17 octobre 1961 contraste étonnamment avec
l'habile gestion de Mai 68.

## Les funérailles du siècle

Marieke Stein

En ce 22 mai 1885, la France entière est en émoi : Victor Hugo est mort ! Depuis le 17, on le savait malade. Pendant plusieurs jours, les personnalités s'étaient succédé au chevet du grand homme et une foule nombreuse attendait, devant l'hôtel de l'avenue Victor-Hugo, les bulletins de santé du poète, qu'on se répétait et que les journaux transcrivaient en première page. Le 22, avant deux heures, la nouvelle tombe : Victor Hugo a poussé son dernier soupir. Aussitôt, la foule amassée devant l'hôtel se range spontanément sur le trottoir d'en face ; les hommes se découvrent respectueusement, recueillis sous la pluie battante.

Très vite, le gouvernement désigne un comité des funérailles. L'événement doit marquer l'apothéose de la jeune République, qui a besoin, pour se consolider, de fêtes et de symboles. « Son génie domine notre siècle. La France, par lui, rayonnait sur le monde. Les lettres ne sont pas seules en deuil, mais aussi la patrie et l'humanité, quiconque lit et pense dans l'univers entier », déclare le président du Conseil

N° 314 Télég.
Février 1885 — Chapelle &c)

MINISTÈRE
DES POSTES
ET
DES TÉLÉGRAPHES

Hameau

8bis 26183

Télégramme.

84

16ᵉ anᵗ le 22 mai 188 5 20 m⁵ s

Commᵗ police dassᵖⁱⁿˢ
à Cabinet.

Victor Hugo vient de mourir.
Cinq cents personnes environ se tiennent aux
abords de son hôtel.
Je ferai connaître ultérieurement tous
incidents qui pourraient se produire

Dupouy

Télégramme envoyé au Préfet de police, 22 mai 1885.

Henri Brisson, le 23 mai 1885, à la Chambre des députés.

On craint toutefois que les funérailles ne dégénèrent, sous l'influence de l'extrême gauche et des anarchistes. Il est vrai que la maladie puis la mort de Hugo agitent les partis et suscitent des polémiques. Les catholiques, déjà excédés de voir refoulé l'évêque de Paris venu administrer les derniers sacrements, crient au scandale lorsque l'église Sainte-Geneviève est laïcisée pour y recevoir le corps du grand homme ; la droite et l'extrême gauche critiquent la récupération d'un grand nom par la république « officielle » ; quant aux marxistes, ils dénoncent dans un même mouvement la république bourgeoise et son symbole, un notable qui n'a jamais réellement compris ni aimé le peuple.

Les funérailles ont lieu le 1$^{er}$ juin et le Préfet de police a tout prévu : une double haie de gendarmes, un laissez-passer pour se joindre au défilé, l'interdiction du drapeau rouge...

## Une marée humaine

Pour éviter tout débordement, l'itinéraire du cortège évite les quartiers populaires : il va de l'Arc de Triomphe, où le corps de Victor Hugo est exposé toute la nuit, jusqu'au Panthéon, où il reposera, en passant par les boulevards Saint-Germain et Saint-Michel. Le cortège est impressionnant : un escadron de gardes municipaux, un régiment de cuirassiers, onze chars pour transporter les couronnes de fleurs, des personnalités politiques, des membres du Conseil d'État et de l'Institut, des délégations d'artistes, de journalistes, d'ouvriers, de francs-maçons et de polytechniciens, les délégations des municipalités provinciales et des pays étrangers... Plusieurs milliers de personnes suivent le corbillard, un million le regardent passer.

Tout se passe sans incident. Après l'exposition du cercueil, la nuit, sous l'Arc de Triomphe, après les discours officiels, le cortège se met en branle à onze heures trente. Et quel cortège ! Quatre-vingt-cinq délégations suivent le corbillard, s'étirant sur plusieurs kilomètres... Plus d'un million de personnes sont venues accompagner Victor Hugo vers sa dernière demeure, le Panthéon. C'est le plus grand rassemblement populaire du XIXᵉ siècle.

Cette marée humaine reste calme, sauf au passage du cercueil, où l'acclamation résonne : « Vive Victor Hugo ! » Même si les journaux cléricaux dénoncent la « fête païenne », même si des jaloux comme les Goncourt raillent la « kermesse », même si des marxistes comme Lafargue critiquent la solennité bourgeoise, le peuple, lui, a su rendre, par sa dignité même, le plus profond hommage à son glorieux porte-parole.

# Les premières règles
# de circulation automobile

Bruno Fuligni

Paris, le 14 août 1893 : dans la torpeur estivale, la bonne société a gagné les stations balnéaires, les maisons de campagne, laissant la capitale surchauffée à ceux qui n'ont pas les moyens de la fuir. Le Préfet de police, lui, est resté à son poste : les élections législatives ne sont-elles pas toutes proches ? Vrai bourreau de travail, Louis Lépine en profite pour peaufiner une ordonnance en trente-cinq articles, qu'il signe avec fierté. Certes, ses attributions de police administrative l'amènent à prendre des textes réglementaires, mais celui-ci, il le sait, marque un tournant historique. « Considérant que la mise en circulation, dans le ressort de la Préfecture de police, d'appareils à moteur mécanique a pris une certaine extension », il a décidé de soumettre à autorisation la détention de ces bolides et, surtout, de réglementer leur circulation.

Depuis l'Ancien Régime, les « embarras de Paris » forment un constant sujet de vaines récriminations et de réformes inabouties. Le problème s'est compliqué avec l'apparition d'engins motorisés, rapides, pétara-

Officier de paix portant un bâton blanc surnommé « bâton Lépine ».

dants, qui sèment le désordre et le ressentiment, quand leurs tubulures artisanales n'explosent pas sur la voie publique. Il est temps d'agir.

## Un texte visionnaire

Rétrospectivement, on pourrait sourire de cette ordonnance prévoyant que « les bandages des roues devront être à surface lisse sans aucune saillie » et que « le fonctionnement des appareils doit être de nature à ne pas effrayer les chevaux »... On pourrait s'amuser de l'article 6, fixant le maximum de vitesse autorisé : « Ce maximum ne devra pas excéder 12 kilomètres à l'heure, dans Paris et dans les lieux habités ; il pourra être porté à 20 kilomètres, en rase campagne, mais ce dernier maximum ne pourra être admis que sur les routes en plaine, larges, à courbes peu prononcées et peu fréquentées. »

Pourtant, ce texte est visionnaire. À l'heure où beaucoup d'automobiles fonctionnent encore à la vapeur, Lépine imagine des règles promises à un bel avenir : l'homologation par le service des mines, l'obligation de prévoir un avertisseur sonore ainsi que deux systèmes de freinage dont un par serrage « aussi instantané que possible », la circulation à droite « quand bien même le milieu de la rue serait libre », la nécessité de deux feux allumés de nuit ou par temps de brouillard, une révision périodique obligatoire... Enfin, « les contraventions à la présente ordonnance seront constatées par des procès-verbaux ». Ce dispositif est complété en 1896 par l'invention du bâton blanc qui, surnommé « bâton Lépine » ou « le jujube des sergots » par analogie avec le sucre d'orge des enfants, devient l'emblème des agents de la circulation. Un inventeur en proposera bientôt une version lumineuse, à brancher sur un générateur électrique.

Si aucune sorte d'assurance n'est encore exigée, le Préfet de police a conscience des dangers de l'auto et, plus encore, des possibilités qu'elle offre aux malfaisants de se rendre insaisissables. C'est pourquoi, outre le numéro distinctif que le constructeur doit graver sur chaque auto, « tout véhicule à moteur portera sur une plaque métallique, en caractères apparents et lisibles, le nom et le domicile de son propriétaire » ainsi qu'un « numéro distinctif » d'immatriculation. Les conducteurs aussi seront identifiables. Âgés de vingt et un ans au moins, les détenteurs d'un « certificat de capacité » — ancêtre du permis de conduire — auront obligatoirement fourni deux photographies ainsi qu'une attestation de résidence.

Une préoccupation enfin : éviter d'aggraver les encombrements par des véhicules à l'arrêt. À cet égard, l'article 28 est formel : « Il est interdit de laisser stationner les véhicules sur la voie publique à moins d'absolue nécessité. Dans ce cas, le stationnement ne pourra avoir lieu qu'à la condition de ne pas gêner la circulation. »

Cette dernière règle, fixée en un temps où la conduite est réservée à de riches *sportsmen,* s'est assouplie avec la démocratisation de l'auto. Quand il publie ses *Souvenirs*, en 1929, Louis Lépine revendique avec

fierté son ordonnance de 1893, mais il reste lucide :
« J'ai pu inventer le bâton blanc, la circulation à sens
unique ou giratoire, ce que mes successeurs ont remar-
quablement développé ; pour moi ce sont des pallia-
tifs à un mal sans remède. »

●

## UN CONTREVENANT DE MARQUE

*Enrichi par le succès de son* Journal d'une femme de
chambre, *Octave Mirbeau est l'un des premiers écrivains
à posséder une automobile, invention dont il va célébrer
les charmes dans son livre* La 628 E8. *Souvent verbalisé
pour excès de vitesse, l'illustre chauffard est même
arrêté pour conduite à gauche sur les Champs-Élysées,
comme en témoigne ce rapport manuscrit en date du
7 juillet 1906.*

*Rapport spécial au sujet d'une amende
adressée à Octave Mirbeau*

L'officier de paix du 8e arrondissement à Monsieur
le Directeur de la Police municipale

J'ai l'honneur d'informer Monsieur le Directeur de
la Police municipale qu'à 11 heures du soir, le sous-
brigadier Lecomte a amené devant M. le Secrétaire
de permanence, M. Octave Mirbeau, demeurant 68
avenue du Bois-de-Boulogne.

M. Mirbeau occupait sa voiture automobile 628
E8, dont le mécanicien, Taillebois, Paul, inscrit sous
le n° 34746, circulait à gauche, avenue des Champs-
Élysées. Interpellé, celui-ci a présenté son certificat

de capacité, mais a refusé d'indiquer son domicile. M. Mirbeau, qui n'avait aucun papier d'identité, a déclaré qu'il croyait que le domicile était porté sur le certificat de capacité. M. Mirbeau et son mécanicien ont été renvoyés près justification d'identité.

Murat.

Paris, SAM [Série Ba, carton n° 1190]

✪

## UN HAUT FAIT
## DE LA BRIGADE FLUVIALE

*« Scandale sur les bateaux de banlieue. Arrestation d'une bande de souteneurs » : intitulé à la manière d'un article de presse, ce rapport de l'Inspection générale de la Navigation et des Ports en date du 9 décembre 1902 nous rappelle que, pour la Préfecture de police, la Seine fait partie intégrante de cet espace public qu'elle a pour mission de pacifier. Louis Lépine ne vient-il pas de créer la Brigade fluviale, pour l'Exposition de 1900 ? Artère stratégique, le fleuve permet aux banlieusards de gagner agréablement le centre de la capitale, grâce à une noria de petits vapeurs. Quand une bande de jeunes délinquants s'amuse à perturber ce service apprécié de transport en commun, ils provoquent en retour une intervention musclée de la police, dont l'auteur anonyme du rapport donne une relation aux accents homériques.*

### La sécurité des transports sur la Seine

L'Inspection de la Navigation avait informé M. le Préfet de police que depuis quelques semaines des désordres et des scènes de violence et d'obscénités se produisaient tous les lundis soir sur les bateaux du service des Tuileries à Suresnes.

Le lundi dans l'après-midi une cinquantaine de souteneurs, accompagnés de filles, passaient l'après-midi dans un bal du Point-du-Jour, et vers 5 heures ils embarquaient pour regagner Puteaux. Les bateaux étaient alors pris d'assaut ; les souteneurs expulsaient les femmes et les enfants des places assises, brisaient le matériel, chantaient des chansons obscènes, menaçaient de mort les voyageurs qui protestaient ; ils cassaient alors les lampes électriques et les scènes de lubricité commençaient.

M. le Préfet de police avait alors prescrit des mesures spéciales pour mettre fin à un état de choses révoltant. Hier 15 agents en bourgeois de la Brigade fluviale prirent place sur le bateau n° 58$^A$ en même temps que les malfaiteurs ; ils étaient dirigés par M. Depray, Inspecteur de la Navigation et le Brigadier Beauchamp. D'autres agents avaient été disséminés sur les pontons de Billancourt, Meudon, Sèvres, Boulogne et Saint-Cloud ; enfin M. Longpré, Commissaire de Police à Puteaux, avec deux brigades, attendait à Suresnes l'arrivée du bateau pour prêter main-forte.

Les souteneurs au nombre d'environ 35, dont la plupart étaient des jeunes gens de 15 à 19 ans, embarquèrent à Auteuil sans avoir soupçonné la surveillance organisée. Les agents laissèrent se produire les scènes habituelles décrites plus haut et se contentèrent d'observer.

Le premier souteneur qui débarqua à Suresnes, le chef de la bande, aperçut les agents et sauta par-dessus le bastingage ; il fut aussitôt saisi ; ses camarades affolés cherchèrent à s'échapper et engagèrent dans l'obscurité une lutte désespérée ; mais les agents étaient en force, ils mirent le revolver au poing et les neuf souteneurs les plus compromis furent arrêtés et conduits au commissariat. Les autres après avoir été interrogés furent remis en liberté dans la nuit. Dans le trajet du ponton au poste de la mairie de Suresnes les habitants en voyant passer la bande encadrée par les agents ont crié :

« Enfin, voilà une rafle sérieuse ; ce n'est pas trop tôt. »

Les paisibles habitants de la banlieue aval pourront désormais reprendre le bateau en toute sécurité ; tous les malfaiteurs sont aujourd'hui connus et vont être surveillés.

Voici l'état-civil des individus arrêtés :
Gisse, Victor, 18 ans
Clément, Louis, 16 ans
Pruvot, Eugène, Louis, 20 ans
Sébire, Maurice, 19 ans
Roy, Léon, Ernest, 19 ans
Prallet, Louis, François, 17 ans
Delfosse, Émile, 17 ans
Bader, Émile, 20 ans
Roger, Camille, 19 ans.
Bader avait dans ses poches des cailloux pour casser les vitres des becs de gaz ; c'est un lutteur de profession et il a fallu 5 agents pour le maîtriser.

Paris, SAM [Série Ba, carton 1689]

# Le bureau des objets trouvés

Bruno Fuligni

"Jusqu'en 1874, le chiffre des dépôts n'avait jamais dépassé 10 000 ; à partir de ce moment, il augmente rapidement ; en 1891, il atteignait le chiffre de 22 063 objets de toute nature pour s'élever, en 1902, à 58 938 », constate le conseiller général Ranson dans son rapport du 23 septembre 1903 sur les objets trouvés. En ajoutant les objets rapportés par les compagnies d'omnibus et de tramway, le total se monte à 65 000 : à mesure que l'agglomération parisienne s'étend, ses habitants deviennent oublieux…

Dès 1804, le Préfet Dubois a créé une « obligation de dépôt », ordonnant aux commissaires de faire porter à la Caisse de la Préfecture de police les objets arrivés dans leurs bureaux. Le 13 octobre 1893, le Préfet Lépine organise un véritable service des objets trouvés, en centralisant leur dépôt et leur remise, quelles que soient leur nature ou leur provenance. « Garder un objet trouvé, c'est voler », apprend-on alors dans les écoles de la République.

Porte de la direction de la circulation, des transports et du commerce, 5ᵉ bureau Objets trouvés.

## Classés « à la ficelle »

Dans la cour du 36, quai des Orfèvres, un pavillon trop exigu recueille alors toutes les épaves égarées dans la capitale. « On trouve de tout dans ce capharnaüm où sont renfermés les objets trouvés ou déposés : des objets d'art, des bijoux, des valeurs mobilières, des porte-monnaie et des portefeuilles contenant des sommes importantes, des fourrures, des vêtements, des parapluies et des cannes, dont beaucoup ornés de manches et de poignées en or ou en argent, de vieilles robes, des jupons effilochés, des chapeaux d'homme ou de femme aux formes invraisemblables, des corsets de toutes tailles et de toutes grandeurs », note Ranson. Les objets sont classés « à la ficelle », c'est-à-dire rangés dans des sacs noués par une ficelle à l'extrémité de laquelle pend une fiche timbrée de cire et numérotée. Cette caverne d'Ali Baba est popularisée par la presse, qui la surnomme joliment « le musée de l'Étourderie ».

Installée au 36, rue des Morillons depuis 1939, l'institution s'est modernisée. L'informatique a eu raison des ficelles, une pièce entière est dédiée aux téléphones portables et le service, qui reçoit plus de cent quarante mille objets par an, en restitue trois à quatre mille par mois à leur propriétaire.

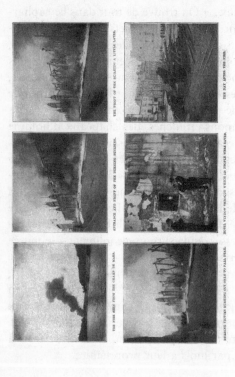

Les seules photographies connues de l'incendie du Bazar de la Charité sont de Richard Wilmer. Il immortalise les flammes qui enveloppent les cloisons de bois avant que le toit ne s'effondre brusquement.

# La haute société dans les flammes

Emmanuel Ranvoisy

Mercredi 4 mai 1897, grande affluence pour l'inauguration du Bazar de la Charité. Dans une atmosphère joviale, mille deux cents personnes vaquent de comptoir en comptoir à travers ce vaste bâtiment de bois et de toile goudronnée, construit sur un terrain vague de la rue Jean-Goujon, près des Champs-Élysées. L'édifice s'étend sur cent vingt-cinq mètres de long et cinquante mètres de large. L'aménagement intérieur est digne des plus beaux décors de théâtre. Dans un style moyenâgeux, vingt-deux comptoirs aux formes d'auberges, d'échoppes, de petits hôtels se côtoient.

En cette fin de XIXᵉ siècle, de nombreuses femmes de la haute société se consacrent aux œuvres de bienfaisance. Soucieux de les réunir sous un même toit, le Comité du Bazar de la Charité, un consortium fondé en 1885, opte au printemps 1897 pour l'édification d'un baraquement provisoire. L'association philanthropique peut ainsi garantir la vente annuelle d'objets, de linges et de colifichets divers, au profit des plus démunis. Le Bazar de la Charité dispose

même de la dernière attraction à la mode : le cinématographe.

Soudain, à 16 heures 20, des flammes jaillissent de
la salle de projection. Les vapeurs d'éther dégagées
par l'appareil prennent feu, puis les pellicules en
celluloïd. En moins de trois minutes, les flammes
s'étendent aux frises du décor et courent dans les toiles peintes. Dans le bâtiment qui s'embrase, la pani-
que s'empare de la foule. En proie à l'affolement,
hommes, femmes et enfants se ruent vers la sortie.
Ceux qui se trouvent près des portes de sortie peuvent s'extraire des flammes, les chairs indemnes ou
plus ou moins gravement brûlées. Certains parviennent à passer par la fenêtre d'un hôtel qui jouxte le
terrain vague. Mais, dans le Bazar, des mondaines
s'écrasent et tombent en tas les unes sur les autres.
Leurs corps forment rapidement de véritables barricades humaines qui ferment aux autres le chemin du
salut.

## Un sinistre spectacle

Malgré leur célérité, les sapeurs-pompiers consta-
tent à leur arrivée que la toiture s'est effondrée. Acti-
vant plusieurs pompes à vapeur pour alimenter leurs
lances en eau, ils attaquent le brasier et procèdent à
l'extinction de quelques feux qui se sont déclarés dans
les habitations voisines.

La nuit tombe, laissant place à un spectacle sinistre. Dans l'énorme amas noir qui subsiste et d'où

s'échappe une odeur épouvantable, les « soldats du feu », aidés par un détachement du Génie, exhument avec délicatesse cent douze corps des décombres. Entièrement calcinés, souvent méconnaissables, ce sont pour la plupart ceux de femmes du monde, parmi lesquelles la duchesse d'Alençon, sœur de l'impératrice d'Autriche. Dans les ruines du Bazar de la Charité, un monde vient de s'écrouler.

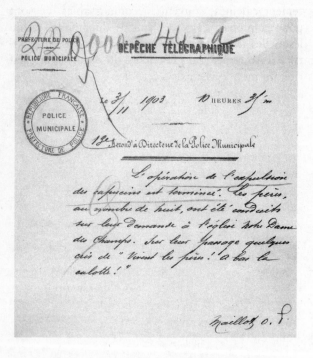

Dépêche télégraphique, 3 novembre 1903.

# *Des capucins expulsés de leur couvent*

Jacqueline Lalouette

Le 3 novembre 1903, en plein Paris, les capucins se barricadent dans leur couvent de la rue de la Santé. Pour les expulser, la police doit faire appel à des sapeurs-pompiers qui brisent les portes. Tandis que des manifestants les soutiennent au cri de « Vive la liberté », des anticléricaux lancent : « À bas la calotte ! »

De tels épisodes sont fréquents cette année-là, rappelant la méfiance que le pouvoir, en France, a toujours nourrie contre les congrégations. Des décrets les ont frappées en 1880, poussant de nombreux religieux à l'exil. Puis le ralliement des catholiques à la République, prôné par le pape Léon XIII, a facilité leur retour. Mais l'affaire Dreyfus ranime l'anticongréganisme de la III<sup>e</sup> République, qui culmine entre 1901 et 1904. On reproche aux religieux d'être une « Internationale noire », de renoncer aux droits de la personne, notamment à la liberté, et de former une jeunesse étrangère à sa patrie et à son temps. Le président du Conseil, Émile Combes, accuse aussi les religieux prédicateurs de se substituer au clergé paroissial et de paraître en chaire avec arrogance.

## Dissolutions en cascade

Selon le titre III de la loi sur les associations du 1er juillet 1901, les congrégations doivent être autorisées par le législateur. Or, seules cinq congrégations d'hommes le sont déjà. Les autres sont tenues de déposer une demande d'autorisation, qui doit être examinée par les deux chambres ; en cas de refus, la congrégation est dissoute. Combes transforme la procédure par décret. Classées en trois groupes correspondant aux congrégations enseignantes, aux prédicantes — au premier rang desquelles, les capucins — et aux chartreux, les demandes, toutes repoussées par la Chambre, ne sont pas transmises au Sénat.

## Interdiction d'enseigner

Estimant la loi violée, les capucins demeurent dans le couvent de la rue de la Santé où, le 4 avril 1903, un commissaire de police leur donne quinze jours pour partir. Ils restent. Le 20 avril, on leur signifie leur infraction. Le 7 mai, ils sont dix-sept à comparaître devant le tribunal correctionnel de la Seine, qui les condamne à vingt-cinq francs d'amende — à l'exclusion d'un frère de passage à Paris. Ils font appel mais, le 23 juin, la Cour confirme le jugement. Déboutés en cassation le 22 octobre, ils sont expulsés une dizaine de jours plus tard.

Le 7 juillet 1904, une loi encore plus drastique interdit à tous les congréganistes d'enseigner, y compris dans les établissements privés. En 1905, enfin, la loi sur la séparation des Églises et de l'État dispose que les associations cultuelles devront être constituées « conformément aux articles 5 et suivants de la loi du 1er juillet 1901 ».

# Inondations 1910

Maximum de hauteur atteint par les eaux dans chacune des voies ci-après :

| | | | |
|---|---|---|---|
| Rue de Bièvre | 1.90 | Rue de la Clef | 0.70 |
| Quai de la Tournelle | 1.80 | Rue du Fer à Moulin | 0.80 |
| Rue Maître Albert | 1.80 | Rue de la Harpe | 0.60 |
| Impasse Maubert | 1.80 | Rue des Fossés St Bernard | 0.60 |
| Rue des Grands Degrés | 1.70 | Rue des Chantiers | 0.60 |
| Rue de la Bûcherie | 1.70 | Rue de la Huchette | 0.40 |
| Rue Frédéric Sauton | 1.60 | Rue Broca | 0.40 |
| Rue de Buffon | 1.50 | Rue de Poissy | 0.40 |
| Rue Cuvier | 1.15 | Rue des Anglais | 0.40 |
| Quai Montebello | 1.10 | Rue Galande | 0.30 |
| Rue des Bernardins | 1.05 | Rue Lagrange | 0.20 |
| Quai St Bernard | 0.95 | Rue St Victor | 0.20 |
| Rue des Trois Portes | 0.95 | Rue Cochin | 0.20 |
| Rue de Pontoise | 0.80 | Rue Geoffroy St Hilaire | 0.15 |
| Rue de l'Hôtel Colbert | 0.70 | | |

Rapport de M. Boulanger, commissaire de police, relevant le niveau des eaux dans les rues de Paris lors de l'inondation de 1910.

# Une ville sous l'emprise du fleuve

Kathia Gilder

En ce début d'année 1910, Paris se veut moderne. Le gaz et l'électricité se répandent dans les foyers, et la moitié des immeubles reçoit déjà l'eau potable, grâce aux kilomètres de canalisations qui courent en sous-sol. Dans la deuxième quinzaine de janvier, la Seine monte. D'heure en heure, l'eau envahit les berges, les caves et les rez-de-chaussée. Elle jaillit des trottoirs et s'infiltre dans les transformateurs électriques, plongeant dans le noir une grande partie de la rive gauche. Tour à tour, les usines, les chemins de fer, le tramway et le métro, fiertés de la ville, sont paralysés. Le 21 janvier, quand est inondée l'usine à air comprimé qui alimente les horloges publiques, le temps s'arrête à 22 heures 53.

Personne n'avait prévu la catastrophe, sans précédent depuis 1658. Le Préfet Lépine organise la résistance. Il enfile bottes de cuir et pantalon ciré pour venir en personne au secours des populations sinistrées, tout en appelant les militaires à la rescousse. De Brest, Dunkerque et Toulon, les marins débarquent

avec de curieux canots en bois et en toile : légers et
démontables, les « Berthon », du nom de leur inventeur, peuvent emmener une douzaine de personnes et
rendent de grands services ; les députés eux-mêmes
s'habituent à prendre ces « torpilleurs » pour aller
siéger.

## Un élan de solidarité

Dans l'épreuve, la ville se mobilise. On construit
des passerelles et des digues de fortune, faites de sacs
de ciment et de pavés. Les pompiers, qui s'épuisent à
faire ronfler leurs pompes à vapeur, sont envoyés en
force au quartier de la Gare, dans le XIIIᵉ arrondissement, où ils sauvent des dizaines de familles. Les
gardiens de la paix montent la garde nuit et jour,
pour traquer les pilleurs. Dans les quartiers submer-
gés, c'est le sauve-qui-peut pour tenter de mettre au
sec les vivres et le charbon. Héroïque, un résident du
VIIᵉ arrondissement utilise le battant de son armoire
comme radeau pour ravitailler des voisins, bloqués
par les eaux. En barque ou à cheval, les Parisiens se
débrouillent pour « marcher sur l'eau ». Mais cette
eau, qui coule au fond des rues, est froide et sale. Et
la nuit tombée, on s'éclaire à la flamme des bougies,
des lampes à pétrole ou à acétylène.

Dans ce combat contre le fleuve, un bel élan de
solidarité se forme, à l'image des femmes de la Croix-
Rouge qui se relaient pour porter repas chauds et

vêtements aux plus démunis. Les « soupes populaires » font leur apparition.

La ville respire enfin le matin du 29 janvier, lorsque la Seine amorce sa décrue. Commence alors le grand nettoyage des rues, où l'eau, en se retirant, laisse place à la boue et aux détritus. Par crainte des épidémies, consigne est donnée de brûler ou de faire bouillir tout ce qui a été contaminé par le fleuve.

Avec courage et sang-froid, les Parisiens ont surmonté l'épreuve. En seraient-ils capables aujourd'hui, si le fleuve sortait une nouvelle fois de son lit ?

Une pancarte saisie le 2 juin 1928.

# Le siège du Sénat

Bruno Fuligni

Le 28 juin 1928, les télégrammes pleuvent sur la Préfecture de police. Les sénateurs, alarmés, réclament le concours de la force publique pour disperser des groupes de suffragettes qui, bloquant le palais du Luxembourg, scandent des slogans hostiles. Les agents interviennent, confisquent les pancartes : la routine...

Ce jour-là, pourtant, le Sénat ne s'est rendu coupable d'aucun propos antiféministe. Modification de loi sur l'avancement dans l'armée, projet sur l'inhumation des généraux et maréchaux de la Grande Guerre aux Invalides : rien, à l'ordre du jour, ne concerne directement ces dames qui manifestent chapeautées et gantées. Mais justement, ce « rien » les irrite. Combien de temps encore les sénateurs vont-ils différer la grande réforme du suffrage féminin ?

## Distribution de chaussettes

Une proposition de loi tendant à accorder le droit de vote aux femmes a été déposée par le député Dussaussoy en 1906. Treize ans plus tard, en considération du rôle joué par les femmes pendant la guerre, elle est adoptée à la Chambre des députés : le 20 mai 1919, les Françaises croient avoir gagné la partie. Or, les sénateurs bloquent le texte. Après avoir fait durer trois ans l'examen en commission, ils refusent, le 21 novembre 1922, de passer à la discussion des articles.

À droite, on veut protéger la famille ; à gauche, les vieux anticléricaux se méfient des Françaises, insuffisamment dégagées des croyances religieuses. En 1925, en 1927, les députés votent plusieurs lois et motions en faveur du suffrage féminin, que les sénateurs jugent plus sage d'enterrer. Les manifestations de suffragettes ne les feront pas changer d'avis. « Allez dans les réceptions diplomatiques, dans les réunions mondaines, dites-moi sérieusement si la femme de France se trouve humiliée parce qu'elle ne vote pas », demande à ses collègues le sénateur Lefebvre du Preÿ, le 7 juillet 1932. « Non ! Cela ne peut gêner que quelques femmes naturellement aigries, mécontentes, jalouses, qui veulent essayer de devenir des hommes, à leur grand dommage d'ailleurs. En vérité, les femmes de France ne s'inquiètent pas de cette question. »

Le 2 juin 1936, Louise Weiss et les militantes de La Femme nouvelle reviennent devant le Sénat et distribuent des chaussettes sur lesquelles on lit : « Même si vous nous donnez le droit de vote, vos chaussettes seront raccommodées. » Trois femmes entrent au gouvernement et, le 30 juillet 1936, les députés approuvent pour la sixième fois, à l'unanimité, le vote des femmes. Initiatives sans suite à la Haute Assemblée. Il faudra une guerre de plus pour que l'ordonnance du 21 avril 1944 dispose : « Les femmes sont électrices et éligibles dans les mêmes conditions que les hommes. » Une réforme que le Sénat n'aura jamais votée.

THESE SPACES FOR MESSAGE CENTER ONLY

TIME FILED          MSG CEN

MESSAGE (SUBMIT TO MESSAGE          (CLASSIFICATION)
CENTER IN DUPLICATE)

No 4          DATE 24 Août 1944

To FFI Préfecture de Police Paris

Le Général LECLERC vous

fait dire :

Tenez bon, nous arrivons

Lt Colonel Ct l'artillerie 2e DB          16.50
OFFICIAL DESIGNATION OF WRITER          TIME

AUTHORIZED TO BE          Lt Col CREPIN
SEND IN CLEAR     SIGNATURE OF OFFICER     SIGNATURE AND GRADE OF WRITER

Le télégramme largué au-dessus de la Préfecture de
police le 24 août 1944, vers 17 heures, par un avion piper-
club.

Photo © Préfecture de police – Tous droits réservés.

# Au cœur des combats pour libérer Paris

Grégory Auda

Le 18 août 1944, le colonel Rol-Tanguy, commandant des FFI d'Île-de-France, donne l'ordre de mobilisation générale. Le Parti communiste appelle au soulèvement libérateur, tandis que la CGT et la CFTC délivrent une consigne de grève générale. Quant aux agents de la Préfecture, le Comité de Libération de la police parisienne les a appelés à la grève à partir du 15 août. Le 19 au matin, des centaines de policiers convergent vers le parvis de Notre-Dame. Ils investissent la caserne de la Cité pour en faire le point central des combats parisiens. Aussitôt, le Préfet de la collaboration, Amédée Bussière, est arrêté et remplacé par un fidèle du général de Gaulle, Charles Luizet. Des corps francs composés de policiers et de FFI s'emparent des points stratégiques. Le soulèvement de la police indique à la population que l'ordre a définitivement changé de camp. Paris se couvre de barricades, c'est l'insurrection.

Manquant d'armes et de munitions, de nombreux policiers et civils meurent au cours des combats. Sans le renfort de troupes régulières, ils ne pourront tenir longtemps. C'est dans ce contexte dramatique que, le 24 août 1944, un avion piper-club allié largue un billet qui rend espoir à tous les patriotes. « Le général Leclerc vous fait dire : Tenez bon, nous arrivons. » Le lendemain, la 2ᵉ DB entre dans Paris. La reddition de la garnison allemande est signée le jour même. Paris est libéré.

Au cours des combats, cent soixante-sept policiers parisiens sont tombés sous les balles ennemies. Dans la soirée, le général de Gaulle se rend à la caserne de la Cité. Il y est accueilli par la Musique des gardiens de la paix, corps exemplaire pour son engagement dans la Résistance, qui joue la première *Marseillaise* de la Libération.

# La guerre froide à Paris

Françoise Gicquel

Qui se souvient du général Ridgway ? Formé à West Point, il s'est illustré pendant la Seconde Guerre mondiale, avant de succéder à MacArthur pendant la guerre de Corée. Les communistes lui reprochent d'avoir utilisé des armes bactériologiques contre les forces chinoises et nord-coréennes, ce qui lui vaut le surnom de « général microbien ».

## « Ridgway-la-Peste »

Le Préfet de police Jean Baylot sait que la visite à Paris du général, prévue le 28 mai 1952, va être mouvementée. À l'appel du Conseil de la paix de la Seine, satellite pacifiste du puissant Parti communiste français, une grande manifestation est organisée pour protester contre la venue de « Ridgway-la-Peste ».

« La manifestation communiste du 28 mai 1952 a été précédée d'une intense propagande », résumera le Directeur général de la police municipale dans son rapport du 9 juin 1952. « Le fait nouveau et mar-

9 Juin 1952

Le Directeur Général
de la Police Municipale

2ème Bureau.                                    à

Réf. : 1013                          Monsieur le Préfet de Police

Objet : activité du Parti Communiste - manifestation du 28 mai 1952.
Réf. : v/note du 7 juin courant

La manifestation communiste du 28 mai 1952 a été précédée
d'une intense propagande effectuée au moyen de la presse, de
tracts, affiches, réunions publiques, etc.... Cette activité
du Parti Communiste et de ses filiales ou-sections locales
vous a été signalée en temps opportun. Je joins (sous cote
n° UN) dix exemplaires de tracts ayant convié à cette manifestation.

Bien que cette propagande se soit exercée selon les modes
habituels et que les manifestations de voie publique organisées
par le Parti Communiste soient toujours précédées d'une publicité empruntant diverses formes, les appels lancés, les encouragements donnés, ont revêtu cette fois-ci un aspect particulier.

En effet, dans la presse et les tracts édités par le Parti
Communiste, à l'occasion de cette manifestation, le fait nouveau et marquant fut que cette propagande tendait essentielle-
ment à "galvaniser les troupes", à persuader celles-ci de la
"crainte des Gouvernants et des forces du maintien de l'ordre".

L'éditorial (sous cote n° DEUX) du journal "l'Humanité"
paru à la date du 24 mai, sous la signature de M. André STIL,
contenait une menace non déguisée contre les "gardiens de
l'ordre capitaliste" en exprimant "qu'ils en venaient à sentir
la vigueur du flot qui monte, se demandant de quoi demain
serait fait, et aux comptes qu'il faudrait rendre".

En même temps s'amplifiait la propagande de démoralisation
des forces de police. Je vous ai, à ce propos, rendu compte de
la réception à leur domicile, par des membres de la Police
Municipale, de tracts constituant des menaces non déguisées :
"Mais n'oubliez pas qu'un jour, tôt ou tard, il faudra payer"
(sous cote n° TROIS).

...../

Extrait du rapport du Directeur général de la Police
municipale au Préfet de police, 8 juin 1952.

quant fut que cette propagande tendait essentielle-
ment à galvaniser les troupes » en persuadant celles-
ci de la « crainte des gouvernants et des forces du
maintien de l'ordre ». Dès le 24 mai en effet, sous la
signature d'André Stil, l'éditorial de *L'Humanité*
contient une menace non déguisée contre « les gardiens de l'ordre capitaliste », invités « à sentir la
vigueur du flot qui monte, se demandant de quoi
demain serait fait », et à penser aux comptes qu'il
faudrait rendre... Des policiers ont reçu à leur domicile des tracts menaçants. De son côté, la police « a
réprimé la propagande illicite et plusieurs procédures
pour provocation à l'attroupement ont été établies à
l'encontre de personnes arrêtées en flagrant délit ».

## Un mouvement insurrectionnel

Vers 19 heures, ce 28 mai, « des groupes gros-
sissent et se forment en colonnes ». Bientôt surgis-
sent « de véritables formations organisées », dont les
membres « sont porteurs de pancartes » ou de « tri-
ques ». Les commissaires de police signalent à leur
direction que les hampes sont « de forte dimension »
et présentent « des arêtes vives ». Plus grave : « Les
pancartes métalliques sont constituées d'un tube sur
lequel un panneau métallique très résistant se trouve
boulonné ou soudé, constituant ainsi une sorte de
hache. »

Les manifestants se montrent très agressifs, au point
que les gardiens de la paix sont attaqués dès leur
descente des cars. Des renforts doivent être dirigés

rapidement sur les lieux, de nombreux blessés sont signalés, dont le commissaire Morisot qui est grièvement atteint. Les escadrons de la Garde des chars, cantonnés à Satory, se dirigent aux portes de Paris, la manifestation prenant un caractère insurrectionnel. « Au cours d'un engagement place de Stalingrad, un brigadier en état de légitime défense, qui va succomber sous les coups qui lui sont portés par des manifestants déchaînés et très supérieurs en nombre, fait usage de son pistolet administratif. »

Le leader communiste Jacques Duclos est interpellé, dans une voiture dont l'appareil radio est calé sur les ondes de la Préfecture. *L'Humanité* reconnaît dans son édition du 29 mai que « la nouvelle tactique avait réussi ».

Plus de trois cent cinquante gradés et gardiens de la paix sont blessés, dont trente-deux hospitalisés. On déplore un mort parmi les manifestants : il n'est pas neutre qu'il s'agisse d'un Nord-Africain, qui a succombé à ses blessures.

Conclusion du Directeur général de la police municipale : « La rapidité et la violence des attaques des groupes de manifestants n'ont à aucun moment permis de procéder aux sommations légales. »

# La manifestation
# des Algériens de Paris

Jean-Pierre Rioux

Signée « Ami », c'est une note de renseignement précieuse qui est transmise depuis Nanterre au Service d'assistance technique aux Français musulmans d'Algérie. La note est claire : la Fédération de France du Front de libération nationale algérien (FLN) a organisé minutieusement, dès le 13 octobre 1961, une série de manifestations, échelonnées du mardi 17 au vendredi 20 octobre, pour dénoncer le couvre-feu imposé le 5, de manière tout à fait discriminatoire, à tous les travailleurs algériens de la région parisienne.

Cette mesure drastique — les cafés « arabes » doivent fermer à 19 heures, interdiction de circuler au petit matin, etc. — a été prise en réponse à des attentats contre des policiers isolés, des harkis et des commissariats : la Fédération de France du FLN continue de sévir, malgré la trêve demandée par le Gouvernement provisoire de la République algérienne depuis l'ouverture, enfin, d'une négociation de paix avec le gouvernement français à Évian.

Manifestation du 17 octobre 1961.

## Dispersés, pourchassés et raflés
## avec violence

En bon ordre, souvent endimanchés comme le montrent les photographies au Palais des Sports, rarement en famille mais solidement encadrés par les « choquistes » — des militants aguerris —, vingt à trente mille Algériens ont donc manifesté, venus à pied de toute la région parisienne ou sortant des bouches de métro en plein centre de la capitale. Les 1 658 hommes sous les ordres de Maurice Papon, policiers, gendarmes mobiles et CRS confondus, les ont dispersés, pourchassés et raflés avec une violence que les documents de police ne laissent pas soupçonner, mais qu'attestent de nombreux témoignages et les photographies d'Élie Kagan. Au pont de Neuilly, notamment, où dix mille manifestants ont tenté de forcer le passage vers l'Étoile, les forces de police ont fait feu et il y a eu mort d'hommes. Leur nombre est encore discuté aujourd'hui ; les documents conservés à la Préfecture de police n'en disent rien.

L'extrait du bordereau comptabilisant les Français musulmans appréhendés et conduits aux premières heures par des cars de police ou dans des autobus réquisitionnés au Palais des Sports de la porte de Versailles précise les trois « provenances » : le flux d'ouest, *via* les ponts de Neuilly, de Colombes, de Puteaux ou de Bezons, pénétrant jusqu'à la Concorde ; le flux nord, entré par les portes des Lilas et de Pantin, disloqué après une chasse à l'homme sur les Grands Boulevards entre l'Opéra et la République ; le flux sud, jusqu'au Quartier latin.

Sur d'autres bordereaux, on note l'heure tardive des évacuations de blessés et de l'installation d'un poste sanitaire au Palais des Sports. Du 17 au 19 octobre, les forces de police installent avec efficacité, pour « identification », environ quatorze mille hommes, dont six mille six cents au Palais des Sports.

Bien informées, elles n'ont semble-t-il été ni surprises ni démotivées.

✪

DU RENSEIGNEMENT
À LA RÉPRESSION

*Rapport de renseignement du SAT-FMA*
*au Préfet de police, 18 octobre 1961*

Source : AMI.

Date de recueil : 17 et 18 octobre 1961.

Valeur : source ordinairement sûre.

Exactitude probable.

Renseignements concernant la manifestation FMA du 17 octobre 1961 (communiqués par téléphone vu l'urgence).

L'informateur avait entendu parler des manifestations prévues dès le vendredi 13. Entre le 13 et le 17, il s'était présenté trois fois au 1$^{er}$ secteur, mais n'avait pas vu le chef de secteur, absent. Il n'y a donc rien d'anormal à ce que AMI ait prévenu le chef de secteur le 17 après-midi seulement.

Les consignes et mots d'ordre concernant les manifestations avaient été transmis par la voie normale
des directives données au cours des réunions pério-
diques (hebdomadaires ?) de responsables, selon le
schéma suivant :
— le dimanche : Région ⟶ Secteurs
— le lundi : Secteur ⟶ Kasma
— le mardi : Kasma ⟶ Sections
— le mercredi : Section ⟶ Groupes
— le jeudi : Groupe ⟶ Cellules
— le vendredi 13 : Cellule ⟶ éléments
Au dernier moment (après-midi du 17), l'exécution
des directives a été plus spécialement confiée aux
choquistes de la région, qui ont fait du porte-à-porte
pour faire sortir les FMA, en les menaçant de mort
en cas de dérobade.

La masse des manifestants était menée par les petits
responsables (jusqu'à Secteur inclus) non armés. Les
Régionaux, en principe, sont restés chez eux, après
avoir fait partir les autres. Exemple pour Nanterre
(bidonville Pâquerettes-Dequéant) : Mansouri Moham-
med, né 30.10.29 (notes n° 92, 152 et 236). Les choquistes armés, eux, encadraient cette masse·sur les
côtés.
De la même façon, manifestants et petits cadres
sont venus de la Seine-et-Oise (Argenteuil, Bezons,
Houilles, Sartrouville, Saint-Germain, etc.) par le pont
de Bezons ou le pont de Chatou, le rendez-vous étant
fixé au rond-point de la Défense.
La riposte des forces de l'ordre (au pont de Neuilly)
a satisfait 60 % des FMA (notamment les familles) qui
n'avaient aucune envie de pousser jusqu'à l'Étoile.
Quant aux commerçants, ils devaient fermer leurs

boutiques le 18 au matin, puis manifester le 19 à 20 heures à l'Étoile.

AMI n'a pas entendu parler de manifestations « refus du couvre-feu », ni de manifestation féminine pour le 20.

AMI prévoit naturellement la manifestation principale pour le 1er novembre.

Le capitaine Montagné
*Officier des Affaires algériennes*
*Chef du 1er secteur SAT-FMA*

Paris, SAM [Série H1b, carton n° 34]

✪

*Rapport du commissaire principal du XVe arrondissement, 18 octobre 1961*

À 19 h 05 arrivait le premier car. Les arrivées se sont succédé ensuite sans interruption jusqu'à 0 h 30.

Au total, 6 600 FMA ont été placés au Palais des Sports dont la surveillance a été renforcée à 23 heures par un second escadron.

Ci-joint [le] bordereau des arrivées avec le n° des cars, le nombre de FMA arrivés par car et leur provenance.

À 0 h 50, le Palais des Sports étant plein, les 32 derniers cars étaient dirigés sur le stade Coubertin.

Conformément aux instructions, une vingtaine de FMA paraissant assez sérieusement blessés ont été refoulés sur Vaugirard et Boucicaut.

À 0 h 20, deux médecins de l'hôpital Bégin assistés d'infirmiers militaires ont installé un poste sanitaire.

M. Grunwald, président-directeur de la société anonyme du Palais des Sports, a formulé une protestation énergique contre la mesure dont il était l'objet et a réclamé une réquisition écrite. J'ai répercuté cette demande au cabinet de M. Pezet à 18 h 15.

Paris, SAM |Série He, carton n° 72|

Ferdinand Lop.

# Le candidat pittoresque du Quartier latin

Bruno Fuligni

Impossible d'apposer une affiche sur les boulevards ou de distribuer un tract place de la Sorbonne
sans qu'un exemplaire n'arrive dans les collections
de la Préfecture de police, véritable conservatoire de
la rue parisienne. Parmi ces milliers de documents
électoraux, ceux du « grand tribun » Ferdinand Lop
méritent une place à part, ne serait-ce que pour cette
mention extraordinaire : « Candidat à la Présidence
des États-Unis d'Europe et leader de la Conciliation
Mondiale ».

Ferdinand Lop... Ce n'est même pas un pseudonyme. Bien connu des services, l'individu est né à
Marseille le 10 octobre 1891, dans une famille de
petits commerçants. En 1919, ce nouveau Rastignac
se lance à la conquête de la capitale : secrétaire d'un
député, puis journaliste parlementaire, il obtient
l'investiture radicale-socialiste pour les législatives de
1928. Hélas, c'est à Versailles, où le programme de
la gauche laïque ne recueille pas 5 % des voix !

Après cet échec, rien ne va plus. Moqué par ses
confrères journalistes, qui lui font parvenir de faus-

ses convocations à l'Élysée par temps de crise minis-
térielle, Ferdinand Lop devient encombrant au Palais-
Bourbon. Il perd son accréditation et se replie sur le
Quartier latin, où les étudiants le présentent à tous
les scrutins. De longs monômes défilent au cri de
« Lop, Lop, Lop ! ». Des meetings ont lieu dans des
locaux plus ou moins dignes, qu'un écriteau rebaptise
« salle Lop »... Ses partisans, les « lopettes », affron-
tent ses ennemis les « anti-Lop », les deux camps
s'entendant néanmoins pour fustiger les mous, les
tièdes, les « inter-Lop »...

« Le Maître » ne veut révéler son programme qu'une
fois arrivé au pouvoir, craignant de se le faire chi-
per... Heureusement, ses disciples ont des revendica-
tions à revendre : un pont de trois cents mètres de
large pour abriter tous les clochards, des trottoirs
roulants pour faciliter le labeur des péripatéticiennes,
l'octroi d'une pension à la veuve du soldat inconnu...
Tout est bon pour rire entre potaches, mais aussi
pour s'exercer à parler en public. Le « Front lopu-
laire » trouve de réels soutiens chez les étudiants en
droit qui se destinent au prétoire ou à la politique.

## Une « tête de Turc »

Après la guerre, Lop continue de faire campagne :
il se présente à tout comme Républicain indépendant
de rénovation, sans paraître se rendre compte qu'il est
le candidat du RIR.

« Très populaire au Quartier latin et bien connu
des Parisiens, M. Ferdinand LOP est le candidat fan-

taisiste de toutes les élections, au cours desquelles, sans se lasser et sans crainte du ridicule, il expose son programme », explique un rapport de police de novembre 1952. « On le voit souvent, lors des crises ministérielles, aux abords du Palais de l'Élysée ou des ministères, attendant avec une patience jamais lassée, que l'on fasse appel à son concours, et ce, à la très grande joie des journalistes parlementaires, qui en ont fait leur "tête de Turc". »

Devenu une figure du Boul'Mich dans les années 1960, il vit de ses dessins et brochures, vendus aux terrasses des cafés.

Quand il s'éteint, le 28 octobre 1974, la presse lui consacre des nécrologies présidentielles. Ne vient-il pas, en avril, de briguer la succession de Georges Pompidou ? Vainqueur de l'élection, Valéry Giscard d'Estaing lui aussi appellera de ses vœux, mais très sérieusement, la désignation d'un « Président de l'Europe ».

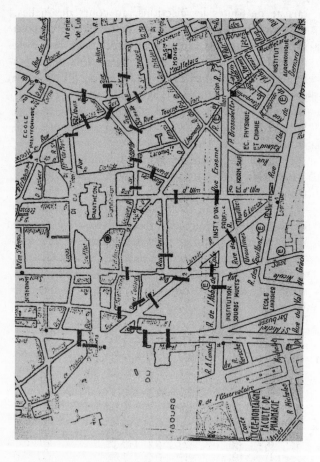

Plan des barricades de la nuit du 10 au 11 mai 1968, dessiné par la Préfecture de police.

# Mai 68 vu depuis la Préfecture de police

Danielle Tartakowsky

À la veille des événements de mai-juin 1968, le Quartier latin demeure l'une des plus fortes concentrations étudiantes au monde, malgré la construction d'universités nouvelles comme Nanterre. La croissance des effectifs, qui ont quadruplé en vingt ans, s'est accompagnée d'une démocratisation certes relative, mais réelle.

Les étudiants sont plus massivement issus des classes moyennes qu'avant guerre, ce qui n'est pas sans affecter la physionomie politique d'un quartier que les « camelots du roi » avaient longtemps maîtrisé presque sans partage. Près de 65 % des manifestations syndicales ou politiques déployées au Quartier latin depuis la Libération sont le fait d'organisations étudiantes très majoritairement situées à la gauche ou à l'extrême gauche de l'échiquier politique. À partir de 1964, la constitution du groupe d'extrême droite Occident puis l'émergence d'organisations trotskistes et maoïstes valent à ce qui demeure un territoire social homogène de se fragmenter politiquement.

Des places fortes s'érigent, certes invisibles au regard,

mais du moins propres à servir de soutiens logistiques ou de bases arrière lors d'affrontements parfois violents : trotskistes à la Sorbonne, maoïstes à l'École normale supérieure de la rue d'Ulm, extrême droite à Assas... Les librairies La Joie de lire, Clarté, Norman Bethune, Gît-le-Cœur ou la salle de la Mutualité, familièrement appelée « la Mutu », remplissent des fonctions similaires.

## Le siège de la Sorbonne

Le 3 mai 1968, l'Union nationale des Étudiants de France (Unef) et le Mouvement du 22-Mars, réunis dans la cour de la Sorbonne pour dénoncer la fermeture de Nanterre, appellent à manifester trois jours plus tard, quand huit militants devront comparaître devant le conseil de discipline. En fin d'après-midi, les forces de l'ordre investissent la Sorbonne. La contestation, qui tendait à se cantonner à l'intérieur des universités, investit alors brusquement la voie publique, par défaut, comme le soulignent des mots d'ordre exprimant la volonté de rendre « la Sorbonne aux étudiants » ou de « reprendre la Sorbonne à l'État bourgeois ».

L'Unef a lancé un appel à la grève nationale illimitée à partir du 6 mai. Quatre jours durant, des manifestations se succèdent pour la libération des étudiants interpellés et la réouverture des universités. La fermeture de la Sorbonne interdit aux étudiants de se déployer dans le périmètre étroit qui, précisément, constitue leur objectif. Elle les contraint à des rassemblements à distance, dans des lieux rarement visés jusqu'alors, place Denfert-Rochereau et place des Gobelins.

## « *Tous au Quartier latin !* »

Le 7 au soir, Jacques Sauvageot, vice-président de l'Unef, appelle les manifestants à la dispersion, mais les invite à continuer l'action « tant que nous n'aurons pas obtenu la libération du Quartier latin et rendu la faculté aux étudiants ».

« Tous au Quartier latin ! » crient certains de ceux qui l'entourent, tandis que d'autres appellent à investir et à occuper la Sorbonne, cette nuit-là sans succès. Les manifestations présentent une longueur inhabituelle : vingt kilomètres le 7 mai, seize le 10. Conduites à diverses reprises jusque sur la rive droite, elles se prolongent jusqu'à des heures tardives, selon des itinéraires sinusoïdaux dont les inflexions sont négociées, nous apprend un rapport, « au fur et à mesure, le plus souvent après des palabres entre les représentants des diverses tendances ». Avant qu'un phénomène de resserrement sur le Quartier latin ne s'opère, au contraire, dans la nuit du 10 au 11 mai.

Le cœur de Paris, alors en rénovation, est couvert de chantiers. Dès le 3, les manifestants dépavent la chaussée et dressent des obstacles autour de la Sorbonne, d'abord place Maubert, puis le 6 mai sur le boulevard Saint-Germain, enfin sur le boulevard Raspail dans la nuit du 7 au 8. Jusqu'au 10 mai, les forces de l'ordre parviennent sans trop de difficultés à les prendre à revers, en provoquant l'effondrement des « fronts ». La stratégie déployée dans la nuit du 10 au 11 complique singulièrement la tâche des CRS : les barricades, en nombre accru, sont cette fois construites de manière à permettre une résistance tous azimuts : elles dessinent une série de réduits dans le périmètre limité par les rues Gay-Lussac et Mouffetard. Un « camp retranché » que les étudiants s'essaient à « défendre », la nuit durant, avec l'appui remarqué des riverains.

Paris renoue avec un héritage du lointain XIXᵉ siècle, revivant des scènes dont la rare violence est, en sus, spectaculaire et médiatisée. Barricades, incendies, cocktails Molotov d'un côté, gaz lacrymogènes et canons à eau de l'autre, en évitant le corps à corps. Au prix d'un millier de blessés parmi les manifestants, dont certains grièvement, et de quatre cents parmi les forces de l'ordre. Aucun mort, il est vrai : un bilan qui prend sa pleine valeur comparé à ce qu'il est advenu à Paris, pendant la guerre d'Algérie, le 17 octobre 1961 ou bien en février 1962, au métro Charonne, sans parler de la répression meurtrière déployée en 1968 contre les étudiants contestataires dans d'autres pays, comme le Mexique.

## *Une grève générale*

Mais, dans la France de 1968, cette violence franchit le seuil du tolérable aux yeux du plus grand nombre. Parce que la France, depuis 1962, a cessé de se sentir en guerre, parce que la répression ne frappe plus les « classes dangereuses » mais un milieu qui doit à son âge et à son statut de jouir d'un fort capital de sympathie dans l'opinion, les barricades des premiers jours de mai sont vues comme le prolongement d'un passé romantique. Les cris de « CRS SS », l'invocation des « ratonnades » et l'assimilation des gaz lacrymogènes au napalm amplifient l'émotion. La riposte s'organise sous l'espèce d'une grève générale, accompagnée de manifestations dans la France entière, à l'appel de l'Unef, de la CGT, de la CFDT et de la FEN — rejointes, à Paris par FO et la CGC sur des appels séparés.

Le parcours négocié à Paris débute place de la République, dans le périmètre convenu des manifestations syndicales, puis emprunte un axe nord-sud caractéristique de la plupart des manifestations étudiantes de mai. Il s'achève symboliquement à proximité du Quartier latin. Rouverte, la Sorbonne est occupée dans la nuit par les étudiants. Le théâtre de l'Odéon connaît, le 15, le même sort, cependant que les grèves se généralisent.


## Un million de manifestants

Avec l'occupation des entreprises et des universités, les manifestations de rue perdent leur rôle de premier plan. Celles qui se déploient à Paris entre le 24 et le 29 mai, dont l'une est l'occasion d'une spectaculaire flambée de violence, font apparaître les divisions stratégiques entre l'extrême gauche, la CGT et la « deuxième gauche ».

Il faut attendre le 30 mai pour qu'une manifestation de rue redevienne déterminante, mais elle vient à l'initiative des partisans du général de Gaulle. D'abord hostile, le Président s'est finalement rallié au principe d'une telle mobilisation. Le rassemblement est prévu place de la Concorde, un lieu qui n'a fait l'objet d'aucun investissement politique d'importance depuis 1934, à l'exception des fêtes de souveraineté.

Le Préfet de police, Maurice Grimaud, informé du projet de manifestation après qu'il a été rendu public, tient à alerter les organisateurs. « Savez-vous, monsieur le député, combien de personnes tiennent sur la place de la Concorde ? Trois cent mille », explique-t-il au gaulliste Pierre-Charles Krieg.

Contre toute attente, les manifestants vont s'y trouver plus nombreux encore, s'autorisant alors à remonter les Champs-Élysées, sous la conduite de ministres et de parlementaires, jusqu'à l'Arc de Triomphe, tendu pour la circonstance d'un imposant drapeau tricolore marqué de la croix de Lorraine. Les photographies aériennes conservées aux archives de la Préfecture de police montrent l'importance du mouvement. Le trajet, la « forêt » de drapeaux tricolores, la présence de déportés, d'anciens combattants et de FFI arborant décorations et brassards réactivent le récit d'août 1944.

Depuis le succès de cette démonstration, les grands rassemblements inopinés investissent volontiers cet espace longtemps sanctuarisé.

*Troisième partie*

# L'AMOUR

À côté des « dossiers bleus » à caractère politique que renfermait avant guerre « l'armoire de fer du Préfet de police », se trouvaient les « dossiers blancs » consacrés aux affaires de mœurs. Non que la police parisienne se signale par une pudibonderie extrême : l'ouverture des « maisons de tolérance » se négocie officiellement dans ses bureaux et certaines courtisanes se révèlent être des sources précieuses de renseignement. Paris, capitale du plaisir, attire de nombreux visiteurs, mais tout se passe sous la surveillance diffuse d'une administration dont les préoccupations ne se bornent pas au domaine sanitaire.

Parce que les passions peuvent se montrer suffisamment impérieuses et violentes pour dériver jusqu'au crime, parce que savoir les secrets d'alcôve des personnalités procure un petit pouvoir d'influence, des rédacteurs bien informés ont noirci de très indiscrets registres, dans lesquels femmes vénales en crinoline, homosexuels proustiens et amants « Belle Époque » nous lèguent leurs folies mises en fiches. Tarifé ou non, l'amour demeure le puissant mobile du scandale.

# I. LA PROSTITUTION

Jusqu'à la « loi Marthe Richard » de 1946, la France considère ses maisons closes comme un moindre mal. Un proxénète ayant pignon sur rue n'hésite pas à écrire au Préfet de police pour se plaindre de la concurrence déloyale que lui font les filles des rues. La prostitution n'est pas interdite, du moment que les « filles soumises » se conforment aux exigences du contrôle sanitaire. Si le souvenir des grandes courtisanes qui reçoivent à domicile est entretenu par la littérature, la majorité des prostituées connaît un sort difficile et précaire. Au bas de l'échelle, les « pierreuses » faméliques, pour la plupart mineures, hantent les rues, les immeubles en construction, les ruines des « fortifs ».

La police observe avec attention cette population contrastée, mais aussi les hommes politiques, écrivains et industriels identifiés parmi leur clientèle, surtout si les sommes dépensées atteignent un montant digne d'intérêt.

Pour le moins indifférente au sort des jeunes femmes, les brigades se montrent sourcilleuses dès lors que la

prostitution semble sortir des enceintes confinées :
l'ouverture des volets et le racolage par les fenêtres
sont interdits, de même que la publicité... Petit rectan-
gle de carton rose orné de lapins suggestifs, un curieux
« bon pour une nuit d'amour » au Sphinx dort ainsi
depuis soixante-dix ans dans les dossiers.

# Un registre de la police des mœurs

Gabrielle Houbre

Les Françaises Sarah Bernhardt et Blanche d'Antigny, l'Anglaise Cora Pearl ou la Russe Païva, parties de rien ou de peu, comptent parmi les plus prestigieuses représentantes de l'élite galante. Cette fine fleur de la séduction peut s'enorgueillir d'avoir fait tourner la tête et vider leur portefeuille aux personnalités les plus éminentes du Second Empire. À elle seule, Cora Pearl a fait chavirer une partie du gotha européen, du prince Napoléon au duc de Morny, sans dédaigner de simples roturiers pourvus qu'ils soient généreux ou profitables : ainsi de l'écuyer Maurice, qui l'aide à devenir l'une des amazones les plus admirées de la capitale.

L'argent reste souverain dans ces relations interlopes. Si certaines s'étourdissent à dépenser leurs gains dans l'heure, comme Cora Pearl tenue pour noceuse et prodigue, d'autres, telle La Païva, préfèrent se constituer un patrimoine qui leur permettra à terme de « décrocher » : atteintes du virus haussmannien de

Sarah Bernhardt.

l'immobilier, elles ambitionnent d'abord un logis digne de leur réputation.

Déjà très célèbre et fantasque, Sarah Bernhardt accorde ainsi de capricieuses et brèves rencontres lorsque la construction du palace de ses rêves nécessite des liquidités. Mais toutes sont éclipsées par La Païva, que son richissime amant prussien Henckel dote d'un mirifique hôtel particulier sur les Champs-Élysées, où on la soupçonne un temps de se vouer à l'espionnage au profit de Bismarck.

Cet éclairage parfois cru des coulisses de la fête impériale provient d'un registre établi au début de la III<sup>e</sup> République. Le Préfet de police, Léon Renault, s'inquiète alors des chiffres de la prostitution : si le bureau des mœurs a officiellement enregistré quatre mille prostituées, ce sont près de trente mille clandestines qui sont soupçonnées d'œuvrer dans la capitale en échappant à tout contrôle — et notamment à l'injonction des visites sanitaires. Déterminé à juguler la syphilis et à protéger l'intérêt des familles menacé par des adultères tapageurs et dispendieux, Renault songe aussi sans doute à conserver des informations compromettantes sur les élites politiques, diplomatiques, économiques, militaires ou culturelles du Second Empire lorsqu'il lance une « guerre soutenue » contre ces « insoumises », épiées assez étroitement pour identifier leurs clients.

## Les aléas de la fortune

Inquisitoriaux en diable, les agents des mœurs font flèche de tout bois, sans éprouver la solidité des renseignements récoltés auprès des domestiques et des concierges : ils observent, filent, espionnent leurs proies jusqu'à briser le secret des alcôves. Plus de quatre cents femmes sont ainsi fichées, photo parfois à l'appui, dans un épais registre qui centralise des rapports de surveillance se référant pour l'essentiel au tournant du Second Empire et de la III^e République. Elles viennent d'horizons sociaux et de fortunes très contrastés, des sans-grade qui logent en garni et racolent sur le trottoir aux courtisanes les plus fameuses qui mènent grand train. Ce sont ces « archi-drôlesses », fustigées par Émile Zola dans *Le Figaro* du 3 janvier 1867 pour posséder « des diamants partout, des robes de velours, des blasons, des laquais à livrée, six chevaux dans leur écurie et autant d'amants dans leur cœur », qui cristallisent l'attention des autorités. L'actrice Blanche d'Antigny ne rafle-t-elle pas en une nuit passée avec un prince russe vingt mois de traitement de l'agent des mœurs qui rédige son rapport ?

Mais ce flot capricieux d'argent ne doit pas masquer la précarité de trajectoires mouvantes. Au gré de leur fortune, ces femmes changent d'appartement, de ville, voire de pays. À l'heure du développement des transports, elles partent volontiers tenter leur chance à Londres ou à Bruxelles, et osent à l'occasion les lointaines Russie, Amérique, Égypte ou Turquie.

Instable, leur vie est aussi, souvent, terriblement âpre : avortement, inceste, maladie, violence, folie émaillent les rapports du registre, tandis que les tentatives de suicide témoignent d'une souffrance qui n'épargne pas les hommes. En 1872, celle du jeune Duval, éconduit aussitôt que plumé par Cora Pearl, vaut à la jeune femme une expulsion temporaire du territoire français et le déclin de son emprise sur la scène vénale. Car les destinées de ces femmes hors du commun n'échappent pas toujours au pathétique : si Sarah Bernhardt et La Païva rompent avec leur vie de courtisane, l'une absorbée par ses triomphes d'actrice, l'autre par la gestion avisée de ses millions au sein d'une union fidèle, l'extravagante Cora Pearl disparaît désargentée et oubliée de tous, tandis que la précoce disparition de Blanche d'Antigny inspire à Zola la fin dramatique de *Nana*.

✱

## DEUX REINES DE BEAUTÉ

*Fiches de Sarah Bernhardt et de Cora Pearl,*
*tirées de « l'album des courtisanes »*

Bernhart [*sic*]

*Avril 1873*

A eu pour amant le sieur Basilewski qui demeure rue Blanche 59, qui a été l'amant de la Ferraris, et lui a laissé une somme considérable.

Quand elle est entrée au Français, elle avait pour

amant le jeune Konor qui a gagné au jeu 400 000 f. et lui en a donné le quart avant de retourner à son régiment.

*23 mars 1874*

Sarah Bernhart, qui aurait été surnommée, depuis qu'elle a été aux eaux, Sarah retour des os, à cause de sa maigreur, aurait des idées les plus lugubres.

Ainsi elle aurait chez elle un cercueil en palissandre, capitonné, dans lequel elle se couche parfois. Elle aurait en outre dans son salon, sous un meuble, une tête de mort qu'elle aurait rapportée de Champigny, laquelle serait placée dans un plat d'argent.

Elle porterait habituellement sur elle une tête de mort montée en épingle, qu'elle appelle Sophie.

Elle habite rue de Rome n° 2 mais doit bientôt aller demeurer rue Mansart. Elle aurait des tentures sur lesquelles on voit des larmes et des têtes de mort qu'elle se propose de faire poser dans son nouveau logement.

*Janvier 1875*

Le 27 courant, M. Amédée Gautray, demeurant rue du Cirque n° 10, s'est rendu chez l'actrice Sarah Bernhart rue de Rome 4. Il a eu des rapports intimes avec elle et lui a remis 1 000 f. pour prix de ses faveurs. M. Gautray serait très lié avec la famille Laffitte.

*23 mars 1875*

M. Henri Ducasse, qui a déjà fait l'objet d'une précédente note, a de nouveau eu des relations intimes avec l'actrice Sarah Bernhart, samedi dernier. Cette fois, elle l'a reçu dans son domicile rue de Rome 4 et il lui a remis 25 louis pour prix de ses faveurs.

*31 mars 1875*

M. Henri Ducasse est reparti pour Lyon samedi dernier. Avant son départ, il a eu des relations intimes avec Sarah Bernhart et, en dehors de la somme qu'il lui donnait d'habitude, il lui a fait cadeau d'une paire de boucles d'oreilles en brillants d'une très grande valeur. Il ne doit être que huit à dix jours absent et il a promis à Sarah Bernhart de revenir la voir aussitôt son retour.

*28 mai 1875*

M. Henri Ducasse, député, qui a déjà fait l'objet de différentes notes, était hier chez une proxénète à laquelle il a dit qu'il allait cesser ses relations avec Sarah Bernhart attendu qu'il l'avait surprise avec le comte de Rémusat, son collègue à l'Assemblée, et aussi avec M. Amédée Gautray, demeurant 10 rue du Cirque.

Que lorsqu'il arrivait chez Sarah, rue de Rome n° 4, il était parfois obligé de faire antichambre, en attendant que l'un ou l'autre de ces messieurs soient sortis et qu'il était lassé de jouer une pareille comédie pour une femme à laquelle il avait donné plus de 30 000 f. depuis trois mois. Il a ajouté qu'il ne comprenait pas comment cette actrice consentait à recevoir des hommes aussi âgés.

Il est bon de remarquer que M. Ducasse est lui-même très âgé, et de plus infirme, il est paralysé d'une partie du côté gauche.

Cruch Emma, dite Cora Pearl

*Septembre 1865*

Cruch Emma, dite Cora Pearl, dite le Plat du jour, demeurant rue de Ponthieu n° 61.

Elle appartient à une bonne famille, et est née à Plymouth (Angleterre) en 1837.

Ses parents s'étant séparés, pour vivre chacun à sa guise, elle fut placée dans un pensionnat de Boulogne-sur-Mer, où elle resta pendant deux ans, puis elle fut admise dans une autre institution à Calais et y séjourna sept ans.

Elle alla ensuite passer deux ans à Jersey, chez sa grand-mère, qui la plaça chez un modiste de Londres très en réputation, et qui lui apprit son état. Dans cette maison, où elle resta jusqu'à l'âge de vingt ans et demi, elle écouta les propositions du baron Oelsen, originaire de Courlande, qui vécut avec elle pendant un an à Londres.

Lorsqu'il la quitta, elle devint la maîtresse d'un Anglais fort riche du nom de Bignell, qui l'entretint pendant quinze mois. On suppose que c'est cet individu qui l'a emmenée en Russie, où elle a eu comme danseuse quelques succès sur les principaux théâtres.

C'est aussi lui qui l'a amenée à Paris, et l'a lancée dans le monde des femmes galantes.

À son arrivée dans la capitale, elle fit la connaissance d'un sieur Marschall, Anglais qui après l'avoir quittée, lui a envoyé pendant quelque temps de l'argent de Londres, où était sa résidence.

Elle a fait quelques études pour entrer à l'Opéra mais, retenue par les plaisirs, elle n'a pu continuer et n'a jamais débuté. Le comte Sénéty, qui a dépensé beaucoup d'argent avec elle, a succédé au sieur Marschall et a lui-même cédé la place à M. Héricourt de Thury, qui a aussi été très prodigue pour elle. Abandonnée par M. Héricourt, Cora redevint la maîtresse de M. Sénéty ; puis elle a encore eu pour amant M. le comte de Chabrillant, beau-frère de Mogador. Il lui donnait 3 000 ou 4 000 f. par mois.

À M. de Chabrillant a succédé le comte de Beaurepaire, qui l'a emmenée à Bade et à Hambourg, où il a joué et perdu énormément d'argent. On cite aussi comme lui ayant sacrifié une partie de son avoir le duc de Grammont-Caderousse. On prétend qu'elle aurait également accordé ses faveurs à Maurice, le marchand de chevaux de l'avenue des Champs-Élysées ; on dit même qu'il aurait été pendant quelque temps son amant de cœur, et qu'en retour de ses faveurs, il lui aurait donné des leçons d'équitation dont elle a bien profité.

Pendant un moment, Cora est restée sans amant (octobre et novembre 1860), mais elle recevait presque tous les jours vers une heure de relevée un petit jeune homme aux manières distinguées qui restait chez elle jusqu'à quatre heures. Ensuite, une de ses voitures venait la prendre pour se rendre au bois de Boulogne, et rarement ce jeune homme l'accompagnait.

Un autre jeune homme, mais plus âgé que le précédent, venait aussi la voir. Il arrivait dans une voiture de maître. Son cocher portait une livrée blanche, mais ses visites étaient moins fréquentes.

Cora avait à cette époque cinq chevaux et trois voitures, et ses écuries étaient situées rue de Miromesnil n° 50.

En novembre 1861, Cora était la maîtresse de M. de Mourgues, imprimeur, lequel avait loué la loge n° 10 du théâtre des Italiens, et à chaque première représentation Cora étalait son luxe affichant dans cette loge. Elle avait ainsi éludé les obstacles apportés par M. le ministre d'État à la location à l'année des loges des Italiens par des femmes galantes.

En octobre 1863, elle a occupé l'administration et elle a été mandée au cabinet de M. le chef de la 1re division le 23 janvier 1864.

Le 7 mars 1865, elle a donné un bal avec Caroline Assé ; les invités du sexe féminin étaient choisis parmi les femmes galantes à la mode, à l'exclusion des actrices. On a dansé toute la nuit. Il y a eu un souper superbe qui aurait coûté, dit-on, 12 000 f. Il y avait deux tables de quarante couverts chacune ; toutefois, on n'a pas joué et à six heures du matin tout le monde était parti.

Cora Pearl est une des habituées du cabinet n° 6 de la maison d'Or.

Dans le courant d'avril 1865, elle se trouvait dans ce cabinet avec une de ses amies M$^{me}$ de Joya, d'origine italienne ; après elles sont arrivés M. de Masséna, le prince Robertskoff, et M. Hérisson.

On soupa. Au milieu du festin une altercation eut lieu entre Cora et le prince Robertskoff, et une autre entre Joya et M. Hérisson. Ces deux femmes se sont mises dans une colère affreuse, elles étaient furieuses, rien ne pouvait les calmer : elles ont lancé des verres, des bouteilles à la tête de ces deux messieurs, qui ont été blessés, personne n'osait les approcher.

Cora a une maison des mieux montées ; elle conduit souvent ses chevaux elle-même, et un jour elle a versé au milieu de l'avenue des Champs-Élysées. Son groom fut grièvement blessé ; mais elle en prit grand soin.

Elle est très bonne pour ses gens, ainsi elle tolère que les amants de ses servantes, et les maîtresses de ses domestiques, viennent manger avec ceux-ci à l'office, aussi ses dépenses de maison sont-elles énormes. Elle ne sort jamais à pied, est encore d'une physionomie passable quoique un peu fatiguée. Elle mène une vie des plus accidentées et fréquente les villes d'eaux.

En 1862 au mois d'août, elle aurait fait dit-on un voyage à Vichy, pendant le séjour de l'Empereur, puis aurait visité plusieurs villes des bains, et serait ensuite allée à Londres, avec M. Sénéty. Elle était à cette époque la maîtresse de M. de Galliffet, officier d'ordonnance de Napoléon III.

Cora est une noceuse.

Elle se grise souvent. (…)

○

ZOLA AU BORDEL

*Les sources de* Nana

Paris, 5 juillet 1891

Au sujet
d'Émile Zola

Émile Zola continuerait ses visites chez la proxénète Louise Bremond, rue Bréda, 4, non pour avoir des relations avec les clientes de celle-ci, mais pour recueillir (sans doute en vue d'un ouvrage) leurs impressions et souvenirs.

Il paraît qu'il insiste surtout auprès d'elles pour savoir si elles ont des maquereaux (*sic*) et pourquoi elles en ont.

Jamais il ne serait satisfait de ce qu'on lui dit, ne trouvant pas les choses assez corsées.

Paris, SAM [Série Ba, carton n° 1302]

✪

## CLICHÉS ET OBJETS LICENCIEUX

*Moins prestigieux que « l'album des courtisanes », le registre noir conservé sous la cote Bb 3 n'est pas moins révélateur des turpitudes parisiennes sous le Second Empire. De 1855 à 1869 sont recensés, au fil des arrestations, tous les pornographes professionnels de la capitale, ainsi que les prostituées qui leur servent de modèles. Des photos encollées dans les marges laissent entrevoir les débuts d'une industrie de l'image obscène : aux anciennes « académies », comme les policiers appellent par raccourci les dessins de nus à prétexte artistique, se substituent les clichés qu'on vend sous le manteau et les tirages dédoublés pour stéréoscope, appareil permettant de voir en relief. D'inventifs marchands proposent des objets coquins, des préservatifs imprimés... Blasés, les policiers n'accordent qu'une attention modérée à Gustave Courbet, dénoncé pour exposer publiquement L'Origine du monde.*

### Le registre des pornographes

6923. Vorimore Jacques ; né à Boissy S$^t$ Laurent la Gatine (Eure et Loire) le 15 mai 1825 ; M$^d$ d'estampes. Marié, 1 enfant.

24 fév. 59 Arrêté à la suite d'une perq$^{on}$ faite par M$^r$ Blanchet. Il avait remis à l'insp$^r$ Remise deux jeux de cartes obscènes. Saisie dans son magasin, rue Rambuteau 62 et chez la D$^e$ Trézet m$^{de}$ de casquettes, dans la même maison, d'un album contenant 50 lithographies obscènes, de 3 jeux de cartes à transparents obscènes, de 6 photographies obscènes, sur verre, pour stéréoscope, de 13 épreuves sur plaque ou sur papier, obscènes, égalem$^t$ pour stéréoscope, de 186

académies sur papier. Les académies sortent des ateliers Lamiche ; les jeux de cartes lui auraient été remis par un n$^e$ Langelot qui serait mainten$^t$ en Amérique. Il ne sait d'où lui viennent les obscénités. Il habite rue Quincampoix 63.

30 juin 59, Avis favorable pour un recours en grâce au sujet de ses amendes.

16 X bre 59. Il habite passage du G$^d$ Cerf 53.

Dem$^{de}$ à vendre des livres de piété. Avis défavorable. Refus 20 janvier 60.

[…]


7035. Demesse Marie Léopold ; né à Roncy (Aisne) le 11 août 1824. Photographe.

29 avril 59 Mandat de M. Rohault de Fleury. A vendu à Remise 18 reproductions obscènes.

29 avril 59 Ordonnance de M. Rohault, perquis$^{on}$ par M$^r$ Chartier, avenue S$^t$ Ouen 19 à Batignolles. Saisie de :

1° Un cliché plaque entière, représentant deux tribades (reproduction),

2° 4 clichés, quart de plaque, représ$^t$ des sujets obscènes tirés d'un ouvrage érotique,

3° Une épreuve sur papier de l'un des dits clichés,

4° 4 photographies s/papier pour stéréoscope représ$^t$ des femmes nues dans des poses licencieuses,

5° Une photographie sur papier égalem$^t$ p/stéréoscope représent$^t$ un homme et une femme nus dans une attitude obscène,

6° Un châssis-presse ayant servi au tirage des susdites épreuves.

8 mai 59, Avis favorable à un recours en grâce.

Il est maître de chapelle à l'église de Batignolles.

[…]

7960 Collet Louis Gustave, né à Paris, le 6 9^(bre) 1830. Fab^t de cordes à boyaux, marié, père de famille.

13 avril 60, Arrêté à 10 h ½ du matin, porteur de 6 grosses de préservatifs illustrés qu'il allait livrer. Dem^(re) r. du Vert-Bois 65. Déclare que ces préservatifs ont été imprimés par un n^é Garnier F^(ois) Eugène d^t à Paris, rue des Fossés du Temple, n°…

[…]

6644. Mongin née Héloïse Antoinette Vagnier, née à Paris, le 4 juin 1801. Marchande de tabac.

Demeure carrefour de l'Odéon 4. Par ordre de M. le Ministre de l'Intérieur et de M. le Préfet de police, le 31 juillet 58, saisie opérée à son débit par M. Allard, comm^(re) de police de pipes représentant des sujets obscènes.

[…]

Courbet
Artiste peintre dem^t
31 mai 1867. Est signalé comme possédant et faisant partie de son exposition particulière ouverte au public Rond point de l'Alma, un tableau obscène. Vérification faite, il n'a été constaté qu'un seul sujet, tout au plus une académie.

Paris, SAM [Bb 3]

✪

## DOLÉANCES D'UN TENANCIER

*C'est en honnête commerçant, payant patente, ayant pignon sur rue, que Léon Joseph Malbranque écrit au*

*Préfet de police. Tenancier de la maison de tolérance du
106, boulevard de la Chapelle, il va jusqu'à invoquer des
arguments moraux pour étayer sa réclamation contre la
concurrence déloyale que les filles des rues font subir à
son établissement. Au-delà de son caractère pittoresque,
ce document des années 1910 met en évidence les deux
visages de la prostitution parisienne jusqu'à la « loi Marthe Richard » de 1946 : d'un côté, les « filles soumises »,
encartées, passant à la visite médicale et officiant dans le
cadre réglementé des maisons closes ; de l'autre, les
« insoumises » qui racolent dans la rue ou dans les lieux
mal famés.*

### Lettre de Joseph Malbranque au Préfet de police

Monsieur le Préfet,

Poussé à la dernière extrémité, je me vois obligé
de venir à nouveau porter plainte entre vos mains.

Tenancier de la susdite maison, je suis de tous
côtés envahi par la prostitution clandestine ; et ce
serait le cas de dire tout est prostitution ici, excepté
moi ; les femmes de la rue font devant chez moi un
racolage incessant et sans être dérangées depuis le
matin jusqu'au soir elles sont les reines du trottoir, de
la chaussée et de tout le boulevard, constamment
elles coudoient les gardiens de la paix dans l'exercice
de leurs fonctions. Quand arrive le soir, et la nuit
accompagnées de leurs souteneurs, c'est s'exposer
au scandale public ou aux pires représailles que de
les déranger ou d'y toucher.

Quand une ou deux fois dans la nuit (généralement
de onze heures à deux heures) passent comme un
éclair les agents des mœurs, toute la séquelle pré-
venue par la télégraphie sans fil de leurs souteneurs
ou entre elles par un cri convenu, elles ont tôt fait de

déguerpir, elles se faufilent dans les (hôtels et marchands de vins) maisons borgnes, leurs complices en
vols et entôlages et échappent ainsi aux agents, elles
ressortent quand ceux-ci sont passés pour ne plus
être dérangées de toute la nuit.

Toutes les personnes, sociétés de Provinciaux ou
d'Étrangers ne peuvent venir à la maison sans avoir
été harcelés, tirés et racolés cent fois, elles leur disent
ne va pas là cela te coûtera trop cher, tu seras volé
battu, etc. Quand une voiture de gens en train de
s'amuser vient à arrêter pour venir à la maison les
filles constamment aux aguets ne savent que faire
pour les détourner et les emmener dans leurs repai-
res à côté.
La nuit, enhardies, les gardiens de la paix les laissant faire et poussées par leurs souteneurs, elles sont
d'une audace à toute épreuve, que de passants sont
molestés et insultés même les gardiens. C'est à ne
pas y croire sans l'évidence.

Outre les racoleuses de la rue, à droite et à gauche
de chez moi, à l'hôtel 104 boulevard de la Chapelle,
on entretient constamment 15 à 20 filles de prostitution, majeures ou mineures, cela ne fait rien, elles font
du racolage à la porte, devant la maison et devant
chez moi elles rentrent dans le couloir de l'hôtel à la
moindre alerte pour reparaître aussitôt.

Le marchand de vins même n° ne vit que de prostitution, c'est là que les souteneurs attendent et la
pitance ou le coup à faire ; le marchand de vins 102
même trottoir ne vit également [que] de ce trafic 50
filles de prostitution et leurs souteneurs s'y succè-

dent toute la journée et la nuit ; à côté, l'Hôtel du
midi véritable maison de tolérance ouverte. 3 ou 4 filles
sont installées à 3 ou 4 portes différentes et font le
racolage, avec tout le sans-gêne et l'audace des
salons les plus cotés. Ce n'est plus comme dans certaines maisons (un peu plus scrupuleuses) derrière
une fenêtre ou derrière les rideaux mais sur la voie
publique devant enfants, adolescents et vieillards ;
ces trois maisons sont de véritables coupe-gorge que
la police locale connaît, y fait souvent des descentes
et des arrestations mais dit toujours ne pas avoir
d'ordres pour purger complètement.

Les maisons 114-116 boulevard de la Chapelle
et 3 rue des Islettes sous le couvert d'hôtels ne font
que de la prostitution.

Monsieur le Préfet, toute cette prostitution clandestine me fait un tort considérable. C'est le marchand des quatre-saisons installé en permanence
devant le fruitier puis ces filles de rues qui ne sont
que des voyous et des apaches ainsi que leurs souteneurs rendent le quartier mal famé et dangereux.
Combien de rixes d'agressions et d'entôlage dont
les victimes ne se font pas connaître. Voilà huit ans
que je suis ici mais jamais nous n'avions vu un
pareil envahissement de filles en face notre porte.

J'avais eu l'honneur d'écrire à M. le Préfet de police il
y a 5 ou 6 ans en pareille circonstance ; des ordres
furent donnés qui avaient amené un grand épurement
et une surveillance plus stricte ; quand il y avait relâ-
chement j'allais voir M. le Commissaire de police ou
M. l'officier de paix qui donnaient à nouveau des ordres
et tout se passait pour le mieux ; mais cette année,

démarche ou lettre au Commissaire de police ou l'officier de paix rien n'y fait et les agents des mœurs à qui
je fais très souvent des plaintes me disent « nous n'y
pouvons rien, nous n'avons pas d'ordres », quand
j'insiste ils ajoutent « plus de trois cents rapports
ont été faits sur ce que vous vous plaignez ! nous
attendons des ordres, la prostitution est trop libre ».

Des plaintes de négociants, commerçants et nombreux propriétaires et particuliers du quartier restent
également lettres mortes, une pétition couverte de
nombreuses signatures fut remise à M. Cachin,
Conseiller municipal de la Goutte-d'Or qui s'engagea
à la remettre à M. le Préfet de police et la porter
devant le Conseil municipal, n'a pas eu d'écho.

Monsieur le Préfet, la présente plainte émanant
d'un personnage aussi peu important que le tenancier d'une maison de tolérance est peut-être un peu
hardie ! Mais, Monsieur le Préfet, elle est tellement
fondée, tellement vraie que j'ai l'honneur de solliciter ardemment de votre bienveillance de bien vouloir
la prendre en parfaite considération car s'il y a quelques personnes peu scrupuleuses qui ne tendent pas
à faire considérer la corporation il s'en trouve beaucoup : bons pères de famille, très honnêtes commerçants, contribuables sérieux et qui s'ils étaient un
peu soutenus rendraient de réels services à la police,
à la morale, et aux bonnes mœurs depuis bientôt dix
ans que j'ai eu le malheur d'engager mes quelques
pécules dans cette affaire que j'ai défendue avec
abnégation et courage. J'ai fait des études de mœurs
réelles et beaucoup de mes collègues travaillant dans
mon genre honnêtement et moralement seraient je
crois utiles d'être convoqués et entendus par les chefs

de services au moment des changements de détail des règlements.

Monsieur le Préfet, si vous le croyez nécessaire et si vous croyez que je puisse vous intéresser un instant, j'ai bien l'honneur de solliciter de votre bienveillance une audience de quelques minutes afin de pouvoir vous expliquer quelques détails au sujet d'un remaniement partiel des règlements sur la prostitution qui ferait un grand bien à la morale publique et à la ville de Paris tout entière qui est infestée de ce grand fléau. On dit de vive voix des choses de vive voix qu'il est difficile d'expliquer même dans de longues lettres.

Dans l'espoir d'un accueil favorable, veuillez agréer, Monsieur le Préfet, votre très humble et dévoué serviteur,

MALBRANQUE
Paris, SAM [Série Ba, carton n° 1689]

✪

## UN CLIENT MOLESTÉ

*Lorsqu'il insiste sur les dangers que fait courir aux clients la prostitution non réglementée, Léon Joseph Malbranque n'a pas tout à fait tort, comme le montre ce rapport de routine, à l'en-tête de la police municipale, daté du 9 décembre 1902 : sobrement intitulé « Coups de couteaux », il relate un de ces incidents fréquents dans les ruelles obscures du XVIII<sup>e</sup> arrondissement.*

### Rapport de l'officier de paix E. Xavier-Guichard

À 4 heures du matin boulevard de Clichy, face le 20, un individu qui a refusé de faire connaître son état civil, a déclaré aux gardiens Eger et Besancenot que vers 3 heures une fille l'avait racolé et conduit dans un hôtel passage de l'Élysée des Beaux-Arts, et lui avait donné cinq francs pour prix de ses faveurs. Celle-ci lui en avait réclamé 10, et sur son refus, le souteneur de cette fille qui était dissimulé dans un coin du passage l'avait frappé de deux coups de couteau l'un à la main gauche et l'autre sous le bras du même côté, tous deux sans gravité.

Le déclarant a refusé des soins disant qu'il était marié, père de famille et qu'il ne voulait pas que sa femme le sache.

M. Dupuis c<sup>re</sup> de police informé.

Paris, SAM [Série Ba, carton n° 1689]

✪

### UNE « VIE DE DÉBAUCHE »
### À QUATORZE ANS

*Née dans le Puy-de-Dôme en 1892, Marcelle Mathias a suivi sa mère dans la capitale. À quatorze ans, elle fugue. Deux souteneurs ne tardent pas à exploiter la petite Auvergnate, arrêtée le 1<sup>er</sup> juin 1906 pour vagabondage. Envoyée en maison de correction, elle retrouve ensuite sa mère. Mais celle-ci alerte la police le 15 décembre 1906 : la jeune fille, sortie faire une course, a de nouveau disparu. Trois jours plus tard, c'est une lettre pathétique qui arrive au domicile familial : un document exceptionnel car, si les archives de la prostitution sont abondantes, il est très rare que les prostituées elles-mêmes laissent des écrits. La lettre est transmise au commissariat par la mère, avec ce commentaire fataliste : « Je demande qu'aucune poursuite* *ne soit exercée contre elle, elle me reviendra sûrement, et je la reprendrai. »*

### Lettre de Marcelle Mathias à sa mère

Chère maman,

Il m'est absolument impossible de rentrer samedi mes anciens maqueraux m'ont vus il m'on fichu une détemprer puis m'ont obliger à travailler toute la nuit il me suive constamment puis ils m'ont fait travailler toute la nuit dans une brasserie de femmes et ce matin ils m'ont encore rebattus. Je suis dans un état épouvantable et tous les jours ça sera pareille m'ont-il dit. Je me suis couchée à 5 heures du matin, ce n'est pas moins qui t'écrit mais une de mes camarades qui est gentille et qui l'a mets à la poste ils sont toujours deux qui me suivent continuellement. J'ai fait 40 f hier soir ils m'ont tout pris.

J'espère que tu voudras toujours de moi car ça n'est pas ma faute cette fois : Ce que je le regrette de n'avoir pas suivi les conseils que tu m'a donnée depuis que je suis à Paris j'ai que fait pleurer tout le temps, ce tu savais ce que je m'ennuie et dire que tous les jours sa sera pareille il m'est impossible de me sauver ils sont toujours deux qui me surveillent. Je voudrais bien que tu m'écrives un mot tu sais ce que je le regrette le 262 de la rue Saint-Honoré. Je m'ennuie tant où je suis. Une autre fois dès que j'aurai de l'argent que je pourrai ne pas leur donner je te l'enverrai parce que sa me dégoûtes. Si je pouvais fiche le camp je le ferai bien et j'irai te retrouver. Je t'assure que sa m'a passée l'envie de sortir.

Au revoir maman je t'embrasse bien fort. Tu sais je commence à comprendre ce que c'est que de mener une vie de débauche et je t'assure que si je n'était pas forcé à coups de pieds et à coup de poings que je ne le ferai pas.

Je t'embrasse bien fort.

FERNANDE
/ MARCELLE MATHIAS

Paris, SAM [Série Ba, carton n° 1689]

## Un bordel de luxe
## dans les années 30

Pierre Assouline

« Boulevard Edgar-Quinet », disent entre eux les initiés, et cela suffit. Sans même préciser le numéro, 31. Inutile d'en dire davantage aux chauffeurs. Ils savent. Sur la façade, un lion à tête humaine monte la garde. Le Sphinx, c'est l'Égypte à Paris, un temple de la galanterie française voué aux plaisirs, à la conversation et à la débauche. Mais de quel pharaon incarne-t-il la puissance souveraine ?

### Une maison de premier ordre

Au début des années 30, Le Sphinx n'est pas encore un mythe qu'il a déjà sa légende. Le décor néo-égyptien plonge les visiteurs dans un autre monde, plus près de Gizeh que de Montparnasse. L'architecte Henri Sauvage a bien fait les choses, laissant libre cours à son éclectisme « Art nouveau modernisé ». Il y avait urgence à capter cette clientèle aussi cosmopolite que fortunée, exigeante dans ses fantasmes comme dans

Portrait de femme avec coiffe égyptienne.

ses caprices, que les Expositions universelles ont entraî-
née à Paris.

Tout est si bien organisé, policé, surveillé. Le Sphinx
marque au fond la rencontre triomphale de la sexua-
lité et de l'administration. On y a autant le goût de
la fête que le souci de la mise en scène. Dès le salon,
ces dames attendent que les clients se décantent à leur
arrivée autour d'une bouteille de champagne. D'autres
font une haie d'honneur afin d'annoncer le programme
des réjouissances. Certaines ont bien l'air de ce
qu'elles sont, des demi-mondaines. La maison s'ouvre
au saphisme tandis que l'inventaire des perversions
se fait de plus en plus raffiné. Les cannes à système
déposées par les messieurs recèlent une cravache, un
fouet ou un martinet. On se croirait dans un harem
de haute lignée, n'eût été la présence de celle que l'on
n'appellera pas la tenancière par égard pour la tenue
de son établissement.

Un jour, Marthe Le Mestre dite Martoune, la maîtresse des lieux, publiera ses Mémoires, *Madame
Sphinx vous parle*, titre qui annoncerait la suite des
aventures de Blake et Mortimer plutôt que la chronique d'une dame de haute maison. Expulsée par
son propriétaire de la rue Pasquier où elle tenait une
maison de rendez-vous, elle a jeté son dévolu sur cet
immeuble en 1929 alors qu'elle avait trente ans. Près
de vingt chambres et trois salons répartis sur quatre
étages, selon la fiche très précise de la Police judiciaire.
La Brigade mondaine a donné son accord « dans un
but de santé publique » (délicieuse litote !) et dans la
mesure où il n'y a ni église ni école dans les parages.

Juste un restaurant, un marchand de vins, un plombier, un épicier et un marchand de porcelaines. Rien que de très convenable.

Tout y est très réglementé. La Préfecture n'accorde son autorisation qu'à la condition que le registre des passes soit parfaitement tenu, et le contrôle sanitaire régulier. La propreté est impeccable. Un médecin attitré visite régulièrement les lieux et reçoit dans une pièce équipée en cabinet médical. Le rapport de contrôle de la Mondaine en date du 10 septembre 1936 ne tarit pas d'éloges sur la haute tenue des lieux : « Maison de premier ordre. Femmes sélectionnées. Les dames accompagnées sont admises dans l'estaminet. »

## Trois passes par jour, le Pérou !

La maîtresse veille à tout. Cinq sous-maîtresses font office de contremaîtres, de régisseuses et d'inspectrices des travaux finis. Cinq, ce n'est pas trop pour tenir soixante-cinq femmes aux heures d'ouverture, de 15 à 5 heures. Elles font chacune trois passes par jour en semaine, deux le dimanche. Tarif unique : trente francs, sans compter pourboires et cadeaux. Le Pérou ! Dans les taules d'abattage du côté de Clichy, ça peut aller jusqu'à la centaine par jour pour quelques pièces. Le Sphinx est tellement chic et mondain, comme le Chabanais et le One-Two-Two, qu'on ose à peine parler de bordel. On y monte même de véritables spectacles pornographiques avant d'y projeter des films du même esprit. S'il en était autrement, cela jurerait non seulement avec le raffinement du cadre mais avec l'esprit de la clientèle : des artistes, des publicistes, des hommes politiques, des députés, des ministres et des gens d'affaires. En se soulageant ici, les grands bourgeois préservent leur patrimoine.

Il faut la « loi Marthe Richard » du 13 avril 1946 pour que l'on ferme les maisons closes. « Plus qu'un crime, un pléonasme », lance Arletty. Cent soixante-dix-sept d'entre elles doivent mettre la clef sous la porte rien qu'à Paris. Les plus prestigieuses paient leur succès auprès des occupants allemands. Ainsi le veut Marthe Richard, ancienne prostituée devenue conseillère municipale de Paris, qu'Antoine Blondin surnomme fort à propos « la veuve qui clôt ». Le Sphinx est classé monument historique. On ne touche pas au carrelage en céramique rouge vif de la façade, non plus qu'aux plaques en faïence « Aux belles poules », comme disaient les pharaons du boulevard Edgar-Quinet.

Un « bon pour une nuit d'amour » au Sphinx.

❂

## L'AVIS DE LA BRIGADE MONDAINE

*Rapport du 24 décembre 1929*

La nommée Marguerite, Marthe, Césarine, née à Limours (Seine-et-Oise) le 16 mai 1898, ex-tenancière de la maison de rendez-vous 18, rue Pasquier, fermée le 12 mars dernier par suite de l'expulsion de la part du propriétaire de l'immeuble, qui demande à se réinstaller 31, boulevard Edgar-Quinet en maison de tolérance, habite depuis le 25 mars suivant rue de Rome, 99, où elle occupe un appartement meublé du loyer mensuel de 1 200 f.

Célibataire, elle n'exerce actuellement aucune profession et est entretenue par un sieur Georges Lemestre, âgé de 40 ans environ, se disant courtier en automobiles, demeurant 5 rue Fontaine, avec qui elle doit prochainement contracter mariage.

Le terrain sur lequel la nommée Marguerite a l'intention d'installer sa maison de tolérance est situé 31, boulevard Edgar-Quinet et est d'une contenance de 289 mètres 55 centimètres carrés. Il n'existe à proximité aucune école ou église.

Les immeubles avoisinants sont occupés, le n° 29 par un débit de vin-hôtel, le n° 33 par un commerce d'épicerie ; en face, au n° 72, existe un atelier de plomberie et au n° 74 un restaurant et un marchand de porcelaines.

Ledit terrain est situé derrière la gare Montparnasse, où le nombre d'habitants est plutôt restreint. Ce terrain sera la propriété de l'amant de la nommée Marguerite, le sieur Lemestre.

Ce dernier possède en effet une option en date du 20 décembre 1929, expirant le 14 janvier suivant, du terrain sus-désigné, qui lui a été consentie par M. Bonnard, agissant au nom de sa mère M^{me} Le Maistre, résidant à Paris, 6 rue Gaston-de-Saint-Paul.

Au cas où la nommée Marguerite serait autorisée à se réinstaller 31, boulevard Edgar-Quinet, M. Lemestre s'engage, ainsi qu'en fait foi l'attestation ci-jointe, à faire édifier pour le compte de sa maîtresse un immeuble composé d'un sous-sol, d'un rez-de-chaussée et de trois étages. Cet immeuble, d'une façade de 14 mètres 53, se décomposerait comme suit :

Sous-sols

Au rez-de-chaussée : salle d'estaminet et trois salons

Au 1^{er} étage : sept chambres

Au 2^e étage : sept chambres

Au 3^e étage : une chambre, une salle à manger, une salle de bains servant d'appartement particulier pour la tenancière et trois chambres affectées au personnel.


Dans le quartier de la gare Montparnasse n'existe aucune maison de tolérance ou de rendez-vous et la prostitution clandestine s'opère sur une grande échelle dans des débits de vin-hôtels situés rues Poinsot, Jolivet, boulevards de Vaugirard, Edgar-Quinet, etc., où aucune règle d'hygiène n'est observée.

Les maisons de tolérance les plus proches, boulevards Auguste-Blanqui 9 et de Grenelle 162, se trouvent placées à une distance d'au moins deux kilomètres.

Dans ces conditions et dans un but de santé publique, il semble que la demande formulée par la nommée Marguerite peut être prise en considération.

Cette dernière fera parvenir à bref délai au 4ᵉ bureau de la 2ᵉ direction un plan de l'immeuble que son amant se propose de faire édifier.

Les renseignements recueillis sur cette femme ne lui sont pas défavorables ; elle n'est pas notée aux sommiers judiciaires.

Paris, SAM [Série Bm1, carton n° 43]

✪

## LA TRAITE DES BLANCHES

*Peu regardante sur les trafics de femmes à l'intérieur du territoire national, la police s'émeut lorsque, dans les années 1920, se développe une véritable filière à destination des colonies et de l'Amérique latine. Enrichies par leurs fournitures aux belligérants pendant la Première Guerre mondiale, les républiques sud-américaines sont avides de* Franchuchas, *ces jeunes Françaises qui ont traversé l'Atlantique pour se prostituer dans leurs* casitas. *Albert Londres, qui s'empare du sujet, publie* Le Chemin de Buenos-Aires *en 1927. La « traite des blanches » fascine d'autant plus l'opinion qu'elle témoigne d'un renversement du rapport entre l'Europe et le reste du monde, incarné par ces « riches rastaquouères » que décrit complaisamment la presse de l'époque. Le 10 janvier 1929 est transmis au Préfet de police la copie d'un long rapport du brigadier Durand sur le fonctionnement de cette filière.*

### Rapport du brigadier Durand sur la traite des blanches

La traite des blanches est bien, en effet, une question importante qui préoccupe à l'heure actuelle l'opinion publique.

De tout temps, on a parlé de la traite des blanches,

mais, à la suite des écrits et des révélations dont elle a fait l'objet et qui ont été répandus dans le public, puis transportés sur la scène et sur l'écran, elle est devenue une question d'actualité.

Mais qu'est-ce que la traite des blanches ?

Quels sont ses caractères déterminants et limitatifs ?

On se représente généralement la traite des blanches pratiquée par de vulgaires souteneurs qui emploient, pour leurs fins, des moyens et des arguments qui leur sont propres.

Cependant, en dehors de cette catégorie de malfaiteurs qui sont les seuls recherchés et déférés aux tribunaux répressifs, il existe, à Paris et dans quelques grandes villes de France, des officines connues sous le titre d'agences théâtrales, lesquelles pratiquent la traite des blanches sous une autre forme qui échappe à la loi.

Ces agences sont nombreuses à Paris, et, pour ne parler que des principales, il faut citer l'Agence South American Tour, 20, rue Laffitte ; l'Agence Modei, 36, rue Montholon ; l'Agence Dahan, 11, rue Moncey ; l'Agence Dharlay, 62, rue du Faubourg-Saint-Martin, etc.

Elles organisent des tournées à l'étranger, avec un nombreux personnel féminin où figurent même des fillettes.

Pour s'absenter, ces jeunes filles, mineures pour la plupart, sont munies de l'autorisation de leurs parents. Ceux-ci rêvent déjà de leur popularité, et, sous l'illusion de la carrière artistique et du talent qu'ils supposent à leur enfant, ils leur délivrent assez facilement l'autorisation qui leur permet d'obtenir un passeport pour se rendre à l'étranger.

Grâce à une publicité intense, ces agences attirent un grand nombre de jeunes femmes qu'elles embauchent comme danseuses entraîneuses ou danseuses mondaines, bien que, la plupart du temps, elles ne possèdent aucun talent chorégraphique.

Ce qui importe le plus, ce sont les avantages physiques de la jeune danseuse, car elle devra s'exhiber en public dans une tenue légère, et se faire remarquer.

Dans le dancing pour lequel elle est destinée elle devra se montrer d'un abord facile, pousser le client à la consommation et ne rien lui refuser.

Souvent d'ailleurs, elle n'aura d'autre rémunération que la part qui lui est attribuée sur le champagne qu'elle consomme et fait consommer.

Cette rétribution est généralement fixée à cinq francs par bouteille de champagne, et un franc par coupe.

Cette façon de faire incite la jeune danseuse à garder longtemps le client pour en tirer le plus d'argent possible.

Dans certains autres établissements de ce genre, des mensualités de 600 à 1 000 francs sont offertes aux danseuses.

L'agence prélève pour ses honoraires 10 % sur les consommations et autres dépenses que les femmes font faire par les clients dans les dancings.

Pour la France, les contrats d'embauchage ont généralement une durée de 15 jours à un mois ; pour les colonies et l'étranger, la durée est variable.

Le retour en France ou à Paris n'est pas payé, et ceci a pour conséquence d'obliger la danseuse à rester dans l'établissement, car souvent elle ne possède pas la somme nécessaire à son retour, et, comme son contrat stipule qu'il leur est interdit de s'engager dans un autre dancing de la localité, elle reste attachée à l'établissement.

Quand elle le quitte, c'est généralement pour sui-

vre l'amant qu'elle y a connu, ou pour se livrer résolument à la prostitution.

D'autre part, la direction de l'établissement se
réserve le droit de résilier le contrat lorsqu'elle juge
le talent de l'artiste insuffisant.

Cette clause du contrat permet de se débarrasser
d'une femme qui, pour une raison quelconque, ne
plaît pas ; car, comme il a été dit plus haut, son talent
est subordonné à sa façon de faire vis-à-vis des hommes qui fréquentent l'établissement et au nombre
de bouteilles de champagne qu'elle fait consommer.

Il arrive naturellement que des jeunes femmes ne
veulent pas se soumettre aux exigences des dirigeants. Elles sont alors plantées là, sans ressources,
et, par nécessité, obligées d'avoir recours à la galanterie pour vivre.

Il n'est donc pas douteux que certaines agences
théâtrales ne sont que des officines louches qui, sous
le couvert d'un contrat de travail fantaisiste, embauchent des jeunes femmes comme artistes, dont
beaucoup sont mineures, dans un but de débauche.

Comme il a été dit, nombreux sont en France, dans
les colonies et à l'étranger, les dancings à caractère
mixte de maisons de prostitution, qui reçoivent leurs
danseuses, entraîneuses, par l'intermédiaire des agences indiquées plus haut.

Nombreuses sont également les jeunes femmes
qui s'expatrient de cette façon, et qui, se trouvant
éloignées de leur famille et sans ressources, se livrent
à la débauche.

À la tête de ces officines se trouvent des individus
dont le moins que l'on puisse dire c'est qu'ils sont
d'une moralité douteuse.

L'un d'eux, le plus puissant, le nommé SEGUIN, Charles-René-Gustin, alias SEGAL, né le 28 janvier 1877, à Bienne (Suisse), de parents français, dirige la « South American Tour » avec un nommé TOLOMÉ.

Il possède, dans les principales villes de l'Amérique du Sud, les dancings les plus luxueux qu'il approvisionne en femmes par des envois hebdomadaires.

Cet homme a une mauvaise réputation et, parmi les artistes, il est considéré comme un homme dépravé et un trafiquant de femmes.

Un autre directeur, le nommé MODEI, n'opère pas différemment.

Il incite les jeunes danseuses à être aimables et faciles avec les clients, qu'elles peuvent ainsi tripler leur salaire.

Il y aurait beaucoup à dire dans cet ordre d'idées sur toutes les agences théâtrales. [...]

Paris, SAM [Série Ba, carton n° 1689]

✪

UNE « MAISON DE COUTURE »
TRÈS PARTICULIÈRE

*À côté des bordels dûment contrôlés par la Préfecture de police, Paris recèle une multitude de maisons de rendez-vous, cinq-à-sept et autres mauvais lieux dont les initiés, aidés par quelques agences spécialisées, s'échangent confidentiellement les adresses. Cette prostitution clandestine s'opère sous des raisons sociales en apparence honorables : hôtels, établissements de bains, boutiques... Ainsi, c'est dans une « maison de couture » de la rue des Petits-Champs que se réunissent les amateurs de parties fines, jusqu'à la descente de police décrite dans ce rap-*

*port du 24 octobre 1931. On notera que seule l'identité
des femmes est relevée.*

### Rapport du commissaire Priolet au sujet
### d'une descente au 77, rue des Petits-Champs

J'ai l'honneur de porter à votre connaissance les faits
suivants :

Il existe, 77, rue des Petits-Champs, à Paris, au
1er étage au-dessus de l'entresol, une maison de couture qu'exploite une demoiselle LAGRAVOIR, Blanche,
née le 14 mars 1887 à Paris (I) plus connue sous le
surnom de « Béatrice ».

Or depuis un certain temps, il m'était signalé que
cette femme, pour combler le déficit de son exploitation commerciale, organisait chez elle des thés, des
dîners au cours ou à la suite desquels, les amateurs
de « partouzes » pouvaient, moyennant paiement
préalable d'une somme variant de 150 à 200 francs,
satisfaire librement leurs passions.

La plupart des clients étaient envoyés chez « Béatrice » par deux agences parisiennes, l'une l'agence
« Decourcelle » sise à Paris 28, rue Saint-Georges,
l'autre, l'agence « Lisler », 22, rue Vignon, qui toutes
deux recevaient évidemment une commission pour
prix de leur complaisance.

Les femmes qui se prostituaient au cours de ces
« partouzes » étaient également envoyées par ces
agences, mais rémunérées par la demoiselle Lagravoir.

Le vendredi 16 octobre, 6 hommes et 5 femmes
se réunirent ainsi chez cette femme qui mit, comme
d'habitude, sa chambre et sa salle de bain à la disposition de ses visiteurs.

Hier soir, une nouvelle réunion devant avoir lieu, je me suis rendu, vers 17 heures 30, 77, rue des Petits-Champs.

Ce n'est qu'après dix minutes d'attente que la porte de l'appartement me fut ouverte par la demoiselle Lagravoir en personne qui, encore qu'elle eût pris soin de faire habiller, en hâte, les quatre couples qu'elle hébergeait, ne pouvait celer l'inquiétude que lui causait cette visite inattendue.

D'ailleurs la tenue des hommes et des femmes présents témoignait de la rapidité avec laquelle tous avaient, à mon coup de sonnette, endossé leurs vêtements. Dans un angle du salon, une femme cherchait en vain à empêcher de tomber sur ses talons les bas qu'elle n'avait pas eu le temps d'attacher, tandis qu'un des hommes tentait de dissimuler, sous le col de son pardessus, son faux col qui, faute de bouton sans doute, ne tenait pas à la chemise.

Tous, d'autre part, ont très vite confirmé l'exactitude des renseignements que j'avais recueillis et avoué que mon arrivée avait interrompu leurs ébats.

J'ai dirigé sur le quatrième bureau de la deuxième direction les quatre femmes qui toutes étaient déjà venues se prostituer, à plusieurs reprises, chez la demoiselle Lagravoir.

Ce sont les nommées :

I° WETTER, Anne, 31 ans, sans profession, demeurant 8, rue Colette à Paris.

II° GUESDON, Hélène, Victorine, 25 ans, couturière, demeurant à Paris, 66, rue du Mont-Cenis.

III° BRIGAND, Marcelle, 33 ans, sans profession, demeurant à Paris, 22, rue d'Armaillé.

IV° POULIN, Gabrielle, 27 ans, infirmière, demeurant à Paris, 31, rue Pelleport.

Deux d'entre elles, les nommées Brigand et Poulin, étaient d'ailleurs déjà connues pour fréquenter
habituellement les agences dites matrimoniales.

J'ai enfin relevé à la charge de la demoiselle Lagravoir, dite « Béatrice », une contravention aux dispositions de l'arrêté du 23 mars 1926.

Le Commissaire de Police<br>
A. PRIOLET<br>
Paris, SAM |Série Ba, carton n° 1689|

✪

## DES « MASSAGES FANTAISISTES »

*Enquête sérieuse ou bizutage ? Ce rapport manuscrit
de la Brigade mondaine, modèle du genre au point de
vue formel, décrit par le menu les prestations propo-
sées dans un établissement de bains et massages visité
par un policier qui se fait passer pour un client. Daté
du 20 octobre 1945, ce document montre que les proxénètes n'ont pas attendu le vote de la « loi Marthe Richard »
de 1946 pour trouver de nouvelles couvertures légales à
leur activité.*

### Rapport de la Brigade mondaine
### sur un salon de massages

Le 19 courant à 16 h 45, je me suis rendu sur ordre
dans l'établissement de bains situé 23 bis, rue
Guillaume-Tell Paris 17ᵉ, dans lequel avait été signalées
des femmes se livrant à des massages fantaisistes.

La caisse se trouve dès l'entrée dans le hall, ayant
demandé un bain massage, le patron me remit une

fiche et me fit payer la somme de 150 frs en me recommandant de rendre la fiche lors de mon départ et me dit de monter au 2ᵉ étage.

L'escalier y accédant se trouve derrière la caisse. Au 2ᵉ étage en haut de l'escalier, une porte s'ouvrant sur un couloir d'une dizaine de mètres dans lequel donnaient 6 à 7 portes.

Une jeune femme de service vint au-devant de moi, regarda ma fiche, me prépara mon bain et me fit entrer dans la cabine portant le n° 6 en me disant de sonner lorsque je voudrais la masseuse.

Après avoir pris mon bain, je fus dans l'obligation de sonner à plusieurs reprises… car je ne voyais personne venir, au bout d'une vingtaine de minutes j'entends frapper à ma porte, une femme entra, elle devait avoir une quarantaine d'années, de taille moyenne, décolorée en rousse, outrageusement fardée, ayant l'air « tout à fait poule », elle me déclara être la masseuse.

N'ayant pas vu de table de massage dans ma salle de bain, je lui demandai s'il n'y en avait pas une, elle s'excusa en me disant qu'elle allait en chercher une tout de suite. Ce qui me fit penser qu'avec les clients habitués, elle n'avait même pas besoin d'aller chercher la table, elle opérait sûrement sans elle.

Elle revint quelques instants plus tard avec une grande planche large d'environ 60 cm et longue de 1 m 90 avec un accoudoir sur le haut, qu'elle plaça sur la baignoire. Elle étendit un drap dessus, celui-ci semblait avoir servi maintes fois. Elle me dit de m'allonger sur le dos et commença à me masser les mollets et les cuisses avec du talc, le massage sur toute la partie du dos fut correct.

Durant ce laps de temps elle engagea la conversation en me disant qu'il faisait beau, après quelques banalités elle me dit s'appeler Odette et qu'elle travaillait dans cet établissement depuis 2 ans et ½ environ. Elle me demanda si quelqu'un m'avait indiqué la maison, lui ayant répondu qu'un de mes amis était déjà venu et ayant été très satisfait il m'avait indiqué l'adresse. Elle me dit ensuite qu'il y avait deux masseuses, elle et une grande fille blonde tout ébouriffée, que j'avais entrevue en arrivant.

Quand elle eut fini de me masser le dos, elle me dit de me retourner et commença à me masser la poitrine et le ventre en s'attardant longuement autour des parties sexuelles. N'étant pas insensible à ces attouchements, la femme désigna ma verge en me disant si je voulais qu'elle me masse à cet endroit-là, ayant répondu affirmativement elle commença à passer sa main tout doucement dessus, elle me demanda ensuite si j'aimais être embrassé à cet endroit, je lui répondis que oui.

Alors elle se mit à passer sa langue tout autour de la verge, à faire des succions buccales. Elle exerçait son art avec beaucoup de talent, semble-t-il. Lui ayant demandé d'accomplir l'acte sexuel normal, elle ne voulut pas, disant qu'elle se contentait de sucer ses clients. Après force succions sur la verge, j'éjaculai dans sa bouche.

Je lui demandai combien je lui devais, elle me répondit qu'elle était au pourboire et à la générosité du client. Avant de partir elle me dit de la redemander lorsque je reviendrais.

[SIGNATURE ILLISIBLE]
Paris, SAM [P] BRP, carton 4, dossier 121962]

## II. L'HOMOSEXUALITÉ

« Depuis quelque temps, la galerie d'Orléans au Palais-Royal était infestée de pédérastes qui provoquaient à la débauche comme des filles publiques, ce qui avait provoqué l'indignation des promeneurs et des commerçants du Palais. Hier dans la soirée nous avons chassé de cette galerie seize individus reconnus pour se livrer à l'infâme passion de la pédérastie et que l'on nomme vulgairement *tantes* », nous apprend un rapport de la Police municipale daté du 7 février 1843.

Si l'homosexualité en tant que telle n'est pas légalement répréhensible, la police se montre attentive aux formes de prostitution, de proxénétisme et de chantage auxquelles peut donner lieu « l'amour antiphysique ». La Préfecture tient de véritables registres, dans lesquels le pégriot surnommé « Serre-Couilles » voisine avec les notabilités les plus influentes de la vie publique. Une surveillance d'autant plus facile que les homosexuels parisiens, très tôt, ont leurs quartiers de prédilection : « La prostitution pédéraste n'a pas, on le comprend, d'asile toléré, mais elle n'est

pas pour cela reléguée dans les ténèbres des lieux
écartés et déserts. Si certains points de la voie publique [...] sont le théâtre le plus ordinaire des provocations et même des actes obscènes des pédérastes, il
est aussi des maisons attitrées qui les attirent et les
recueillent », note ainsi le médecin légiste Ambroise
Tardieu, dès 1857.

# La police des homosexuels sous le Second Empire

Michael Sibalis

Depuis l'époque de Louis XIV, les policiers parisiens surveillent un monde clandestin qui les fascine autant qu'il les écœure. « Vous voyez ces hommes orduriers circuler dans Paris, au Palais-Royal, dans certains cafés, où une élégance recherchée les distingue presque toujours. [...] Le soir, au déclin du jour, vous en signalerez bon nombre sur les quais Saint-Nicolas, du Louvre et de l'Archevêché ; place du Marché-Neuf, de la Sorbonne et aux Champs-Élysées ; et partout vous verrez avec quelle assurance, quelle impudeur on ose vous faire les plus dégoûtantes propositions. »

Voilà comment, en 1826, un policier décrit les agissements des homosexuels parisiens. « Sodome existe, dira l'écrivain Marc-André Raffalovich en 1896, vénale et menaçante, la ville invisible. » Invisible au commun des mortels sans doute, elle est bien connue des médecins légistes — tel Ambroise Tardieu — et des fonctionnaires de la Préfecture de police qui les premiers, au XIXᵉ siècle, révèlent l'existence à Paris d'une vie homosexuelle dont le grand public soup-

Photographie extraite du « registre des pédérastes n° 1 et n° 2 ».

çonne à peine l'existence. Les deux registres conservés aux archives, banalement étiquetés « Pédérastes n° 1 » et « Pédés n° 2 », sont la preuve de l'intérêt que la police porte à ce milieu « pédérastique » dans les années 1840-1850.

## Dans l'illégalité

« Sodomite » — mot aux consonances ecclésiastiques — n'est plus guère utilisé depuis un siècle ; « inverti », « uraniste » et « homosexuel » restent à inventer. C'est donc comme « pédérastes » que sont désignés environ mille deux cents hommes, dont on trouve les noms dans ces registres, avec parfois une notice descriptive. Le mot est courant chez les policiers depuis les années 1740, sans aucune connotation de pédophilie d'ailleurs. Les agents emploient même des termes argotiques dans leurs commentaires : « jésus » pour désigner un jeune prostitué — ils signalent par exemple le comte de Saint-Priest comme ayant fréquenté « ce qu'il y avait de plus crapuleux parmi les jésus » — ou encore « tante » quand ils parlent des « bals des tantes » lors du Carnaval ou qualifient le restaurateur Pécourt de « vieille tante cancanière ». Ni l'origine ni l'objet de ces registres ne sont indiqués, mais on peut facilement les deviner.

La sodomie étant illégale sous l'Ancien Régime, la police du XVIIIe siècle traque et fiche les « infâmes » de la capitale. En 1783 déjà, d'après le nouvelliste Mouffle d'Angerville, le commissaire de police Foucault tenait « un gros livre où étaient inscrits tous les noms des pédérastes notés à la police ; il prétendait qu'il y en avait à Paris [...] environ quarante mille ». Après l'abrogation, en 1791, des lois contre la sodomie, la police abandonne ses « patrouilles de pédérastie » et laisse les sodomites ou pédérastes en paix.

Mais l'attitude change après 1840. Selon Ambroise Tardieu, « une surveillance plus active de l'autorité, excitée par des scandales publics dont on aurait peine à se faire une idée, a amené une répression plus fréquente et plus sévère de la pédérastie ». En effet, explique-t-il, « ces habitudes honteuses sont devenues un moyen et comme un procédé particulier de vol », c'est-à-dire de chantage, et dans plusieurs cas « la pédérastie a servi de prétexte, et en quelque sorte d'amorce, à l'assassinat ». Ces registres policiers témoignent donc d'une inquiétude accrue au sujet de l'homosexualité. Cette préoccupation, et par conséquent ce « fichage », dureront jusqu'en 1982.

## Du rentier respectable
## au jeune désœuvré

La plupart des individus notés dans ces registres sont des hommes obscurs : prêtres et bureaucrates, marchands et artisans, ouvriers et domestiques arrêtés lors des rondes nocturnes, condamnés pour outrage public à la pudeur, ou sans doute dénoncés par des indicateurs. Dans cette longue liste, le nom du rentier respectable côtoie celui du jeune désœuvré qui se prostitue de nuit passage des Panoramas ou au

Palais-Royal. Quelques-uns s'affublent de surnoms
féminins : Georgina, Mignon-Marie, la Belle-Anglaise,
la Bayonnaise, la Princesse de Lamballe ou encore la
Reine de Hollande — un Anglais qui prétend avoir
connu Louis Bonaparte...

Parfois aussi, la police signale des personnalités
de l'époque : des ministres comme Narcisse-Achille
de Salvandy, Abel-François Villemain ou le vieux maréchal Gérard, un député comme le vicomte Dejean, des
diplomates étrangers — Rodolphe d'Apponi, Mous-
tapha Rochild Pasha —, le philanthrope Benjamin
Appert, le comédien Adolphe Laferrière, l'homme de
lettres Étienne-Léon de Lamothe-Langon et même
l'ancien bourreau Henri Samson. Toutefois, comme
le reconnaîtra Marie-François Goron, chef de la Sûreté
de 1887 à 1894, les informations fournies par les
agents subalternes de la Préfecture ne sont pas toujours sûres. Parfois, « on croit qu'il a des mœurs
contre nature » ne veut rien dire d'autre qu'on « ne
lui connaît pas de maîtresse ».

Proust décrira très bien, cinquante ans plus tard, ce
monde où tant d'hommes mènent une vie insoupçon-
née. Dans le roman, c'est le duc de Châtellerault qui
drague un domestique dans les buissons des Champs-
Élysées, et dans la réalité des années 1840, c'est un
prince de Montmorency qu'on surprend « dans les
Champs-Élysées, le long de l'Élysée Bourbon, dans le
fragrant délit le plus honteux de pédérastie, avec un
individu qui avait les apparences d'un domestique ».

Mais l'Histoire réserve des surprises et il arrive
que la réalité croise la fiction. Marcel Proust figure
en effet parmi les personnalités homosexuelles dont

les archives de la police conservent le secret de la présence dans un bordel d'hommes, constatée lors d'une descente de police en 1918. En somme, ces registres donnent un aperçu — partiel et partial, sans doute, mais infiniment précieux — d'un monde qui, autrement, nous resterait inconnu.

✪

### LE CHANOINE, LE PAIR DE FRANCE ET L'AMBASSADEUR

*Ecclésiastiques et personnages officiels voisinent dans ce registre avec de simples domestiques et de jeunes délinquants qui vivent de leurs charmes.*

#### Extraits du « registre des homosexuels »

Sambucy Chanoine — décédé en 1847 ; connu de M. Bequerel de chez M. David.

Droubay, dit la belle André. Demeurant rue Vieille-du-Temple 125. Il est aussi escroc. Il doit avoir demeuré rue Notre-Dame-de-Nazareth 58. Il s'habille souvent en femme. Il a un autre article et un dossier.

Martin ou la badigeonneuse. Rue de Lille n° 27. Il fait faire des passes. Il était aussi signalé, en février 1848, comme se livrant au jeune M. de Priets. C'est lui qu'on appelait le petit fumiste (1848).

De Gasq. Pair de France quai Malaquais n° 9, 21 ou 11. Il doit être l'un des présidents de la Cour des Comptes.

Mallet. Rue du Pont-de-Lodi n° 9, chez qui demeurait la Pecourt en 1845, et rue de l'Ancienne-Comédie n° 31 (1845).

Bonfillio. Italien. A été domestique en septembre 1845 chez la Dame Lafont. Elle ne l'a gardé que quatre jours.

Nantier. Victor, âgé de 28 ans, né à Granville. Prenant le nom de Victor Leroy ou Victor Duval (1846), c'est un ami de la tante Mesnier. […]

Gérard (Le maréchal). Il n'est pas positivement pédéraste, mais il a la passion d'aller voir les filles publiques, dites les *terrineuses*, qui masturbent les hommes le soir dans les Champs-Élysées. Au moment où l'une de ces branleuses tient un homme, le maréchal s'approche pour se faire masturber en même temps de l'autre main, c'est la vue de l'action du masturbage qui produit effet sur ses sens.

Il pelote aussi à nu les fesses de la femme pendant l'opération.

D'Apponi, Alphonse, nom de l'Ambassadeur.

Avenot, employé à la maison du Roi, il est marié, mais il a fait mauvais ménage.

Sully (le Vicomte). Demeurant en décembre 1844 rue Mont-Thabor, 38 ; c'est un pédéraste honteux qui n'est pas connu dans cette caste. Il est âgé d'environ 60 ans. Il occupe un bel appartement au premier étage. On dit que ce vieux vicomte a des relations intimes avec un jeune homme, fort joli garçon, qui travaille dans la même maison chez un corroyeur. Il y a eu rapport le 6 décembre 1844.

Ormancai ou D'Ormencay. Artiste, né à Gray (Haute-Saône), est un pédéraste. Il a fréquenté dans le temps la maison Louis

Perrier, barrière de l'Étoile. Il était en relations avec Jourdier. C'est aussi un escroc qui travaillait avec Conti, Audibert, Bailly et autres faiseurs (voir au dossier Jourdier). Il a été fourni nouveau rapport le 9 juin 1852.

Jourdier. Fils du portier d'une des cours du marché de la Madeleine, il est tailleur de profession. Ce jeune homme a pris le titre de vicomte et le nom de Frejaques. Il se dit homme de lettres. C'est le mignon du sieur Ormencay.

Paris, SAM [Série Bb, registre n° 4]

✪

FLORILÈGE

*Lettres de plaintes au Préfet de police*

« Dans ces derniers temps plus que jamais les Boulevards [...] sont devenus le rendez-vous de jeunes gens qui, à des heures tardives, font plus ou moins ouvertement aux passants des propositions du plus hideux libertinage. »

(Lettre au Préfet de police, 25 septembre 1836)

« Comment se peut-il que [...] dans une ville comme Paris tous les soirs parmi les flâneurs de la galerie d'Orléans [au] Palais Royal vous laissez une troupe [,] c'est le mot [,] de jeunes garçons de 18-20 tous en casquette & blouse [...] faire un commerce [...] qui repousse toute morale ? Ce sont des putains mâles qui se vendent aux habitans de Sodome & tel publiquement. Comment pouvez-vous laisser cet infâme trafic s'opérer tous les soirs [...] ? »

(Lettre au Préfet de police, 25 novembre 1839)

« Les soussignés [...] ont l'honneur de vous exposer que depuis longtemps la Galerie d'Orléans est infestée d'une foule de Vauriens qui l'ont choisie pour l'exploitation de leurs hideuses spéculations que l'on a honte de nommer. Chaque jour ils viennent y étaler un cynisme qui révolte tous les gens, jusqu'aux moins scrupuleux ; aussi les Exposants ont-ils acquis la certitude que beaucoup de personnes, et des Étrangers même, craignant d'être coudoyés par cette horde de vagabonds, évitent avec précaution de traverser cette galerie ; ce qui cause un très-grand préjudice aux soussignés. »

(Pétition des marchands du Palais-Royal
au Préfet de police, octobre 1844)

« Depuis quelque temps le Passage des Panoramas et les galeries y adjacentes se trouvent infestés d'une bande de jeunes vagabonds en blouse de 16 à 20 ans. Ce sont, selon toutes probabilités, des voleurs, mais ils y ajoutent visiblement un autre métier [...] car on les voit fréquemment accostés par des hommes d'un âge mur auxquels ils servent de complaisants pour des passions infâmes. »

(Un habitant du passage des Panoramas
au Préfet de police, vers novembre 1844)

Arthur Rimbaud en Angleterre dessiné par Paul Verlaine
dans une lettre adressée à Ernest Delahaye, le 24 août 1875.

# L'affaire Verlaine-Rimbaud

## Claude Jeancolas

Le 10 juillet 1873, à Bruxelles, Paul Verlaine tire deux coups de revolver sur Arthur Rimbaud. Dès le 11, un mouchard prévient le Préfet de police et confirme dix jours plus tard : « La cause doit en être attribuée à des relations immorales entre les deux individus. »

Dès réception du message, le Préfet demande une enquête. En moins d'une semaine, le rapport est terminé. Où l'officier Lombard s'est-il informé ? Auprès des Mauté, la belle-famille de Verlaine : aucun doute, car il reprend leurs arguments dans la procédure de divorce en cours et certains détails ne sont connus que d'eux. « Des amours de tigres », aurait dit Verlaine à sa femme parlant de sa relation avec Rimbaud.

Le rapport dresse donc des portraits brutaux : Verlaine est un lâche et Rimbaud, un voyou. Revoyons les faits. Au printemps, ils reprennent la vie commune à Londres, les crises sont continuelles. Le 3 juillet, Paul s'échappe pour Bruxelles. Il écrit à sa femme qu'elle le rejoigne, sinon il se suicide. Elle ne le rejoint pas, mais sa mère accourt. Il ne se suicide pas, songe à s'engager dans les armées carlistes et télégraphie à

Arthur de lui apporter ses affaires laissées à Londres.
Arthur n'attendait que cette invitation. Il vient d'écrire
à Paul : « Reviens, je veux vivre avec toi, je t'aime. »
Ils se retrouvent le 8 au soir. Arthur veut aller à
Paris. Paul cherche à l'en dissuader pour ne pas com-
pliquer la situation.

Le 10 au matin, Verlaine achète un revolver. Après
une nouvelle dispute bien arrosée dans une brasserie,
au retour dans la chambre d'hôtel, ivre, il tire sur
Rimbaud et le touche au poignet gauche. Accompagné par sa mère, Paul conduit le blessé se faire soigner, avant de l'accompagner au premier train pour
Charleville. Sur le trajet de la gare, Rimbaud se réfugie sous la protection d'un policier. Il porte plainte,
Verlaine est arrêté. Il retire sa plainte, peine perdue.
La justice tient un communard, et de plus un homosexuel : deux ans de prison ferme.

Rimbaud part alors pour Roche, la ferme de sa
mère. En arrivant, il s'effondre sur une chaise, très
ébranlé, puis s'installe dans le pigeonnier, au-dessus
du porche, et dans les sanglots, les gémissements et les
malédictions, en quelques jours, il écrit *Une saison en
enfer*.

✪

« DES AMOURS DE TIGRES »

*Rapport de l'officier de paix Lombard,
1<sup>er</sup> août 1873*

La scène se passe à Bruxelles. Le parnassien Robert
Verlaine était marié depuis trois ou quatre mois à la

sœur de Civry, un compositeur pianiste qui a été emprisonné à Satory après la Commune, pontonné, puis relaxé. Ce mariage s'était opéré au commencement ou au milieu de l'année dernière.

Le ménage allait assez bien en dépit des toquades insensées de Verlaine, dont le cerveau est depuis longtemps détraqué, lorsque le malheur amena à Paris un gamin, Raimbaud [*sic*], originaire de Charleville, qui vint tout seul présenter ses œuvres aux parnassiens. Comme moral et comme talent, ce Raimbaud, âgé de 15 à 16 ans, était et est une monstruosité. Il a la mécanique des vers comme personne, seulement ses œuvres sont absolument inintelligibles et repoussantes.

Verlaine devint amoureux de Raimbaud, qui partagea sa flamme et ils allèrent goûter en Belgique la paix du cœur et ce qui s'ensuit. Verlaine avait lâché sa femme avec une gaieté de cœur sans exemples, et pourtant elle est, dit-on, très aimable et bien élevée.

On a vu les deux amants à Bruxelles, pratiquer ouvertement leurs amours. Il y a quelque temps, M^{me} Verlaine alla trouver son mari, pour essayer de le ramener. Verlaine répondit qu'il était trop tard, qu'un rapprochement était impossible et que d'ailleurs, ils ne s'appartenaient plus. « La vie du ménage m'est odieuse », s'écriait-il : « Nous avons des amours de tigres ! » et, ce disant, il montra à sa femme sa poitrine tatouée et meurtrie de coups de couteaux que lui avait appliqués son ami Raimbaud. Ces deux êtres se battaient et se déchiraient comme des bêtes féroces, pour avoir le plaisir de se raccommoder.

M^{me} Verlaine, découragée, revint à Paris, M^{me} Verlaine, mère, qui adore son fils, voulut à son tour essayer de ramener Robert au sens des convenances, et c'est à ce propos que s'est passée la scène qui a mis Bruxelles en émoi. Devant sa mère, il y a une semaine ou quinze jours au plus, Verlaine a eu avec son amie [*sic*] Raimbaud une dispute à propos d'argent et, après toutes les injures imaginables, tira un coup de pistolet sur Raimbaud, qui cria à l'assassin ! La mère Verlaine, ne sachant quel était l'auteur de la tentative de meurtre, cria aussi à l'assassin ! et Verlaine fut arrêté et enfoui à la prison des Carmes, où il attend son jugement. De sa prison, il a écrit à Victor Hugo pour le prier d'intercéder pour lui et pour lui expliquer son amour pour son ami ! Victor Hugo n'a pas répondu et a expédié la lettre à la femme de Verlaine.

Les faits sont exacts, informez-vous-en à Bruxelles. Peut-être est-ce Raimbaud qui a tiré le coup de pistolet à Verlaine, car je n'ai pu savoir au juste l'auteur du revolver en jeu. Cependant je crois ma version bonne, pour la fixation du personnage. La question de l'individualité de l'assassin réservée, tout le reste est parfaitement vrai.

Je transmettrai ultérieurement les autres renseignements qui doivent me parvenir sur cette affaire.

Paris, SAM [Série Ba, carton n° 874]

✪

## UNE DESCENTE CHEZ JUPIEN

*L'hôtel Marigny, rue de l'Arcade, est tenu par Albert Le Cuziat : ancien valet de chambre du prince Radziwill, c'est un intime de Marcel Proust qui s'est inspiré directement de lui pour le personnage de Jupien. Dans ce rap-*

*port, le romancier et son rabatteur sont victimes d'une
descente qui se soldera par la condamnation du tenancier
et la réquisition de l'hôtel au profit des troupes alliées.
Ce qui n'empêchera pas Le Cuziat d'ouvrir après la guerre
d'autres établissements, que fréquenteront Maurice Sachs
et Marcel Jouhandeau.*

### L'hôtel Marigny, « lieu de rendez-vous de pédérastes majeurs et mineurs »

J'ai l'honneur de rendre compte que je me suis transporté, dans la nuit du 11 au 12 courant à minuit, à
l'hôtel Marigny, 11, rue de l'Arcade, tenu par un
sieur Le Cuziat (Albert) né le 30 mai 1881 à Tregnier
(C. du N.)

Cet hôtel m'avait été signalé comme un lieu de
rendez-vous de pédérastes majeurs et mineurs. Le
patron de l'hôtel, homosexuel lui-même, facilitait la
réunion d'adeptes de la débauche antiphysique. Des
surveillances que j'avais fait exercer avaient confirmé
les renseignements que j'avais ainsi recueillis.

À mon arrivée, j'ai trouvé le sieur Le Cuziat dans
un salon du rez-de-chaussée, buvant du champagne
avec trois individus aux allures de pédérastes.

Après lui avoir décliné ma qualité et exhibé le mandat dont j'étais porteur, je l'ai invité à me conduire
dans les chambres de l'hôtel.

Au rez-de-chaussée, dans une chambre que Le
Cuziat m'a dit être la sienne, j'ai trouvé un individu de
mine efféminée, en tête à tête avec un lieutenant belge.

Dans chacune des chambres N° 1 et 2, au 1° étage,
dite de « passe », j'ai trouvé un couple d'hommes.
Chaque couple se composait d'un majeur et d'un
mineur et leur attitude ne laissait aucun doute sur le
motif de leur présence dans ces chambres.

Deux de ces mineurs, interrogés, ont fait des aveux complets.

Le nommé Le Cuziat, également interrogé, a avoué, lui aussi, qu'il était un adepte de la débauche anti-physique et qu'il ne croyait pas faire mal en recevant dans son hôtel des homosexuels.

Procès-verbaux ont été dressés contre lui pour exci-tation habituelle de mineurs à la débauche ainsi que pour vente de boissons après l'heure réglementaire de fermeture des établissements publics.

Ci-joint la liste des personnes trouvées à cette adresse au cours de cette opération.

LE COMMISSAIRE DE POLICE<br>J. TANGUY

LISTE des personnes rencontrées au cours de la des-cente opérée dans l'hôtel Marigny, rue de l'Arcade N° 11, le 11 janvier 1918, signalé comme étant un lieu servant de refuge à des homosexuels et où l'on consomme après les heures réglementaires.

BEUVERIE (salon situé au rez-de-chaussée à droite)
(Bouteille de champagne et 4 verres).

PROUST Marcel, 46 ans, rentier, 102, boulevard Haussmann.

PERNET Léon, né à Paris (15°), le 3 avril 1896, de Auguste et de Amélie Janvier, soldat de 1°classe au 140° Régiment d'Infanterie.

En congé de convalescence illimité, en attendant sa mise à la réforme N° 1 ; demeurant chez son père à La-Ferté-sous-Jouarre, mais séjournant actuelle-ment chez sa sœur M^{me} Imbert, rue de l'Égalité 14 à Vincennes.

BROUILLET André, né Nention (Dordogne), le 5 mars 1895 de Jean et de Elia Poupy, caporal au 408° d'Infanterie en congé illimité de convalescence en attendant sa mise à la réforme N° 1, demeurant 11, rue de l'Arcade.

Les trois personnes sus désignées consommaient en compagnie du nommé Le Cuziat (Albert), propriétaire de l'hôtel

Couples d'hommes présumés homosexuels trouvés dans les chambres de l'hôtel.

*Au rez-de-chaussée à gauche :*

SYMON Alfred Pierre, né à Bruxelles le 12 avril 1883 de Alexis et Julie Devaux, lieutenant de grenadiers (armée belge), chef du service des Magasins de l'Intendance à Paris, rue Villaret-Joyeuse 15.

LONGUETEAU Jean-Marie Raphaël, dit Jehan Demeyl, né à Bordeaux le 23 octobre 1899 de père non dénommé et de Élise Lonqueteau, artiste, demeurant rue de Provence 75.

*Au 1° Étage (ch N° 1)*

PAUCHET Léon Désiré, né le 15 février 1881 à Gisors de Joseph et Adèle Sédille, médecin aidemajor au 140° d'infanterie, secteur n° 101, sans permission.

Markwalder Frédérique, né à Nyon (Suisse), le 14 décembre 1898, garçon d'hôtel rue de l'Arcade 11.

*Chambre N° 2*

ARBELLET DU REPAIRE Henri Gaston, né le
13 mai 1885, à Puteaux, de Pascal et Honorine Gaudin, passementier, demeurant rue Jacob 52, chez sa
sœur, soldat 70° d'Infanterie 11° Cie S.P. 74

ROLIN Paul, né le 17 juillet 1900 à L'Isle-Adam
(S&O) de Paul et Eugénie Gobet, rue Beaumont 9.

*Personnel* :

FERRAHOUI Mohamed Said, né à Constantine, le 1°
janvier 1890, de Adje Mohamed et de Mebouka Loobit,
garçon connu comme homosexuel (pas mobilisable).

Paris, SAM [Série Bm2, 4.3]

❂

## LES MARINS DE PIGALLE

*Le même commissaire Priolet qui avait expulsé Trotsky en*
*1916 (page 265) pourchasse, en décembre 1928, du plus*
*menu fretin : les permissionnaires de la Marine nationale*
*qui abusent de leur bel uniforme pour tourner la tête des*
*« petits messieurs » parisiens. Les descentes auxquelles il*
*procède ne régleront pas le problème qui va perdurer*
*longtemps. « L'homosexualité ne constitue pas un délit en*
*elle-même, en regard de la loi. J'estime, cependant, qu'il*
*est nécessaire d'intervenir, pour préserver la moralité et le*
*bon renom des équipages de la Flotte », écrira huit ans*
*plus tard le ministre de la Marine au Préfet de police.*

### Rapport du commissaire Priolet, 16 décembre 1928

J'ai l'honneur de vous faire connaître qu'au cours
de la nuit du 15 au 16 décembre, j'ai procédé à des

descentes en divers cafés et hôtels des environs de la place Pigalle.

Le but essentiel de ces opérations était d'appréhender les invertis qui abondent aux alentours de cette place, racolant sur la voie publique ou dans des débits, puis allant « en passe » en certains hôtels qui font l'objet, de la part de mon Service, d'une surveillance constante

En particulier, il s'agissait de mettre fin aux agissements scandaleux de certains soldats et marins qui, en uniforme, racolent ouvertement ou se font racoler par des invertis pour lesquels le costume de marin a un attrait indéniable.

Les débits dénommés « Les noctambules » et « Au Roi du café » situés place Pigalle et boulevard de Clichy, ainsi que le débit-tabac sis place Pigalle, ont successivement été visités.

Les hôtels de « passe » (fréquentés par la clientèle homosexuelle), qui se trouvent aux adresses ci-dessous, ont reçu également ma visite :

1° — Hôtel, 2, impasse Guelma ;
2° — Hôtel, 6, impasse Guelma ;
3° — Hôtel, 1, rue Germain-Pilon ;
4° — Hôtel, 2, passage Élysée-des-Beaux-Arts.

J'ai terminé en « raflant » sur la voie publique les militaires suspects qui, entre minuit et deux heures du matin, font le va-et-vient place Pigalle, telles de véritables péripatéticiennes dont ils empruntent les allures nonchalamment équivoques et le langage conventionnel.

La fâcheuse notoriété dont jouit cette place est si répandue que nul n'ignore, en les dépôts des Équipages de la Flotte, à Toulon et à Cherbourg particulièrement, l'aisance avec laquelle un jeune matelot peut s'y constituer rapidement un joli pécule pour peu qu'il veuille faire abstraction, un court laps de temps, de ses scrupules sexuels.

J'ai ainsi appréhendé trois marins, les quartiers maîtres SARDAIN, Paul et RICHARD, Marcel ainsi que le matelot JÉGO, Léandre et les soldats MONTANES et SORIANO du 19° escadron du Train des Équipages.

SORIANO et MONTANES ont été surpris en flagrant délit de racolage, alors qu'ils s'offraient à « monter en passe », moyennant rétribution de cinquante francs à chacun d'eux.

En l'hôtel sis 2, impasse Guelma, j'ai découvert dans une chambre deux homosexuels, les nommés GARAU, Henri et VILLARS, Antonin.

En l'hôtel sis 1, rue Germain-Pilon, j'ai trouvé deux homosexuels également couchés dans une chambre. Il s'agissait des nommés WECKERING, Marcel et DARTUS Francis.

Ce dernier est âgé de seize ans seulement.

L'enquête à laquelle j'ai procédé m'ayant permis d'établir qu'il venait habituellement « en passe » à l'hôtel précité, sans qu'aucune explication lui soit demandée, le tenancier a été inculpé par mes soins d'excitation habituelle de mineurs à la débauche et sera déféré aux Tribunaux correctionnels.

Enfin, dans le bureau de l'hôtel sis 2, passage Élysée-des-Beaux-Arts, j'ai rencontré une fille soumise, la nommée MERLIN, Alphonsine et une femme qui se prostituait clandestinement, la nommée HENNEQUIN, Aimée. Toutes deux ont été mises à la disposition du 4° Bureau de la 2° Direction.

Parmi les nombreuses personnes interpellées dans les débits, j'ai procédé aux arrestations suivantes :

a) AU ROI DU CAFÉ. De six individus à situation incertaine qui ont été, d'ailleurs, relaxés après les vérifications d'usage.

b) AU DÉBIT-TABAC. D'un sujet belge en infraction à un arrêté d'expulsion, le nommé HEMELAERS, Jules. Il a été envoyé au Dépôt.

c) AUX NOCTAMBULES. De cinq individus démunis de papiers. Parmi eux se trouvaient trois Hollandais, entrés en France comme touristes, mais y travaillant comme salariés sans l'autorisation préalable du ministère du Travail. Ils ont été, pour ce fait, mis à la disposition du Service des Étrangers.

Les deux autres, de nationalité française, ont été relaxés après les vérifications d'usage.

Enfin, alors que je passais rue Duperré, des inspecteurs de mon Service ont reconnu, parmi la foule, un trafiquant notoire de stupéfiants, le nommé TEULON, Marcel. Cet individu, interdit de séjour, a été mis en état d'arrestation et envoyé au Dépôt. Il habitait en hôtel sous un faux nom. Son intention était de reprendre très prochainement un cabaret de nuit, dénommé « Le FURET » et sis 8, rue de Vaugirard.

En ce qui concerne les pédérastes appréhendés, ils ont été relaxés après avoir été photographiés au Service de l'Identité judiciaire.

*Le commissaire de police*
A. PRIOLET
Paris, SAM [Série Ba, carton n° 1690]

✪

## LA PÉDÉRASTIE

*Ni datées ni signées, ces « Notes sur la pédérastie » forment un document de dix pages dactylographiées qui conclut le carton intitulé : « Rapports divers concernant les pédérastes et la pédérastie ». La référence à l'état de guerre ainsi qu'une allusion antisémite laissent supposer que ce texte a été rédigé vers 1940. Sans doute destinée à la formation des policiers, cette synthèse très systématique et parfois naïvement simplificatrice tend à démontrer qu'il est possible de guérir et donc d'éradiquer l'homosexualité...*

### Notes sur la pédérastie

CE QU'EST LA PÉDÉRASTIE,
COMMENT ELLE NAÎT ET SE RECRUTE.

La pédérastie est un vice qui remonte à la plus haute Antiquité et qui semble être une des conséquences de l'existence oisive et dépravée ; c'est reconnaître qu'elle se remarque plutôt parmi les gens de qualité que chez les sujets astreints à un labeur manuel et régulier.

Le pédéraste proprement dit est l'individu que sa passion oblige à dédaigner la femme et à rechercher la société de l'homme pour avoir avec lui des relations anti-physiques.

Il est alors pédéraste « ACTIF » et se rencontre plus particulièrement parmi les hommes d'un certain âge, de 30 à 40 ans, par exemple.

Il apparaît bien que cette passion soit chez lui comme une tare originelle due à diverses causes : faiblesse mentale ou dépression nerveuse, atavisme

alcoolique, excès des plaisirs de la jeunesse, dégéné-
rescence en tout cas, qu'un maître de la science est
vraiment seul capable d'expliquer plus nettement.

Cet être-là ne se recrute pas ; il semble prédestiné
pour ce vice qui ne se révèle à lui qu'après l'adolescence, quand il a goûté ou abusé des extases de
l'onanisme et des relations féminines.

S'il est un danger social pour la jeunesse qu'il
entraîne, il n'est pas d'un naturel mauvais et peut
être extrêmement intelligent.

Voyez-le auprès de l'individu qu'il désire ; il ne
s'appartient plus, ses yeux sollicitent ou s'égarent. Il
est tout à des sensations d'une possession qu'il con-
voite.

C'est lui qui recherche, qui provoque, qui tente et
détourne une autre sorte d'individus qu'on appelle
des pédérastes « Passifs ».

CLASSES DE PÉDÉRASTES.

La pédérastie se divise donc en deux classes principales : les « Actifs » et les « Passifs ».

Les pédérastes actifs sont ceux que nous venons
d'examiner, les passifs sont d'une autre essence et
se recrutent dans la jeunesse.

Certains faits, heureusement isolés et dont la Justice a dû s'occuper officieusement, ont témoigné que
nos écoles et nos lycées ne sont point à l'abri de cette
tare.

Une jeunesse issue de familles orientales pour la
plupart et qui fréquente nos écoles ne doit pas être
étrangère à cette démoralisation.

Cette jeunesse, qu'une promiscuité familiale prédis-
pose aux mœurs relâchées et dont l'esprit s'empare

plus volontiers des lectures malsaines, a dû être l'un des principaux facteurs de l'entraînement au mal de la jeunesse française.

Celle-ci, pour laquelle la pédérastie n'était autrefois qu'une légende, la discute maintenant comme une chose naturelle et n'en est pas choquée.

Ses études terminées, elle a emporté avec elle des instincts faussés, dans les diverses professions qu'elle s'est choisies et c'est ainsi que nous retrouvons ces éphèbes dans les hôtels, parmi les chasseurs et les grooms, dans les établissements de bains, dans les Postes parmi les jeunes télégraphistes, dans certains milieux artistiques et littéraires, dans le personnel des théâtres, loges d'artistes ou de figuration, voire même dans les hôpitaux, chez les coiffeurs, les tailleurs, partout enfin où des hommes peuvent être rassemblés et se frôler sans s'attirer la malignité publique.

C'est dans tous ces endroits, sans compter la rue où le hasard de la vie le jette, que vient s'approvisionner le pédéraste « ACTIF ».

Le pédéraste passif, toutefois, n'agit pas dans le même but que l'actif. Il est plutôt guidé par l'intérêt que par la passion et s'il cherche à plaire à son conjoint, c'est pour en tirer le meilleur parti possible, comme la fille prostituée, du client de passage.

LEURS LIEUX DE RÉUNION.

Les pédérastes des deux genres, à Paris, sont de tous les quartiers ; mais ils se rassemblent ou se recherchent de préférence dans ceux où le plaisir est plus répandu.

Par contre, dès qu'ils se sont rencontrés, ils s'éloignent et recherchent l'ombre et le mystère pour assouvir leur passion.

Les Grands Boulevards, les music-halls, certains théâtres et concerts, certains bars et les balnéums, sont leurs lieux de rendez-vous.

Ils y promènent leur indolence ; ils y exhibent leur toilette toute particulière ; ils y étalent une impudeur qui choque plus encore que celle de la fille la plus bassement tombée.

C'est dans ces lieux qu'ils passent la plupart de leur temps, qu'ils racolent et nouent leurs relations.

S'ils ne le font pas sur place, ils s'en vont satisfaire le désir qui les hante dans un hôtel qui leur est propre ou dans quelque édicule voisin ; la nuit sur nos promenades et dans nos squares, au mépris de toute convenance, scandalisant le paisible promeneur.

## ONT-ILS DES ENDROITS OU DES QUARTIERS SPÉCIAUX QU'UNE CERTAINE CATÉGORIE NE PEUT FRÉQUENTER ?

Nous avons dit plus haut que les pédérastes sont de tous les quartiers de Paris et quels sont les endroits qu'ils affectionnent plus particulièrement ; mais il est bien entendu que si, pour satisfaire son vice, le pédéraste actif est un homme d'une certaine condition sociale ou de fortune, qui n'hésite pas à s'acoquiner avec plus bas que lui, il ne choisit pas moins les lieux de plaisir dont sa situation lui permet l'accès et où il est susceptible de rencontrer le pédéraste passif, dont les goûts et l'éducation sont plus en rapport avec les siens.

Mais le pédéraste passif, à qui son état misérable de la veille n'a pu permettre de rapports avec l'homme important, peut le lendemain facilement le coudoyer si, dans l'intervalle, son vice lui en a fourni les moyens pécuniers.

Ainsi, très rapidement, il saute du trottoir à l'établissement coûteux.

### OÙ METTENT-ILS LEUR POINT D'HONNEUR ?

Il ne semble pas qu'il existe un point d'honneur pour le pédéraste actif. Il apparaît au contraire qu'il est porté à cacher son état pathologique dont il a honte.

Mais le pédéraste passif n'hésite pas, quand il est surpris, à trouver matière à s'en flatter, prouvant à l'occasion que ses relations sont préférables à celles de la femme.

### À QUELS SIGNES SE RECONNAISSENT-ILS ?

Les pédérastes actifs n'ont point d'allures tout à fait spéciales, sauf qu'ils recherchent tout particulièrement la société des hommes jeunes. Beaucoup peuvent être mariés, pères de famille.

Ils ont évidemment le dédain de leurs épouses. On en rencontre dans tous les milieux, même dans la magistrature, l'armée, le monde ecclésiastique.

S'ils sont dans une situation aisée, ils sont souvent l'objet de diverses manœuvres de chantage de la part des individus qu'ils fréquentent. La tranquillité et la sécurité de leur foyer sont souvent influencées par les tribulations que leur occasionne leur misérable passion.

Les pédérastes passifs sont au contraire très reconnaissables.

Ils sont, naturellement ou non, de manières affectées, d'allures efféminées. Leurs yeux sont provocants, leur voix est douce, c'est pourquoi on dit qu'ils sont « châtrés ». Leur mise est recherchée ou excentrique. Ils font abus de fards et de parfums. On en trouve aussi qui font usage de stupéfiants.

Ils rôdent sur nos Boulevards et font aux femmes de mauvaise vie une concurrence dont celles-ci n'hésitent pas à se plaindre.

### QUEL EST LEUR ARGOT ?

Les pédérastes actifs ou passifs n'ont pas d'argot qui leur est propre, mais connaissent et emploient celui du milieu dans lequel ils ont été élevés.

Ils sont eux-mêmes désignés sous les surnoms de « Tante », « Pédoc », « Fiotte », « Tapette », « Fillette », « Lope ».

### CONSIDÉRATIONS GÉNÉRALES.

La pédérastie des deux genres paraît s'être plus particulièrement développée depuis une trentaine d'années.

Elle est devenue, si on en croit ceux qui s'y intéressent plus spécialement, un véritable scandale, d'autant plus désastreux qu'il est presque impossible de la réprimer efficacement.

Il n'est pas rare de voir se former entre ces individus de véritables unions d'une intimité révoltante.

Elle a engendré en outre, une autre catégorie d'individus extrêmement dangereux pour la société, qu'on peut considérer comme les souteneurs des pédérastes passifs.

Ces individus ont senti qu'ils pourraient tirer de ce

vice un réel profit. Ils en sont devenus les proxénètes et les protecteurs.

Ce sont eux qui, sans crainte de jeter le déshonneur dans les intérieurs, se livrent au honteux métier de maître chanteur.

Ils le font avec d'autant plus de hardiesse que leurs victimes n'ont point envie de se plaindre pour éviter d'étaler publiquement leurs faiblesses ou leurs tares.

L'état de guerre, qui aurait dû modifier profondément et avantageusement ces mauvaises mœurs en diminuant le nombre de ses adeptes, en a fait ressortir au contraire toutes ses laideurs.

Beaucoup de jeunes hommes devenus pédérastes passifs sont, en raison de leur débilité naturelle ou consécutive à leur vice, exemptés de service militaire. Ce sont eux et les étrangers restés nombreux à Paris qui forment ce monde grouillant et détestable qu'on coudoie actuellement sur nos Boulevards et dans beaucoup de nos établissements publics.

Seule une LOI modifiant la législation actuelle sur la prostitution en général et une morale plus sévère pourraient permettre d'endiguer d'abord, puis de supprimer presque radicalement cette passion de la pédérastie et ses tristes conséquences.

COMMENT S'ÉLIMINENT LES PÉDÉRASTES EN DEHORS DE LA MALADIE ET DE LA MORT ?

QUE DEVIENNENT-ILS DÈS QU'ILS ONT CESSÉ LEUR MÉTIER ?

COMMENT RENTRENT-ILS DANS LES DIFFÉRENTES CLASSES DE LA SOCIÉTÉ ?

Pour répondre à ces trois questions, il est tout d'abord nécessaire de rappeler qu'à notre avis il n'existe qu'une sorte de véritable pédéraste : le pédéraste « Actif », dont le cas nous semble plutôt relever de la médecine que de la criminalité.

Nous pensons de même que l'individu que l'on appelle le pédéraste « Passif » est pour ainsi dire créé par le premier.

Sa débauche n'est que la conséquence de la passion antiphysique de son conjoint et nous estimons qu'il n'existerait pas, si ce dernier n'existait pas avant lui.

Nous considérons donc le pédéraste actif comme un être anormal à certains moments, sinon insensé, et le pédéraste passif, au contraire, comme jouissant de la plénitude de ses facultés mentales.

Qu'ensuite, par l'habitude de la fréquentation, de la vie en commun, le pédéraste passif, généralement très jeune, s'imprègne de la névrose de l'actif et partage ses manies, cela ne nous semble pas extraordinaire ; la folie n'est-elle pas contagieuse à certains esprits ?

Mais nous sommes convaincus que si le pédéraste passif, peut, comme la fille qui n'est pas complètement pervertie, s'amender, changer sa vie pour une vie plus saine et se guérir, le pédéraste actif reste ce qu'il est jusqu'au gâtisme ou jusqu'à la mort.

Le pédéraste passif peut s'éloigner de son vice, s'il est éloigné du milieu qui l'y entraîne.

Réprimer le vagabondage de l'enfance en établissant une morale sévère et l'apprentissage obligatoire.

Envoyer au sain labeur de la terre la jeunesse réfractaire aux lois.

Alors la pédérastie disparaîtra d'elle-même, sinon complètement, du moins dans de telles proportions qu'elle n'apparaîtra plus qu'à l'état de légende et ne sera plus le danger social que tout homme sain d'esprit doit déplorer.

La guerre nous a déjà fourni à ce sujet quelques exemples réconfortants.

Tout récemment, un jeune soldat décoré de la médaille militaire et de la croix de guerre a été arrêté.

Avant la mobilisation, ce jeune homme fréquentait les milieux de pédérastie et il y était si enlisé qu'il avait été arrêté pour ce motif et frappé d'une peine de 4 mois de prison et d'interdiction de séjour.

C'est en vertu du jugement rendu en son absence qu'il avait été arrêté à nouveau au cours d'une permission qui l'avait amené à Paris.

La douleur de ce jeune homme, régénéré par la campagne de guerre et par son héroïsme, était profonde et sincère.

Les policiers qui l'avaient arrêté et que le métier rend habituellement goguenards en présence de ce genre d'individus, se tenaient plus sérieux qu'à l'ordinaire vis-à-vis de leur prisonnier, se rendant compte que celui-ci s'était réhabilité en face de l'ennemi et que la Justice se devait à elle-même de ne pas le conserver.

C'est ainsi que le pédéraste passif, s'il n'est point trop gangrené, peut reprendre le cours de sa vie régulière, mais il faut que la société détruise les mauvais lieux qui pourraient encore l'attirer et le séduire par leur immoralité.

Paris, SAM [Série Ba, carton n° 1690]

# III. L'ADULTÈRE

L'adultère au XIXᵉ siècle constitue un délit qui peut conduire l'épouse volage de la meilleure société dans une cellule de Saint-Lazare, à côté des prostituées ramassées dans la rue. Chez les messieurs, le duel est encore un mode admis de règlement des conflits et la jalousie peut avoir pour corollaire le crime passionnel. C'est pourquoi, au temps de Feydeau, les cocus font rire au théâtre, mais sont pris au sérieux par l'institution policière, capable le cas échéant d'intervenir de manière préventive et discrète.

« La Préfecture a le devoir d'éviter les scandales parce qu'ils démoralisent par l'exemple, et d'autant plus que celui-ci part de haut », affirme clairement Louis Lépine dans ses *Souvenirs*. Tandis que les commissaires consacrent une partie de leurs temps à la routine des constats d'adultère, le cabinet du Préfet et quelques officiers de confiance se préoccupent des ménages Falguière, Zola, Willy, sans négliger les historiettes qui se murmurent dans les couloirs de la Chambre et à l'Élysée.

Parfois, ils sont pris en défaut : des jeux amoureux trop complexes débouchent sur une affaire retentissante, comme le crime de l'impasse Ronsin ou l'assassinat de Lætitia Toureaux.

# Mme Falguière
# contre « les donzelles »

Bruno Fuligni

Qu'un sculpteur tombe amoureux de son modèle, rien de plus banal. Or, M^me Falguière ne l'entend pas de cette oreille, d'autant que la différence d'âge est grande et le mari, dépensier. Premier grand prix de Rome, professeur à l'école des Beaux-Arts, Alexandre Falguière va bientôt fêter ses soixante ans quand une jeune anonyme, dans l'été 1891, vient lui tourner la tête. Une vie de sculpture académique et de commandes publiques lui a permis d'accumuler un petit capital, que cette amourette tardive menace directement de dilapidation.

Conformément aux usages de la bonne société parisienne, l'épouse bafouée n'hésite pas à alerter le Préfet de police. « C'est mon fils aîné, mon plus sûr messager, qui vous porte cette lettre », indique-t-elle en style romanesque au bas de ce pli daté du 30 juillet 1891, qui laisse deviner des conversations antérieures. Henry Lozé, en poste depuis 1888, n'a guère séduit ses troupes qui l'ont surnommé « le Dindon majestueux », mais enfin c'est un homme du monde et

30 Juillet 91

Monsieur le Préfet.

*[texte manuscrit difficilement lisible]*

Toulouse 7 Août 91

Monsieur le Préfet.

*[texte manuscrit difficilement lisible]*

Lettres du 30 juillet et du 7 août 1891 de Madame Falguière au Préfet de police.

M^me Falguière se sent fondée à le saisir de cette affaire privée.

« Impossible de me procurer la tête de cette fille », déplore l'infortunée, qui n'a pourtant pas ménagé sa peine : « J'ai remué tout l'atelier, et n'ai pu découvrir aucune photographie : elle n'aura pas été faite. De plus, ne voulant pas mettre les élèves au courant de ce que nous avons décidé, je préfère m'en tenir là et la tête de Falguière suffira je l'espère. »

À défaut de cliché, M^me Falguière s'essaie au « portrait parlé », mais le signalement qu'elle nous laisse de sa rivale ne peut certes pas revêtir l'objectivité scientifique voulue par Bertillon : « Grande un peu forte. Brune teint mat. Figure boursouflée. Yeux noirs, grande bouche, énormes pieds. » La coupable porte généralement du clair et des chapeaux volumineux blancs et de couleurs. « Si j'apprends quelque chose d'urgent, je me permettrais, Monsieur le Préfet, de vous le transmettre, en attendant merci, mille et mille fois, pour l'immense service que vous me rendez, croyez à ma discrétion et à mes sentiments les plus reconnaissants. »

## À *titre officieux*

Dès le 31 juillet, la 1^re brigade est saisie de l'affaire ; l'atelier fait l'objet d'une surveillance discrète, qui toutefois ne donne rien.

Une seconde lettre, datée du 7 août, nous apprend que la famille s'est retirée en villégiature près de Toulouse, ville natale de Falguière. « Dieu veuille que nous retrouvions tous ici un peu de calme, soupire madame. J'espère que les donzelles ne seront pas appelées (du reste je vais y veiller). Je dis *les,* car j'ai appris que la sœur du modèle était aussi de la partie pour dépouiller notre pauvre insensé.

« J'ignore, Monsieur le Préfet, ce que vous avez appris, en tout cas, pour le moment, je suis heureuse de ne plus vous ennuyer de toutes nos misères, et vous assure de toute ma reconnaissance pour l'empressement que vous avez mis à m'être utile. »

Entre vaudeville et basse police, la Préfecture a fait son devoir. Pas d'élucidation, puisqu'il n'y a pas à proprement parler d'affaire, juste une intervention à titre officieux. Mais pas de scandale non plus et c'est là l'essentiel. Encore un ménage honorable dont les petits secrets se trouvent enserrés pour toujours dans les archives policières.

Quant à Falguière, il se consolera quelques années plus tard, en moulant d'après nature les formes parfaites de Cléo de Mérode.

LE CRIME DE L'IMPASSE RONSIN

# Procès d'une femme fatale

Bruno Fuligni

Le 31 mai 1908, dans une maison-atelier de l'impasse Ronsin à Paris, le valet de chambre Rémy Couillard découvre les corps sans vie du peintre Steinheil et de sa belle-mère, tous deux étranglés. Seule survivante : Marguerite, l'épouse du peintre assassiné, qui se débat ligotée dans son lit.

La première thèse, celle d'un cambriolage qui aurait mal tourné, est vite abandonnée : dès le 1er juin, les policiers réalisent que Marguerite Steinheil, dite « Meg », n'est autre que « l'héroïne du drame qui a emporté le président de la République Félix Faure », mort neuf ans plus tôt, le 16 février 1899, dans des circonstances peu claires. Est-elle aussi, comme le prétend le rapport, « une lesbienne avérée » ? Rien n'est moins sûr, mais on ne prête qu'aux riches et, pour les enquêteurs, la dépravation de la dame ne fait aucun doute. Tout le monde en France connaît confusément l'histoire du Président qui avait « perdu sa connaissance », passée par une porte dérobée après la mort en épectase du sémillant chef de l'État...

Aucun scénario ne peut mieux convenir à ce Paris

LA FIN D'UN PROCÈS SENSATIONNEL.
Mᵐᵉ Steinheil écoutant la lecture du verdict

Couverture du *Petit Journal* du 21 novembre 1909 qui titre
« La fin d'un procès sensationnel ».

1900 qui aime encore le mélodrame mais court les
pantalonnades : le trio classique — la femme, le
mari, l'amant — avec cette double particularité que
l'amant était à l'Élysée et que les deux hommes
périssent successivement dans des circonstances mys-
térieuses. Il apparaît en outre que Meg, femme ardente
et pressée d'argent, a multiplié les relations avec les
notabilités de la République : députés, ministres,
diplomates, industriels... Ces liaisons intéressées ont
eu lieu avec la complaisance du mari, à qui les amants
de Meg ont acheté leur bonheur par des commandes
de tableaux.

## Fait divers ou affaire d'État ?

La belle Meg, enfin, est étrangement mal ligotée,
comme si on avait voulu dissimuler sa participation
au crime. De victime, elle devient coupable et la grande
presse s'empare de l'affaire. Le transfert de Zola au
Panthéon, la visite du Président Fallières en Angleterre et en Russie, la grève des cheminots matée par
le gouvernement Clemenceau : plus rien n'intéresse
l'opinion, que « le crime de l'impasse Ronsin »...

Fait divers ou affaire d'État ? Dans une France
excitée par cette histoire à la fois sanglante et gri-
voise, les thèses les plus folles sont échafaudées, dans
tous les registres. Sordide : Meg et son domestique se
seraient entendus pour liquider le mari ; la belle-
mère serait morte d'émotion en assistant au crime.
Romantique : les Steinheil avaient un fils caché, qui
serait revenu se venger. Passionnel : le mari, dans un

sursaut de dignité, aurait repoussé un nouvel amant de Meg, lequel l'aurait tué dans la bagarre. Ce mystérieux amant-tueur serait un personnage influent, d'où une mise en scène visant à maquiller la mort du peintre. Plusieurs noms circulent, du sous-secrétaire d'État aux Beaux-Arts Alexandre Dujardin-Beaumetz au ministre de l'Agriculture Joseph Ruau, en passant par l'ambassadeur de Russie.

Mais l'hypothèse la plus brûlante relève de l'assassinat politique : des agents des services secrets auraient pénétré dans la maison pour récupérer des documents que Meg s'apprêtait à rendre publics, documents prouvant qu'elle avait sciemment tué le président de la République. Cette dernière thèse séduit tout particulièrement l'extrême droite antisémite : Félix Faure était opposé à la révision du procès Dreyfus, il aurait donc été assassiné par le « Syndicat juif » qui aurait fourni à Meg des aphrodisiaques meurtriers... Édouard Drumont, ancien député d'Alger, auteur de *La France juive* et directeur du journal *La Libre Parole*, défend avec une fureur haineuse la théorie du complot. « Les Juifs l'appellent "la pompe céleste". De quelque manière qu'elle s'y soit pris, qu'elle ait été déléguée ou que ce soit à son insu, ou par le cigare, ou par le verre d'eau, elle s'est chargée de fermer le livre. Elle a rendu un immense service au parti dreyfusard. Elle les a débarrassés des difficultés qu'ils rencontreraient à l'Exécutif », note Maurice Barrès dans ses *Cahiers*.

## « *La Sarah Bernhardt des assises* »

Cette affaire donne naturellement lieu à un procès sensationnel. Les agents de police doivent canaliser la foule des curieux qui veulent assister au procès. « On n'avait pas encore signalé jusqu'ici ce fait inouï et pitoyable : des miséreux piétinant aux grilles du Palais de Justice pendant des nuits entières pour vendre, après quatorze heures de glaciale immobilité, leur droit d'accès au fond de la salle d'audience, s'indigne l'écrivain et chroniqueur judiciaire Albéric Cahuet. Pendant huit jours, les avocats désertèrent les chambres correctionnelles. Toute la vie judiciaire se trouvait concentrée dans le prétoire de la cour d'assises où, contrairement à tous les précédents, M. le président de Valles avait refusé le public des répétitions générales et des grandes premières. »

Meg a séduit le juge d'instruction Leydet puis le directeur de sa prison, obtenant un traitement de faveur. Forte et déterminée, elle impressionne le jury et met l'accusation en difficulté. Ses mensonges et rétractations ont brouillé les pistes. Rémy Couillard, totalement dominé par Meg, sème lui aussi le trouble par ses témoignages contradictoires. Son patronyme fait la joie des chansonniers, tandis que Meg réussit à retourner la situation à son profit. Surnommée « la Sarah Bernhardt des assises », elle est acquittée le 13 novembre 1909, sous les acclamations du public. « Dix-huit mois de recherches, quatre mille cinq cents pièces, quinze mille pages de dossier, deux instructions successives, une longue et minutieuse étude, dont M. l'Avocat général a retracé les difficultés et dit justement la fatigue, tout cela pour arriver à une accusation impuissante à s'exprimer et qui, au dernier moment, s'écroule elle-même », constate M^e Antony Aubin, défenseur de Meg.

Seuls les hommes ont été admis au tribunal. Parmi eux, beaucoup de ceux que les criminologues appellent des « enclitophiles », des amoureux de criminelles, fascinés par la mante religieuse Meg Steinheil. Un Anglais, qui n'a manqué aucune audience, demande la jeune veuve en mariage.

Meg franchit la Manche. Devenue Lady Scarlett Abinger, elle finira sa vie riche et sereine, dans la campagne anglaise, où elle s'éteindra le 18 juillet 1954, à l'âge de quatre-vingt-cinq ans.

❂

## UNE DOUBLE AFFAIRE ?

*Sans en-tête ni signature, c'est une note blanche de la police qui, dès le 1^er juin 1908, fait le lien entre le crime de l'impasse Ronsin et la mort du président Félix Faure.*

### Une note blanche indiscrète

Au sujet de Madame Steinheil, on rappelle qu'elle a été l'héroïne du drame qui a emporté le président de la République Félix Faure.

Elle avait connu M. Félix Faure aux grandes manœuvres des Alpes où elle s'était rendue pour suivre son

amant M. Lemercier, alors juge d'instruction près le
tribunal de la Seine, magistrat qui à ce moment faisait une période militaire.

C'est une lesbienne avérée, actuellement au mieux
avec Madame Thors, femme de l'administrateur général
de la Banque de Paris et des Pays-Bas, financier fort
riche et des plus connus sur la place de Paris.

Paris, SAM [Série Ba, carton n° 1584]

✪

## GRIVOISERIES AU PALAIS-BOURBON

*Il se dit tant de choses, dans les couloirs de la Chambre,
que des policiers sont spécialement chargés de rapporter
au Préfet de police les potins échangés entre députés et
journalistes. L'affaire Steinheil inspire tout particulièrement les représentants du peuple, dont les auteurs des
deux notes ci-dessous reprennent les mots d'esprit avec
une certaine complaisance. Toutefois, périphrases et gau-
loiseries à part, il apparaît clairement que les députés
redoutent un scandale politique beaucoup plus grave que
l'affaire de mœurs en cause.*

*De l'alcôve à la Chambre,*
*rapports sur les propos échangés*
*dans les couloirs du Palais-Bourbon*

24 novembre 1908

Il n'y a pas que le public qui suive avec curiosité la
reprise de l'affaire Steinheil. Hier, dans les couloirs
de la Chambre, c'était aussi le sujet de beaucoup de
conversations. GÉRAULT-RICHARD, après avoir plai-
samment raconté à quelques collègues les histoires

de Légitimus, assurait — cette fois sur un ton qui n'était plus badin — que « l'on s'entretenait, même à l'Élysée, de cette affaire Steinheil qui va bien finir, quelque jour, par être livrée au public ». Là-dessus, on se mettait, dans les groupes, à rappeler la liaison de Félix Faure avec Mme Steinheil, et les circonstances de cette mort si imprévue et — pour le public — si mystérieuse de ce président de la République.

Il n'y avait de divergence dans les récits que sur la question de savoir si la mort s'était produite à l'Élysée même ou en dehors, mais il y avait accord complet sur ce point capital : c'est au moment même où Félix Faure se livrait à des épanchements très intimes avec Mme Steinheil qu'une crise cardiaque l'a emporté ; et sur la nature de ces épanchements, l'accord était également complet : comme le disait Gérault-Richard, Mme Steinheil, si prodigue d'interviews, avait prouvé dès longtemps, et surtout ce jour-là à Félix Faure, qu'elle abusait de sa langue... et Félix Faure la laissa causer trop longtemps. Pour sauver Mme Steinheil, mariée et mère de famille, en relations de visite avec la famille du Président, on eut recours à Mlle Sorel, qu'on savait également parmi les « connaissances » du Président, et elle accepta le rôle de la dame qui « causait » avec le Président au moment fatal ; cependant, son acceptation ne fut pas désintéressée : outre une grosse somme (ici les avis étaient différents 60 000, 100 000, 150 000), on lui accorda l'entrée à la Comédie-Française, qu'elle ambitionnait surtout.

De là, les conversations de couloirs examinaient le présent, et une mauvaise nouvelle (c'en était une, du moins pour beaucoup) circula assez rapidement en causant quelque émoi : avant le drame de l'impasse Ronsin, M^me STEINHEIL était la maîtresse du juge d'instruction LEYDET. Or c'est précisément celui-ci qui instruit cette ténébreuse affaire. « Si c'est vrai, disait-on dans les couloirs, ça explique bien des choses ! mais est-ce tolérable ? »

Là-dessus, on parlait d'une question à poser au garde des Sceaux, au moins dans son cabinet, car il apparaissait difficile, en effet, que le chef de la Sûreté, M. HAMARD, pût agir avec liberté dans une affaire où l'héroïne a un passé et un présent — quelques-uns disaient « des états de service » — qui lui assurent des appuis sérieux.

L'opinion très générale était qu'il y a là-dedans un homme dont l'opinion est faite et repose peut-être même sur des certitudes, et qui refuse de prendre le change — mais qui, manifestement, s'arrête parce que des raisons anormales l'y obligent : c'est M. HAMARD, et, hier, à la Chambre, SAINT-LÉON (de *La Libre Parole*) disait que ROCHEFORT lui-même, si acharné dans ses articles contre le chef de la Sûreté, constate dans l'intimité que celui-ci est dans une impasse, qui n'est pas Ronsin, mais qui n'en est pas moins dangereuse pour lui, car s'il agit, il peut lui en cuire par la suite, et, s'il n'agit pas, il passe pour un imbécile. ROCHEFORT ajoutait — d'après Saint-Léon — que ses violences de langage à l'adresse de M. HAMARD n'ont pour but que de l'obliger à marcher, en le représentant comme un imbécile ou un vendu à ceux qui ont intérêt à l'étouffement de l'affaire.

À la façon dont on discutait dans les couloirs, en mêlant à cette affaire tous ces noms et ces dessous, il apparaissait à beaucoup que cette reprise va obliger, cette fois, à marcher, et que ce n'est pas le COUILLARD — pris actuellement pour bouc-émissaire — qui court les plus grands risques. Mais ce qui dominait comme impression, c'est qu'il « faut en finir ». C'est ce qu'on répétait dans tous les groupes, qui commencent à éprouver quelque énervement de cette affaire, où l'intervention du *Matin*, s'érigeant en policier et en juge d'instruction, semble à tous une concurrence intolérable pour la police et la justice.

28 novembre 1908

L'intérêt de l'affaire STEINHEIL semblait aller, hier, grandissant pour la Chambre. Les couloirs avaient une animation que ne provoquait point, certes, la discussion en séance, puisqu'il s'agissait, à la tribune, de la loi de finances. Georges BERRY et Denys COCHIN, très entourés, se disaient décidés à poser au garde des Sceaux une question sur le scandale de cette instruction. Georges BERRY appuyait sur le mot « scandale », qui était, disait-il, celui même dont le président FORICHON venait de se servir dans une conversation avec des députés.

Quant aux potins ou vérités à gros scandale, il y en avait tant qu'on ne savait auquel s'arrêter : l'homme mystérieux que M^me STEINHEIL rêvait d'épouser et pour lequel elle aurait supprimé son mari, c'était, disait-on, M. CHOUANARD (des Forges de Vulcain,

rue Saint-Denis) ; le motif pour lequel M^me STEIN-
HEIL exécrait son mari, et qui était, en quelque sorte,
une excuse à son inconduite, c'est que celui-ci avait
des mœurs très spéciales ; comme disait plaisam-
ment Jules ROCHE : « Ce sournois n'aimait pas vous
regarder en face, il n'agissait que par-derrière », et
M^me STEINHEIL répugnant à attitude si peu franche
délaissait son mari qui se rattrapait sur les amis et
même sur des spécialistes avec lesquels il avait, au-
dehors ou chez lui-même, des séances de pose très
étrangères à la peinture. Ce peintre disait-on, était
un être dégoûtant, qui connaissait l'inconduite de sa
femme et acceptait que le ménage en profitât, et qui,
de son côté, avait les mœurs les moins avouables, si
bien que l'ont peut se demander si le crime n'a
pas été commis par un de ses « amants à lui », qu'il
prenait dans le monde le plus interlope, crime que
M^me STEINHEIL aurait, au besoin, favorisé. Cette
hypothèse est, disait Georges BERRY, celle de beaucoup de ceux qui connaissent bien ce ménage et les
mœurs de chacun des époux.

Denys COCHIN, lui, disait que M^me Madeleine
LEMAIRE, l'artiste peintre, raconte que M^me STEIN-
HEIL a eu, très jeune fille, un fils naturel, qui est
devenu un vrai apache, fils qu'elle redoutait fort et dont
son mari avait encore plus grand'peur. Ce fils, on le
voyait ni ne le recevait dans la maison, mais il mena-
çait parfois pour obtenir de l'argent. Ne serait-ce pas
lui qui serait venu pour voler, et qui, se trouvant en
face de M. STEINHEIL n'a pas hésité à le tuer ?

Quant au côté politique qu'on veut prêter à l'affaire,
inutile de dire qu'il devient de plus en plus certain
que c'est par là que l'opinion va être surexcitée. Félix

FAURE, sa mort, son rôle dans l'affaire DREYFUS, sont déjà remis en discussion ; et la thèse des deux camps est fort nette. Les dreyfusards disent : « Votre Félix FAURE qui refusait la révision et voulait éviter qu'on reprît l'Affaire, c'était un joli pourceau ! Voyez plutôt : et ici l'exposé des détails scandaleux de sa mort ». À quoi les antidreyfusards répliquent : « C'est vous qui le dites, mais vous l'avez fait tuer par cette femme, qui prouve bien maintenant de quoi elle est capable ; Félix FAURE était un obstacle à la révision, vous l'avez supprimé et, de fait, lui mort, toute l'Affaire a repris son cours. Attendez que nous révélions la vérité ! »

Et c'est ce que l'Action française prépare. DAUDET ne cache pas que le plan de ses amis est de provoquer là-dessus des poursuites en cour d'assises contre l'Action Française, afin qu'un acquittement dans cette affaire sensationnelle atténue le fâcheux effet de la condamnation à laquelle ils s'attendent dans les affaires civiles DREYFUS contre l'Action française actuellement engagées ; même ils espèrent que si le tapage énorme et le scandale formidable qu'ils rêvent de provoquer là-dessus arrivent au point qu'ils escomptent, non seulement les procès DREYFUS en seront éteints du coup, mais ce sont eux-mêmes, à l'Action française, qui prendront l'offensive.

Paris, SAM |Série Ba, carton n° 1584|

# Histoire d'un chantage

Gérard Bonal

Une banale histoire d'adultère ? Non : une sombre affaire dont l'enjeu, jamais nommé, est l'argent. « M^{me} de S., qui était ma maîtresse, avoue Willy, m'a remis il y a une dizaine d'années une assez grosse somme d'argent. » Investie, s'empresse-t-il d'ajouter, dans l'affaire familiale d'édition scientifique. Un jour, M^{me} de Serres, qui traverse des difficultés financières, réclame son capital. En vain, car il s'est évaporé sur le tapis vert des casinos. Que lui dit alors Willy ? Mystère. Mais peu après Juliette de Serres se présente à la librairie Gauthier-Villars, quai des Grands-Augustins, où on la reçoit plus que fraîchement. Elle comprend alors ce qui s'est passé. Willy s'inquiète : « Si elle me fait un procès, je suis perdu. C'est la prison ! » Il se souvient alors des lettres que Juliette — Liette pour les intimes — lui a écrites au plus fort de la passion.

Colette, Willy et leur chien Toby.

*Pris au piège*

C'est ici qu'intervient Colette, qui a quitté Willy pour vivre avec la marquise de Belbeuf. En instance de divorce, les époux se combattent à coups d'entrefilets dans la presse, mais ils ont conservé, au privé, des relations à peu près cordiales. Willy explique son stratagème à la jeune femme — ce qu'il appelle « la guerre contre le 58, rue de Courcelles » : elle se rendra chez Liette, où elle jouera le rôle de l'épouse outragée, menaçant de tout révéler. « Quand elle saura que vous avez ces lettres et que vous êtes prête à les porter au mari, elle filera doux. » Autrement dit, elle cessera d'exiger sa créance.

Imprudent Willy ! Non seulement Colette se refuse au chantage, mais elle va utiliser les lettres à son profit. Comme elle l'explique au commissaire de police qui l'entend : « Depuis un an, Willy a entrepris contre la marquise et moi une campagne de diffamation. Je l'ai supplié de cesser ses attaques ; il n'a rien voulu entendre. C'est alors que j'ai eu l'idée de faire intervenir Madame de Serres. » Un beau matin de juin, elle se présente donc rue de Courcelles. La malheureuse Liette, prise en otage, ne peut plus qu'envoyer un « petit bleu » affolé au Préfet de police...

La fin de l'histoire ? Une lettre de Sido, adressée à sa fille Colette le 2 juillet 1910, nous l'apprend : « Je pensais bien que M$^{me}$ de S. prendrait le parti de tout dire à son mari. L'aveu sera pénible, mais c'est le chemin le plus court. » Sur quoi M$^{me}$ de Serres, libérée de

son lourd secret, se pourvoit en justice. Au grand dam
de Willy : « Cette femme haineuse me poursuit donc
pour abus de confiance, détournement, etc. S'il y a un
procès public, je suis à jamais déshonoré. » Déshono-
noré peut-être, condamné oui. Où Willy va-t-il trouver l'argent ? C'est bien le dernier souci de Colette !

★

## UN ROMAN ÉPISTOLAIRE

*Du « petit bleu » fébrile à la lettre de remerciements,
c'est une médiation conjugale officieuse que permettent
de suivre pas à pas les documents suivants conservés
dans les archives de la Préfecture de police.*

### Carte pneumatique adressée au Préfet de police

Monsieur le Préfet de police
J'ai jadis écrit à M. Gauthier-Villars (Willy) des lettres qui, mises sous les yeux de mon mari, pourraient occasionner les plus grands malheurs.

Ces lettres ont été volées par le secrétaire de
M. Willy qui les a portées à M^{me} Willy, laquelle plaide
en divorce contre son mari qu'elle poursuit d'une
haine féroce.

M^{me} Willy qui vit 25, rue Saint-Sénoch, avec la marquise de Belbœuf [*sic*] et que je ne veux pas recevoir,
s'est présentée chez moi ce matin, elle va revenir armée
de ces lettres. C'est une persécution qui me rend
folle et à laquelle je vous supplie de me soustraire.

Ne tardez pas, je vous en supplie, Monsieur le Préfet de police. Je deviens folle.

J. DE SERRES<br>58, rue de Courcelles

❂

*Procès-verbal au sujet de l'affaire opposant*
*Madame de Serres et Madame Gauthier-Villars*
*dite Colette Willy*

NOUS, J.-A. COURT, Commissaire de police de la Ville de Paris, Chef du Service mixte des Garnis, Officier de police judiciaire, Auxiliaire de Monsieur le Procureur de la République,

En exécution des instructions de Monsieur le Préfet de police,

Avons entendu M^{me} de Serres, Juliette née Vuillet, 47 ans, sans profession, demeurant rue de Courcelles n° 58.

Elle nous a déclaré :

Mon mari et moi avons été très liés avec le ménage Gautier Villars [sic], depuis plusieurs années je lui ai adressé des lettres horriblement compromettantes.

Or ces lettres ont été volées à M. Gautier Villars par son secrétaire M. Barlet, qui les a remises à Madame Gautier-Villars dite Colette Willy.

Les époux Gautier Villars sont en instance de divorce. Ils vivent sous le régime de la séparation de corps depuis trois ans. Willy habite chez sa maîtresse Miss Meg Villars, 69, avenue de Suffren. Sa femme demeure chez la marquise de Belbœuf [sic] 25, rue Saint-Senoch.

Mercredi dernier, Colette Willy s'est présentée à mon domicile et a demandé à me voir. Comme je ne voulais pas la recevoir chez moi, je lui ai fait répondre que j'étais absente.

Elle m'a alors adressé une lettre que je vous dépose me fixant un rendez-vous pour le lendemain. Je me suis rendue chez elle dans la matinée. Là, elle m'a déclaré que si Willy ne cessait pas immédiatement la campagne de presse qu'il avait entreprise contre la marquise de Belbœuf, elle n'hésiterait pas à envoyer à mon mari les lettres qui lui avaient été remises par Barlet.

Je vous prie de vouloir bien intervenir afin d'empêcher Colette Willy de mettre ses menaces à exécution.

J. DE SERRES
*Le Commissaire de police*
*Court*

P.V. n° 2

Et le seize juin, par acte séparé n° 2 nous avons interpellé M^{me} Gauthier-Villars dite Colette Willy.

LE COMMISSAIRE DE POLICE

Et le vingt juin,

Avons mandé à notre cabinet M. Gauthier-Villars dit Willy.

Après échange d'explications ce dernier a consenti à signer l'engagement réclamé par sa femme.

Nous annexons cette pièce au présent.

LE COMMISSAIRE DE POLICE

Et le vingt-deux juin

Avons fait comparaître à nouveau Madame Gauthier-Villars dite Colette Willy qui, sur le vu de l'engagement pris par son mari, nous a déclaré qu'elle allait restituer sans délai à Madame de Serres les lettres réclamées par cette dernière.

LE COMMISSAIRE DE POLICE

Et le vingt-cinq juin

Nous avons reçu de Madame de Serres une lettre par laquelle elle nous déclare qu'elle a reçu pleine et entière satisfaction.

Nous annexons cette pièce au présent.

LE COMMISSAIRE DE POLICE

De quoi nous avons rédigé le présent, qui sera transmis à Monsieur le Préfet de police aux fins qu'il appartiendra.

LE COMMISSAIRE DE POLICE

*Procès-verbal et lettres*

NOUS, J.-A. COURT, Commissaire de police de la Ville de Paris, Chef du Service mixte des Garnis, Officier de police judiciaire, Auxiliaire de Monsieur le Procureur de la République,

Continuant notre information,

Avons entendu M^me Gauthier-Villars, dite Colette Willy, femme de lettres, demeurant rue de Saint-Senoch, n° 25.

Elle a répondu comme suit à nos diverses interpellations :

Les lettres de Madame de Serres ne m'ont nullement été vendues par M. Barlet qui est actuellement mon secrétaire. Elles m'ont été confiées par Willy lui-même et quelques-unes d'entre elles sont même annotées de sa propre main. Ces annotations sont d'ailleurs plus que désobligeantes pour Madame de Serres.

Depuis un an à peu près, Willy a entrepris contre la marquise de Morny et contre moi une campagne de diffamation épouvantable. Je l'ai supplié à plusieurs reprises de cesser ses attaques ; il n'a rien voulu entendre. C'est alors que j'ai eu l'idée de faire intervenir Madame de Serres.

Cette dernière s'est méprise sur le sens de mes paroles. Je lui ai dit textuellement : « Invoquez le nom de votre mari auprès de Willy afin de l'obliger à cesser la campagne qu'il a entreprise. »

Elle en a inféré à tort que j'avais l'intention d'envoyer à son mari les lettres que je possède. Cependant elle eût dû se souvenir des paroles que je lui ai dites en la quittant et que voici : « Avant de faire quoi que ce soit contre votre mari, j'aimerais mieux courir moi-même le plus grand danger. »

À la vérité j'ai une très profonde affection pour M. de Serres et je ne voudrais pour rien au monde troubler sa quiétude. C'est vous dire que je n'ai jamais eu l'intention de lui adresser les lettres écrites par sa femme à Willy. Toutefois je tiens à conserver ces lettres tout au moins jusqu'à ce que Willy ait pris l'engagement de me laisser en repos.

Quoi qu'il en soit, que Madame de Serres se rassure ; je ne lui veux aucun mal et les lettres ne sortiront pas de mon tiroir.

LE COMMISSAIRE DE POLICE<br>COLETTE WILLY

Je prends volontiers l'engagement de cesser toute campagne contre la marquise de Belbœuf, et contre Madame Colette, à condition que cette dernière restitue les lettres écrites par Madame de Serres dont elle est détentrice.

Il est évident que cet engagement, bilatéral, implique la cessation des attaques de Madame Colette contre moi.

H. GAUTHIER-VILLARS
WILLY

20 juin 1910
Paris

*Vu et joint*
*Le Commissaire de police*

✪

Monsieur,

Je me tiens pour satisfaite au sujet de l'affaire des lettres que je considère comme terminée.

Il me reste à vous remercier de tous les soins dont vous avez entouré cette affaire qui grâce à vous a été menée rapidement à bonne fin.

Recevez, Monsieur, l'expression de mes sentiments distingués.

J. DE SERRES
Paris, SAM [Série Ba, carton n° 2036]

Couverture du *Détective* du 27 mai 1937.

# La lettre d'aveux de l'assassin de Lætitia Toureaux

### Claude Mesplède

C'est une incroyable confession écrite qui arrive, en ce jour de juin 1962, sur la table du directeur de la police judiciaire Max Fernet. « Sans doute vous souvenez-vous de l'assassinat de Lætitia Toureaux qui eut lieu Porte de Charenton, dans le métro, le 16 mai 1937. Je suis l'assassin de Lætitia Toureaux », avoue un rédacteur anonyme.

Lætitia Toureaux ? Une jolie veuve de vingt-neuf ans, poignardée sans témoin, dont le visage a fait la une de tous les journaux avant guerre, quand « le crime du métro » passionnait la France. Chaque jour les lecteurs apprenaient une nouvelle information : ils découvraient que la jeune femme travaillait pour une agence de détectives ; que, native du Val d'Aoste en Italie, elle espionnait les immigrés italiens pour le comte Ciano, ministre de Mussolini. La belle Lætitia était-elle une fasciste convaincue, connaissait-elle trop de secrets ? Était-elle chargée d'une mission qui aurait mal tourné auprès de la Cagoule, cette organisation terroriste d'extrême droite qui narguait le gouvernement du Front populaire ? Autant de pistes

explorées en vain, pendant des années. D'autres faits
divers, puis les drames de la guerre, ont fait tomber
« le crime du métro » dans l'oubli quand cette lettre
très romanesque arrive à la PJ.

## Mobile passionnel

« Pourquoi l'assassin d'un crime réputé parfait
vient-il ainsi raconter son forfait plus de vingt ans
après ? Sans doute ai-je besoin de me libérer, peut-
être aussi une sorte d'orgueil me pousse-t-il à apporter les éléments nécessaires à la résolution de cette
affaire », écrit l'assassin. Originaire de Perpignan, il
est monté à Paris en 1935 pour faire sa médecine :
après ces maigres informations, il explique son geste.

Lætitia, dont il était amoureux, a toujours repoussé
ses avances. Enfin, elle accepte un dîner, qu'elle
décommande le jour même. Fou de jalousie, depuis
sa voiture il guette la porte de L'Ermitage, un bal
musette de Maisons-Alfort où Lætitia a l'habitude
d'aller danser. Il la voit sortir à 18 heures : « Elle
alla prendre l'autobus et je la suivis en voiture. J'en
descendis rapidement à Porte de Charenton de sorte
que j'entrai dans le métro juste derrière elle sans
qu'elle devinât ma présence. Elle s'installa en première ; je montai juste derrière elle et ne sachant plus
ce que je faisais, je l'appelai alors qu'elle venait de
s'asseoir. Elle se retourna, je sortis mon couteau et
lui plongeai dans la gorge. Elle n'eut pas le temps de
pousser un cri. Je recalai le corps qui avait basculé et

descendis rapidement pour remonter en deuxième classe dans la voiture suivante. »

Est-ce bien le coupable qui a écrit cette lettre ? Faut-il tenter de l'identifier ? « Affaire prescrite », note le directeur de la police judiciaire, qui classe la lettre anonyme sans suite. Mais cette histoire le conforte dans sa conviction : « Pourquoi chercher bien loin lorsqu'une femme est tuée ? Quatre-vingt-dix-neuf chances sur cent que le mobile soit passionnel... »

✪

## « JE SUIS L'ASSASSIN DE LÆTITIA TOUREAUX »

*La lettre d'aveux*

Monsieur le Commissaire,

Je ne sais si cette lettre vous parviendra. Peut-être sera-t-elle jetée au panier avant, comme l'œuvre d'un fou, et peut-être cela vaudra-t-il mieux. Sans doute vous souvenez-vous de l'assassinat de Lætitia Toureaux qui eut lieu Porte de Charenton, dans le métro, le 16 mai 1937. Je suis l'assassin de Lætitia Toureaux.

Cette lettre va sans doute vous étonner. Pourquoi l'assassin d'un crime réputé parfait veut-il ainsi raconter son forfait plus de vingt ans après ? Je ne saurai vous le dire exactement. Sans doute ai-je besoin de me libérer (ayant gardé le secret pendant de si longues années que je n'en éprouve plus de remords), peut-être aussi une sorte d'orgueil me pousse-t-il à apporter les éléments nécessaires à la résolution de cette affaire.

Je n'ai nullement l'intention de vous dévoiler mon nom et souhaite rester dans l'anonymat le plus complet, par égard pour ma famille.

Je suis originaire de Perpignan, où je naquis en 1915. À la fin de mes études secondaires, je manifestai le désir de devenir médecin et pour cela, je montai à Paris en 1935. Mon père était aisé, et avec une voiture, m'alloua une substantielle pension. J'arrivai tout droit de ma province assez timide et niais, aussi je vous laisse à penser ma joie à ma soudaine liberté. Entraîné par quelques camarades plus « à la page » que moi, je connus bientôt tous les dancings et cabarets de Paris et de ses environs.

J'étais sans fausse modestie assez beau garçon, mais affligé d'un horrible accent qui déclenchait des crises d'hilarité chez mes conquêtes d'un jour. Aussi me faisais-je passer, plus généralement, comme étant d'origine sud-américaine, et mon accent devint alors, pour ces aimables femmes, mon plus précieux atout !…

C'est dans un dancing que je fis la connaissance de Lætitia, en novembre 1936. Elle était très jolie et possédait le charme rare, pour moi jeune homme, d'être une femme ayant déjà vécu. Je tombai immédiatement amoureux et lui fis une cour respectueuse. Elle ne m'accordait aucune faveur et ne me permettait pas de la raccompagner à son domicile. Nous ne nous rencontrions que dans des cafés du Quartier latin ou dans ma voiture. Elle ne m'accordait, à mon goût, que de trop rares rendez-vous. En fait, elle me traitait en gamin et je pense, avec le recul du temps, qu'elle reportait ainsi sur moi son amour maternel vacant ; elle me conseillait, me gourmandait. Mais à mesure que le temps s'écoulait, je devins de plus en plus pressant. Elle traitait mon amour avec une douce ironie, ce qui me blessait, et je commençais à m'impatienter, à faire des scènes ridicules. Bientôt elle écourta nos rendez-vous sous des prétextes plus ou moins risibles. Prenant mon courage à deux mains, je lui demandai de devenir ma femme. Elle me rit gentiment au nez. Blessé dans mon orgueil et mon amour, j'allai jusqu'à la menacer et elle m'éconduisit assez vertement.

Je décidai alors de l'oublier (nous étions au mois de mars) et me plongeai dans le travail en vue de mes examens. Elle ne donna alors plus signe de vie mais je ne pus l'oublier. Ainsi, après plus d'un mois de silence, le 2 mai, j'allai au dancing « L'Ermitage », où je savais la retrouver. Nous sortîmes et je lui proposai de prendre ma voiture. Elle accepta. Je lui demandai alors humblement de me laisser la revoir. Après quelques hésitations, elle accepta et nous prîmes rendez-vous pour le 16 mai. Nous devions nous retrouver à « L'Ermitage » pour dîner ensemble le soir. Mais le 16 mai au matin, en fin de matinée, elle vint me retrouver dans un café du Quartier latin pour se décommander du dîner : elle devait assister à un dîner de Valdotains. Furieux de cette déconvenue, je l'accusai d'aller retrouver un autre homme. Furieuse à son tour, elle me répondit qu'en effet elle avait rendez-vous avec un autre homme, et comme je la défiai de me le prouver, elle sortit un télégramme signé d'un certain Jean lui fixant rendez-vous pour le soir même. Sans attendre ma réaction, elle me déclara qu'elle ne me reverrait plus et sortit sans plus attendre. J'étais fou de rage et m'estimai trompé. Je rentrai dans ma chambre en proie à la plus meurtrière colère. J'y passai plusieurs heures. Au fur et à mesure que les heures passaient, je me calmai, mais je fus alors possédé d'une rage froide, bien plus inquiétante.

Après avoir longtemps hésité, je décidai d'aller la rejoindre à « L'Ermitage » où je pensais qu'elle s'était rendue, malgré tout. Mais avant de partir, je mis dans ma poche un couteau que j'avais acheté en compagnie de camarades, un jour que nous voulions « épater » les filles. Je pris ma voiture et me rendis au dancing. Mais lorsque je fus devant l'établissement, ma timidité (ou mon orgueil ?) reprit le dessus et j'attendis Lætitia devant la porte. Elle sortit vers 18 heures. Alors que j'hésitais sur ce que j'allais faire, elle alla prendre l'autobus et je la suivis en voiture. J'en descendis rapidement à Porte de Charenton, de sorte que j'entrai dans le métro juste derrière elle, sans qu'elle devinât ma présence. Elle s'installa en première, je montai juste derrière elle et, ne sachant plus ce que je faisais, je l'appelai alors qu'elle venait de s'asseoir. Étonnée, elle se retourna, je sortis mon couteau et lui plongeai dans la gorge. Elle n'eut pas le temps de pousser un cri. Je recalai le corps qui avait basculé et descendis rapidement pour remonter en deuxième classe, dans la voiture suivante. La rame partit aussitôt. Je ne sais comment les gens ne remarquèrent pas mon trouble. J'avais l'impression que tout le monde me dévisageait. À Porte Dorée, un remue-ménage m'apprit que le corps était découvert. Comme tous les voyageurs, on me fit descendre de la rame.

À cet instant, j'envisageai d'aller me renseigner pour savoir si Lætitia était morte, mais j'étais incapable du moindre geste : j'avais peur d'apprendre que je l'avais tuée. Je vis passer la civière et faillis me trouver mal. On nous garda environ une demi-heure qui me parut un siècle. Je crois que si un des policiers m'avait demandé quoi que ce soit, je me serais effondré. Mais bientôt, on nous laissa aller. Je rentrai à mon hôtel, je ne sais trop comment. Ce n'est que le lendemain, après une nuit horrible, que j'appris la mort de Lætitia. Lors de l'enquête rapportée dans les journaux, j'appris aussi que Lætitia s'était décommandée auprès de Jean et que ma jalousie n'était pas fondée. Je vous laisse à penser mon état d'esprit.

Quelques jours plus tard, j'allai rechercher ma voiture qui était restée Porte de Charenton. Au fur et à mesure que les jours passaient, je me calmai. La police ignorait totalement mon existence. Je suivais passionnément l'enquête par les journaux et appris aussi que j'avais commis un crime parfait, en fait non imputable à mon intelligence, mais à un extraordinaire concours de circonstances.

Maintenant bien des années ont passé. Je suis médecin, marié et même grand-père, mais ce secret a pesé lourdement, n'étant pas assez croyant pour le confier à un prêtre.

Je n'ai plus de remords et il me semble vous raconter l'histoire d'un autre ; aussi mon récit vous paraîtra-t-il froid et sec. Vous, Monsieur le Commissaire, assis derrière votre bureau, vous allez sans doute me juger sévèrement, mais en vérité je ne pense pas être un criminel, du moins pas un criminel-type, et j'aurais sans doute bénéficié de circonstances atténuantes.

En espérant qu'ainsi sera classée l'affaire Lætitia Toureaux, je vous adresse, Monsieur le commissaire, mes salutations distinguées.

Paris, SAM [Série J, affaire Lætitia Toureaux, 1937]

✪

## AFFAIRE CLASSÉE

*Ancien patron de la Brigade criminelle, Max Fernet décèle avant tout dans le récit de l'assassin les caractéristiques d'une enquête ratée.*

### Rapport de la Police judiciaire, 16 novembre 1962

À la suite de la réception de cette lettre anonyme, large diffusion dans la presse (cf. *France Soir*) et même à la radio, dans le but d'obtenir plus de précisions et, peut-être, la venue de l'intéressé — rien. Donc, à classer — affaire d'ailleurs prescrite — à quoi bon tenter d'identifier l'auteur — ce qui serait possible, s'il a dit la vérité. Né à Perpignan en 1915, médecin, etc. Trop de travail pour lancer la brigade criminelle sur cette piste aléatoire.

Mais j'ai l'impression que c'est bien le criminel qui a écrit. Trop de précisions dans sa lettre (vingt-cinq ans après) pour que l'anonyme n'ait pas été au courant de l'affaire.

Ai relu l'enquête, longue, touffue et, me semble-t-il, assez maladroite. Que de leçons à tirer de cet échec si la lettre dit vrai.

1) Mauvaises réactions dans l'immédiat de la police municipale. Il faut garder tout le monde sur place.

2) Mauvaise enquête sur les relations de Lætitia. Il me paraît impossible qu'elle n'ait jamais parlé de ce

Perpignanais à ses proches — a-t-on su les « faire
causer » ?

3) Pourquoi chercher bien loin lorsqu'une femme
est tuée — quatre-vingt-dix-neuf chances sur cent
que le mobile soit passionnel...

Dommage. À classer.

Paris, SAM [Série J, affaire Lætitia Toureaux, 1937]

*Épilogue*

# DE L'HISTOIRE
# À LA LÉGENDE

Affiche du film *Quai des Orfèvres* avec Louis Jouvet.

Photo © Collection Christophel.

# La police dans la littérature et au cinéma

Jean Tulard

C'est avec le chevalier du Guet que la police de
Paris est pour la première fois mise en chanson. On
plaisantera — peu — et on admirera beaucoup —
surtout par crainte — le Lieutenant général de la
vieille monarchie, qu'il s'appelle La Reynie ou Sar-
tine, mais c'est sous Joseph Fouché, ministre de la
Police de Napoléon, que naît un mythe : celui de la
police. « Le ministre de la Police est un homme qui
doit se mêler de ce qui le regarde et surtout de ce qui
ne le regarde pas », dit-on. « La police sait tout »,
ajoute-t-on. Tout ? Peut-être pas, mais son habileté
est de le faire croire.

## Les débuts du roman policier

Il n'y a pas de mythe sans héros et sans écrivain.
Le premier chantre de ce nouveau pouvoir est incon-
testablement Balzac. Il donne à Fouché le rôle de
*deus ex machina* dans *Une ténébreuse affaire* et fait
de Vidocq le modèle de Vautrin, inquiétant pension-

naire de la maison Vauquer dans *Le Père Goriot*, devenu chef de la Sûreté de Paris dans *Splendeurs et misères des courtisanes*. Vidocq, dont les Mémoires furent l'un des plus grands succès de librairie du XIXᵉ siècle, bagnard transformé en policier, inspire aussi le Jean Valjean des *Misérables* de Victor Hugo et Jackal dans *Les Mohicans de Paris* de Dumas.

Avec Vidocq, la Préfecture de police, à laquelle il appartint, devient une source d'inspiration pour les romanciers. En 1845, Edgar Poe met en scène le Préfet de police Gisquet dans *La Lettre volée*, un conte qui annonce le roman policier. À son tour Émile Gaboriau, sous le Second Empire, imagine M. Lecoq, un agent de la Sûreté dont les méthodes viennent du bien réel Henry, chef de la deuxième division de la Préfecture de police qui, à partir des indices laissés sur les lieux, retrouva les auteurs de l'attentat de la rue Saint-Nicaise. Comme Henry, M. Lecoq dans *Le Crime d'Orcival* ou *Le Dossier 113* « palpe, scrute, interroge tout le terrain, les bois, les pierres et jusqu'aux menus objets, tantôt debout, le plus souvent à genoux, quelquefois à plat ventre ». Un genre nouveau est né : le roman policier.

Le commissaire devient un personnage littéraire : Juve, adversaire de Fantômas, Gilles, Faroux... et surtout Maigret. Ce dernier est imaginé par Georges Simenon en 1930. C'est un fonctionnaire sérieux et discipliné, qui partage son temps entre un appartement modeste du boulevard Richard-Lenoir, où il savoure les petits plats de son épouse, et le 36, quai des Orfèvres qu'il va rendre célèbre et où il se nourrit, entre deux interrogatoires, d'un sandwich et d'une bière. Tout oppose Maigret à son lointain prédécesseur Vidocq : le fonctionnaire contre le truand, la réflexion contre l'action, le héros de papier contre le personnage historique. Et finalement le Maigret de Simenon devient plus réel que le Vidocq des *Mémoires* qui paraît sorti de l'imagination de quelque « teinturier », comme on appelait les rédacteurs de souvenirs plus ou moins authentiques de célébrités du temps.

Maigret a-t-il servi l'image du policier ? Il est le collègue d'un Ganimard qui traque vainement Arsène Lupin, d'un Faroux qui, dans les romans de Léo Malet, a toujours un temps de retard. Ce sont des fonctionnaires zélés mais engoncés dans la routine des enquêtes officielles. Les auteurs leur préfèrent le détective privé, plus jeune et plus moderne. Quant à la bande dessinée, elle est impitoyable. Les trois inspecteurs lancés à la poursuite des Pieds Nickelés sont miteux — chapeaux ronds, parapluies et chaussures à clous. Et que dire des Dupont et Dupond chez Hergé ? Ce n'est que tardivement que la bande dessinée fera enfin du policier officiel un véritable héros et adaptera les enquêtes de Maigret.

## Le policier à l'écran

C'est au septième art, relayé par les séries télévisées, que la police doit sa popularité. Pour le cinéma, la Préfecture de police, c'est d'abord un décor. Au cœur de la Cité, rue de Jérusalem, avant de s'installer dans une caserne face à Notre-Dame, elle terrorise les Parisiens. « Dans un quartier désert de Paris, écrit un auteur de romans populaires, côte à côte avec les prisons, le dispensaire, la morgue et le palais des robes noires, entouré de rues aux noms juifs, se cache, obscur et honteux, un monument aux teintes blafardes, sur le portail duquel l'œil peut encore distinguer ces trois mots : Préfecture de police. Des bureaux sans confort s'entassent dans un ensemble hétéroclite de constructions qui entourent l'ancien hôtel des premiers présidents du Parlement de Paris. » La tradition sera conservée par la police judiciaire, installée au 36, quai des Orfèvres.

Le cinéma s'est complu à souligner cet aspect sordide, notamment dans les nombreuses évocations de Vidocq, particulièrement le *Vidocq* de Jacques Daroy en 1938. Mais c'est le 36, quai des Orfèvres qui a le plus inspiré les décorateurs.

Il est plus vrai que nature, reconstitué avec une précision étonnante dans l'admirable *Quai des Orfèvres* de Clouzot, en 1947 : escalier vétuste et étroit qui prend son élan à côté de « la cage aux filles », conduisant d'étage en étage vers des bureaux miteux aux murs sales, au mobilier branlant, au matériel dégradé. Les améliorations sont peu sensibles, sauf pour l'équipement, l'ordinateur remplaçant la machine à écrire, dans *36 quai des Orfèvres*, tourné en 2004 par un ancien policier, Olivier Marchal.

Le lieu du pouvoir policier, plus que dépouillé, quasi misérable n'en est que plus terrifiant. Il est le point

de rencontre entre inspecteurs et truands, point
d'échange entre le bien et le mal, et tout est fait pour
les confondre.

Les hommes sont-ils à l'image du décor ? Le commissaire ou l'inspecteur de la Préfecture de police
n'est pas un justicier, un surhomme, un héros au sens
antique du terme. C'est encore une fois un fonctionnaire, prisonnier des contingences humaines et qui
peut parfois jouer avec les limites de la légalité.
L'interrogatoire, bien mené, peut pallier le manque
de preuves. Que l'on se souvienne de *Garde à vue* de
Claude Miller, en 1981, inspiré par un fait divers
authentique.

Et revoici Maigret, sa pipe, son poêle et sa bière,
sous les traits de Pierre Renoir, Albert Préjean, Michel
Simon ou Jean Gabin. Il ne dégaine pas à la façon
des héros de western, il ne se bat pas, il interroge.
Mais le septième art a besoin d'action : le policier doit
affronter la violence adverse, la difficulté des arrestations, les règlements de comptes. Jean-Paul Belmondo,
du *Marginal* à *Peur sur la ville*, incarne le policier à
l'américaine : coup de poing facile, tir précis, acroba-
ties diverses. Un flic mâtiné de Zorro, assez déconnecté
de la réalité mais qui fait rêver. Ici on mise sur
l'action pour l'action. Le sexe intervient aussi, grâce
à la lutte contre la prostitution. Elle est racontée avec
quelque complaisance, prétexte à montrer des filles
très déshabillées dans *Brigade des mœurs* de Boutel,
*Brigade mondaine* de Scandaleri ou encore *La Cage
aux filles* de Cloche.

N'attendons pas toutefois une image toujours idéalisée du policier. Les rivalités pour l'avancement qui entraînent des coups tordus (*36 quai des Orfèvres*), les luttes entre services (*La Guerre des polices* de Davis), les bavures (*Inspecteur la Bavure* de Zidi), la corruption (*Les Ripoux* de Zidi), les violences illégales (*Les Aveux les plus doux* de Molinaro), les indics (*La Balance* de Swaim) sont mis en lumière, parfois de manière humoristique. Le passé trouble d'un policier peut être suggéré. Ainsi Jouvet dans *Quai des Orfèvres* : il élève un enfant, fruit d'une autre vie, peut-être non avouable, mais sans interférence avec sa vie professionnelle.

Jusqu'où peut aller la critique d'une institution officielle dont le pouvoir est considérable ? Le rôle de la Préfecture de police dans les années 1940-1944 est occulté. Dans le documentaire sur la libération de Paris ou dans le film de fiction *Paris brûle-t-il ?* la police est même à l'honneur en raison de l'insurrection — jugée par certains bien tardive — des gardiens de la paix en août 1944. Certes, *Un flic* de Maurice de Canonge, en 1947, ne dissimule pas les errements qui suivirent et les compromissions de certains policiers avec le trafiquant du marché noir Joinovici, mais c'est une exception. Roger Hanin, dans un téléfilm, a même tenté de réhabiliter ce douteux personnage. Le côté négatif de la collaboration avec les Allemands n'est assumé en définitive que par la bande Lafont-Bonny, au service de la Gestapo (*Le Bon et les Méchants* de Lelouch).

## Des gens ordinaires

Si le cinéma a eu ces derniers temps tendance à privilégier le point de vue des malfaiteurs (Mesrine, Spaggiari ou encore *Truands*), c'est que les séries télévisées ont accaparé le policier.

Maigret est une nouvelle fois fidèle au poste sous les traits de Jean Richard puis de Bruno Cremer, mais il doit compter avec l'inspecteur Bourrel, le commissaire Moulin qui abandonne parfois le costume-cravate pour les jeans-baskets, le commissaire Navarro auquel Roger Hanin prête une chaleur très méridionale et une absence d'illusions sur la société. Il faut aussi ne pas négliger la féminisation de la police, avec notamment Julie Lescaut, incarnée par Véronique Genest.

Dans le sillage de *Navarro* : *PJ, Police District, La Crim'*... La concurrence étrangère n'étouffe pas ces séries policières qui s'attachent à montrer les flics comme des gens ordinaires, avec pour principal souci, le réalisme. L'image du policier nous renvoie à l'évolution de la société si elle ne la précède. Entre le sympathique Oreste Bignon, héros à partir de 1951 d'une douzaine de romans imaginés par Roger-Francis Didelot, et l'inspecteur Cadin de Didier Daeninckx, apparu en 1982 et qui finit par se suicider, il y a un monde. Dans un film des années 1970, un commissaire de police se trouve face à face avec un dangereux gangster, chacun brandissant son arme contre son vis-à-vis. Il explique au repris de justice que si ce dernier le tue, il est bon pour la guillotine, en revanche si le flic tue son adversaire, il sera décoré. Discours bien différent, trente ans plus tard, dans *36 quai des Orfèvres*... On ne sait plus aujourd'hui où commence la fiction et où finit la réalité.

ANNEXE

ANNEX

# L'acte de naissance
## de la Préfecture de police

Paris n'est pas la France, la France n'est pas Paris. Il n'empêche que pendant la Révolution plus qu'à toute autre époque, la capitale a imposé au reste du pays les conséquences de ses enthousiasmes ou de ses rejets. Les vainqueurs du coup d'État de Brumaire, Bonaparte en tête, le savent mieux que personne. Ville grouillante aux passions politiques encore brûlantes sous la cendre, la capitale doit être serrée de près afin d'atteindre ce que le régime consulaire avait promis : la paix intérieure et la fusion nationale. Elle est soumise à un régime spécial par un gouvernement qui élève pourtant l'unité et l'uniformité administrative au rang d'un dogme.

Comme sous le Directoire, Paris reste ainsi une commune sans maire, mais avec douze municipalités (arrondissements) aux compétences réduites à l'état civil et quelques éléments d'administration courante ; elle est intégrée au département de la Seine dont elle ne constitue qu'un des arrondissements, avec ceux de Saint-Denis et de Sceaux ; la présence militaire, échappant à l'autorité civile, y est renforcée. Surtout, on y décrète une sorte de division des pouvoirs autour d'une création originale : la Préfecture de police, dirigée par le Préfet de police.

## Un petit ministère

Successeur du Lieutenant de police de l'Ancien Régime, le premier titulaire de cette fonction est nommé dès le 8 mars 1800 et ses attributions sont précisées par un arrêté du 1er juillet. Elles sont larges et essentielles dans une ville dont Napoléon veut faire le « centre de l'univers ».

Les textes retirent au Préfet de la Seine les compétences de police administrative, de police judiciaire et de maintien de l'ordre dévolues au représentant de l'État dans les autres départements. Ils disposent en outre que le Préfet de police travaille directement sous les ordres des ministres. Il y a donc concurrence entre les deux préfets, mais aussi entre le Préfet de police et Joseph Fouché, ministre de la Police générale, en qui Napoléon n'a qu'une confiance limitée. La fonction se révèle stable. Seulement trois Préfets de police se succèdent sous le Consulat et l'Empire : Louis-Nicolas Dubois de 1800 à 1810, Étienne-Denis Pasquier de 1810 à 1814 et Pierre-François Réal aux Cent-Jours.

Dès sa création, la Préfecture est organisée comme un petit ministère. Ses locaux de la rue de Jérusalem et du quai des Orfèvres abritent un secrétariat général à trois bureaux, quatre divisions et une caisse. Les commissaires, les inspecteurs et les officiers de paix lui sont directement rattachés. Une fois de plus, le régime napoléonien crée, avec la Préfecture de police, une institution efficace et pérenne.

THIERRY LENTZ

★

## LE TEXTE FONDATEUR

*Ce texte du Consulat, « déterminant les fonctions du Préfet de police à Paris », a été de nombreuses fois complété. Dès le 3 brumaire an IX (25 octobre 1800), un autre arrêté a ainsi*

*étendu l'autorité du Préfet de police à l'ensemble du dépar-
tement de la Seine et aux communes de Saint-Cloud, Meudon et Sèvres. Mais il reste toujours en vigueur et c'est donc
« vu l'arrêté des Consuls du 12 messidor an VIII » que sont
pris les arrêtés et circulaires actuels du Préfet de police.*

### L'arrêté du 12 messidor an VIII

Les Consuls de la République, sur le rapport du Ministre de la Police, le Conseil d'État entendu, arrêtent :

## Section I<sup>re</sup>
## Dispositions générales

### Art. 1<sup>er</sup>

Le Préfet de police exercera ses fonctions, ainsi qu'elles
sont déterminées ci-après, sous l'autorité immédiate des
ministres ; il correspondra directement avec eux pour les
objets qui dépendent de leurs départements respectifs.

### Art. 2

Le Préfet de police pourra publier de nouveau les lois
et règlements de police, et rendre les ordonnances tendant à en assurer l'exécution.

## Section II
## Police générale

### Passeports
### Art. 3

Il délivrera les passeports pour voyager de Paris dans
l'intérieur de la République.

Il visera les passeports des voyageurs.

Les militaires ou marins qui auront obtenu des
congés limités ou absolus, et qui voudront résider ou

séjourner à Paris, seront tenus, indépendamment des formalités prescrites par les règlements militaires, de faire viser leurs permissions ou congés par le Préfet de police.

### Cartes de Sûreté
### Art. 4

Il délivrera des Cartes de Sûreté et d'Hospitalité.

S'il a besoin, à cet effet, de renseignements, il pourra faire prendre communication par les commissaires de police ou demander des extraits des registres civiques, des tableaux de population que tiennent les municipalités et des états d'indigents : les Bureaux de bienfaisance lui donneront copie de leurs états de distribution.

### Permission de séjourner à Paris
### Art. 5

Il accordera les permissions de séjour aux voyageurs qui veulent résider à Paris plus de trois jours.

### Mendicité, vagabondage

Il fera exécuter les lois sur la mendicité et le vagabondage.

En conséquence, il fera envoyer les mendiants, vagabonds et gens sans aveu aux maisons de détention, même à celles qui sont hors de Paris, dans l'enceinte du département de la Seine.

Dans ce dernier cas, les individus détenus par ordre du Préfet de police ne pourront être mis en liberté que d'après son autorisation.

Il fera délivrer, s'il y a lieu, aux indigents sans travail qui veulent retourner dans leur domicile, les secours autorisés par la loi du 30 mai-13 juin 1790.

## Police des prisons
### Art. 6

Le Préfet de police aura la police des prisons, maisons d'arrêt, de justice, de force, et de correction de la Ville de Paris.

Il continuera de l'exercer dans la maison de Bicêtre.

Il aura la nomination des concierges, gardiens, et guichetiers de ces maisons.

Il délivrera les permissions de communiquer avec les détenus pour fait de police.

Il fera délivrer aux détenus indigents, à l'expiration du temps de détention porté en leurs jugements, les secours pour se rendre à leur domicile, suivant l'arrêté du 23 vendémiaire.

## Maisons publiques
### Art. 7

Il fera exécuter les lois et règlements de police concernant les hôtels garnis et les logeurs.

### Art. 8

Il se conformera pour ce qui regarde la police des maisons de jeux, à ce qui est prescrit par la loi du 19-22 juillet 1791.

### Art. 9

En conformité de la même loi du 19-22 juillet 1791, il fera surveiller les maisons de débauche, ceux qui y résideront ou s'y trouveront.

## Attroupements. Coalitions d'ouvriers
### Art. 10

Il prendra les mesures propres à prévenir ou dissiper les attroupements, les coalitions d'ouvriers pour cesser leur travail ou enchérir le prix des journées, les réunions tumultueuses ou menaçant la tranquillité publique.

### Police de la librairie et imprimerie
### Art. 11

Il fera exécuter les lois de police sur l'imprimerie et la librairie, en tout ce qui concerne les offenses faites aux mœurs et à l'honnêteté publique.

### Police des théâtres
### Art. 12

Il aura la police des théâtres en ce qui touche la sûreté des personnes, les précautions à prendre pour prévenir les accidents, et assurer le maintien de la tranquillité et du bon ordre tant au-dedans qu'au-dehors.

### Vente de poudres et salpêtres
### Art. 13

Il surveillera la distribution et la vente des poudres et salpêtres.

### Émigrés
### Art. 14

Il fera exécuter, en ce qui concerne la police, les lois relatives aux émigrés.

### Art. 15

Il délivrera les certificats de résidence.

### Art. 16

Il délivrera les actes de notoriété aux citoyens qui ont voyagé ou séjourné en pays étranger et qui réclament les exceptions portées par l'article 2 de la loi du 25 brumaire an III.

### Cultes
### Art. 17

Il recevra les déclarations des ministres des cultes et leur promesse de fidélité à la Constitution de l'an VIII ordonnée par la loi, même lorsqu'ils n'auraient pas prêté les serments prescrits par les lois antérieures.

Il surveillera les lieux où on se réunit pour l'exercice des cultes.

### Port d'armes
### Art. 18

Il recevra les déclarations et délivrera les permissions pour port d'armes à feu pour l'entrée et sortie de Paris, avec fusils de chasse.

### Recherche des déserteurs
### Art. 19

Il fera faire la recherche des militaires ou marins déserteurs, et des prisonniers de guerre évadés.

### Fêtes républicaines
### Art. 20

Il fera observer les lois et arrêtés sur les fêtes républicaines.

### Section III
### Police municipale

### Petite voirie
### Art. 21

Le Préfet de police sera chargé de tout ce qui a rapport à la petite voirie, sauf le recours au ministre de l'Intérieur contre ses décisions.

Il aura à cet effet sous ses ordres un commissaire chargé de surveiller, permettre ou défendre l'ouverture des boutiques, étaux de boucherie et de charcuterie, l'établissement des auvents ou constructions du même genre qui prennent sur la voie publique, l'établissement des échoppes ou étalages mobiles, d'ordonner la démolition ou réparation des bâtiments menaçant ruine

### Liberté et sûreté de la voie publique
### Art. 22

Le Préfet de police procurera la liberté et la sûreté de la voie publique et sera chargé à cet effet d'empêcher que personne n'y commît de dégradation, de la faire éclairer, de faire surveiller le balayage auquel les habitants sont tenus devant leurs maisons, et de le faire faire aux frais de la ville dans les plans et la circonférence de jardins et édifices publics, de faire sabler, s'il survient du verglas, et de déblayer au dégel, les ponts et lieux glissants des rues, d'empêcher qu'on n'expose rien sur les toits ou fenêtres qui puisse blesser les passants en tombant.

Il fera observer les règlements sur l'établissement des conduites pour les eaux de pluie et les gouttières.

Il empêchera qu'on y laisse vaguer des furieux, des insensés, des animaux malfaisants ou dangereux ; qu'on ne blesse les citoyens par la marche trop rapide des chevaux ou des voitures ; qu'on n'obstrue la libre circulation en arrêtant ou déchargeant des voitures et marchandises devant les maisons, dans les rues étroites, ou de toute autre manière.

### Salubrité de la cité
### Art. 23

Il assurera la salubrité de la ville, en prenant des mesures pour prévenir et arrêter les épidémies, les épizooties, les maladies contagieuses ; en faisant observer les règlements de police sur les inhumations ; en faisant enfouir les cadavres d'animaux morts, surveiller les fosses vétérinaires, la construction, entretien et vidange des fosses d'aisance ; en faisant arrêter, visiter les animaux suspects de mal contagieux, et mettre à mort ceux qui en seront atteints ; en surveillant les échaudoirs, fondoirs, salles de dissection, et la basse geôle ; en empêchant, dans l'intérieur de Paris, des ateliers, manufactures, laboratoires ou maisons de santé qui doivent être hors de l'enceinte des villes, selon les lois et règlements, en empêchant qu'on sujette ou dépose dans les rues aucune substance malsaine, en faisant saisir ou détruire dans les halles, marchés et boutiques, chez les bouchers, boulangers, marchands de vin, brasseurs, limonadiers, épiciers, droguistes, apothicaires ou tous autres les comestibles ou médicaments gâtés, corrompus ou nuisibles.

Incendies, débordements,
accidents sur la rivière
Art. 24

Il sera en charge de prendre les mesures propres à prévenir ou arrêter les incendies.

Il donnera des ordres aux pompiers, requerra les ouvriers charpentiers, couvreurs, requerra la force publique et en déterminera l'emploi.

Il aura la surveillance du corps des pompiers, le placement et la distribution des corps de garde et magasins des pompes, réservoirs, tonneaux, seaux à incendies, machines et ustensiles de tout genre destinés à les arrêter.

En cas de débordements et débâcles, il ordonnera les mesures de précaution telles que déménagement des maisons menacées, rupture de glaces, garage de bateaux.

Il sera chargé de faire administrer les secours aux noyés. Il déterminera à cet effet le placement des boîtes fumigatoires et autres moyens de secours.

Il accordera et fera payer les gratifications et récompenses promises par les lois et règlements à ceux qui retirent les noyés de l'eau.

## Police de la Bourse et du change
### Art. 25

Il aura la police de la Bourse et des lieux publics où se réunissent les agents de change, courtiers, échangeurs, et ceux qui négocient et trafiquent sur les effets publics.

## Sûreté du commerce
### Art. 26

Il procurera la sûreté du commerce, en faisant faire des visites chez les fabricants et les marchands pour vérifier les balances, poids et mesures, et faire saisir ceux qui ne seront pas exacts ou étalonnés.

En faisant inspecter les magasins, boutiques et ateliers des orfèvres et bijoutiers pour assurer la marque des matières d'or et d'argent, et l'exécution des lois sur la garantie.

Indépendamment de ses fonctions ordinaires sur les poids et mesures, le Préfet de police fera exécuter les lois qui prescrivent l'emploi des nouveaux poids et mesures.

## Taxes et mercuriales
### Art. 27

Il fera observer les taxes légalement faites et publiées.

### Art. 28

Il fera tenir le registre des mercuriales et constater le cours des denrées de première nécessité.

## Libre circulation des subsistances
### Art. 29

Il assurera la libre circulation des subsistances suivant les lois.

### Patentes
### Art. 30

Il exigera la représentation des patentes des marchands forains.

Il pourra se faire représenter les patentes des marchands domiciliés.

### Marchandises prohibées
### Art. 31

Il fera saisir les marchandises prohibées par les lois.

### Surveillance des places et lieux publics
### Art. 32

Il fera surveiller spécialement les foires, marchés, halles, places publiques, et les marchands forains, colporteurs, revendeurs, portefaix, commissionnaires.

La rivière, les chemins de halage, les ports, chantiers, quais qui sont sur la rivière, pour les blanchisseries, le laminage ou autres travaux, les magasins de charbon, les passages d'eau, bacs, batelets, les bains publics, les écoles de natation et les mariniers, ouvriers, arrimeurs, chargeurs, déchargeurs, tireurs de bois, pêcheurs et blanchisseurs, les abreuvoirs, puissiers, fontaines, pompes et les porteurs d'eau, les places où se tiennent les voitures publiques pour la ville et pour la campagne, et les cochers, postillons, charretiers, brouetteurs, porteurs de chaise, porte-falots ; les encans et maisons de prêt ou monts-de-piété, et les fripiers, brocanteurs, prêteurs sur gages, le bureau des nourrices, les nourrices et les meneurs.

### Approvisionnement
### Art. 33

Il fera inspecter les marchés, ports et lieux d'arrivage de comestibles, boissons et denrées, dans l'intérieur de la ville.

Il continuera de faire inspecter, comme par le passé, les marchés où se vendent les bestiaux pour l'approvisionnement de Paris à Sceaux, Poissy, La Chapelle et Saint-Denis.

## Protection et préservation des monuments et édifices publics
## Art. 34

Il fera veiller à ce que personne n'altère ou dégrade les monuments et édifices publics appartenant à la nation ou à la cité.

Il indiquera au Préfet du département et requerra les réparations, changements ou constructions qu'il croira nécessaires à la sûreté ou salubrité des prisons et maisons de détention qui seront sous sa surveillance.

Il requerra aussi, quand il y aura lieu, les réparations et l'entretien des corps de garde de la force armée sédentaire, des corps de garde des pompiers, des pompes, machines et ustensiles, des voiries et égouts, des fontaines, regards, aqueducs, conduits, pompes à feu et autres, des murs de clôture, des carrières sous la ville et hors les murs, des ports, quais, abreuvoirs, bords, francs-bords, puisoirs, gares, estacades, et des établissements et machines placées près de la rivière pour porter secours aux noyés ; de la Bourse ; des temples ou églises destinés aux cultes.

## Section IV
## Des agents qui sont subordonnés au Préfet de police, de ceux qu'il peut requérir ou employer

## Art. 35

Le Préfet de police aura, sous ses ordres, les commissaires de police, les officiers de paix, le commissaire de police de la Bourse, le commissaire chargé de la petite voirie, les commissaires et inspecteurs des halles et marchés, les inspecteurs des ports.

### Art. 36

Il aura à sa disposition, pour l'exercice de la police, la Garde nationale et la gendarmerie.

Il pourra requérir la force armée en activité.

Il correspondra, pour le service de la Garde nationale, pour la distribution des corps de garde de la Ville de Paris, avec le commandant militaire de Paris et le commandant de la 14e division militaire.

### Art. 37

Les commissaires de police exerceront, aux termes de la loi, le droit de décerner des mandats d'amener, et auront, au surplus, tous les droits qui sont attribués par la loi du 3 brumaire an IV, et par les dispositions de celle du 28 juillet 1791 qui ne sont pas abrogées.

Ils exerceront la police judiciaire pour tous les délits dont la peine n'excède pas trois jours de prison, et une amende de trois journées de travail.

Ils seront chargés de rechercher les délits de cette nature, d'en recevoir la dénonciation ou la plainte, d'en dresser procès-verbal, d'en recueillir les preuves, de poursuivre les prévenus au tribunal de police municipale. Ils rempliront, à cet égard, les fonctions précédemment attribuées aux commissaires du gouvernement.

Le commissaire qui aura dressé le procès-verbal, reçu la dénonciation ou la plainte, sera chargé, selon la loi du 27 ventôse, des fonctions de la partie publique.

En cas d'empêchement, il sera remplacé par l'un de ses trois collègues, du même arrondissement, et au besoin par un commissaire d'un autre arrondissement désigné par le Préfet de police.

### Art. 38

Le Préfet de police et ses agents pourront faire saisir et traduire aux tribunaux de police correctionnelle, les personnes prévenues de délits du ressort de ces tribunaux.

### Art. 39

Ils pourront faire saisir et remettre aux officiers chargés de l'administration de la justice criminelle, les individus surpris en flagrant délit, arrêtés à la clameur publique, ou prévenus de délits qui sont du ressort de la justice criminelle.

## Section V
### Recettes, dépenses, comptabilité

### Art. 40

Le Préfet de police ordonnera, sous l'autorité du ministre de l'Intérieur, les dépenses de réparation et entretien à faire à l'hôtel de la Préfecture de police.

### Art. 41

Il sera chargé, sous les ordres du ministre de l'Intérieur, de faire les marchés, baux, adjudications et dépenses nécessaires pour le balayage, l'enlèvement des boues, l'arrosage et l'illumination de la ville.

### Art. 42

Il sera chargé de même de régler et arrêter les dépenses pour les visites d'officiers de santé et artistes vétérinaires, transports de malades et blessés, transports de cadavres, retraits des noyés et frais de fourrière.

### Art. 43

Il ordonnera les dépenses extraordinaires en cas d'incendie, débordement et débâcle.

### Art. 44

Il réglera, sous l'autorité du ministre de la Police, le nombre et le traitement des employés de ses bureaux, et de ceux des agents, sous ses ordres, qui ne sont pas institués et dont le nombre n'est pas déterminé par les lois.

### Art. 45

Les dépenses générales de la Préfecture de police, ainsi fixées par les ministres de l'Intérieur et de la Police, seront acquittées sur les centimes additionnels aux contributions et sur les autres revenus de la commune de Paris, et ordonnances par le Préfet de police.

Le Conseil général de département en emploiera, à cet effet, le montant dans l'état des dépenses générales de la commune de Paris.

### Art. 46

Il sera ouvert, en conséquence, au Préfet de police, un crédit annuel du montant de ses dépenses, sur la caisse du receveur général du département de la Seine, faisant les fonctions du receveur de la Ville de Paris.

### Art. 47

Le ministre de l'Intérieur mettra chaque mois à la disposition du Préfet de police, sur ce crédit, les fonds nécessaires pour l'acquit de ses ordonnances.

### Art. 48

Le Préfet de police aura entrée au Conseil général de département pour y présenter ses états de dépenses de l'année, tels qu'ils auront été réglés par les ministres de l'Intérieur et de la Police.

### Art. 49

Il y présentera aussi le compte des dépenses de l'année précédente, conformément aux dispositions de la loi du 28 pluviôse sur les dépenses communales et départementales.

## Section VI
### Costumes du Préfet de police

### Art. 50

Le Préfet et les commissaires de police porteront le costume qui a été réglé par les arrêtés des Consuls.

# Remerciements

Cette plongée au cœur des archives de la Préfecture de police n'aurait jamais pu se faire sans l'adhésion de Pierre Mutz, Préfet de police, et de son successeur Michel Gaudin, qui nous ont permis de naviguer librement dans les dossiers et les collections de cette prestigieuse institution.

Cet ouvrage n'aurait pas non plus vu le jour sans le soutien de la Fondation d'entreprise La Poste. Merci à Jean-Paul Bailly, président du groupe La Poste, et à Dominique Blanchecotte, directrice du cabinet, qui ont, dès la première heure, montré leur enthousiasme, soutenu le projet et mobilisé leurs équipes. Merci également à Maryline Girodias et à Patricia Huby.

Travailler dans les archives de la Préfecture, c'est aussi coordonner l'action de nombreux services qui possèdent des fonds d'archives propres. Merci à Jean-Marc Gentil, conseiller du Préfet, pour avoir saisi l'importance du projet et nous avoir permis d'accéder à de nombreux fonds peu connus et souvent inédits. Merci également à Danielle Bourlon.

L'ambition de cet ouvrage était de raconter quatre siècles de la petite et la grande Histoire à travers le regard de la Préfecture de police. Merci à Claude Charlot, Isabelle Astruc et Françoise Gicquel de nous avoir guidés pendant deux ans et nous avoir aidés à trouver tant de trésors inédits.

Le personnel des Archives et du Musée a collaboré avec zèle et dévouement. Merci à Olivier Accarie-Pierson, Malik

Benmiloud, Rémy Valat, Michel Graur, Grégory Auda, Alban Ansel, Béatrice Le Fur, Cécile Martin-Ramirez et Alain Rosenblum.

De nombreux services ont également apporté leur concours à ce projet. Christian Flaesch pour la Police judiciaire, Bruno Fargette, Isabelle Milluy-Rolin et Muriel Bonnin pour le Laboratoire central, Joël Rasschaert et Emmanuel Ranvoisy pour la Brigade des sapeurs-pompiers de Paris, Marc-René Bayle pour la Direction des transports et de la protection du public, Jean-Michel Ingrandt pour le Bureau des objets trouvés et des fourrières, Alain Thirion pour le Service des affaires immobilières, Philippe Ferro et Hugues Blunat pour la Musique des gardiens de la paix, Luc Rudolph, Bertrand Cantinotti, Dominique Mathieu, Didier Bruc pour la Direction opérationnelle des services techniques et logistiques.

Enfin, nous remercions chaleureusement tous ceux qui ont apporté leur pierre à cet édifice : Sabine Wespieser, Jérôme Pecnard, Marie-Sophie Corcy, Laurence Badot, Joseph Maggiori, Jean-François Labour, Michel de Grèce, et toute l'équipe de l'Iconoclaste, Amélie Petit, Aleth Stroebel, Léonard de Corbiac, Matthieu Recarte et Thierry Lavanant pour leur irremplaçable collaboration.

# Les auteurs

ÉRIC ANCEAU, Maître de conférences à l'université Paris IV-Sorbonne

FRANÇOIS ARON, Maître de conférences des universités, ancien médiateur de La Poste

PIERRE ASSOULINE, Journaliste, écrivain

ISABELLE ASTRUC, Conservateur du Musée de la Préfecture de police

GRÉGORY AUDA, Historien

JEAN-PIERRE AZÉMA, Professeur des universités

JEAN-PIERRE BABELON, de l'Institut

JEAN-MARC BERLIÈRE, Professeur d'histoire contemporaine à l'université de Bourgogne, chercheur au Cesdip (CNRS/ministère de la Justice)

OLIVIER BLANC, Historien, conférencier

HUGUES BLUNAT, Chargé des relations extérieures de la Musique des gardiens de la paix de la Préfecture de police

PASCAL BONAFOUX, Professeur d'histoire de l'art à l'université Paris VIII-Vincennes-Saint-Denis

GÉRARD BONAL, Écrivain

PHILIPPE CHARLIER, Assistant hospitalo-universitaire au service de médecine légale et d'anatomie/cytologie pathologiques de l'hôpital universitaire Raymond Poincaré de Garches

CLAUDE CHARLOT, Ancien chef du service des Archives et du Musée de la Préfecture de police

CHARLES DIAZ, Contrôleur général de la police nationale, spécialiste de l'histoire de la police judiciaire

BRUNO FULIGNI, Écrivain

FRANÇOISE GICQUEL, Commissaire divisionnaire, chef de la section des Archives et du Musée de la Préfecture de police

KATHIA GILDER, Journaliste, officier de réserve chez les pompiers de Paris

GILLES HENRY, Écrivain, historien

GABRIELLE HOUBRE, Enseignante-chercheuse à l'université Paris VII-Denis Diderot

CLAUDE JEANCOLAS, Écrivain, historien d'art

JEAN LACOUTURE, Journaliste, écrivain

JACQUELINE LALOUETTE, Professeur à l'université Charles-de-Gaulle-Lille III, membre de l'Institut universitaire de France

GILLES LAURENDON, Écrivain

LAURENCE LAURENDON, Écrivain

THIERRY LENTZ, Historien, directeur de la Fondation Napoléon

STÉPHANE MAHIEU, Écrivain

CLAUDE MESPLÈDE, Auteur, critique de littératures policières

DOMINIQUE MISSIKA, Historienne

AMÉLIE NOTHOMB, Écrivain

NUALA O'FAOLAIN, Écrivain

PASCAL ORY, Professeur d'histoire contemporaine à l'université Paris I-Panthéon-Sorbonne

ALAIN PAGÈS, Professeur de littérature française à l'université Paris III-Sorbonne nouvelle

FRÉDÉRIC PAGÈS, Journaliste

JEAN-CHRISTIAN PETITFILS, Historien, écrivain

CLÉMENTINE PORTIER-KALTENBACH, Journaliste, écrivain

EMMANUEL RANVOISY, Conservateur du Musée de la Brigade des sapeurs-pompiers de Paris

JEAN-PIERRE RIOUX, Ancien inspecteur général de l'Éducation nationale, rédacteur en chef de *Vingtième Siècle*

PASCAL ROMAN, Conseiller scientifique du Musée de la Poste

MICHAEL SIBALIS, Professeur d'histoire à l'université Wilfrid Laurier, Canada

MARIEKE STEIN, Docteur ès lettres, maître de conférences à l'université de Metz

DANIELLE TARTAKOWSKY, Professeur d'histoire contemporaine à l'université Paris VIII-Vincennes-Saint-Denis

RENAUD THOMAZO, Historien

JEAN TULARD, de l'Institut

RÉMY VALAT, Archiviste au Musée de la Préfecture de police

MICHEL WINOCK, Historien, professeur émérite à l'Institut d'études politiques de Paris

# COLLECTION FOLIO

*Dernières parutions*

5235. Carlos Fuentes           *En bonne compagnie* suivi de
*La chatte de ma mère*
5236. Ernest Hemingway        *Une drôle de traversée*
5237. Alona Kimhi             *Journal de Berlin*
5238. Lucrèce                 *«L'esprit et l'âme se tiennent*
5239. Kenzaburô Ôé            *Seventeen*
5240. P. G. Wodehouse         *Une partie mixte à trois* et
autres nouvelles du green
5241. Melvin Burgess          *Lady*
5242. Anne Cherian            *Une bonne épouse indienne*
5244. Nicolas Fargues         *Le roman de l'été*
Germain-Thomas           *La tentation des Indes*
5246. Joseph Kessel            *Hong-Kong et Macao*
5247. Albert Memmi            *La libération du Juif*
5248. Dan O'Brien             *Rites d'automne*
5249. Redmond O'Hanlon        *Atlantique Nord*
5250. Arto Paasilinna         *Sang chaud, nerfs d'acier*
5251. Pierre Péju             *La Diagonale du vide*
5252. Philip Roth             *Exit le fantôme*
5253. Hunter S. Thompson      *Hell's Angels*
5254. Raymond Queneau         *Connaissez-vous Paris?*
5255. Antoni Casas Ros         *Enigma*
5256. Louis-Ferdinand Céline   *Lettres à la N.R.F.*
5257. Marlena de Blasi         *Mille jours à Venise*
5258. Éric Fottorino           *Je pars demain*
5259. Ernest Hemingway        *Îles à la dérive*
5260. Gilles Leroy            *Zola Jackson*
5261. Amos Oz                  *La boîte noire*
5262. Pascal Quignard         *La barque silencieuse (Dernier*

*Composition Nord Compo*
*Impression Maury-Imprimeur*
*45330 Malesherbes*
*le 24 octobre 2012.*
*Dépôt légal : octobre 2012.*
*1ᵉʳ dépôt légal dans la collection : octobre 2011.*
*Numéro d'imprimeur : 177310*

ISBN 978-2-07-043899-0. / Imprimé en France.